西安交通大学研究生“十四五”规划精品系列教材

王奕 ● 主编

(1920—2020)

法国与法语国家和地区文学选读

（小说卷）

[法] 阿德里安 · 阿拉贡 (Adrien Aragon) ● 编著

LITTÉRATURE D'EXPRESSION FRANÇAISE

ROMAN ET RÉCIT

上海译文出版社

前言

《法国与法语国家和地区文学选读(小说卷)》为法语专业研究生文学课程编写，入选“西安交通大学研究生‘十四五’规划精品系列教材”项目。本书亦可供法语专业高年级学生以及具有一定法语语言能力的爱好者阅读、学习，同时还可以为教授法语文学的中外教师提供教学参考。

本书选取了45位作家的46篇法语文学作品片段，这些作品的出版年代主要集中在1920年至2020年之间。我们在选材方面做了诸多考量，希望平衡各种因素，帮助学生及读者理解这100年间法语文学的发展状况。本书不仅节选了纪德、萨特、波伏瓦、加缪、杜拉斯、埃尔诺、莫迪亚诺等知名法语作家的作品，也收录了卡莱、勃夫、伊韦尔诺等鲜为人知的作家的作品片段，他们的作品对于理解这个复杂而动荡的时期同样重要。从法国文学拓展到法语国家和地区文学是我们编写本书的动机之一。因此我们还选取了达乌德、图桑、萨尔、斯皮茨等法国本土以外的法语国家和地区作家的作品选段。

对于这样一本面向中国学生编写的法语文学教程，我们不禁要在法语文学中寻找关于中国的书写，寻找他者眼中的中国。因此，教程每一章最后一节就有了“法语文学中的中国”。我们希望拉近法语文学与中国学生的距离，提高学生的学习兴趣，开阔学生的文学、文化视野。

文学能够生动地展现历史的发展，是理解世界的工具，它帮助我们构建、思考和分析世界。文学并非孤立的存在，而是始终与构成生活的一切事物息息相关。为此，我们把文学作品与电影、绘画、摄影、音乐等形式联系起来，并尝试在艺术和文化之间建立对话，以彰显它们之间密不可分的关系。

我们希望本书成为读者走进法语当代文学的一种方式：提供扎实的基础知识，建立逻辑联系，使读者能够更加深刻地领会文学内涵，更精准地剖析历史和社会的各个方面。我们也希望本书能够激发读者对法语文学的兴趣。因此，我们尽量避免枯燥乏味和司空见惯的观点，展现文学作品中的韵味和乐趣。文学中所蕴含的“生活的温度和过去的智慧”能为读者提供思考的食粮，让读者探索不寻常的事物，亦为学子们的学术之路铺垫坚实的基础。

本教程自序章之后，按照时间顺序和主题逻辑分为4章。每章是3+1的结构。前3节首先简要介绍特定时期的政治、社会和文化背景，然后通过所选作品来阐释这些背景和观点；第4节为法语文学中的中国书写，介绍法语作品中有关中国的内容。

中法两国的文学影响是相互的。中国很早就出现在法语文学创作中，近百年来出现得更加频繁。本书或许可以启发中国学生，让他们了解从1920年到2020年之间，中国在法语世界的表现形式是如何演变的。或许也会有中国以外的读者翻阅本书，他们通过法语作家的视角，从另一个角度发现中国这个文化、文学大国。如果这本文学选读，能够帮助学生、读者建立起不同文化之间的联系，让人们更好地了解身处不同之处的他者，我们的目的就达到了。

本书法文部分由法语语言文学博士阿德里安·阿拉贡(Adrien Aragon)先生编写，中文部分由王奕编写。两位编者均有多年法语专业本科、硕士课程授课经验，熟悉教学环节及学生状况。

本书的选篇基于作品的文学价值、历史影响及教学适用性进行考量，不代表编者对任何作品政治立场或意识形态的认同。水平有限，不足之处，欢迎指正。

编　者

2024年秋

Avant-propos

Rédiger un manuel de littérature n'est pas chose aisée. Au premier abord, il peut même sembler impossible de tenter de rassembler dans un seul ouvrage autant d'éléments appartenant à une période aussi large (1920–2020), à un domaine aussi vaste et à des thèmes aussi divers.

Dans *L'Histoire littéraire* (2010), Alain Vaillant démontre comment cette dernière se construit sans cesse dans un contexte politique et historique précis. Selon lui, puisqu'elle relève d'institutions nationales, son objectif est aussi de contribuer à l'édification d'une identité culturelle et linguistique. En France, la IIIe République (1870–1940) joue un rôle essentiel (notamment entre 1870 et 1914) dans la réactualisation d'un « Panthéon littéraire » qu'elle entend transmettre grâce à l'école. Longtemps limité au « grand » XVIIe siècle, aussi appelé le « siècle de Louis XIV », l'enseignement littéraire du XXe siècle s'étend progressivement à de nouveaux textes et à de nouveaux écrivains. Le Moyen-Âge, la Renaissance et le XVIIIe siècle retrouvent une place importante, tandis que le XIXe est « progressivement toléré puis admis »[1]. La démonstration d'Alain Vaillant est éloquente, puisqu'elle insiste sur le fait que le but avoué de cette restructuration de l'enseignement littéraire, par la IIIe République, est avant tout de renforcer « par les textes l'idée de continuité nationale et le sentiment patriotique »[2].

Bien sûr, avec ce manuel, il ne s'agit pas pour nous de définir une quelconque « continuité nationale » ou de défendre un supposé « sentiment patriotique ». Mais, en décrivant le chemin emprunté par les programmes scolaires français depuis 1870, Alain Vaillant vérifie ce que nous pouvions déjà pressentir : l'histoire littéraire relève toujours d'un *choix*.

De fait, un manuel de littérature *ne peut pas* tout dire. Il n'en a tout simplement pas les moyens matériels. Ou alors, il faudrait accepter l'idée qu'il puisse être constitué de

---

① Alain VAILLANT, *L'Histoire littéraire*, Paris, Armand Colin, « Lettres », 2017, p. 80.

② *Ibid.*

plusieurs volumes contenant chacun quelques milliers de pages. L'exercice du manuel impose donc de faire des *choix*. Dès lors, il faut accepter le fait qu'il aille parfois au plus vite, qu'il schématise, qu'il résume, qu'il oublie. Il ne s'agit pas de penser qu'il incarne une vérité absolue, ni qu'il puisse rendre compte de l'intégralité de ce qui compose une matière. Au contraire, pour l'étudiant, tout l'enjeu est de garder à l'esprit qu'un manuel, aussi complet soit-il, ne reflète que l'infime part d'une réalité qui sera toujours beaucoup plus complexe que celle qui se donne à lire en quelques pages. Un manuel de littérature est un moyen d'entrer en littérature, d'assurer quelques connaissances, d'établir des liens logiques, mais ne représente jamais un point d'arrivée.

Il nous faut donc tout de suite renoncer à l'idée d'une *exhaustivité* qui, du reste, n'est toujours qu'une illusion dès lors qu'il est question de rendre compte d'une période donnée. Puisque l'exercice du manuel nous impose de contrôler le nombre de nos pages, cette notion de *choix* apparaît d'autant plus comme décisive. En effet, comment décider qui de tel auteur ou de tel autre, de telle œuvre ou de telle autre, doit figurer dans un manuel ?

Ainsi que nous l'avons vu avec l'exemple d'Alain Vaillant, ce *choix* peut être guidé par un contexte historique et politique, par la société et les médias, mais il peut aussi être influencé par l'œuvre elle-même, lorsque celle-ci « fait époque » et s'impose dans l'imaginaire collectif. Il faut être conscient qu'un *choix* est toujours plus ou moins libre, plus ou moins orienté et n'est que très rarement – pour ne pas dire presque jamais – fait en toute objectivité. Cela n'enlève d'ailleurs rien à sa valeur car, même soufflé par un contexte, il correspond toujours, d'une façon ou d'une autre, à la réalité socio-culturelle d'un moment donné.

Si le passé (la tradition, l'histoire), le présent (les courants idéologiques qui traversent les sociétés dans lesquelles nous vivons) et le futur (le contenu de l'enseignement scolaire dessine les contours des sociétés de demain) orientent l'édification de l'histoire littéraire, cela signifie que les *choix* opérés relèvent aussi de la subjectivité. Entendons-nous, il n'est pas question de renier ici la valeur de tel ou tel livre, ou de questionner sa place au sein du panthéon littéraire. Ce que nous voulons démontrer, c'est que les objets mis en lumière par les manuels s'apparentent à ceux observés au moyen d'une loupe grossissante : ils prennent des proportions démesurées, en même temps que ceux qui demeurent en dehors du champ de vision de la lentille apparaissent, par contraste, beaucoup plus petits. La responsabilité de celui à qui incombe le *choix* est donc capitale car il a, littéralement, droit de vie ou de mort sur le devenir des œuvres.

Ainsi, au moment d'écrire à notre tour un manuel, devons-nous mentionner, une fois encore, les œuvres habituelles et les auteurs consacrés déjà présents dans de multiples ouvrages similaires ? Ou, sans renoncer aux grands noms, devons-nous aussi ménager une place aux nombreux oubliés – souvent injustement – de la littérature ?

Soyons clairs : le but n'est pas de remettre en cause tout ce qui a déjà été écrit sur le XXe siècle. Il existe de très nombreux ouvrages de référence sur la littérature de cette période (voir bibliographie) dont nous ne remettrons en cause ni l'intérêt ni la qualité. Notre objectif n'est pas d'écrire *contre* ces précédents manuels, mais bien d'écrire *avec* eux.

Cela signifie que nous ne rediscuterons pas « l'ordre littéraire » du XXe siècle. Si les grands auteurs appartenant au patrimoine français (Proust, Sartre, Camus…) constitueront la base de notre cheminement, nous accorderons aussi une place importante à des écrivains moins connus (Calet, Bove, Hyvernaud…) dont l'œuvre est essentielle pour comprendre une période complexe et troublée. Toujours dans un souci d'ouverture, nous nous intéresserons aussi à la francophonie (Daoud, Toussaint…) et à des auteurs plus contemporains (Ernaux, Modiano…). Il s'agit pour nous de respecter l'histoire littéraire, d'interroger ses angles morts et d'introduire finalement de nouveaux horizons.

Ce manuel est le résultat d'un engagement de professeur et de lecteur. En effet, le premier objectif d'un manuel doit être de transmettre des connaissances solides permettant à l'étudiant de mieux appréhender un patrimoine culturel, de mieux analyser un contexte historico-social pour, *in fine*, mieux comprendre le monde dans lequel il vit. Mais, selon nous, cette ambition n'est pas suffisante. Un manuel réussi devrait avant tout susciter la curiosité et, idéalement, faire naître un désir de lecture. Il faut donc essayer de fuir l'austérité et les lieux communs pour tenter de faire rimer littérature avec plaisir et pour donner aux étudiants le goût d'explorer ce qui existe en dehors des sentiers battus. Un bon manuel, loin d'être une bible, doit leur donner des bases solides et nourrir une réflexion qui leur permettra, à l'avenir, de faire leurs propres *choix* de lecture.

1920–2020 : pourquoi cette période ?

L'objectif de ce manuel est de proposer aux étudiants une vision d'ensemble de la littérature française entre 1920 et 2020. L'ambition peut sembler démesurée. La période étudiée étant particulièrement vaste, il est évident que les oublis et les raccourcis seront nombreux. Ainsi, si ces 100 années peuvent représenter un inconvénient de taille lorsque l'on recherche l'exhaustivité, elles deviennent un avantage dès lors que l'on s'attache à rendre compte d'un mouvement d'ensemble. Comme la littérature est, pour les écrivains, un prétexte pour parler du monde, il s'agit pour nous d'utiliser ce même prétexte pour aider les étudiants à se familiariser avec un espace culturel complexe.

En effet, comme toutes les littératures, la littérature d'expression française est étroitement liée aux traditions, aux réalités sociales, politiques, économiques, artistiques, philosophiques... Quel meilleur moyen, pour comprendre le XIXe siècle finissant, que de lire les vingt romans qui composent le cycle des Rougon-Macquart ? Émile Zola y décrit les tenants politiques du coup d'État de celui qui deviendra Napoléon (*La Fortune des Rougon*), les principes de la spéculation immobilière engendrée par les grands travaux parisiens du baron Haussmann (*La Curée*), le fonctionnement de la grande distribution balbutiante (*Au Bonheur des dames*), les innovations techniques (*La Bête humaine*), les recherches artistiques (*L'Œuvre*) et les diverses réalités qui composent la société française de l'époque. Ces vingt ouvrages valent tous les livres d'Histoire et constituent une parfaite porte d'entrée pour saisir les multiples enjeux d'une deuxième moitié de XIXe siècle qui pose les bases sociales, politiques, économiques et artistiques sur lesquelles se développera ensuite tout le XXe siècle. Si les romans de Zola valent tous les livres d'Histoire, c'est parce qu'ils vérifient ce que décrit Ivan Jablonka dans *L'Histoire est une littérature contemporaine* (2017) et qu'ils permettent de repenser les rapports entre le vrai et le faux, dans leur capacité à retranscrire « la chaleur de la vie et l'intelligence du passé, dont la terne érudition est précisément incapable »[①].

La période retenue – 1920–2020 (1900–2020 si l'on tient compte de l'introduction) – correspond aux années qui ont façonné le monde dans lequel vivent les étudiants à qui s'adresse ce manuel. Proposer une vision littéraire d'ensemble de cette période est surtout le moyen d'illustrer, à l'aide de la littérature, le mouvement de l'Histoire et d'en souligner

---

① Ivan JABLONKA, *L'Histoire est une littérature contemporaine*, Paris, Points, « Points histoire », 2017, p. 60.

la continuité. L'idée n'est pas d'isoler chaque période mais, au contraire, d'insister sur des liens logiques de manière à inviter l'étudiant à établir des connexions. Pour cela, il convient de démontrer que la littérature n'est pas coupée du monde et qu'elle doit être considérée comme un outil de compréhension qui contribue activement à le construire, à le refléter et à l'analyser. Notre objectif sera donc de démontrer qu'elle n'existe pas seule mais qu'elle est toujours en relation avec tout ce qui fait la vie. Pour cela, nous mettrons en relation les œuvres littéraires avec d'autres formes artistiques (cinéma, peinture, photographie, bande dessinée, musique...) et tenterons de faire dialoguer les arts et les cultures de manière à insister sur la notion de *circulation*.

Méthodologie du manuel

Le manuel se compose de quatre « chapitres ». Ces derniers suivent une logique chronologique et thématique. Chaque chapitre se compose de trois « séquences » qui insisteront chacune sur un aspect particulier du chapitre. Chaque séquence est pensée pour donner un petit aperçu politique, social et culturel d'une période donnée. Ce contexte et ces idées générales sont ensuite illustrées par des extraits d'ouvrages (des romans dans la plupart des cas, mais aussi des récits, des articles...). Il convient de toujours garder à l'esprit que cette démarche relève toujours plus ou moins de l'artifice. En effet, un auteur, comme un livre d'ailleurs, ne se limite jamais à quelques années. À titre d'exemple, *À la recherche du temps perdu*, dont la publication s'étale de 1913 à 1927, appartient-elle aux années 10, aux années 20, ou, étant donné son influence sur toute la littérature, à tout le XXe siècle ? Ce manuel est à considérer comme un outil de simplification permettant de fixer un certain nombre de points de repères. Il ne prétend pas asséner une vérité absolue. Ainsi, il revient à chaque professeur (ou étudiant) de compléter nos choix par des auteurs, des livres ou des œuvres qui lui parleront davantage ou qu'il jugera pertinent.

Une dernière section, en clôture de chaque chapitre, sera consacrée à des textes d'expression française évoquant la Chine. Ce manuel étant avant tout destiné aux étudiants chinois, il nous semble important de mettre en valeur les liens littéraires unissant la Chine et la France, de montrer comment les écrivains ont écrit sur la Chine, comment ils l'ont représentée dans leurs œuvres, comment ils se sont intéressés à ses écrivains. La Chine existe dans la production littéraire francophone tout au long du XXe siècle et il nous semblait essentiel, dans notre désir de rapprochement, de tisser des ponts et de démontrer que l'influence est bien réciproque. Ce travail pourra peut-être éclairer les étudiants chinois sur la façon dont la représentation de leur pays a évolué dans l'espace francophone entre 1920 et 2020. Peut-être ce manuel sera-t-il aussi feuilleté par des étudiants français et découvriront-ils sous un autre jour, grâce aux regards d'écrivains francophones, ce grand pays de culture et de littérature qu'est la Chine. Si, par l'intermédiaire de ce manuel, la littérature pouvait contribuer à tisser des liens entre les cultures et permettre une meilleure connaissance de l'Autre des deux côtés du monde, alors notre objectif serait pleinement atteint.

A. Aragon, décembre 2024

Table des Matières 目 录

INTRODUCTION
序

CHAPITRE 1 Des Années folles aux années de crise
第一章 从疯狂岁月到危机年代

CHAPITRE 2 Écrire la Seconde Guerre mondiale
第二章 书写第二次世界大战

CHAPITRE 3 Le roman après la guerre
第三章 二战后的小说

CHAPITRE 4 Littérature contemporaine et littérature francophone
第四章 法国当代文学与法语国家和地区文学

INTRODUCTION

序

◆◆ 导读 ◆◆

世纪之交

1900年的巴黎世界博览会精彩纷呈，自动人行道、游乐场、摩天轮、圆景电影(Cinéorama)、五光十色的电力宫吸引了五千多万游客，而法国当时的人口仅有四千多万。科学进步、艺术创新使得巴黎呈现一派繁荣景象。法兰西第三共和国(1870—1940)以教育立国，《费里法案》(Les lois Jules-Ferry，1881—1882)开启了法国普及、义务、免费、世俗的初等教育。出生在1900年左右的法国人是第一代普及教育的受益者。乐观的情绪让他们坚信，人类正在迈向新的时代。

工业蓬勃发展，城市逐渐电气化，人们的生活得到改善。各种创新、冒险、娱乐活动层出不穷。火车、汽车、飞机、电影、南极探险进入人们的视野。社会形态也在发生变化，德雷福斯事件、政教分离法等引起广泛争论。1889年为世界博览会而建的埃菲尔铁塔诠释了法国19世纪初的二重性，这个技术杰作经历了长期的非议，最终成为巴黎的象征。

1900年前后，巴黎沉浸在“美好时代”(Belle Époque)的氛围中。“美好时代”是19世纪末至1914年第一次世界大战爆发前的一段乐观与创新并存的时期。巴黎因其文化影响力脱颖而出。来自世界各地的艺术家发现巴黎是发展艺术的理想之地。19世纪末，印象派打破了严格表现现实的观念，20世纪初的先锋派继续沿着这一思路探索新的道路，立体主义试图描绘一种支离破碎的现实景象，而野兽派则将色彩放在首位。1905年，亨利·马蒂斯(Henri Matisse)的《戴帽子的女人》(*La Femme au chapeau*)引发了一场丑闻，巴勃罗·毕加索(Pablo Picasso)也于1904年移居巴黎，加入了阿梅代奥·莫迪利亚尼(Amedeo Modigliani)、马克·夏加尔(Marc Chagall)、莫伊兹·基斯林(Moïse Kisling)等众多选择巴黎的画家行列。

从咖啡馆音乐会到歌剧、歌舞剧、音乐厅和剧院，法国首都提供了各种可能的娱乐形式。1895年12月28日，卢米埃尔兄弟在巴黎进行了世界上首次商业电影放映，标志着电影作为一种新的娱乐形式的诞生。

路易·弗亚德(Louis Feuillade)和乔治·梅里爱(Georges Méliès)等艺术家很快意识到这种新技术的潜力，并迅速投入其中。1902年，梅里爱拍摄了世界上第一部科幻电影《月球旅行记》(*Le Voyage dans la lune*)，这部电影因其创新的特效、幻想元素以及对科学和探险主题的探索而著称，对后来的科幻电影产生了深远的影响。

1914年第一次世界大战爆发，法国陷入恐慌之中。20世纪初无忧无虑的日子结束了。从20世纪20年代开始，“美好时代”一词被用来描述战前的这段时期，那时的未来似乎仍然是理想的，而人们对那个时代永远充满怀旧之情。

文学大事件梳理

1 德雷福斯事件(l'Affaire Dreyfus)促使众多作家发声，埃米尔·左拉(Émile Zola)发表公开信《我控诉》(*J'accuse*，1898)，要求为阿尔弗雷德·德雷福斯(Alfred Dreyfus)平反。

2 儒勒·凡尔纳(Jules Verne)的作品对法国青年产生了巨大影响。实证主义、科学、探索、冒险和旅行令人着迷。

3 第三共和国的“官方大师”阿纳托尔·法朗士(Anatole France)、保罗·布尔热(Paul Bourget)和皮埃尔·洛蒂(Pierre Loti)的作品迎合了读者的口味，体现了共和理性主义思想(法朗士)，捍卫了传统道德价值观(布尔热)，描绘了对异国旅行和探险的渴望(洛蒂)。

4 自然主义从1890年开始衰落，但依然能够对那些关注社会变迁的小说有所启发。作为社会发展的象征，小职员这一人物类型出现了。让·德拉·维尔·德·米尔蒙(Jean de la Ville de Mirmont)在《让·德泽尔的星期天》(*Les Dimanches de Jean Dézert*，1914)中对这一群体的休息日进行了独特的描绘。

5 20世纪的新潮流是“长河小说”，多达10卷的《约翰·克利斯朵夫》(*Jean-Christophe*，1904—1912)为其代表。而世纪之交的重大美学革命要归功于意识流文学的奠基者之一马塞尔·普鲁斯特(Marcel Proust)。他于1913年出版了小说《追寻逝去的时光》(*À la recherche du temps perdu*，1913—1927)第一卷——《在斯万家那边》(*Du côté de chez Swann*)，从这部作品开始，“我”的文学(la littérature du « je »)高度主观化，更多关注人物内心生活，优先分析感觉和思想。这部作品是对艺术和文学创作的重要反思，同时也通过人物和时间的变化，展现了从19世纪末到第一次世界大战后整个社会的变迁。

Au tournant du siècle

Autour de 1900

Au début du XXe siècle, la France, redevenue une République depuis la fin du Second Empire de Napoléon III (1870), connaît une période stable et prospère dont l'enthousiasme affiché contribue à masquer de réels problèmes structurels, politiques et sociaux qui s'affirmeront par la suite avec d'autant plus de force.

Mais l'humeur est encore à l'optimisme. La France de 1900 voit dans la IIIe République la concrétisation des promesses de la Révolution française qui est alors perçue comme étant l'élément décisif permettant l'inflexion de l'histoire universelle. Par opposition au Second Empire (1852–1870) qui contrôlait les consciences, la République représente, pour les Français, le régime qui garantit les libertés fondamentales (liberté individuelle, liberté de la presse, liberté de réunion, liberté d'association).

Se basant sur la philosophie révolutionnaire héritée de 1789, la IIIe République prône des valeurs auxquelles elle donne une dimension éthique. Les droits de l'homme, l'égalité devant la loi et l'éducation constituent les lignes de force de ce qui s'apparente à une véritable « morale » républicaine. Avec les « lois Jules-Ferry » (1881–1882), l'école primaire, maintenant gratuite et obligatoire, devient le socle et le symbole d'une République porteuse d'un projet social où l'avenir, guidé par la raison et le savoir, s'annonce radieux. Tous les enfants apprennent désormais à lire et à écrire. La génération née autour de l'année 1900 est la première à pleinement bénéficier de cet apprentissage généralisé. Les Français semblent adhérer au positivisme ambiant et sont convaincus que l'humanité est en marche vers un progrès dont le but consiste en l'amélioration continue de leur condition.

Une période de progrès

La France s'engage, dès les années 1880, dans la deuxième révolution industrielle. Avec l'utilisation de l'électricité, du pétrole, de l'aluminium, la France se projette dans ce qui incarne alors l'économie de l'avenir.

Peu à peu, les villes s'électrifient. La chimie apparaît comme une industrie innovante et concerne des domaines en pleine expansion aussi divers que l'agriculture (engrais), la pharmacie (médicaments), le textile (tissus synthétiques) ou les loisirs (cinéma).

Soutenu par une industrie métallurgique particulièrement performante et sur laquelle repose essentiellement la croissance économique française du début du XXe siècle, le domaine des transports se développe rapidement. Les réseaux de voies ferrées se multiplient à travers l'Europe, permettant aux classes favorisées de voyager plus facilement. Dès 1883, le fameux *Orient-Express* relie Paris à Istanbul.

Sous l'impulsion des entreprises fondées à la fin du XIXe siècle (la « Société des Automobiles Peugeot » est créée en 1896, Renault en 1898), l'automobile connaît un grand engouement et s'impose, en quelques années, comme une grande industrie d'avenir. En 1914, la France est le deuxième producteur mondial de voitures.

Le progrès qui accompagne le début du XXe siècle est indissociable d'une certaine idée de découverte et de défi. Appréhender la vitesse avec l'automobile, réduire les distances avec le train et les expéditions lointaines (en 1903, Jean-Baptiste Charcot explore l'Antarctique), conquérir l'air avec l'avion (en 1909, Louis Blériot obtient le premier brevet de pilote d'avion délivré en France et traverse la Manche) : tout cela relève encore d'un esprit d'aventure.

La Belle Époque ?

Paris incarne le foisonnement culturel de la Belle Époque, favorisé par un contexte d'optimisme et d'innovation. La tour Eiffel, véritable prouesse technique érigée à l'occasion de l'Exposition universelle de 1889, illustre parfaitement cette dualité qui caractérise ce début de siècle en devenant le symbole de Paris, après avoir été longtemps décriée.

La « Ville Lumière » accueille une fois encore l'Exposition universelle en 1900, dont le thème est « le bilan d'un siècle ». Visitée par 50 millions de personnes, l'exposition accueille notamment le « Palais de l'Électricité » qui témoigne de l'entrée dans une ère nouvelle. La statue allégorique qui surplombe ce pavillon consacré à toutes les innovations électriques, la « fée électricité », connaît un véritable triomphe et personnalise un siècle qui sera placé sous le signe de la lumière. Symbole de la modernité et du progrès technique, l'Exposition universelle est l'occasion d'inaugurer la première ligne du métro parisien en juillet 1900. Construits pour l'occasion, le Petit Palais et le Grand Palais ont été conservés et témoignent, aujourd'hui encore, des réalisations de cette époque.

Autour de 1900, Paris se démarque aussi par son rayonnement culturel. Tout le monde converge vers Paris, notamment les artistes du monde entier qui y trouvent des conditions idéales pour développer leur art. Dès la fin du XIXe siècle, les impressionnistes avaient rompu avec l'idée d'une représentation stricte du réel. Les avant-gardes du début du XXe siècle poursuivent dans cette voie et explorent de nouvelles pistes. Le cubisme tente de rendre compte d'une vision fragmentée de la réalité, tandis que le fauvisme fait la part belle à la couleur (en 1905, Henri Matisse provoque un scandale avec *La Femme au chapeau*). Pablo Picasso s'installe à Paris en 1904. Après la « période bleue » (1901–1904), il commence sa « période rose » (1904–1906). Il complète la longue liste des peintres qui ont choisi Paris (Modigliani, Chagall, Kisling...).

Les années 1900 marquent une amélioration dans les conditions de vie des Français. Même s'il faut relativiser ce fait, les travailleurs sont, dans l'ensemble, mieux payés, mieux nourris et mieux logés que durant le Second Empire. À partir de 1906, l'obligation du repos hebdomadaire est généralisée et un véritable système de retraite est mis en place dès 1910. Tout ceci a pour conséquence une progressive modification du statut social des ouvriers et des employés. Conséquence de l'apprentissage de la lecture, ils s'informent et lisent le journal. À la faveur de ce nouveau jour de congé, ils découvrent les loisirs.

La capitale française offre en effet tous les divertissements possibles : du café-concert à l'opéra, en passant par les cabarets, les music-halls et les théâtres. Mais c'est une nouvelle invention qui va rapidement s'imposer. En 1895, les frères Lumière mettent au point le cinématographe. La première projection publique est organisée à Paris le 28 décembre 1895, au sous-sol du Grand Café, boulevard des Capucines. La presse est invitée mais ne vient pas. Les 33 spectateurs présents purent voir pour la première fois des images animées dans dix petits films d'environ une minute.

Des artistes comme Louis Feuillade ou Georges Méliès perçoivent rapidement tout le potentiel de ce procédé nouveau et ne tarderont pas à réaliser les premiers films de fiction. Dès 1902, Georges Méliès signe le premier film de science-fiction avec *Le Voyage dans la lune*, chef-d'œuvre d'inventivité et d'effets spéciaux. Le succès du cinématographe est immédiat. Avant la Première Guerre mondiale, 90% des films projetés dans le monde sont des films français[①].

Malgré cette atmosphère en apparence légère et positive, il faut toutefois souligner que la réalité de la vie en France au début du XXe siècle est plus nuancée. L'Affaire Dreyfus,

① BERSTEIN, Serge ; MILZA, Pierre, *Histoire de la France au XXe siècle, tome 1*, Paris, Perrin, 2009, p. 77.

la loi de 1905 de séparation de l'Église et de l'État actant la laïcité, la remise en cause du positivisme, les volontés de réformes dans le monde ouvrier, les attentats terroristes anarchistes de la bande à Bonnot (1911–1913), le choix du pacifisme ou celui de la guerre face à l'Allemagne (Jean Jaurès est assassiné le 31 juillet 1914), sont autant de sujets sur lesquels les Français s'affrontent violemment.

1914 marque la fin de l'insouciance qui caractérisait les années 1900. Avec la Première Guerre mondiale, la France bascule dans l'horreur et laisse derrière elle une époque définitivement révolue. Le terme de « Belle Époque » désignera donc, à partir des années 20, cette période d'avant-guerre, où l'avenir semblait encore pouvoir être idéal, et dont le siècle sera toujours nostalgique.

La littérature avant 1914

Les clivages politiques, religieux et philosophiques qui animent la société française font aussi débat parmi les écrivains. C'est tout d'abord l'Affaire Dreyfus qui marque les fondements d'une opposition radicale entre une droite réactionnaire et une gauche républicaine. Accusé à tort et condamné pour espionnage en faveur de l'Allemagne, Alfred Dreyfus est défendu à gauche par Anatole France, Léon Blum, Roger Martin du Gard ou Charles Péguy qui s'engagent, avec Zola, en faveur de sa réhabilitation. À droite, Charles Maurras, Léon Bloy, Édouard Drumont ou Paul Bourget sont ouvertement antidreyfusards. Dreyfus est finalement réhabilité en 1906.

Le deuxième point sur lequel s'opposent les écrivains est la loi de 1905 de séparation de l'Église et de l'État. Cette loi cristallise les tensions entre écrivains catholiques (Paul Claudel, Francis Jammes) et anticléricaux partisans d'une république radicale. Le monde catholique, lui-même, est divisé. En effet, le mouvement nationaliste de l'Action française que fréquente Charles Maurras n'a pas grand chose à voir avec Le Sillon, mouvement défendant un catholicisme social, dont fait partie François Mauriac.

Sur le plan littéraire, les années 1900 sont encore largement influencées par le XIXe siècle. L'œuvre de Jules Verne (il meurt en 1905) figure parmi les principales lectures de la jeunesse française. Elle illustre le positivisme du début du siècle en faisant la part belle à la science, aux découvertes, aux aventures extraordinaires et aux voyages.

Nés au milieu du XIXe siècle, Anatole France, Paul Bourget et Pierre Loti répondent aux goûts des lecteurs et appartiennent aux « maîtres officiels » de la IIIe République, en incarnant l'idée d'un rationalisme républicain (Anatole France), en défendant des valeurs morales traditionnelles (Paul Bourget), ou en dépeignant un attrait pour les voyages et les aventures exotiques où la principale ambition est de distraire et d'émouvoir (Pierre Loti).

En déclin depuis 1890 (Zola meurt en 1902), le naturalisme continue néanmoins d'inspirer un roman attentif aux modifications sociales. Symbole de l'évolution de la société, un nouveau type de personnage apparaît : le petit employé de bureau, dont Jean de la Ville de Mirmont donne un singulier aperçu des repos hebdomadaires dans *Les Dimanches de Jean Dézert* (1914). Mais c'est le « roman-fleuve » qui s'affirme comme la nouvelle tendance née avec le siècle. Entre 1904 et 1912, Romain Rolland signe, avec *Jean-Christophe*, un immense roman en dix volumes. L'ambition totalisante de ce livre, où se développe un idéal humaniste et pacifiste, s'inspire des grands ensembles romanesques du XIXe (Balzac, Zola).

Sur le plan romanesque, la révolution esthétique majeure de ce début de siècle est à mettre au crédit de Marcel Proust, qui débute la publication d'*À la recherche du temps perdu* en 1913, avec *Du côté de chez Swann*. Avec ce livre, la littérature du « je » devient pleinement subjective et interroge moins l'action objective que la vie intérieure, en privilégiant l'analyse des sensations et des pensées. Véritable réflexion sur la création artistique et littéraire, *À la recherche du temps perdu* montre aussi, par l'intermédiaire des personnages et les effets du temps, l'évolution de toute la société durant la Belle Époque et jusqu'au lendemain de la Première Guerre mondiale.

◆◆ Texte 1 ◆◆

L'Aube (1904)

Dans ce premier tome du roman-fleuve Jean-Christophe, *le protagoniste, Jean-Christophe Krafft, découvre très tôt son don pour la musique. Enfant doté d'une « sensibilité exceptionnelle », il souffre intensément de l'injustice et de la misère et se réjouit avec la même intensité des beautés de la nature ou d'une délicate attention. Il prend conscience du pouvoir de son piano à créer tout un monde de sons et de sensations.*

Maintenant, sa plus grande joie est quand sa mère doit passer la journée en service, ou faire une course en ville. Il écoute ses pas descendre dans l'escalier : les voilà dans la rue ; ils s'éloignent. Il est seul. Il ouvre le piano, il approche une chaise, il se juche dessus ; ses épaules arrivent à hauteur du clavier : c'est assez pour ce qu'il veut. Pourquoi attend-il d'être seul ? Personne ne l'empêcherait de jouer, pourvu qu'il ne fît pas trop de bruit. Mais il a honte devant les autres, il n'ose pas. Et puis, on cause, on se remue : cela gâte le plaisir. C'est tellement plus beau, quand on est seul !... Christophe retient son souffle, pour que ce soit plus silencieux encore, et aussi parce qu'il est un peu ému, comme s'il allait tirer un coup de canon. Le cœur lui bat, en appuyant le doigt sur la touche ; quelquefois, il le relève, après l'avoir enfoncé à moitié, pour le poser sur une autre. Sait-on ce qui va sortir de celle-ci, plutôt que de celle-là ?... Tout à coup, le son monte : il y en a de profonds, il y en a d'aigus, il y en a qui tintent, il y en a d'autres qui grondent. L'enfant les écoute longuement, un à un, diminuer et s'éteindre ; ils se balancent comme les cloches, lorsqu'on est dans les champs, et que le vent les apporte et les éloigne tour à tour ; puis, quand on prête l'oreille, on entend dans le lointain d'autres voix différentes qui se mêlent et tournent, ainsi que des vols d'insectes ; elles ont l'air de vous appeler, de vous attirer loin... loin... de plus en plus loin, dans les retraites mystérieuses, où elles plongent et s'enfoncent... Les voilà disparues !... Non ! elles murmurent encore... Un petit battement d'ailes... Que tout cela est étrange ! Ce sont comme des esprits. Qu'ils obéissent ainsi, qu'ils soient tenus captifs dans cette vieille caisse, voilà qui ne s'explique point !

Mais le plus beau de tout, c'est quand on met deux doigts sur deux touches à la fois. Jamais on ne sait au juste ce qui va se passer. Quelquefois, les deux esprits sont ennemis ; ils s'irritent, ils se frappent, ils se haïssent, ils bourdonnent d'un air vexé ; leur voix s'enfle ; elle crie, tantôt avec colère, tantôt avec douceur. Christophe adore ce jeu : on dirait des monstres enchaînés, qui mordent leurs liens, qui heurtent les murs de leur prison ; il semble qu'ils vont les rompre et faire irruption au dehors, comme ceux dont parle le livre de contes, les génies emprisonnés dans des coffrets arabes sous le sceau de Salomon. – D'autres vous flattent : ils tâchent de vous enjôler ; mais ils ne demandent qu'à mordre et ils ont la fièvre. Christophe ne sait pas ce qu'ils veulent : ils l'attirent et le troublent ; ils le font presque rougir. – Et d'autres fois encore, il y a des notes qui s'aiment : les sons s'enlacent, comme, on fait avec les bras, quand on se baise ; ils sont gracieux et doux. Ce sont les bons esprits ; ils ont des figures souriantes et sans rides ; ils aiment le petit Christophe, et le petit Christophe les aime ; il a les larmes aux yeux de les entendre, et il ne se lasse pas de les rappeler. Ils sont ses amis, ses chers, ses tendres amis...

Ainsi l'enfant se promène dans la forêt des sons, et il sent autour de lui des milliers de forces inconnues, qui le guettent et l'appellent, pour le caresser, ou pour le dévorer.

ROMAIN ROLLAND (1866–1944)

Vie et formation

Romain Rolland naît à Clamecy en 1866, dans une famille bourgeoise. Installé à Paris, il poursuit ses études au lycée Louis-le-Grand avant d'intégrer l'École normale supérieure (ENS). Agrégé d'histoire, il enseigne l'histoire de l'art à l'ENS puis à la Sorbonne. Il publie des *Vies des hommes illustres*, des pièces de théâtre, mais c'est avec son roman-fleuve *Jean-Christophe* (1904–1912) qu'il accède à la notoriété. Trop âgé pour être mobilisé en 1914, il demeure en Suisse où il dénonce les atrocités de la guerre. Il y publie un appel pacifiste, *Au-dessus de la mêlée* (1915). Prix Nobel de littérature en 1915, il incarne la figure de « l'intellectuel de gauche », animé par un idéal humaniste et par la non-violence. Méfiant vis-à-vis de tout type d'embrigadement et des doctrines figées, il conservera toute sa vie son indépendance.

Jean-Christophe

Avec *Jean-Christophe,* Romain Rolland inaugure ce qu'il appelle lui-même le genre du « roman-fleuve » au XXe siècle. Composée de dix volumes, l'œuvre est un véritable monument qui suit l'existence (de l'enfance à l'âge adulte) pleine d'épreuves d'un musicien allemand de génie. Pour l'écrivain, elle constitue surtout une véritable « profession de foi ». En effet, à l'ambition matérialiste de la Belle Époque, Rolland oppose l'énergie morale, la générosité, l'amour, la beauté de la nature. Le livre connaît un énorme succès public même si son lyrisme, faisant songer à un romantisme tardif, et son idéalisme atténuent considérablement sa dimension réaliste.

LECTURE MÉTHODIQUE

1 En vous intéressant à la syntaxe, au vocabulaire, relevez tous les éléments qui soulignent l'émotion du jeune musicien.

2 Interrogez la posture du narrateur. Comment se situe-t-il par rapport à l'enfant ?

3 Dans quelle mesure l'influence du romantisme littéraire peut-elle être évoquée dans cet extrait ? Relevez des exemples.

4 En quoi ce texte peut-il illustrer l'humanisme de Romain Rolland ?

◆◆ Texte 2 ◆◆

Les Dimanches de Jean Dézert (1914)

Modeste employé de ministère, Jean Dézert mène une existence monotone. Le dimanche précédent, il a rencontré Elvire au Jardin des Plantes. Ils se donnent à nouveau rendez-vous le dimanche prochain.

Le dimanche suivant n'était pas, du moins dans toute la force du mot, un dimanche comme on l'entend. Avec lui commençait en effet, pour Jean Dézert, le mois de vacances, qui, chaque année, constitue l'un des avantages les plus recherchés de la vie d'employé de ministère. Durant cette période, les jours de la semaine ont chacun une valeur égale. Leur nom ne présente plus qu'un intérêt purement théorique.

Jean Dézert, qui, l'été, ne va jamais ni à la mer ni à la montagne, mais considère alors Paris comme une ville d'eau, s'était vêtu d'un pantalon blanc et d'un veston d'alpaga. Depuis sa fenêtre, il vit enfin venir Elvire.

Elle portait, en le balançant négligemment à son côté, un paquet assez volumineux et de forme ronde, ficelé dans du papier blanc. Elle changea deux fois de trottoir, sans nécessité, avant d'entrer.

– Embrassez-moi, dit-elle, sitôt parvenue sur le palier. Ne sommes-nous pas de vieux amis ?

Il obéit. Ses lèvres n'en gardèrent qu'un petit goût sucré de poudre de riz à bon marché.

– Je suis en retard, oh ! Malgré moi. On va se promener, n'est-ce pas ? Vous savez bien que vous me l'avez promis.

– Je me souviens, Elvire, et j'ai fait des projets. Il existe, au-delà des fortifications, un site où je veux vous conduire. Il est si sauvage et si loin (malgré les moyens de transport) que les habitants d'alentour l'ont dénommé Madagascar. Des maisons poussent, çà et là, trop grandes, parmi les fumées d'usines. Des pauvres se sont crus dans la campagne ; ils ont laissé des papiers gras et des tessons de bouteilles sur le bord des carrières. Je ne sais pas, à vrai dire si vous aimerez cet endroit. Mais il vous expliquera beaucoup de moi-même.

– Cela m'est égal, répondit-elle, j'aime mieux partir pour Viroflay. Il y a des bois. Nous jouerons à nous perdre. On prend d'abord le train, à la gare des Invalides. C'est un train électrique, qui conduit jusqu'à Versailles. Les noms des stations sont gracieux : Meudon-Val-Fleury, par exemple. On passe devant Issy-les-Moulineaux. On voit quelquefois des aéroplanes. Je connais la promenade. Je l'ai faite avec ma tante et ma cousine, l'année dernière. Nous avons dîné sous la tonnelle d'un restaurant et Dieu sait que l'on s'est amusé ! Mais, au retour, il y avait tant de monde et j'étais si fatiguée que je me suis endormie, debout, dans un compartiment de fumeurs.

– Je n'insisterai pas ; allons à Viroflay. Mais auparavant m'expliquerez-vous le contenu de votre paquet ?

– Une couronne. Papa m'a dit : « je l'ai promise pour aujourd'hui. C'est dimanche et je n'ai personne. Puisque tu sors, va la livrer. » Seulement, voilà, c'est bien de moi, j'ai perdu l'adresse.

– Votre père vend des couronnes ? Il y a donc tant de monarques ?

– La maison possède un assortiment varié. Elle tient même, depuis peu, un article fort avantageux, d'émail blanc inaltérable à la gelée, pour enfants en bas âge.

– Je ne vous voyais pas sous un tel jour, Elvire. Posez l'objet dans le vestibule. N'en parlons plus et partons. Il est inutile d'agiter ces choses.

– Du tout. Je le garde avec moi. Je serais trop capable de l'oublier, au retour. Qu'au moins je rapporte cette couronne à mon père.

– Ne craignez-vous point que cela jette une ombre sur notre excursion ?

– Tiens ! Quelle idée ! Je vous confie mon fardeau. C'est au jeune homme d'être chargé.

JEAN DE LA VILLE DE MIRMONT *(1886–1914)*

Vie et formation

Jean de la Ville de Mirmont est né à Bordeaux dans une famille protestante. Il étudie les lettres et obtient sa licence. À Paris, il se lie d'amitié avec François Mauriac, lui aussi originaire de Bordeaux, et occupe un poste de fonctionnaire à la préfecture de la Seine. Parallèlement, il écrit des poèmes et des contes qu'il publie dans des revues. À la déclaration de guerre, bien que réformé à cause de sa mauvaise vue, il est résolu à s'engager. Il y parvient en septembre 1914 et est envoyé au front. Il meurt le 28 novembre 1914, sur le Chemin des Dames, à l'âge de 27 ans.

Les Dimanches de Jean Dézert

Quelques mois avant de partir à la guerre, Jean de la Ville de Mirmont publie son unique roman, *Les Dimanches de Jean Dézert* (1914). D'inspiration autobiographique, ce court ouvrage raconte la morne existence d'un jeune homme de 27 ans, employé de ministère, « vêtu d'incolore », « résigné à sa médiocrité ». L'unique vertu de cet éternel « figurant » est de savoir attendre le dimanche à venir. Par son ton absurde, décalé et drôle, ce petit livre rend compte de la légèreté d'une époque qui découvre les joies du repos hebdomadaire. Il annonce aussi le « roman de l'employé de bureau » et de tous ceux qui sont « de nature interchangeable dans la foule », genre qui s'affirmera quelques années plus tard avec le *Salavin* de Georges Duhamel.

LECTURE MÉTHODIQUE

1 Comparez le style d'écriture et le ton de Jean de la Ville de Mirmont à ceux du texte de Romain Rolland. Qu'observez-vous ? Que pouvez-vous dire sur la posture du narrateur ?

2 Relevez tous les éléments qui révèlent la classe sociale des personnages ainsi que tous les marqueurs culturels relatifs à la Belle Époque.

3 Que pouvez-vous dire des personnages d'Elvire et de Jean Dézert ? Comment qualifier leur relation ?

4 Analysez le tableau d'Auguste Renoir, *Bal du moulin de la Galette*. Effectuez des recherches à son sujet, ainsi que sur le divertissement qu'il met en scène.

◆◆ Texte 3 ◆◆

Du côté de chez Swann (1913)

*Dans le premier tome d'*À la recherche du temps perdu*, le narrateur raconte son enfance et ses souvenirs de vacances, à Combray. Il s'ouvre sur l'un des plus célèbres incipit de la littérature française : « Longtemps je me suis couché de bonne heure ». Fresque monumentale sur la mémoire et le temps, Marcel Proust évoque, dès les premières pages, avec le fameux épisode de la madeleine, la façon dont les plus petits éléments du quotidien peuvent, à l'improviste, réactiver un souvenir.*

Il y avait déjà bien des années que, de Combray, tout ce qui n'était pas le théâtre et le drame de mon coucher n'existait plus pour moi, quand un jour d'hiver, comme je rentrais à la maison, ma mère, voyant que j'avais froid, me proposa de me faire prendre, contre mon habitude, un peu de thé. Je refusai d'abord et, je ne sais pourquoi, je me ravisai. Elle envoya chercher un de ces gâteaux courts et dodus appelés Petites Madeleines qui semblaient avoir été moulés dans la valve rainurée d'une coquille de Saint-Jacques. [...]

Et tout d'un coup le souvenir m'est apparu. Ce goût, c'était celui du petit morceau de madeleine que le dimanche matin à Combray (parce que ce jour-là je ne sortais pas avant l'heure de la messe), quand j'allais lui dire bonjour dans sa chambre, ma tante Léonie m'offrait après l'avoir trempé dans son infusion de thé ou de tilleul. La vue de la petite madeleine ne m'avait rien rappelé avant que je n'y eusse goûté ; peut-être parce que, en ayant souvent aperçu depuis, sans en manger, sur les tablettes des pâtissiers, leur image avait quitté ces jours de Combray pour se lier à d'autres plus récents ; peut-être parce que, de ces souvenirs abandonnés si longtemps hors de la mémoire, rien ne survivait, tout s'était désagrégé ; les formes – et celle aussi du petit coquillage de pâtisserie, si grassement sensuel sous son plissage sévère et dévot – s'étaient abolies, ou, ensommeillées, avaient perdu la force d'expansion qui leur eût permis de rejoindre la conscience. Mais, quand d'un passé ancien rien ne subsiste, après la mort des êtres, après la destruction des choses, seules, plus frêles mais plus vivaces, plus immatérielles, plus persistantes, plus fidèles, l'odeur et la saveur restent encore longtemps, comme des âmes, à se rappeler, à attendre, à espérer, sur la ruine de tout le reste, à porter sans fléchir, sur leur gouttelette presque impalpable, l'édifice immense du souvenir.

Et dès que j'eus reconnu le goût du morceau de madeleine trempé dans le tilleul que me donnait ma tante (quoique je ne susse pas encore et dusse remettre à bien plus tard de découvrir pourquoi ce souvenir me rendait si heureux), aussitôt la vieille maison grise sur la rue, où était sa chambre, vint comme un décor de théâtre s'appliquer au petit pavillon donnant sur le jardin, qu'on avait construit pour mes parents sur ses derrières (ce pan tronqué que seul j'avais revu jusque-là) ; et avec la maison, la ville, la Place où on m'envoyait avant déjeuner, les rues où j'allais faire des courses depuis le matin jusqu'au soir et par tous les temps, les chemins qu'on prenait si le temps était beau. Et comme dans ce jeu où les Japonais s'amusent à tremper dans un bol de porcelaine rempli d'eau de petits morceaux de papier jusque-là indistincts qui, à peine y sont-ils plongés s'étirent, se contournent, se colorent, se différencient, deviennent des fleurs, des maisons, des personnages consistants et reconnaissables, de même maintenant toutes les fleurs de notre jardin et celles du parc de M. Swann, et les nymphéas de la Vivonne, et les bonnes gens du village et leurs petits logis et l'église et tout Combray et ses environs, tout cela qui prend forme et solidité, est sorti, ville et jardins, de ma tasse de thé.

MARCEL PROUST (1871–1922)

Vie et formation

Marcel Proust naît à Paris dans un milieu bourgeois et aisé. De santé fragile, il connaît toute sa vie de graves troubles respiratoires. Élève brillant, Proust se passionne pour la littérature et pour les arts. Après ses études secondaires, il fréquente assidûment la vie mondaine. Il y observe et analyse les différents comportements et modes de pensées. Grâce à sa fortune, il se consacre à l'écriture. Il publie ses premiers textes dans des revues, fait paraître son premier ouvrage, *Les Plaisirs et les Jours* (1896), et traduit l'œuvre du critique d'art John Ruskin. Très affecté par la mort de ses parents, il se retire peu à peu du Monde et vit en reclus pour se consacrer pleinement, durant quinze ans, à l'écriture de ce qui sera l'œuvre de sa vie : *À la recherche du temps perdu*. Épuisé, Proust meurt à l'âge de 51 ans.

À la recherche du temps perdu

À la recherche du temps perdu est un livre immense – un livre « cathédrale » – composé de sept tomes, publiés entre 1913 et 1927 (les deux derniers le sont à titre posthume). Réflexion sur le temps et sa dimension affective, sur l'art et ses fonctions, sur l'amour et la jalousie, sur le théâtre du monde, *La Recherche* est un ouvrage foisonnant, véritable fresque d'une époque en pleine mutation. Il fait date dans l'histoire de la littérature française et mondiale, non seulement par son ampleur mais aussi par le style caractéristique, fait de très longues phrases, que l'écrivain y déploie.

LECTURE MÉTHODIQUE

1 Analysez la façon dont l'écriture reproduit le cheminement de la mémoire. L'expression « madeleine de Proust » est devenue proverbiale. Cherchez-en le sens.

2 En observant la façon dont Marcel Proust utilise la ponctuation, essayez de décrire le rythme de la phrase de Marcel Proust.

3 Le peintre Elstir, l'écrivain Bergotte et le musicien Vinteuil sont les trois grands artistes de *La Recherche.* Faites des recherches à leur sujet et présentez en quoi ils jouent un rôle décisif pour le narrateur.

4 *À la recherche du temps perdu* a donné lieu à de nombreuses adaptations (film, bande dessinée, théâtre...). Choisissez l'une d'elles et présentez-la.

◆◆ 导读 ◆◆
法语文学中的中国

儒勒·凡尔纳与中国：《一个天朝人的磨难》

儒勒·凡尔纳(1828—1905)出生于法国港口城市南特，在巴黎获得法学学士学位，并投身文学创作。凡尔纳生前出版了几十部短篇和长篇小说。他的作品广受欢迎，激发了公众对冒险和科技的迷恋。

凡尔纳从未到过中国，他对中国的了解完全基于书本。在其《八十天环游地球》(*Le Tour du monde en quatre-vingts jours*, 1873)中，首次出现了中国，但这部作品充斥着殖民主义观点。《一个天朝人的磨难》(*Les Tribulations d'un Chinois en Chine*, 1879)是凡尔纳唯一一部完全以中国为背景的小说。书中塑造了两个主要人物，一位是富有的金福，支持以西方模式为基础的现代化；另一位是哲学家王先生，中国传统思想的传承者。凡尔纳想通过这部作品唤起人们对两种思维方式和谐共存的希望。

皮埃尔·洛蒂与中国：《撕裂北京的那一年》

皮埃尔·洛蒂(1850—1923)生于法国西部滨海夏朗德罗什福尔市，17岁进入海军学校学习。作为一名军人，他参加了1870年的普法战争，并周游世界。他创作了大量小说、游记，其中大部分灵感来源于自己的生活。在他众多作品中，《阿姬亚黛》(*Aziyadé*, 1879)讲述了他在土耳其的经历，《洛蒂的婚姻》(*Le Mariage de Loti*, 1880)描写了他在塔希提岛的时光，《一个非洲骑兵的故事》(*Le Roman d'un spahi*, 1881)记述了他在塞内加尔的日子，《菊子夫人》(*Madame Chrysanthème*, 1887)叙述了他在日本的时光。他是19世纪末游记作家的典型代表，作品充满了当时由欧洲殖民主义所塑造的感伤和异国情调。

与凡尔纳不同，洛蒂是真正意义上第一代到中国旅行的作家。洛蒂在1900年至1901年“八国联军”入侵中国期间，曾以法国海军军官身份，两次来到北京。洛蒂在《撕裂北京的那一年》(*Les Derniers Jours de Pékin*, 1902)中记录了他在北京的所见所闻。洛蒂发现初见时支离破碎的中国蕴藏着深厚的文化底蕴，他尝试了解中国的文化、艺术和传统。

◆◆ Présences de la Chine dans la littérature ◆◆

Les Tribulations d'un Chinois en Chine (1879)

Nous sommes au tout début du roman. Kin-Fo, un riche Chinois, organise un banquet pour célébrer son mariage prochain. Les six convives discutent sur le sens de la vie.

Où se tenait cette conversation ? Était-ce dans une salle à manger européenne, à Paris, à Londres, à Vienne, à Pétersbourg ? Ces six convives devisaient-ils dans le salon d'un restaurant de l'ancien ou du nouveau monde ? Quels étaient ces gens qui traitaient ces questions, au milieu d'un repas, sans avoir bu plus que de raison ?

En tout cas, ce n'étaient pas des Français, puisqu'ils ne parlaient pas politique !

Les six convives étaient attablés dans un salon de moyenne grandeur, luxueusement décoré. À travers le lacis des vitres bleues ou orangées se glissaient, à cette heure, les derniers rayons du soleil. Extérieurement à la baie des fenêtres, la brise du soir balançait des guirlandes de fleurs naturelles ou artificielles, et quelques lanternes multicolores mêlaient leurs pâles lueurs aux lumières mourantes du jour. Au-dessus, la crête des baies s'enjolivait d'arabesques découpées, enrichies de sculptures variées, représentant des beautés célestes et terrestres, animaux ou végétaux d'une faune et d'une flore fantaisistes.

Sur les murs du salon, tendus de tapis de soie, miroitaient de larges glaces à double biseau. Au plafond, une « punka » agitant ses ailes de percale peinte, rendait supportable la température ambiante.

La table, c'était un vaste quadrilatère en laque noire. Pas de nappe à sa surface, qui reflétait les nombreuses pièces d'argenterie et de porcelaine comme eût fait une tranche du plus pur cristal. Pas de serviettes, mais de simples carrés de papier, ornés de devises, dont chaque invité avait près de lui une provision suffisante. Autour de la table se dressaient des sièges à dossiers de marbre, bien préférables sous cette latitude aux revers capitonnés de l'ameublement moderne.

Quant au service, il était fait par des jeunes filles, fort avenantes, dont les cheveux noirs s'entremêlaient de lis et de chrysanthèmes, et qui portaient des bracelets d'or ou de jade, coquettement contournés à leurs bras. Souriantes et enjouées, elles servaient ou desservaient d'une main, tandis que, de l'autre, elles agitaient gracieusement un large éventail, qui ravivait les courants d'air déplacés par la punka du plafond.

Le repas n'avait rien laissé à désirer. Qu'imaginer de plus délicat que cette cuisine à la fois propre et savante ? Le Bignon de l'endroit, sachant qu'il s'adressait à des connaisseurs, s'était surpassé dans la confection des cent cinquante plats dont se composait le menu du dîner.

Au début et comme entrée de jeu, figuraient des gâteaux sucrés, du caviar, des sauterelles frites, des fruits secs et des huîtres de Ning-Po. Puis se succédèrent, à courts intervalles, des œufs pochés de cane, de pigeon et de vanneau, des nids d'hirondelle aux œufs brouillés, des fricassées de « ging-seng », des ouïes d'esturgeon en compote, des nerfs de baleine sauce au sucre, des têtards d'eau douce, des jaunes de crabe en ragoût, des gésiers de moineau et des yeux de mouton piqués d'une pointe d'ail, des ravioles au lait de noyaux d'abricots, des matelotes d'olothuries①, des pousses de bambou au jus, des salades sucrées de jeunes radicelles, etc. Ananas de Singapore, pralines d'arachides, amandes salées, mangues savoureuses, fruits du « long-yen » à chair blanche, et du « li-tchi » à pulpe pâle, châtaignes d'eau, oranges de Canton confites, formaient le dernier service d'un repas qui durait depuis trois heures, repas largement arrosé de bière, de champagne, de vin de Chao-Chigne, et dont l'inévitable riz, poussé entre les lèvres des convives à l'aide de petits bâtonnets, allait couronner au dessert la savante ordonnance.

JULES VERNE (1828–1905)

Jules Verne au XXe siècle

Bien que décédé en 1905, Jules Verne est un homme du XIXe siècle. Pourtant, avec un très grand nombre de nouvelles et de romans publiés de son vivant, il accompagne tous les enfants de la IIIe République et de la Belle Époque. Souvent offerts et distribués lors des remises des prix de fin d'année, ses livres sont lus par énormément de personnes et sont très populaires. Toujours très bien documentés, ils rendent compte des avancées technologiques

① Si Jules Verne écrit « olothurie », on orthographie généralement « holothurie ». Il s'agit d'un animal marin qu'on appelle aussi, en français, « concombre de mer ».

de la seconde moitié du XIXe siècle. S'intéressant aussi à des techniques encore balbutiantes, les œuvres de Verne ont ainsi grandement contribué à façonner l'attrait et la fascination du grand public pour le progrès, les aventures et les voyages extraordinaires.

Jules Verne et la Chine

Jules Verne n'a jamais voyagé en Chine. Ses connaissances sont donc entièrement livresques. Le pays apparaît pour la première fois de façon notable dans son œuvre dans *Le Tour du monde en quatre-vingts jours* (1872), sous le prisme d'une vision coloniale d'époque qui n'est jamais remise en cause dans le livre.

La vision de Jules Verne évolue quelque peu dans *Les Tribulations d'un Chinois en Chine* (1879). L'action se situe entièrement en Chine et suit les aventures du milliardaire Kin-Fo qui, convaincu de sa ruine, souscrit une assurance-vie au bénéfice de sa fiancée et fait promettre à son serviteur Wang de l'assassiner dans les deux mois. Avec ces deux personnages, Verne dépeint une Chine plus contrastée. D'un côté, le riche Kin-Fo est favorable à une modernisation sur le modèle occidental. De l'autre, le philosophe Wang se fait l'écho d'une pensée chinoise traditionnelle. Verne semble quelque peu rééquilibrer son jugement en évoquant l'espoir d'une cohabitation harmonieuse de ces deux modes de pensées. Toutefois, en s'intéressant à des Chinois « européanisés », il reprend les thèses du XIXe siècle qui croient encore aux « vertus civilisatrices » de la colonisation.

LECTURE MÉTHODIQUE

1 Quels procédés littéraires Verne utilise-t-il pour décrire le lieu où se déroule le banquet puis le banquet lui-même ?

2 Avec ce texte, quelle impression l'auteur cherche-t-il à produire sur le lecteur ?

3 L'édition originale de 1879 était accompagnée des illustrations de Benett. Effectuez des recherches et interrogez l'image de la Chine qu'elles mettent en scène.

4 Travail d'écriture. Écrivez à votre tour une scène de banquet se déroulant en France en essayant d'y insérer des images stéréotypées.

Les Derniers Jours de Pékin (1902)

Arrivé le 24 septembre 1900 à bord du navire militaire français Le Redoutable, Pierre Loti se rend en mission à Pékin. En chemin, il découvre un pays dévasté par la guerre et les atrocités commises. Arrivé dans la capitale, il découvre la « Ville impériale ».

Le « Lac des Lotus » et voici le « Pont de Marbre » ! Ces deux noms m'étaient connus depuis longtemps, noms de féerie, désignant des choses *qui ne pouvaient pas être vues*, mais des choses dont la renommée pourtant avait traversé les infranchissables murs. Ils évoquaient pour moi des images de lumière et d'ardente couleur, et ils me surprennent, prononcés ici dans ce morne désert, sous ce vent glacé.

Le « Lac des Lotus ! »... Je me représentais, comme les poètes chinois l'avaient chanté, une limpidité exquise, avec de grands calices ouverts à profusion sur l'eau, une sorte de plaine aquatique garnie de fleurs roses, une étendue toute rose. Et c'est ça ! C'est cette vase et ce triste marais, que recouvrent des feuilles mortes, roussies par les gelées ! Il est du reste infiniment plus grand que je ne pensais, ce lac creusé de main d'homme, et il s'en va là-bas, là-bas, vers de nostalgiques rivages, où d'antiques pagodes apparaissent parmi de vieux arbres, sous le ciel gris.

Le « Pont de Marbre ! »... Oui, ce long arceau blanc supporté par une série de piliers blancs, cette courbure gracieusement excessive, ces rangées de balustres à tête de monstre, cela répond à l'idée que je m'en faisais ; c'est très somptueux et c'est très chinois. – Je n'avais cependant pas prévu les deux cadavres, en pleine pourriture sous leurs robes, qui, à l'entrée de ce pont, gisent parmi les roseaux.

Toutes ces larges feuilles mortes, sur le lac, ce sont bien des feuilles de lotus ; de près, maintenant, je les reconnais, je me souviens d'avoir jadis beaucoup fréquenté leurs pareilles – mais si vertes et si fraîches ! – sur les étangs de Nagasaki ou de Yeddo. Et il devait y avoir là en effet une nappe ininterrompue de fleurs roses ; leurs tiges fanées se dressent encore par milliers au-dessus de la vase.

Mais ils vont sans doute mourir, ces champs de lotus, qui charmaient depuis des siècles les yeux des empereurs, car leur lac est presque vide, – et ce sont les alliés qui en ont déversé les eaux dans le canal de communication entre Pékin et le fleuve, afin de rétablir cette voie, que les Chinois avaient desséchée par crainte qu'elle ne servît aux envahisseurs.

Le « Pont de Marbre », tout blanc et solitaire, nous mène sur l'autre rive du lac, très rétréci en cet endroit, et c'est là que je dois trouver ce « palais du Nord » où sera ma résidence. Je n'aperçois d'abord que des enceintes s'enfermant les unes les autres, de grands portiques brisés, des ruines, encore des ruines et des décombres. Et, sur ces choses, une lumière morte tombe d'un ciel d'hiver, à travers l'opacité des nuages pleins de neige.

Au milieu d'un mur gris, une brèche où un chasseur d'Afrique monte la faction ; d'un côté, il y a un chien mort, de l'autre un amas de loques et de détritus répandant une odeur de cadavre. Et c'est, paraît-il, l'entrée de mon palais.

Nous sommes noirs de poussière, saupoudrés de neige, nos dents claquent de froid, quand nous descendons enfin de nos charrettes, dans une cour encombrée de débris, – où mon camarade l'aide de camp, le capitaine C..., vient à ma rencontre. Et vraiment on se demanderait, à de tels abords, si le palais promis n'était pas chimérique.

Au fond de cette cour, cependant, une première apparition de magnificence. Il y a là une longue galerie vitrée, élégante, légère, – intacte, à ce qu'il semble, parmi tant de destructions. À travers les glaces, on voit étinceler des ors, des porcelaines, des soies impériales traversées de dragons et de nuages... Et c'est bien un coin de palais, très caché, que rien ne décelait aux alentours.

PIERRE LOTI *(1850–1923)*

L'écrivain voyageur

Julien Viaud naît à Rochefort et intègre à 17 ans l'école navale. Militaire, il prend part à la guerre de 1870 et parcourt le monde. C'est à Tahiti, en Polynésie, que la reine Pomaré lui attribue le surnom de « Loti », du nom d'une fleur tropicale. Sous le pseudonyme de « Pierre Loti », Julien Viaud publie de nombreux romans et récits de voyages dont l'inspiration est en grande partie autobiographique. Parmi ses nombreux ouvrages, *Aziyadé* (1879) relate son séjour en Turquie, *Le Mariage de Loti* (1880) son séjour à Tahiti, *Le Roman d'un spahi* (1881) son séjour au Sénégal et *Madame Chrysanthème* (1887) son séjour au Japon. Il est l'exemple type de l'écrivain voyageur de la fin du XIXe siècle dont les livres sont pleins d'un sentimentalisme et d'un exotisme d'époque conditionnés par le colonialisme européen.

Pierre Loti et la Chine

À la différence de Jules Verne, Pierre Loti appartient à la première véritable génération d'écrivains qui voyage en Chine et parfois y réside longuement. C'est en tant qu'officier de la Marine nationale que Loti se rend en Chine à l'automne 1900. Il est envoyé par l'armée française pour participer à l'expédition menée par une coalition de pays (Royaume-Uni, États-Unis, Allemagne, Autriche-Hongrie, Italie, Russie, Japon et France) dont les intérêts sont menacés par la révolte des Boxers face à l'impérialisme et à la colonisation étrangère. C'est à partir d'articles publiés dans le journal *Le Figaro* que Pierre Loti compose l'ouvrage qu'il intitule *Les Derniers Jours de Pékin* (1902). Il ne s'agit donc pas d'un roman. Loti y raconte son séjour. Il rend compte des exactions commises par les soldats des deux camps. Passée une première impression « désenchantée » face à une Chine exsangue et brisée, Loti découvre peu à peu la richesse d'un pays dont il tente de comprendre la culture, l'art et les traditions.

LECTURE MÉTHODIQUE

1 Littérature ? Journalisme ? Comment, à partir de cet extrait, définir *Les Derniers Jours de Pékin*, de Pierre Loti ?

2 Étudiez la façon dont Loti fait de tout ce qu'il voit un portrait contrasté.

3 Relevez tous les éléments qui renvoient, même indirectement, à la guerre.

4 En 1901, Paul d'Ivoi publie le roman *Cigale en Chine*, dont l'action se déroule aussi durant la révolte des Boxers. Faites des recherches à son sujet. Quels sont les points communs et les différences (sur le plan thématique comme sur le plan formel) de ces deux livres contemporains ?

CHAPITRE 1
Des Années folles aux années de crise

第一章
从疯狂岁月到危机年代

◆◆第一节　导读◆◆
20世纪20年代，小说再思考

1918年11月11日，第一次世界大战结束，法国失去了一大批青壮年。由于多次战役发生在法国北部和东部，曾经的公共设施和工业基础设施遭到严重破坏。法国公众认为德国对法国负有罪责，必须付出代价。法国人希望这是最后一次战争，但是1919年的《凡尔赛条约》(Traité de Versailles)在德国人的心里埋下了怨恨的种子。

20世纪20年代法国经历了经济的飞速发展，城市化进程加速。这一时期也是流行文化的转折点。广播和电影，尤其是1927年以来的有声电影，成为大众文化的新载体。

妇女在战争中发挥了积极作用，她们在许多领域取代了开赴前线的男性劳动力。女性缩短了裙子，剪短了头发。维克托·马格里特(Victor Margueritte)的小说《潇洒女子》(*La Garçonne*, 1922)讲述了一位出身资产阶级家庭的年轻女性，决定摆脱男人的束缚，独自抚养孩子的故事。该书出版后所带来的成功和丑闻揭示了社会的矛盾心态。尽管传统的家庭结构仍是常态，但妇女解放在当时已蔚然成风。到20世纪20年代中期，女权协会已拥有约16万名会员。

20世纪20年代与和平繁荣相伴，是一个非常放松的时代。巴黎成为派对的温床，在舞会、歌舞厅和夜总会，人们跳起了探戈和查尔斯顿舞。他们喜欢来自美国的新音乐——爵士乐，热捧音乐厅明星约瑟芬·贝克(Joséphine Baker)。装饰艺术(art déco)展成功举办，香奈儿名噪一时。前卫的超现实主义得到肯定，这一思潮波及诗歌、绘画、雕塑及电影。巴黎再次成为文化、娱乐、高雅品位、艺术和文学的重要中心之一。

在人们的集体想象中，“疯狂岁月”(Années folles)与乐观主义、道德解放、狂野的音乐节奏以及先锋派的挑衅联系在一起。而这主要是巴黎人的事情，与大多数法国人无关。对后者而言，城市就是艰苦的工作场所，并不适合庆祝活动。

文学大事件梳理

1 大量退伍军人讲述了他们所经历的地狱般的生活。罗兰·多热莱斯（Roland Dorgelès）的《木十字架》（*Les Croix de bois*, 1919）以及由莫里斯·热纳瓦（Maurice Genevoix）五部作品汇集的《1914年的人们》（*Ceux de 14*, 1949），是其中最著名的具有见证价值的作品。

2 罗歇·马丁·杜加尔（Roger Martin du Gard）的《蒂博一家》（*Les Thibault*, 1922—1940）和乔治·杜亚美（Georges Duhamel）的《萨拉万的生平与遭遇》（*Vie et aventures de Salavin*, 1920—1932）延续了长篇小说的传统，后者对20世纪30年代前后开始创作的整整一代作家产生了巨大的影响。

3 旅行和探险仍然是小说体裁中的流行主题。皮埃尔·伯努瓦（Pierre Benoit）的《大西岛》（*L'Atlantide*, 1919）以及朱尔·叙佩维埃尔（Jules Supervielle）的《潘帕斯人》（*L'Homme de la pampa*, 1923），迎合了战后读者逃避现实和追求异国情调的心理。

4 作为"美好时代"以来的一位重要文学家，西多妮-加布丽埃勒·科莱特（Sidonie-Gabrielle Colette）的系列作品《克洛迪娜》（*Claudine*, 1900—1904）以及《自由女神》（*L'Ingénue libertine*, 1909）描绘了女性的境况，通过女性的独立和自由体现了女性的解放。1923年出版的《青麦》（*Le Blé en herbe*），是一部青春启蒙小说。这部作品反传统，大胆、巧妙地戏弄了性别刻板印象。

5 新一代作家正在崛起，他们的短篇小说短小精悍，质量上乘。埃马纽埃尔·勃夫（Emmanuel Bove）以《我想要一个朋友》（*Mes amis*, 1924）获得成功。这本短篇小说描绘了荒诞的人性。1923年，让·科克托（Jean Cocteau）的门徒雷蒙·拉迪盖（Raymond Radiguet）出版了《魔鬼附身》（*Le Diable au corps*）一书，小说讲述了15岁的主人公与18岁年轻女子的恋情。由于这位女子的丈夫是第一次世界大战期间在前线作战的士兵，因而引发了一场丑闻。在《阴郁的巴特林》（*Battling le ténébreux*, 1928）中，亚历山大·维亚拉特（Alexandre Vialatte）以温情怀旧的笔调描写了与成人社会相冲突的中学生的浪漫梦想。

6 乔治·贝纳诺斯(Georges Bernanos)的《在撒旦的阳光下》(*Sous le soleil de Satan*, 1926)以及弗朗索瓦·莫里亚克(François Mauriac)的《苔蕾丝·德斯盖鲁》(*Thérèse Desqueyroux*, 1927),将内省和观察相结合,探索情感的发现和成长的过程。许多作家在小说中探究人类的灵魂和内心的自我。

7 安德烈·纪德(André Gide)是极具影响力的《新法兰西评论》(*Nouvelle Revue Française*)创始人之一,他在《伪币制造者》(*Les Faux-monnayeurs*, 1925)中对小说的创作进行了反思,并质疑小说传达现实的能力。纪德认为,小说家的目的与其说是描述现实,不如说是描绘一系列的可能性。纪德在《伪币制造者》这本关于小说的小说中,从技术和理论的角度,公开提出了小说表现内在性的问题,这是20世纪20年代文学的核心问题。

◆◆ Séquence 1 ◆◆

Les années 20, le roman en question

Les conséquences de la Première Guerre mondiale

Le 11 novembre 1918, l'armistice met fin à la Première Guerre mondiale et acte la défaite de l'Allemagne. Le conflit a ravagé l'Europe et le bilan humain est catastrophique. Près de 19 millions de personnes ont trouvé la mort durant les années de combats (1914–1918). En France, on compte environ 1 300 000 hommes qui ont perdu la vie (plus de 10% de la population active masculine), auxquels il faut ajouter, en plus des millions de blessés, 1 100 000 invalides de guerres (les « gueules cassées »).

Si la France, aux côtés des Alliés, est victorieuse, elle n'en paie donc pas moins, elle aussi, un lourd tribut. Aux pertes humaines, il faut ajouter les pertes économiques. Beaucoup de combats ont eu lieu dans le Nord et l'Est de la France, détruisant un très grand nombre d'infrastructures publiques et industrielles dans des régions particulièrement dynamiques avant 1914. En 1918, la France est dans une situation financière désastreuse : elle croule sous les dettes.

Deux antiennes résument l'état d'esprit de la population durant ces années d'après-guerre : « *la der des ders* » et « *l'Allemagne paiera* ». En effet, le premier sentiment qui domine est que la guerre qui s'achève, et qui a été un massacre sans précédent, doit absolument être la *dernière*. Le deuxième sentiment consiste à dire que l'Allemagne, considérée coupable par l'opinion française du sang versé et de la ruine de la France, doit être contrainte de rembourser. Signé le 28 juin 1919, le traité de Versailles condamne l'Allemagne à être amputée d'une partie de son territoire, à perdre toutes ses colonies et à verser d'énormes indemnités de réparation. Symbole d'une paix qui n'a pas été négociée et inique par bien des aspects, le traité de Versailles constitue le fondement sur lequel se construit, durant les deux décennies qui suivent, le ressentiment des Allemands à l'égard de la France.

Une prospérité nouvelle

Paradoxalement, alors que la France connaît une grave crise de ses finances publiques, les années 20 sont aussi le moment d'une très forte croissance économique, d'abord favorisée par la part active que prend le gouvernement dans la reconstruction du pays (pratiquement achevée en 1929) et par une généreuse politique d'indemnisation des victimes. La formule qui s'impose comme une nouvelle antienne, « *l'épi sauvera le franc* », imaginée par Henry Chéron (ministre de l'agriculture de 1922 à 1924), témoigne d'une France encore majoritairement rurale, faite d'artisanat et de petites entreprises. Parallèlement à cette réalité, la situation évolue. En effet, si près de 54% des Français vivaient encore à la campagne en 1919, ce nombre s'inverse irrémédiablement autour de 1930.

Dynamisé par les crédits venant des États-Unis, l'appareil productif de la France se modernise autour de ses secteurs clés, comme la sidérurgie, l'électricité (83% des communes sont reliées au réseau électrique en 1932 contre 17% en 1919) ou l'automobile. La forte industrialisation des années 20 entraîne une augmentation du nombre des ouvriers. La condition ouvrière, soumise à l'arrivée de nouvelles méthodes de production parfois vécues comme une nouvelle forme d'esclavage (Taylorisme, Fordisme), est en pleine mutation. Si les conditions de vie s'améliorent sensiblement en ce qui concerne les dépenses liées à l'alimentation et au logement (le mal-logement est cependant un réel sujet), les ouvriers ne profitent que très modérément de cette prospérité sur le plan matériel. Malgré tout, on relève, durant les années 20, les premiers signes d'une consommation de masse qui commence à se mettre en place, suivant le modèle américain, autour de produits tels que la bicyclette, les petites motos ou les postes de radio.

Les bouleversements de la société

Les tranchées ont mis en relation des classes de la population (bourgeois, ouvriers, paysans) qui n'auraient, sans cela, eu aucune raison de se côtoyer. Ainsi, si la guerre n'a pas supprimé les différences sociales, ni remis en cause tous les préjugés de classes, ces interactions semblent néanmoins avoir contribué à faire du mode de vie bourgeois un modèle désirable pour le plus grand nombre. En plus d'être un moment de croissance économique spectaculaire, les années 20 sont donc aussi un point de bascule pour la culture populaire. Du fait de l'exode vers les villes, les traditions rurales déclinent tandis que le modèle urbain tend à s'imposer. La radio et le cinéma (qui devient parlant en 1927) sont les nouveaux vecteurs d'une culture populaire qui s'adresse désormais au plus grand nombre et qui tend progressivement à s'uniformiser.

Les femmes ont activement participé à l'effort de guerre, remplaçant, dans bien des secteurs d'activité, la main d'œuvre masculine partie au front. Signe de ce relatif changement de mentalité, les femmes raccourcissent leurs robes et coupent leurs cheveux. Le roman de Victor Margueritte, *La Garçonne* (1922), illustre ces évolutions en faisant le portrait d'une jeune femme d'origine bourgeoise décidant de vivre libérée des hommes et d'élever seule son enfant. Le succès et le scandale qui accompagnent la parution du livre sont révélateurs de l'ambivalence de la société. Bien que les structures familiales traditionnelles demeurent la norme, l'émancipation de la femme est ainsi dans l'air du temps. Au milieu des années 20, les associations féministes comptent environ 160 000 adhérentes.

Les « Années folles »

Associées à la paix et à la prospérité, les années 20 apparaissent comme un réel moment de détente. Témoin du désir de légèreté ambiant, Paris devient l'un des hauts lieux de la fête. Dans les dancings, les cabarets et les « boîtes de nuit », on danse le tango argentin et le charleston ; on découvre le jazz, une nouvelle musique venue des États-Unis ; et on admire la vedette du music-hall, Joséphine Baker. Avec le triomphe de l'exposition consacrée au style « Art déco » (1925), avec le succès de Coco Chanel (qui signe en 1921 son célèbre parfum N°5), avec l'affirmation de l'avant-garde surréaliste qui s'intéresse autant à la poésie qu'à la peinture, à la sculpture ou au cinéma, Paris redevient l'une des capitales importantes de la culture, du divertissement, du bon goût, des arts et de la littérature. Dans l'imaginaire collectif, les « Années folles » sont associées à l'optimisme, à la libération des mœurs, aux rythmes musicaux endiablés et aux provocations des avant-gardes. Si tout cela est vrai, il faut toutefois se souvenir que cette période se définit avant tout par comparaison : elle se situe après les traumatismes de la Première Guerre mondiale et avant les grandes crises des années 30. Sans la nier, il convient donc de relativiser la portée de ces « Années folles ». En effet, elles sont avant tout parisiennes et sont loin de concerner la très grande majorité des Français pour qui la ville, lieu de travail souvent pénible, se prête mal à la fête.

Le roman en question

La Première Guerre mondiale est très présente dans la production littéraire des années 20. Les récits des anciens combattants se multiplient et rendent compte de l'enfer vécu. À l'image de nombreux autres, les livres de Roland Dorgelès, *Les Croix de bois* (1919), et de Maurice Genevoix, *Ceux de 14* (compilation de cinq ouvrages parus entre 1916 et 1923), ont une vraie valeur de témoignage.

Roger Martin du Gard (*Les Thibault*, 1922–1940) et Georges Duhamel (*Vie et aventures de Salavin*, 1920–1932) continuent la tradition du roman-fleuve. *La Confession de minuit* (1920), premier tome mettant en scène le personnage de Louis Salavin, exerce une réelle influence sur toute la génération d'écrivains qui prendra la plume autour des années 1930. De la même manière, voyages et aventures constituent encore des sujets prisés par le genre romanesque. Au lendemain de la guerre, les lecteurs désireux d'évasion et d'exotisme lisent les romans de Pierre Benoit (*L'Atlantide*, 1919) ou de Jules Supervielle (*L'Homme de la pampa*, 1923).

Mais d'une façon générale, l'heure n'est plus à l'édification de grandes cathédrales littéraires, sur le modèle d'*À la recherche du temps perdu*, dont la publication s'achève en 1927. Une nouvelle génération d'auteurs s'impose avec des récits brefs qui brillent par leur apparente simplicité et surtout par la qualité de leur style. Ainsi, en 1923, Raymond Radiguet, le protégé de Cocteau, publie *Le Diable au corps* et crée le scandale avec ce roman qui raconte les amours du narrateur de 15 ans avec une jeune femme de 18 ans, dont le mari est un soldat envoyé au front durant la Première Guerre mondiale. Repéré par Colette, Emmanuel Bove connaît le succès avec *Mes amis* (1924), petit livre qui met en scène, avec un humour mélancolique et désabusé, l'absurdité de la condition humaine. Avec *Battling le ténébreux* (1928), Alexandre Vialatte décrit avec nostalgie et tendresse les rêves romanesques des collégiens qui se heurtent au pragmatisme de la société et du monde des adultes. Ces écrivains poursuivent une voie déjà très largement explorée par Colette depuis le début du XXe siècle. Grande figure littéraire depuis la Belle Époque, l'autrice de la série des *Claudine* (1900–1907) et de *L'Ingénue libertine* (1909) dépeint, dans ses ouvrages, la condition féminine et incarne l'émancipation par son indépendance et sa liberté. Publié en 1923, *Le Blé en herbe* est lui aussi un roman de l'initiation adolescente, de l'éveil des sens et des désirs. Anticonformiste et audacieux, il se joue subtilement des stéréotypes de genre.

Parallèlement à tous ces écrivains qui joignent l'introspection et l'observation pour interroger la découverte des sentiments et le passage à l'âge adulte, de nombreux auteurs sondent l'âme humaine, dans des romans d'inspiration chrétienne. La quête de la spiritualité et l'exploration de l'intériorité, motifs qui suscitent un regain d'intérêt du fait de la guerre, sont souvent l'occasion de mettre au point de nouvelles techniques romanesques jouant notamment sur les différents types de focalisations. C'est ce que font par exemple Georges Bernanos, dans *Sous le soleil de Satan* (1926), et François Mauriac, dans *Thérèse Desqueyroux* (1927).

André Gide, l'un des fondateurs de l'influente *Nouvelle Revue française*, joue un rôle décisif dans la redéfinition du modèle romanesque dans les années 20. Avec *Les Faux-monnayeurs* (1925), il construit une réflexion sur le roman en train de se faire et interroge sa capacité à dire la réalité. En privilégiant les zones d'ombre et les non-dits, Gide considère que l'objectif du romancier est moins de décrire le réel que de dépeindre une somme de possibilités. L'enjeu est donc moins de représenter le réel que de s'intéresser à des personnages autonomes et laissés à leur liberté. Avec *Les Faux-monnayeurs*, roman sur le roman, Gide pose ouvertement, tant d'un point de vue technique que théorique, la question, centrale dans la littérature des années 20, de la représentation romanesque de l'intériorité.

◆◆ Texte 1 ◆◆

Ceux de 14 (1949)

La première partie de Ceux de 14 *s'intitule* Sous Verdun. *Le récit débute le 25 août 1914, avec l'ordre de départ pour le front. Genevoix y raconte les bombardements, les combats, les tranchées, le courage, l'anxiété et la peur. L'extrait se situe après la Bataille de la Marne (5-12 septembre 1914).*

Vendredi, 25 septembre

Où sommes-nous ? Nous avons passé les dernières heures de la nuit sur un plateau qui s'étale derrière nous, pauvre, à demi rongé par la forêt. Devant, au-delà de la route, il y a quelques champs, un creux, puis encore la forêt. Vers l'ouest, c'est Mouilly, Rupt, la vallée de la Meuse, le calme loin de l'ennemi. Vers l'est, à la sortie des bois, c'est la fin des « hauts », les derniers contreforts qui s'avancent au seuil de la plaine et la commandent, puis la Woëvre marécageuse, Fresnes, Marchéville, Sceaux, Champlon.

Ils sont là-bas, quelque part, tapis au pied des collines et guettant la minute favorable où ils pourront se ruer à l'assaut. Vers le sud aussi, ce sont eux : ils ont pris Hattonchâtel, Saint-Maurice ; ils se sont lancés à travers les futaies et les taillis. Ils tiennent Saint-Rémy, Vaux-les-Palameix. Hier, ils ont avancé jusqu'à presque atteindre la route de Saint-Rémy à Mouilly.

Où sont-ils ce matin ? Et quel est notre rôle à nous ? On ne nous a rien dit, comme d'habitude.

Pourquoi ce parti pris de silence ? On nous ordonne : « Allez là. » Et nous y allons. On nous ordonne : « Attaquez. » Et nous attaquons. Pendant la bataille, du moins, on sait qu'on se bat. Mais après ? Bien souvent c'est la fusillade toute proche, les obus dégringolant en avalanche qui disent l'imminence de la mêlée. Et lorsqu'une fois on s'est battu, des mouvements recommencent, des marches errantes, avance, recul, des haltes, des formations, des manœuvres qu'on cherche à s'expliquer, et que généralement on ne s'explique pas. Alors on éprouve l'impression d'être dédaigné, de n'obtenir nulle gratitude pour le sacrifice consenti ; on se dit : « Qu'est-ce que nous sommes ? Des Français à qui leur pays a demandé de le défendre, ou simplement des brutes de combat ? »

Au jour de la retraite, avant la Marne, on nous a laissé croire que nous allions nous embarquer à Bar-le-Duc, pour nous rendre à Paris où des troubles menaçaient d'éclater. Des capitaines répétaient cette bourde, parce qu'au moins elle expliquait nos étapes vers le sud, parce qu'elle leur était une clarté. Ils l'avaient accueillie aussitôt, ayant besoin de savoir et de croire.

Une fois, une seule, on nous a parlé : c'était le matin du 6 septembre. Le capitaine nous a réunis, et rapidement, en quelques mots, il a esquissé la situation des armées en présence et nous a exposé ce que nous allions faire. Rien de plus. Il ne nous a pas révélé quelle bataille décisive allait s'engager ce jour-là ; lui-même ne le savait pas. Et pourtant, ce fut assez : une lumière était en nous. On nous demandait quelque chose ; on nous disait : « Voilà ce qu'il faut que vous fassiez ; nous comptons sur vous. » Et c'était bien.

Mais hier, quand nous avons quitté le bivouac près de la ferme, nous avons marché à l'inconnu, dans l'angoisse trouble de ce qui allait se passer. On nous lançait en pleine tourmente à une heure difficile entre toutes, l'ennemi avançant avec une résolution forcenée, nos troupes perdant du terrain, lâchant pied jusqu'à laisser libre la route de Verdun. Toute la licence des états-majors ne pouvait plus rien là contre. Nous arrivions, nous luttions, nous tenions, ou nous étions bousculés à notre tour. Dès lors nous étions tout. Dès lors il était juste, il était raisonnable de nous dire combien lourde, mais combien exaltante était notre tâche.

MAURICE GENEVOIX *(1890–1980)*

Vie et formation

Maurice Genevoix naît dans la Nièvre et grandit dans le Centre Val-de-Loire. Excellent élève, il poursuit des études brillantes. D'abord interne au lycée Pothier d'Orléans, il entre en khâgne au lycée Lakanal de Sceaux, avant d'être admis à l'École normale supérieure de la rue d'Ulm. Alors qu'il songe à une carrière universitaire, la Première Guerre mondiale est déclarée. À l'issue de celle-ci, Genevoix se consacre à l'écriture et obtient le prix Goncourt en 1925 pour son roman *Raboliot*. Marqué, comme d'autres écrivains de l'entre-deux-guerres (Jean Giono, Henri Bosco), par une inspiration régionaliste, ses livres ont pour principales thématiques l'enfance, la mort, la nature, la mémoire. Genevoix est élu à l'Académie française en 1946. Son cercueil entre au Panthéon en 2020.

Ceux de 14

Maurice Genevoix est mobilisé en août 1914. Grièvement blessé en 1915, il perd l'usage de sa main gauche. Réformé, il entreprend la rédaction de son témoignage de guerre à partir des notes prises sur le front. Recueil de récits de guerre, *Ceux de 14* (1949) rassemble *Sous Verdun*, *Nuits de guerre*, *Au seuil des guitounes*, *La Boue*, et *Les Éparges*, publiés entre 1916 et 1923. Genevoix y conte de façon extrêmement détaillée toute son expérience de la guerre. L'intérêt de ce livre réside dans le fait que l'écrivain tente d'y développer un point de vue objectif, alliant vérité documentaire et rigueur littéraire. En cela, il se démarque des ouvrages de Roland Dorgelès (*Les Croix de bois*, 1919) et d'Henri Barbusse (*Le Feu*, 1916) où l'écriture se fait parfois plus lyrique.

LECTURE MÉTHODIQUE

1 Quels sont les procédés littéraires qui permettent de conférer au texte une impression d'objectivité ?

2 Relevez les différents pronoms personnels et interrogez la façon dont Genevoix les utilise. Qui représentent-ils ? Que remarquez-vous ? Quels sont ses objectifs ?

3 Quelles sont les relations entre gradés et simples soldats ?

4 Analysez la façon dont les soldats de 1914 sont décrits. Relevez notamment les différentes émotions qui les parcourent.

◆◆ Texte 2 ◆◆

Le Blé en herbe (1923)

L'été touche à sa fin. Philippe a succombé aux charmes de madame Dalleray. Son amie Vinca n'est pas dupe et se rend compte de ses allées et venues nocturnes. Tous deux vont au bord de la mer pour avoir une explication. Phil est inquiet de la réaction de Vinca.

« Elle va sans doute vouloir mourir », se dit-il. « Elle voulait déjà mourir ici même, un jour... Elle va vouloir mourir... »

– Vinca, il faut me promettre...

Elle tendit l'oreille, sans le regarder, et tout son corps exprima, dans ce mouvement léger, l'ironie et l'indépendance.

– Oui, Vinca... Il faut me promettre que ni sur ce rocher ni dans aucun lieu de la terre, tu... tu ne chercheras à quitter la vie...

Elle l'éblouit, en lui jetant au visage le rayon bleu de ses yeux grands ouverts, dans un brusque et ferme regard.

– Tu dis ? Quitter... quitter la vie ?

Il posa les mains sur les épaules de Vinca, hocha un front lourd d'expérience :

– Je te connais, chérie. D'ici même, tu as voulu, sans raisons, te laisser glisser en bas, il y a six semaines, et maintenant...

La stupeur, tandis qu'il parlait, maintenait hauts, au-dessus des yeux de Vinca, les arcs de ses sourcils. Elle secoua, d'un tour d'épaules, les mains de Philippe.

– Maintenant ?... Mourir ?... Pourquoi ?

Il rougit à ce dernier mot, et Vinca compta sa rougeur pour une réponse.

– À cause d'elle ? s'écria Vinca. Tu es fou ?

Phil arracha, d'agacement, les touffes du maigre gazon et rajeunit soudain de quatre ou cinq ans.

– On est toujours fou, quand on cherche à savoir ce que veut une femme, et quand on s'imagine qu'elle sait ce qu'elle veut !

– Mais je le sais, Phil. Je le sais très bien. Et aussi ce que je ne veux pas ! Tu peux être tranquille, je ne me tuerai pas à cause de cette femme-là ! Il y a six semaines... Oui, je me laissais glisser, là, jusqu'en bas, et je t'entraînais. Mais ce jour-là, c'était pour toi, que je mourais, et pour moi... pour moi...

Elle ferma les yeux, renversa la tête, caressa de la voix ses dernières paroles, et ressembla, avec une fidélité étrange, à toutes les femmes qui renversent le col et ferment les yeux sous un excès de bonheur. Pour la première fois, Philippe reconnut en Vinca la sœur de celle qui, les yeux clos et la tête abandonnée, semblait se séparer de lui, dans les instants même où il la tenait le mieux embrassée...

– Vinca ! Voyons, Vinca !

Elle rouvrit les yeux, se redressa.

– Quoi ?

– Eh, ne t'en va pas comme ça ! En voilà une figure de pâmoison !

– Je ne me pâme pas. C'est bon pour toi, le flacon de sels, l'eau de Cologne et tout le tremblement !

De temps en temps, la férocité enfantine se glissait entre eux, miséricordieuse. Ils y puisaient des forces, s'y retrempaient dans une lucidité anachronique, puis se rejetaient vers la folie de leurs aînés...

COLETTE (1873–1954)

Sidonie-Gabrielle Colette, dite Colette, est née dans l'Yonne, à Saint-Sauveur-en-Puisaye où elle passe une enfance heureuse. Elle reçoit une éducation laïque. Sa mère l'éveille à la nature et son père lui fait très tôt lire les classiques de la littérature. Elle épouse à 20 ans Henry Gauthier-Villars, dit « Willy », qui l'introduit dans le milieu littéraire parisien. C'est sous son pseudonyme qu'elle publie les quatre premiers volumes de la série des *Claudine* (1900–1907). Colette et Gauthier-Villars divorcent en 1906. Devenue indépendante, Colette commence une carrière au music-hall (1906–1912), mène une vie de femme libre et devient journaliste. Elle est notamment directrice littéraire du journal *Le Matin*. En parallèle, Colette poursuit son œuvre littéraire. *L'Ingénue libertine* (1909), *Chéri* (1920) ou *Sido* (1929) en font l'une des voix importantes du début du XXe siècle. La nature, l'enfance, la sexualité, l'intime et la question de la place sociale de la femme sont parmi les principaux thèmes qui parcourent ses ouvrages. Membre (1945) puis présidente de l'académie Goncourt (1949–1954), elle est la première femme en France à avoir droit à des funérailles nationales.

Le Blé en herbe

Publié en 1923, ce court roman s'intéresse à l'histoire de deux adolescents. Phil et Vinca (16 et 15 ans) passent, comme chaque année, les vacances d'été au bord de la mer, en compagnie de leur famille. Grandis aux mêmes jeux et dans la même nature, Phil et Vinca abandonnent le monde de l'enfance et s'éveillent progressivement à leur vie d'homme et de femme. *Le Blé en herbe* raconte subtilement, le temps d'une saison, ce passage vers l'âge adulte où les deux personnages s'initient à l'amour, au désir et à la sexualité. L'intérêt du livre réside autant dans les belles descriptions de la côte bretonne que dans la façon dont il se joue des stéréotypes de genre.

LECTURE MÉTHODIQUE

1 Quels sont les éléments qui montrent que Philippe est encore un adolescent ? Quels stéréotypes reproduit-il ? Quelles sont ses possibles références ?

2 Pourquoi peut-on dire que le personnage de Vinca est surprenant ? En quoi se démarque-t-elle d'une représentation féminine traditionnelle ? Quels stéréotypes remet-elle en cause ?

3 Par quels procédés Colette traduit-elle le trouble et l'émotion des deux adolescents ?

4 En 1954, le roman est adapté au cinéma par Claude Autant-Lara. Le film causa scandale à sa sortie. Recherchez pourquoi.

◆◆ Texte 3 ◆◆

Les Faux-monnayeurs (1925)

L'extrait se situe au chapitre 7 de la deuxième partie, au milieu du livre. Le narrateur interrompt le récit et commente les actions de ses personnages.

Le voyageur, parvenu au haut de la colline, s'assied et regarde avant de reprendre sa marche, à présent déclinante ; il cherche à distinguer où le conduit enfin ce chemin sinueux qu'il a pris, qui lui semble se perdre dans l'ombre et, car le soir tombe, dans la nuit. Ainsi l'auteur imprévoyant s'arrête un instant, reprend son souffle, et se demande avec inquiétude où va le mener son récit.

Je crains qu'en confiant le petit Boris aux Azaïs, Édouard ne commette une imprudence. Comment l'en empêcher ? Chaque être agit selon sa loi, et celle d'Édouard le porte à expérimenter sans cesse. Il a bon cœur, assurément, mais souvent je préférerais, pour le repos d'autrui, le voir agir par intérêt ; car la générosité qui l'entraîne n'est souvent que la compagne d'une curiosité qui pourrait devenir cruelle. Il connaît la pension Azaïs ; il sait l'air empesté qu'on y respire, sous l'étouffant couvert de la morale et de la religion. Il connaît Boris, sa tendresse, sa fragilité. Il devrait prévoir à quels froissements il l'expose. Mais il ne consent plus à considérer que la protection, le renfort et l'appui que la précaire pureté de l'enfant peut trouver dans l'austérité du vieil Azaïs. À quels sophismes prête-t-il l'oreille ? Le diable assurément les lui souffle, car il ne les écouterait pas, venus d'autrui.

Édouard m'a plus d'une fois irrité (lorsqu'il parle de Douviers, par exemple), indigné même ; j'espère ne l'avoir pas trop laissé voir ; mais je puis bien le dire à présent. Sa façon de se comporter avec Laura, si généreuse parfois, m'a paru parfois révoltante. [...]

Profitons de ce temps d'été qui disperse nos personnages, pour les examiner à loisir. Aussi bien sommes-nous à ce point médian de notre histoire, où son allure se ralentit et semble prendre un élan neuf pour bientôt précipiter son cours. Bernard est assurément beaucoup trop jeune pour prendre la direction d'une intrigue. Il se fait fort de préserver Boris ; il pourra l'observer tout au plus. Nous avons déjà vu Bernard changer ; des passions peuvent le modifier plus encore. [...]

Je ne puis point me consoler de la passade qui lui a fait prendre la place d'Olivier auprès d'Édouard. Les évènements se sont mal arrangés. C'est Olivier qu'aimait Édouard. Avec quel soin celui-ci ne l'eût-il pas mûri ? Avec quel amoureux respect ne l'eût-il pas guidé, soutenu, porté jusqu'à lui-même ? Passavant va l'abîmer, c'est sûr. Rien n'est plus pernicieux pour lui que cet enveloppement sans scrupules. J'espérais d'Olivier qu'il aurait mieux su s'en défendre ; mais il est de nature tendre et sensible à la flatterie. Tout lui porte à la tête. De plus, j'ai cru comprendre, à certains accents de sa lettre à Bernard, qu'il était un peu vaniteux. [...] Quand Édouard le retrouvera, il sera trop tard j'en ai peur. Mais il est jeune encore et l'on est en droit d'espérer.

Passavant... autant n'en point parler, n'est-ce pas ? Rien n'est à la fois plus néfaste et plus applaudi que les hommes de son espèce, sinon pourtant les femmes semblables à lady Griffith. Dans les premiers temps, je l'avoue, celle-ci m'imposait assez. Mais j'ai vite fait de reconnaître mon erreur. [...] J'espère ne pas revoir lady Griffith d'ici longtemps. Je regrette qu'elle nous ait enlevé Vincent, qui, lui, m'intéressait davantage, mais qui se banalise à la fréquenter [...].

S'il m'arrive d'inventer encore une histoire, je ne la laisserai plus habiter que par des caractères trempés, que la vie, loin d'émousser, aiguise. Laura, Douviers, La Pérouse, Azaïs.... que faire avec tous ces gens-là ? Je ne les cherchais point ; c'est en suivant Bernard et Olivier que je les ai trouvés sur ma route. Tant pis pour moi ; désormais je me dois à eux.

ANDRÉ GIDE *(1869–1951)*

Vie et formation

Né à Paris dans une famille de la haute bourgeoisie protestante, André Gide reçoit une éducation religieuse et morale austère. Il fréquente de façon discontinue l'École alsacienne et pratique assidûment le piano. S'opposant à l'austérité de son milieu, il se consacre à la littérature. Il est l'auteur d'une œuvre abondante, comprenant récits et romans, qui influence toute une génération d'écrivains. Mettant déjà en scène un écrivain au travail, *Paludes* (1895) – qui s'illustre par sa forme surprenante et son ton ironique – est ainsi considéré par Roland Barthes comme étant « un grand livre moderne ». Les ouvrages de Gide s'en prennent souvent à une morale oppressante, en célébrant le désir et la sensualité (*Les Nourritures terrestres,* 1897), ou en décrivant le conflit entre la foi religieuse et les sentiments (*La Symphonie pastorale,* 1919). Longtemps chef de file de la *Nouvelle Revue française* (*NRF*), Gide est un personnage influent du panorama littéraire du début du siècle et contribue notamment à la découverte de nouveaux talents (Aragon, Breton, Montherlant...). Durant les années 20, Gide s'engage politiquement. Ses voyages au Congo (*Voyage au Congo*, 1927) et en URSS (*Retour de l'URSS*, 1936) l'amènent à dénoncer le colonialisme et le stalinisme. Prix Nobel de littérature en 1947, son œuvre est internationalement reconnue.

Les Faux-monnayeurs

Publié en 1925, *Les Faux-monnayeurs* est le premier livre de Gide auquel il donne le nom de « roman ». À partir de l'histoire de trois personnages, Bernard, Olivier (deux amis lycéens) et Édouard, un écrivain qui projette d'écrire un roman intitulé *Les Faux-monnayeurs*, Gide élabore un ouvrage complexe, constitué de nombreuses intrigues secondaires qui lui permettent de développer ses thèmes de prédilection mais aussi de mener une véritable réflexion sur le roman. En renonçant à la narration linéaire, Gide multiplie les points de vue, joue avec les focalisations, utilise la mise en abyme et explore tous les genres narratifs (journal intime, lettres...). Œuvre majeure, *Les Faux-monnayeurs* rend parfaitement compte des différentes tendances qui traversent l'art narratif durant les années 20.

LECTURE MÉTHODIQUE

1 Définissez les notions de « narrateur » et d' « auteur ».

2 Dans cet extrait, qui est le narrateur ? À qui s'adresse le narrateur ? Quel est l'intérêt de ce procédé ?

3 Quelles conséquences la posture du narrateur a-t-elle pour les personnages ? Comment définir la relation qu'entretiennent le narrateur et les personnages ?

4 Travail d'écriture. Écrivez deux textes d'environ 20 lignes. Dans le premier, écrit à la troisième personne (narrateur extradiégétique), racontez une histoire mettant en scène trois personnages. Dans le second texte, écrit à la première personne, commentez vos choix et les actions des trois personnages, à la façon de ce que fait Gide.

◆◆ 第二节　导读 ◆◆

20世纪30年代，反英雄小说

1929年的华尔街股市崩盘使美国陷入了前所未有的经济危机，法国的危机从1931开始，持续至1938年。货币贬值导致法国物价大幅上涨，给大多数法国人带来巨大的损失。

在政治局势不稳定的背景下，1936年5月，左翼政治力量组成了人民阵线政府(Le Front populaire)，应对经济危机和法西斯主义威胁。人民阵线政府采取了一系列措施，如增加平均工资、限制工作时间和实行带薪休假，缓解了工人和雇员的困境，但内部分歧和国际形势限制了政府的行动。

在大众文化方面，30年代见证了教育民主化的进展，但社会阶层间仍存在巨大差异。随着法国免费中等教育的逐步推行，越来越多的法国人掌握阅读这项基本技能。当时的法国有大量日报、政治周刊和杂志可供阅读。广播也迎来了黄金时代，并成为一种大众媒体。

在戏剧方面，古典剧目和法国当代剧作家让・季洛杜(Jean Giraudoux)、让・阿努伊(Jean Anouilh)、科克托以及外国剧作家路易吉・皮兰德娄(Luigi Pirandello)、安东・契诃夫(Anton Tchekhov)、奥古斯特・斯特林堡(August Strindberg)的作品继续吸引着"有文化"的观众。

电影成为这一时期最大的吸引力，这门"第七艺术"吸引了所有人。让・雷诺阿(Jean Renoir)、马塞尔・卡尔内(Marcel Carné)、朱利安・杜维威尔(Julien Duvivier)等知名导演为人们提供了高质量的娱乐享受。

整体而言，30年代的法国社会在经济、政治和文化方面都经历了动荡和变革，为后续发展奠定了基础。

文学大事件梳理

1 1929年莱昂·勒莫尼耶(Léon Lemonnier)提出了“民粹主义”(Populisme)文学流派，该学派作家不分阶层，旨在汇集所有关注民众的作品，延续现实主义传统。《无灵魂》(*Sans âme*, 1928)的作者安德烈·泰里夫(André Thérive)是这场新生运动的领袖。与此同时，围绕亨利·普拉耶(Henry Poulaille)和主张“无产阶级文学”的新团体成立。这两个团体捍卫的都是人民、现实、质朴和真实。到了1935年，这两个运动已不再是主流，但他们的原则影响了许多作家的作品。

2 描写普通人。许多作家拒绝文学运动的标签，选择描写普通人。其中，亨利·卡莱(Henri Calet)在《很久以前》(*La Belle Lurette*, 1935)中，以个人经历为创作源泉，绘制了一代人的肖像。这一代人诞生在“美好时代”，一战时，他们正值青春年少，到了20世纪30年代，他们去工厂做工，后来又经历了失业。吕克·迪耶特里克(Luc Dietrich)的《苦难者的幸福》(*Le Bonheur des tristes*, 1935)，路易·吉尤(Louis Guilloux)的《人民之家》(*La Maison du peuple*, 1927)、《梦中的面包》(*Le Pain des rêves*, 1942)以及马克·贝尔纳(Marc Bernard)的《赤子之心》(*Pareils à des enfants*, 1942)都借助回忆来描述当时工人阶级的现实生活。让·梅克特(Jean Meckert)从13岁起就是一名工人，在小说《打击》(*Les Coups*, 1942)中，他讲述了一名工人因其社会阶层而注定无权无势的困惑。这些小说的共同之处在于专注于小人物的亲身经历，而情节退居其次。

3 “反英雄”小说。小说中的主角不再具备传统主角特质，也不再能够体现楷模风范。他只是在人群中被选中的一个个体，是群体的缩影。他不是冒险故事的主角，而是在现代社会和日常生活中备受煎熬的一个人，人性、政治、经济和社会现实总是将他拉回到困境中。吉尤在《黑血》(*Le Sang noir*, 1935)中塑造了“反英雄”形象的典范——克里比尔(Cripure)。

4 路易-费迪南·塞利纳(Louis-Ferdinand Céline)《长夜行》(*Voyage au bout de la nuit*, 1932)的出版对20世纪30年代的文学产生了持久的影响。这部小说开创性地使用了俚语及口语，在当时的文学创作中标志了一个新时代，影响了一代作家。在其第二部作品《死缓》(*Mort à crédit*, 1936)中，塞利纳讲述了童年和青春期的故事，进一步彰显了自己独特的风格，节奏越来越铿锵有力，并始终坚持句法解构。

5 关注个体与世界的关系。通过关注人与世界的关系，法国20世纪30年代的小说质疑以人作为小说主角的观念。在欧仁·达比（Eugène Dabit）的小说《北方旅馆》（*L'Hôtel du nord*，1929）中，没有主角，也缺乏情节。整个故事围绕着旅馆本身展开，作为所有角色共同涉足的公共场所，联系着书中的35个章节。让·马拉凯（Jean Malaquais）的《爪哇人》（*Les Javanais*，1939）于1939年获得勒诺多奖。书中的“爪哇岛”上聚集着来自各国的贫穷矿工，他们就是“爪哇人”。同达比一样，马拉凯在书中也以地点而非人物作为叙事的基础，倾向于多焦点叙事，打破了叙事的线性结构。雷蒙·格诺（Raymond Queneau）《麻烦事》（*Le Chiendent*，1933）以及乔治·巴塔耶（Georges Bataille）《天空之蓝》（*Le Bleu du ciel*，1935）均通过形式上的限制和超越，探究小说的真实感。

6 小说关注的是人的境况，许多小说家都在探索人物的灵魂。贝尔纳在《阿尼》（*Anny*，1934）中探讨家庭、夫妻的困境；马塞尔·茹昂多（Marcel Jouhandeau）在《沙米纳杜尔》（*Chaminadour*，1934）中记述了外省小镇的生活。虽然这些主题并不新颖，却具有存在主义色彩，与当时社会所经历的道德及思想危机相呼应。

◆◆ Séquence 2 ◆◆

Les années 30, l'anti-héros

Les années de crise

Le Krach d'octobre 1929 à la Bourse de Wall Street plonge les États-Unis dans une crise économique sans précédent. Paradoxalement, les effets de la dépression qui touche de nombreux pays (dont le Royaume-Uni et l'Allemagne) ne se font pas immédiatement sentir en France. Pour preuve, 1929 et 1930 sont même des années records en terme de production de charbon, de minerai de fer ou d'acier. De plus, la France est toujours le deuxième producteur mondial d'automobiles et un immense producteur d'électricité. La prospérité amorcée durant les années 20 ne semble pas devoir être démentie : la France peut encore présumer du plein emploi et d'une certaine stabilité financière. Mais à partir de 1931, tous les indices de production industrielle s'effondrent. Les jeux des dévaluations monétaires (notamment de la livre sterling et du dollar) entraînent une importante surévaluation des prix français par rapport aux cours mondiaux (+21% en 1935). La crise française a ceci de particulier qu'elle s'inscrit sur la durée. Alors que la plupart des pays industriels connaît une reprise à partir de 1935, en France la crise se prolonge jusqu'en 1938, malgré la brève amélioration de 1936.

L'immense majorité des Français subit d'énormes pertes de revenus. Les mécontents sont nombreux et forment un ferment fertile aux contestations portées par les idéologies d'extrême droite et d'extrême gauche. En plus d'être économiques, les conséquences de la crise sont donc aussi sociales.

Le Front populaire

C'est dans un contexte de grande instabilité politique (15 présidents du Conseil se succèdent entre novembre 1929 et juin 1936), de crise économique et pour répondre à la menace fasciste des ligues nationalistes (l'émeute du 6 février 1934) que les différentes forces politiques de gauche se regroupent pour former un gouvernement de coalition mené par Léon Blum. Élu en mai 1936, le Front populaire (constitué principalement de la SFIO, du Parti radical-socialiste et du Parti communiste) doit faire face à des grèves importantes qui s'étendent dans tous le pays. De nombreuses usines sont occupées et les grèves se déroulent généralement dans une ambiance de fête populaire. Début juin 1936, le pays est pratiquement à l'arrêt. Les revendications des travailleurs portent avant tout sur les salaires et les conditions de travail. Pour répondre au malaise social dont souffrent ouvriers et employés, le gouvernement de Front populaire prend une série de mesures entre juin et juillet 1936. Parmi les plus significatives, figurent : l'augmentation des salaires de 12% en moyenne, la limite du temps de travail hebdomadaire qui est fixée à 40 heures (contre 48 jusqu'alors) et l'instauration des deux premières semaines de congés payés. En répondant à la crise sociale par des décisions ambitieuses, le Front populaire fait naître un espoir qui sera pourtant de courte durée. En effet, les divisions internes quant aux réponses à apporter à la crise économique, les luttes idéologiques et la situation internationale limitent la marge de manœuvre du gouvernement Blum qui démissionne en avril 1938.

La culture populaire des années 30

Durant les années 30, l'adoption progressive de la gratuité de l'enseignement secondaire entraîne une augmentation significative des élèves qui fréquentent le collège et le lycée : de 107 000 en 1930, on passe à 195 000 en 1938. L'obtention du baccalauréat relève encore de l'exception et est souvent la conséquence d'une adolescence confinée dans un internat. *L'Enfant de chœur* (1937), de René Étiemble, et *Le Seau à charbon* (1940), d'Henri Thomas, figurent parmi les nombreux romans de l'époque qui racontent cette dure vie des collèges. Malgré une réelle démocratisation de l'enseignement, une importante disparité persiste selon les classes sociales. Durant les années 30, la très grande majorité des enfants doit encore se contenter du « certificat d'études », quand elle n'est pas simplement contrainte d'arrêter l'école avant la fin du primaire. Si la situation est loin d'être parfaite, les politiques éducatives menées depuis le début du siècle permettent toutefois d'assurer au plus grand nombre de Français un savoir essentiel : la lecture.

La France des années 30 lit énormément, notamment la presse écrite. De nombreux journaux quotidiens, des hebdomadaires politiques et des magazines contribuent à la diffusion des informations et des différentes idéologies. Parallèlement, la radio connaît son âge d'or et devient elle aussi un média de masse. Les Français s'étant massivement équipés de récepteurs, ils peuvent écouter, sur des stations toujours plus nombreuses, des journaux d'information, des reportages, des chansons, des feuilletons, des sketchs et des retransmissions sportives (cyclisme, boxe, football). C'est en effet à ce moment que le sport devient un véritable enjeu social et politique, notamment pour les dictatures européennes (pensons aux Jeux Olympiques organisés en 1936 par l'Allemagne nazie).

Au théâtre, le répertoire classique et les pièces de dramaturges contemporains français (Giraudoux, Anouilh, Cocteau) et étrangers (Pirandello, Tchekhov, Strindberg) continuent d'attirer un public « cultivé ». En revanche, le théâtre populaire et le café-concert ne séduisent plus. Les Français leurs préfèrent les spectacles de nouveaux chansonniers (Mireille, Charles Trenet) et surtout le cinéma, qui devient la plus grande attraction de cette période. Après avoir enfin acquis ses lettres de noblesse, le « septième art » attire toutes les classes sociales en offrant un divertissement de qualité avec des films produits principalement par l'Allemagne, les États-Unis et la France, qui compte quelques-uns des plus grands réalisateurs de l'époque (Jean Renoir, Marcel Carné, Julien Duvivier).

Le roman du peuple et la remise en question du personnage

Le 27 août 1929, Léon Lemonnier (1890–1953) expose les principes d'une nouvelle école littéraire qu'il choisit d'appeler « *Populisme* » et qui est censé regrouper, sans tenir compte de l'origine sociale de l'écrivain, « d'une part toute œuvre traitant du peuple [...] et d'autre part tout livre qui continue la tradition réaliste ». C'est dans le sillage de la figure d'André Thérive, l'auteur de *Sans âme* (1928) et qu'il considère comme étant « au premier rang de la génération montante », que Lemonnier situe sa réflexion. Presque au même moment, un nouveau groupe se fonde autour d'Henry Poulaille et revendique une littérature « *prolétarienne* », qui serait le résultat d'écrivains venus du peuple et écrivant sur le peuple. Dès 1935, ces deux mouvements aux contours théoriques trop flous ne sont déjà plus en mesure de faire école. Pour autant, les principes qu'ils défendent – le peuple, le réel, la simplicité et le vrai – peuvent s'appliquer aux romans de bon nombre d'écrivains des années 30. Davantage qu'une coïncidence, il faut y voir le signe d'une époque qui se questionne sur la façon dont elle peut faire le portrait de la réalité d'un peuple qui, en 1930, n'a plus rien d'héroïque.

De nombreux auteurs, tout en refusant l'étiquette d'un mouvement littéraire, vont ainsi faire le choix des petites gens. Parmi eux, Henri Calet, avec *La Belle Lurette* (1935), s'inspire de son histoire personnelle pour dresser le portrait d'une génération née durant la

« Belle Époque », adolescente durant la Grande Guerre et qui connaît l'usine et le chômage pendant les années 30. Le chômage sera le thème de son deuxième roman, *Le Mérinos* (1937).

Ce sont aussi leurs propres souvenirs d'enfance et d'adolescence défavorisées que Luc Dietrich (*Le Bonheur des tristes*, 1935), Louis Guilloux (*La Maison du peuple*, 1927 ; *Le Pain des rêves*, 1942) et Marc Bernard (*Pareils à des enfants*, 1942) mobilisent pour décrire la réalité des milieux populaires de l'époque. Dans *Les Coups* (1942), Jean Meckert, lui-même ouvrier depuis l'âge de 13 ans, raconte le désarroi d'un manœuvre condamné à l'impuissance du fait de sa classe sociale. Ces romans ont en commun de reléguer l'intrigue romanesque au second plan et de privilégier l'expérience intime d'un personnage qui ne prime plus par son caractère exceptionnel.

Ne possédant plus les qualités qui caractérisent traditionnellement les héros, le personnage n'est donc plus en mesure d'incarner un modèle exemplaire. Il est un individu choisi parmi d'autres, à l'image de la foule. Loin d'être le protagoniste de son aventure, le personnage subit au contraire la société moderne et les affres d'une vie quotidienne où les réalités humaines, politiques, économiques et sociales le ramènent toujours à sa pauvre condition. Le personnage de Cripure, mis en scène par Louis Guilloux dans *Le Sang noir* (1935), est un exemple de cette figure d' « anti-héros ».

Mais c'est surtout Louis-Ferdinand Céline qui marque durablement la littérature des années 30 avec la parution de *Voyage au bout de la nuit* (1932). Novateur dans l'utilisation de l'argot et du langage parlé, ce roman marque un avant et un après dans la production littéraire de l'époque. De nombreux critiques, analysant les ouvrages publiés à sa suite, soulèveront (parfois de façon excessive) son influence sur toute une génération d'écrivains. Avec son deuxième ouvrage, *Mort à crédit* (1936), Céline se confronte lui aussi au récit d'enfance et d'adolescence. Il y affirme davantage son style caractéristique, au rythme toujours plus heurté et se livrant toujours plus à la déconstruction syntaxique.

La remise en question du statut du héros redéfinit la fiction romanesque et offre aux écrivains de nouvelles possibilités. En s'intéressant aux rapports que l'individu entretient avec le monde, le roman des années 30 ne se contente pas d'interroger la notion de personnage.

Ainsi, *L'Hôtel du nord* (1929), avec lequel Eugène Dabit remporte malgré lui le premier « Prix du roman populiste » en 1931, est un roman privé de personnage principal et dénué d'intrigue. C'est l'hôtel lui-même, en tant que lieu commun investi par tous les protagonistes, qui met en relation chacun des habitants et qui sert de lien aux trente-cinq chapitres du livre. C'est à peu près le même dispositif que Jean Malaquais utilise dans *Les Javanais* (1939), qui remporte le prix Renaudot en 1939. À l'hôtel, il substitue « l'île de Java », quartier pauvre et cosmopolite dans lequel se regroupent tous les travailleurs de la mine. En faisant reposer la diégèse de leur livre sur un lieu plutôt que sur des personnages, Dabit et Malaquais privilégient des focalisations multiples qui favorisent les zones d'ombre et rompent avec la linéarité du récit. Ce sont aussi les enjeux de vraisemblance romanesque que questionnent les romans de Raymond Queneau (*Le Chiendent*, 1933) et de Georges Bataille (*Le Bleu du ciel*, 1935) par le biais, respectivement, de la contrainte formelle et de la transgression.

Plus largement, le roman s'intéresse à la condition humaine et de nombreux romanciers explorent les âmes de leurs personnages. Entre autres, ils questionnent la famille, le couple (Marc Bernard, *Anny*, 1934) ou la vie dans une petite ville de province (Marcel Jouhandeau, *Chaminadour*, 1934). Si ces thèmes ne sont pas nouveaux, ils prennent à cette époque une dimension existentielle qui fait écho à la crise morale et intellectuelle que traverse la société.

◆◆ Texte 1 ◆◆

L'Hôtel du Nord (1929)

L'extrait se situe au début du chapitre 5. Nous découvrons progressivement tous les locataires de l'hôtel. Dabit raconte ici l'histoire de Renée qui habite l'hôtel avec son amant, Trimault.

Renée Levesque vivait à l'hôtel en compagnie d'un ouvrier serrurier, Pierre Trimault. C'était une fille de campagne, blonde et grasse, aux yeux bleus indécis, aux pommettes piquées de son. Mollement accoudée à la fenêtre, des jours entiers elle suivait du regard les péniches qui glissaient aussi lentes que ses pensées. Elle songeait aux premiers temps de sa liaison. Trimault travaillait alors à Coulommiers ; elle l'avait connu dans un bal. Ils étaient sortis ensemble. Bientôt, séduite par les promesses de son galant, elle débarquait avec lui quai de Jemmapes, ne possédant pour tout bien qu'une valise d'osier et des souvenirs d'orpheline...

Chaque soir, Renée allait attendre Trimault à la porte de l'atelier. Elle n'existait plus que pour ces rendez-vous et s'y préparait avec une coquetterie naïve. Elle arrivait toujours trop tôt ; elle devait faire les cent pas sur le trottoir de l'usine. Enfin, son amant paraissait, ils s'embrassaient à pleine bouche.

– Pierre, on rentre à pied, chuchotait Renée.

Il lui passait un bras autour de la taille et la laissait jaboter. Ils musardaient aux étalages des magasins, s'arrêtaient aux carrefours pour écouter la chanson en vogue. C'est ainsi que Renée fit la découverte de Paris. Les premiers mois, le samedi, Trimault la conduisait au cinéma. Mais c'était un homme-bilieux, despotique, qui se déprenait de ses conquêtes. La pauvre était sans malice et quand Trimault eût bien usé d'elle, un matin, après une scène :

– Ma petite, j'en ai marre de t'entretenir !

Renée avait 22 ans. Elle n'était ni belle, ni laide, ses joues rebondies sentaient encore la campagne. Sa jeunesse avait été malheureuse et soumise. Trimault se montrait égoïste. Soit, elle travaillerait pour lui plaire.

Elle s'engageait dans la vie sans avoir souci du bien ni du mal. Elle admirait les femmes qu'elle croisait dans la rue. Les unes surgissaient devant elle parées comme des idoles, les autres, quelquefois de très jeunes filles, se glissaient au milieu des hommes avec un sourire provoquant et elle enviait leur hardiesse. Elle prit honte de son teint hâlé et se poudra, elle se mit du rouge aux lèvres et sa bouche se dessina comme un beau fruit sur lequel elle passait sa langue. Elle consultait avidement les catalogues des magasins ; parfois, avant d'aller chercher Pierre, elle faisait un petit tour au « Printemps » ou aux « Galeries ». Sa robe des dimanches lui semblait bien laide...

Maladroite à plaire, elle tenait à son amant qui lui avait révélé sa beauté. Par un obscur besoin de s'émerveiller elle restait devant l'armoire à glace à s'éblouir de son visage. Elle inventait de nouvelles coiffures, et chaque jour se fardait un peu plus. Son corps lui causait des surprises. Elle aimait à le comparer aux nudités des cartes postales qu'elle volait dans les poches de Trimault. Ces rapprochements l'exaltaient puis lui inspiraient une jalousie torturante. Le travail imposé par Pierre, c'était, elle le sentait bien, leur amour qui déclinait. Elle se rhabillait, plongée dans ses pensées, sans un regard vers la glace.

« Les Lecouvreur cherchent une bonne, se disait-elle. Je pourrais peut-être faire l'affaire. C'est Pierre qui serait content... »

La besogne de l'hôtel ne l'effrayait pas. À l'orphelinat, elle avait appris à coudre, à faire le ménage. Pour elle, l'essentiel était que Pierre lui restât. Ce matin-là, le café était vide, Lecouvreur essuyait des verres au comptoir. Renée poussa la porte, et le cœur battant, s'avança.

EUGÈNE DABIT (1898–1936)

Vie et formation

Eugène Dabit grandit à Paris, dans le 18e arrondissement, au sein d'une famille modeste. Son père est cocher-livreur, sa mère est femme de ménage puis concierge. Bon élève, il obtient le certificat d'études, son seul diplôme. Avant la Première Guerre mondiale, il entre en apprentissage en tant qu'apprenti-serrurier. Lorsque son père est mobilisé, il subvient aux besoins de sa famille. Soldat à 18 ans, il est mobilisé à la fin de la guerre. À l'issue de celle-ci, il se lance dans l'industrie de la soie peinte et poursuit en même temps des études artistiques. D'abord peintre, il publie son premier roman, *L'Hôtel du Nord*, en 1929. Les livres d'Eugène Dabit s'intéressent aux petites gens, au Paris des milieux populaires

(*Faubourgs de Paris*, 1933), à la banlieue (*La Zone verte*, 1935), ainsi qu'aux êtres qui rêvent d'un bonheur petit-bourgeois (*Villa Oasis*, 1932). Invité par André Gide à se rendre en URSS, en compagnie de Pierre Herbart et de Louis Guilloux, Dabit meurt prématurément le 21 août 1936 à Sébastopol.

L'Hôtel du Nord

En 1923, les parents d'Eugène Dabit deviennent les gérants de l'Hôtel du Nord, situé à Paris au 102 quai de Jemmapes. C'est là qu'il puise l'inspiration pour son premier roman, qui paraît en 1929. Constitué d'histoires courtes et indépendantes, l'ouvrage tient moins du roman que de la « tranche de vie ». Au début du livre, les Lecouvreur achètent un petit hôtel pour ouvriers, quai de Jemmapes. Chacun de ses membres, locataires ou personnels, est l'occasion d'établir le portrait d'un monde où le travail tient une place prépondérante et où les journées s'écoulent semblables et épuisantes. L'hôtel est le point de passage et de rencontre d'un prolétariat déraciné.

LECTURE MÉTHODIQUE

1 Dans cet extrait, quels sont les éléments qui permettent de définir le milieu social des personnages ? Quel est-il ?

2 Dans cet extrait, définissez la valeur accordée au travail.

3 Comment caractériser le personnage de Renée ?

4 Le roman de Dabit a donné lieu à une adaptation cinématographique en 1938. Quelle différence notable, dans la narration, pouvez-vous relever entre le film et le livre ?

◆◆ Texte 2 ◆◆

Voyage au bout de la nuit (1932)

Après avoir connu les horreurs de la Première Guerre mondiale et de la colonisation en Afrique, Bardamu est aux États-Unis où il tente de se faire embaucher dans les usines automobiles Ford qui, paraît-il, acceptent « n'importe qui ».

À poil qu'on nous a mis pour commencer, bien entendu. La visite ça se passait dans une sorte de laboratoire. Nous défilions lentement. « Vous êtes bien mal foutu, qu'a constaté l'infirmier en me regardant d'abord, mais ça fait rien. »

Et moi qui avais eu peur qu'ils me refusent au boulot à cause des fièvres d'Afrique, rien qu'en s'en apercevant si par hasard ils me tâtaient les foies ! Mais au contraire, ils semblaient l'air bien content de trouver des moches et des infirmes dans notre arrivage.

« Pour ce que vous ferez ici, ça n'a pas d'importance comment que vous êtes foutu ! m'a rassuré le médecin examinateur, tout de suite.

– Tant mieux que j'ai répondu moi, mais vous savez, monsieur, j'ai de l'instruction et même j'ai entrepris autrefois des études médicales… »

Du coup, il m'a regardé avec un sale œil. J'ai senti que je venais de gaffer une fois de plus, et à mon détriment.

« Ça ne vous servira à rien ici vos études, mon garçon ! Vous n'êtes pas venu ici pour penser, mais pour faire les gestes qu'on vous commandera d'exécuter… Nous n'avons pas besoin d'imaginatifs dans notre usine. C'est de chimpanzés dont nous avons besoin… Un conseil encore. Ne nous parlez jamais de votre intelligence ! On pensera pour vous mon ami ! Tenez-vous-le pour dit. »

Il avait raison de me prévenir. Valait mieux que je sache à quoi m'en tenir sur les habitudes de la maison. Des bêtises, j'en avais assez à mon actif tel quel pour dix ans au moins. Je tenais à passer désormais pour un petit peinard. Une fois rhabillés, nous fûmes répartis en files traînardes, par groupes hésitants en renfort vers ces endroits d'où nous arrivaient les fracas énormes de la mécanique. Tout tremblait dans l'immense édifice et soi-même des pieds aux oreilles possédé par le tremblement, il en venait des vitres et du plancher et de la ferraille, des secousses, vibré de haut en bas. On en devenait machine aussi soi-même à force et de toute sa viande encore tremblotante dans ce bruit de rage énorme qui vous prenait le dedans et le tour de la tête et plus bas vous agitant les tripes et remontait aux yeux par petits coups précipités, infinis, inlassables. À mesure qu'on avançait on les perdait les compagnons. On leur faisait un petit sourire à ceux-là en les quittant comme si tout ce qui se passait était bien gentil. On ne pouvait plus ni se parler ni s'entendre. Il en restait à chaque fois trois ou quatre autour d'une machine. [...]

J'essayai de lui parler au contremaître à l'oreille, il a grogné comme un cochon en réponse et par les gestes seulement il m'a montré, bien patient, la très simple manœuvre que je devais accomplir désormais pour toujours. Mes minutes, mes heures, mon reste de temps comme ceux d'ici s'en iraient à passer des petites chevilles à l'aveugle d'à côté qui les calibrait, lui, depuis des années les chevilles, les mêmes. Moi j'ai fait ça tout de suite très mal. On ne me blâma point, seulement après trois jours de ce labeur initial, je fus transféré, raté déjà, au trimbalage du petit chariot rempli de rondelles, celui qui cabotait d'une machine à l'autre. Là, j'en laissais trois, ici douze, là-bas cinq seulement. Personne ne me parlait. On existait plus que par une sorte d'hésitation entre l'hébétude et le délire. Rien n'importait que la continuité fracassante des mille et mille instruments qui commandaient les hommes.

LOUIS-FERDINAND CÉLINE *(1894–1961)*

Vie et formation

Né à Courbevoie, Céline grandit à Paris. Son père est employé d'assurances et sa mère commerçante en dentelles. Il reçoit un enseignement primaire puis, après deux séjours linguistiques en Allemagne et en Angleterre, il occupe de petits emplois. Ce n'est qu'à l'issue de la Première Guerre mondiale, au cours de laquelle il est grièvement blessé au bras, qu'il prépare le baccalauréat puis un doctorat en médecine. Parallèlement à son métier de médecin, Céline publie son premier roman *Voyage au bout de la nuit* en 1932, qui obtient le prix Renaudot, puis *Mort à crédit* (1936). Durant les années 30, il publie aussi des pamphlets antisémites d'une extrême violence. Durant la Seconde Guerre mondiale, il est un fervent collaborateur de l'occupant nazi et écrit des lettres de dénonciations. À la Libération, il suit le gouvernement de Vichy en exil à Sigmaringen, périple qu'il raconte dans *D'un château l'autre* (1957). Condamné pour faits de collaboration en 1950, son avocat parvient à obtenir son amnistie en 1951. Par la suite, il continue à écrire et à publier. Grand écrivain dont l'influence sur l'histoire du roman moderne est indéniable, Céline n'en est pas moins un homme peu recommandable.

Voyage au bout de la nuit

Publié en 1932, *Voyage au bout de la nuit* fait date dans l'histoire du genre romanesque par sa capacité à rendre compte de toutes les problématiques de son époque. Le personnage principal, Bardamu, fait le récit de son expérience de la Première Guerre mondiale, du colonialisme, des nouvelles méthodes de production industrielle venues des États-Unis (fordisme) et de la misère de la vie en banlieue parisienne. Le voyage est en réalité une odyssée négative menée dans une modernité déshumanisée. Bardamu, témoin impuissant des bouleversements de l'époque, de l'absurdité et du tragique de l'existence, est le modèle type de l' « anti-héros » qui s'affirme durant les années 30. En plus d'être une réflexion sur le non-sens de la condition humaine, *Voyage au bout de la nuit* est novateur sur le plan de la narration. Long monologue assuré par Bardamu, le récit est en réalité un véritable discours où l'auteur confère à ses écrits une verve reprenant les caractéristiques de la langue orale, ses outrances et ses familiarités.

LECTURE MÉTHODIQUE

1 Dans cet extrait, relevez tous les éléments linguistiques qui appartiennent au langage parlé.

2 Quelle est la première impression produite par l'usine Ford ? Comment cela se traduit-il sur le plan physique ?

3 Commentez le processus de déshumanisation qui est ici décrit.

4 En 1988, Jacques Tardi illustrait le roman. Effectuez des recherches sur ces illustrations et commentez les choix de l'artiste.

◆◆ Texte 3 ◆◆

Le Sang noir (1935)

En 1917, la France est en guerre depuis trois ans. Alors qu'il se rend à la banque avant d'aller au lycée, Cripure, tout en marchant, songe à son existence et à l'étroitesse de sa vie. Il croise tout à coup un groupe de jeunes soldats prêts à partir au front.

Des rues. Il s'arrêta au bord du trottoir, se récitant à lui-même cette définition du dictionnaire : « *Cloporte : nom vulgaire donné indistinctement aux crustacés isopodes composant la famille des oniscidées. Animaux essentiellement terrestres (régions tempérées) vivant les uns sur les bords de mer, sous les pierres ou dans les fentes des rochers, les autres en endroits humides et obscurs : caves, celliers, sous la mousse et les vieilles écorces. Plusieurs ont la faculté de se rouler en boule à la moindre apparence de danger.* »

Pouvait-on rien dire de plus juste ? De plus opportun ? Car tandis qu'il était arrêté ainsi, la maigre bossue et son chien jaune apparurent au bout de la rue. Elle sautillait, semblait mener le cortège de toute une bande de conscrits qui chantaient en se tenant par le bras, un immense drapeau balayant leurs têtes – ou bien la pourchassaient-ils ? Cripure recula, s'effaça dans un coin de porte. Ô vision !

Les conscrits avançaient comme en roulant sur la chaussée, semblaient houspiller la bossue et hurlaient, sous leurs chapeaux tout flamboyants de rubans et de cocardes ; ils en portaient aussi à la boutonnière. Que ne leur avait-on mis un brin de persil dans les narines ! « Ô vil troupeau ! Tu mérites ton sort... Toute cette jeunesse qui consent à se laisser duper. Ô bassesse et bêtise humaines ! Mais révoltez-vous donc ! » Et tout brûlé de colère, Cripure s'arracha à son coin de porte et descendit du trottoir comme pour s'élancer à leur rencontre. Hélas ! Son binocle tomba. Ténèbres.

Perdu, il battit l'air de ses bras, lâcha sa canne. Les conscrits passaient dans un hurlement féroce.

On les aura
Quand on voudra
Ah ! Sale Boche tu sortiras
De tes sacrés trous de rat

Rafale. Cripure battait des bras, cherchait d'une main incertaine cette saloperie de binocle qui n'en faisait jamais d'autres et les conscrits étaient déjà loin qu'il restait toujours là, comme un nageur en grand danger dans un remous. Une main prit la sienne, une main énergique, une main au moins aussi énergique que celle de Maïa tout à l'heure, et sans qu'un mot fût prononcé, il se retrouva sur le trottoir, le binocle d'une main, sa canne de l'autre. « Ah ! Merci, merci », balbutia-t-il, en remettant son binocle en place. Il n'y eut pas de réponse et à sa grande stupéfaction, Cripure, retrouvant la vue, découvrit que son mystérieux et muet sauveur, c'était M. le Maire en personne, lequel fossoyait de ce côté. M. le Maire n'avait pas le temps de s'arrêter, c'était évident. Il fit même en s'éloignant un signe qui devait vouloir dire cela, un petit geste de ses doigts : « Pas le temps, mon cher, pas une minute à moi... » Et il s'éloigna et disparut au point où tout à l'heure la bossue avait surgi. Curieux manège. Très singulière horlogerie. « Si ça dure longtemps comme ça, se dit Cripure, je deviendrai fou avant la fin. » Et il se remit en marche, balançant sa canne avec fleur, et plus que jamais fouettant des monstres à ses chausses.

LOUIS GUILLOUX *(1899–1980)*

Vie et formation

Louis Guilloux est né à Saint-Brieuc et restera toute sa vie attaché à cette ville. Fils d'un cordonnier militant socialiste (dont l'histoire est rapportée dans *La Maison du peuple,* 1927) et d'une modiste, il connaît une enfance très modeste (racontée dans *Le Pain des rêves,* 1942). Élève moyen, il échoue au baccalauréat en 1921 mais décide néanmoins de se consacrer à l'écriture. La formation de Guilloux n'a rien d'académique. Il la doit surtout à ses lectures et à ses rencontres : Georges Palante (dont il s'inspire pour le personnage de Cripure dans *Le Sang noir*) ou Jean Grenier (qui deviendra le professeur de philosophie de Camus à Alger). Compagnon de route du Parti communiste, Guilloux adhère en 1933 à L'AEAR (Association des écrivains et artistes révolutionnaires) et se montre particulièrement actif dans l'accueil des réfugiés espagnols, sans toutefois jamais perdre son indépendance et sa qualité de « franc-tireur » de la littérature. Il est l'auteur d'une œuvre importante et riche continuée jusqu'à l'aune de sa mort (*Coco perdu*, 1978), empreinte d'humanisme et défendant le principe d'une éthique de la solidarité.

Le Sang noir

Publié en 1935, *Le Sang noir* raconte la journée d'un petit professeur de philosophie. François Merlin est moqué par ses élèves qui le surnomment « Cripure », car il cite sans cesse *Critique de la raison pure* d'Emmanuel Kant. L'action se passe en 1917, en pleine Première Guerre mondiale dans une petite ville de province. Affublé d'un physique disgracieux et auteur d'un chef-d'œuvre qu'il n'a jamais écrit, Cripure est un personnage ridicule et tragique, victime d'une société bourgeoise qu'il analyse pourtant avec lucidité. En effet, il est celui qui voit l'effondrement de valeurs périmées et l'absurdité d'un sentiment patriotique aveugle qui envoie à la mort toute une jeunesse. À la fois grandiose et pathétique, capable de s'attaquer à tous les conformismes, Cripure est l'un des personnages les plus marquants du XXe siècle littéraire tandis que le roman de Louis Guilloux en est l'un des plus importants.

LECTURE MÉTHODIQUE

1 Dans cet extrait, que devine-t-on des opinions de Cripure ?

2 Quels sont les éléments qui permettent de considérer Cripure comme un personnage complexe ? Quelle image Louis Guilloux cherche-t-il à donner de lui ?

3 Quelle est la dimension symbolique de l'intervention de M. le Maire ?

4 En 1962, *Le Sang noir* a fait l'objet d'une adaptation théâtrale par Louis Guilloux, intitulée *Cripure*. Effectuez des recherches et comparez les deux œuvres.

◆◆ 第三节 导读 ◆◆

反法西斯斗争与文学

第二次世界大战前的欧洲陷入经济、社会和政治危机，极右翼政党纷纷上台执政。在意大利，贝尼托·墨索里尼(Benito Mussolini)创建了意大利国家法西斯党，建立法西斯独裁统治。在德国，纳粹党元首阿道夫·希特勒(Adolf Hitler)上台，成为德国元首，宣扬法西斯主义，推行反犹太主义。1936年，西班牙佛朗哥发动政变，标志着西班牙内战(1936—1939)的开始。法西斯意大利和纳粹德国公开支持佛朗哥。德国秃鹰军团对西班牙进行了频繁轰炸，在对格尔尼卡的轰炸中，平民死伤无数，酿成了震惊世界的格尔尼卡惨案，后来毕加索以此为题，创作了巨型油画《格尔尼卡》，表现法西斯战争给人类带来的灾难。

二战前，法西斯意大利和纳粹德国都重建了军队并扩大了领土。意大利征服了埃塞俄比亚，德国吞并了奥地利。1938年9月英国、法国、纳粹德国、意大利四国签署了《慕尼黑协定》，英、法两国为避免战争爆发，牺牲捷克斯洛伐克的利益，将苏台德区割让给纳粹德国。纳粹德国于1939年9月入侵波兰，发动了第二次世界大战。

在法国，政治局势动荡不安，第三共和国在应对各种挑战时显得力不从心。尽管法国并未屈服于法西斯主义，但极右翼政党对议会制持强烈反对态度，渴望获得更大的权力。极右翼民族主义者和保皇党分子煽动了一系列暴力示威游行，左翼力量将这些行动视为法西斯政变的潜在威胁，并意识到必须采取果断行动。为了应对这一危机，法国左翼的主要力量于1936年联合起来，组建了后来的人民阵线。

法国左翼反对法西斯主义，右翼反对犹太主义。法国布鲁姆政府在西班牙内战期间所采取的立场表明，它的回旋余地十分有限。布鲁姆政府支持西班牙共和党，并向西班牙提供了军事装备。法国允许来自53个不同国家的反法西斯志愿者携带武器，并同意他们组成的“国际纵队”越过边境，参加西班牙内战。

极权主义崛起和极端意识形态对抗的冲击，削弱了法兰西第三共和国的实力。

文学大事件梳理

1 社会大辩论中，作家不可能置身事外。左翼阵营中，法国共产党吸引了那些希望建立新的社会正义、坚定对抗法西斯主义的作家。保罗·尼赞(Paul Nizan)在《阿拉伯的亚丁》(*Aden Arabie*, 1931)中抨击了殖民者和资产阶级，引起了文学界的广泛关注。一些作家，如法国共产党的主要知识分子路易·阿拉贡(Louis Aragon)，通过文学作品展示了对革命的向往和对共产主义理想的支持。

2 阿拉贡、亨利·巴比塞(Henri Barbusse)、安德烈·布勒东(André Breton)、纪德、达比、尼赞和安德烈·马尔罗(André Malraux)等作家加入了法国革命作家和艺术家协会(AEAR)，该协会宗旨为抵抗法西斯主义、发展无产阶级文学以及拒绝在文学中保持中立。马尔罗在《人的命运》(*La Condition humaine*, 1933)中聚焦于1927年上海的革命起义，描绘了个人冒着生命危险投身集体行动中时所展现的伟大与崇高。

3 在反法西斯斗争中，左派知识分子成立了"知识分子反法西斯警戒委员会"(Comité de vigilance des intellectuels antifascistes)，致力于揭露资本主义不平等和法西斯主义危险。西班牙内战成为左派支持者的关注焦点，一些作家(如马尔罗)积极参与战斗。然而，西班牙内战的失败和1938年的《慕尼黑协定》给左派支持者带来失望和幻灭。

4 与左派知识分子相对立的，是右派知识分子。围绕"法兰西行动"，夏尔·莫拉斯(Charles Maurras)和莱昂·都德(Léon Daudet)等君主主义者激烈反对议会政权、人民阵线和第三共和国。皮埃尔·德里厄·拉罗谢尔(Pierre Drieu la Rochelle)的小说《吉尔》(*Gilles*, 1939)，讲述了一个年轻的反犹资产阶级，在经历了一系列感情和政治上的失望之后，最终加入了西班牙佛朗哥阵营。

5 塞利纳的谵妄。《长夜行》(*Voyage au bout de la nuit*, 1932)这部作品问世时受到了法国共产党的赞扬，但塞利纳后来出版了两本极其暴力的反犹主义小册子，这一转变令人震惊。塞利纳的谵妄是一个时代极端意识形态二元论的最偏执的表现，而30年代的文学也未能逃脱这一趋势。在很多方面，它已经预示了即将来临的第二次世界大战的灾难。

◆◆ Séquence 3 ◆◆
Idéologies et littérature

Le contexte européen des années 30

Les crises économiques, sociales et politiques touchent toute l'Europe durant les années 30 et favorisent l'accession au pouvoir des partis d'extrême-droite. Depuis 1922, l'Italie est aux mains d'un nouveau premier ministre, Benito Mussolini. À la tête du parti fasciste qui remporte les élections en 1924, il instaure la dictature avec les lois fascistissimes (1925–1926). En Allemagne, Adolf Hitler accède au pouvoir en 1933. Antisémitisme, racisme, anticommunisme et culte du Führer constituent les fondements de l'Allemagne nazie.

À l'Est de l'Europe, la Russie, après la révolution de 1917, est devenue l'Union des républiques socialistes soviétiques (URSS) en 1922. Gouvernée par le Parti communiste, Joseph Staline en devient le seul dirigeant à partir de 1927 et le restera jusqu'à sa mort, en 1953.

En 1936, le coup d'État du général Franco marque le début de la guerre civile espagnole (1936–1939). Elle oppose les républicains, défenseurs de la République, aux nationalistes, réunissant entre autres conservateurs, catholiques et phalangistes. Cette guerre cristallise tous les enjeux politiques des années 30 et dépasse le seul cadre espagnol. Outre le fait qu'elle voit s'affronter deux visions politiques différentes (démocratie / totalitarisme), deux idéologies (communisme / fascisme), elle est aussi l'occasion pour les différents pays européens de se positionner. L'Italie fasciste et l'Allemagne nazie soutiennent ouvertement Franco (la légion Condor bombarde Guernica), Moscou assure aux Républicains un soutien tactique, tandis que l'Angleterre respecte scrupuleusement le pacte de non-intervention.

L'Italie fasciste et l'Allemagne nazie entretiennent un fort climat de tension. Les deux pays reconstruisent leurs armées et étendent leur territoire (l'Italie conquiert l'Éthiopie, l'Allemagne annexe l'Autriche). Les accords de Munich, signés en septembre 1938, scellent le sort de la Tchécoslovaquie, qui se trouve démantelée par l'Allemagne nazie. La France et l'Angleterre ont cru ainsi sauver la paix. Elles n'ont en réalité que repoussé l'inévitable. L'Allemagne nazie envahit la Pologne en septembre 1939 et déclenche la Seconde Guerre mondiale.

La menace fasciste en France

En France, la situation politique est instable et, malgré l'espoir suscité par le Front populaire, les institutions de la IIIe République se révèlent finalement inefficaces pour résoudre les différents défis auxquels elles doivent faire face. Si la France ne succombe pas au fascisme, les partis d'extrême-droite s'opposent néanmoins au parlementarisme, aspirent à un pouvoir fort, défendent le principe de volontarisme dans l'action politique. La crise du 6 février 1934 est le point d'orgue d'une série de manifestations violentes organisées par l'organisation nationaliste et royaliste d'extrême-droite, l'Action française. Réprimée dans le sang par les forces de l'ordre, l'émeute du 6 février 1934 est perçue par la droite comme étant la preuve de la corruption du gouvernement en place. La gauche, quant à elle, y voit une tentative de coup d'État fasciste et prend conscience de la nécessité de réagir. Pour répondre à cette menace, les principales forces de gauche se réunissent pour former ce qui deviendra, en 1936, le Front populaire. La France n'est donc pas épargnée par les luttes idéologiques qui parcourent les années 30. Si la population, dans son immense majorité, ne répond pas favorablement aux thèses fascistes, l'arrivée de la gauche au pouvoir (mai 1936) favorise pourtant la création d'une violente opposition de droite.

Entre des partis de gauche, dont l'antifascisme est le ciment, et des partis de droite, qui fondent leurs discours sur un antisémitisme et un anticommunisme déterminés, l'affrontement idéologique reste principalement verbal. La posture adoptée par le gouvernement Blum lors de la guerre d'Espagne est révélatrice de la faible marge de manœuvre dont il dispose. Naturellement favorable à aider les républicains espagnols, il envoie en Espagne du matériel militaire. À droite, on l'accuse aussitôt de vouloir favoriser le Parti communiste, tandis qu'au sein même du Front populaire certains défendent la position pacifiste de la France. Dans cette situation, à gauche, pacificisme et antifascisme se révèlent être antagonistes. Afin d'éviter tout risque de tension supplémentaire, le gouvernement Blum signe, en août 1936, un pacte de non-intervention vivement contesté par le Parti communiste français. Dans les faits, la France laisse toutefois passer à travers la frontière des armes et les « Brigades internationales », composées de volontaires antifascistes venus de 53 pays différents. Les décisions prises par le gouvernement Blum ne satisfont aucun des différents camps et révèlent l'instabilité politique d'une IIIe République, encore fragilisée par la montée des totalitarismes et la confrontation des grandes idéologies de l'époque.

À gauche, ambition révolutionnaire...

Les écrivains ne demeurent pas en marge des débats qui agitent la société. À gauche, c'est par rapport aux communistes que les écrivains sont d'abord sommés de se situer. Le Parti communiste attire les écrivains désireux d'instaurer une nouvelle justice sociale et de contrer la menace fasciste. Paul Nizan, militant zélé, dénonce avec *Aden Arabie* (1931) le monde colonial, la bourgeoisie et signe une entrée remarquée en littérature. En France, ceux qui s'engagent en faveur du Parti communiste le font moins en raison de la seule idéologie que pour le romantisme qu'ils associent à la Révolution d'Octobre et à son mythe ouvriériste et libérateur. C'est cette aspiration à cette dimension révolutionnaire que Louis Aragon, intellectuel phare du Parti communiste, met en avant dans les deux premiers tomes de son cycle romanesque qu'il intitule *Le Monde réel*, *Les Cloches de Bâle* (1934) et *Les Beaux Quartiers* (1936). En sa compagnie, Barbusse, Breton, Gide, Dabit, Nizan, Malraux, entre autres, participent à l'Association des écrivains et des artistes révolutionnaires (AEAR) dont parmi les objectifs principaux figurent la lutte contre le fascisme, le développement de la littérature prolétarienne et le refus de la neutralité en littérature. Avec *La Condition humaine* (1933), André Malraux s'intéresse à la tentative d'insurrection révolutionnaire dans le Shanghai de 1927 et dépeint la grandeur de l'individu qui s'engage dans l'action collective au péril de sa vie.

Des auteurs comme Louis Guilloux, Henri Calet ou André Malraux (qui accompagne Aragon en URSS en 1934) affichent leur sympathie pour l'idéal communiste tout en conservant leur indépendance. Car le rôle de l'écrivain est avant tout d'exercer son sens critique, ainsi que le démontre André Gide en publiant un *Retour de l'URSS* (1936), où il se montre particulièrement déçu face à ce qu'il a pu observer du stalinisme. De nombreux intellectuels français prendront leurs distances au moment du pacte germano-soviétique de 1939.

...et combat antifasciste de la littérature

Pour répondre à la menace fasciste, les écrivains, les artistes et les savants de gauche créent, au lendemain du 6 février 1934, le « Comité de vigilance des intellectuels antifascistes » dont l'objectif est avant tout de diffuser des brochures dénonçant les inégalités du capitalisme et les dangers du fascisme. Mais c'est encore une fois la guerre d'Espagne qui va mobiliser l'attention et arrêter les positions de chacun. Le cas d'André Malraux est le plus spectaculaire puisque, ne se contentant pas de faire de la littérature, il passe littéralement à l'action. Il s'engage en 1936–1937 dans les Brigades internationales et part combattre aux côtés des Républicains espagnols. Dans son roman *L'Espoir* (1937), il réutilise son expérience pour décrire la façon dont son camp s'organise en composant avec les multiples tendances de gauche.

Venu de l'Action française et d'abord favorable aux nationalistes, l'évolution de Georges Bernanos est aussi à signaler. Installé à Majorque et témoin des évènements, il dénonce finalement les crimes franquistes dans *Les Grands Cimetières sous la lune* (1938). Très actif en faveur de l'accueil des réfugiés espagnols, Louis Guilloux racontera son expérience près de quarante ans plus tard dans *Salido* (1976).

La guerre d'Espagne, s'achevant sur la défaite des Républicains, est synonyme, pour tous les partisans de gauche, d'un espoir déçu et d'une désillusion envers la politique que les accords de Munich, en 1938, porteront à leur comble.

La littérature de droite

Dans les années 30, les intellectuels de droite sont particulièrement influents dans la société française. Autour de l'Action française, les monarchistes, parmi lesquels Charles Maurras ou Léon Daudet, s'opposent farouchement au régime parlementaire, au Front populaire et à la IIIe République. *Notre avant-guerre* (1941) de Brasillach et le roman de Pierre Drieu la Rochelle, *Gilles* (1939), ont vocation à mobiliser les sympathisants de leur camp. Tous deux développent une vision fantasmée d'une nation purifiée et régénérée, reposant sur le culte de la virilité, de la force physique, de la jeunesse et de l'adhésion de l'individu au groupe. Ils défendent en outre l'idée d'un passé idéalisé de la France et de l'Occident. L'itinéraire du personnage de Gilles, d'inspiration autobiographique, est celui d'un jeune bourgeois antisémite enchaînant déceptions sentimentales et politiques qui finit par s'engager en Espagne aux côtés des franquistes.

Enfin, le cas de Céline est à souligner. L'auteur du *Voyage au bout de la nuit*, ouvrage salué à sa sortie par le Parti communiste, s'éloigne de la littérature et publie deux pamphlets antisémites d'une extrême violence, *Bagatelles pour un massacre* (1937) et *L'École des cadavres* (1938). Le délire de Céline est le symptôme suprême d'une époque troublée par un manichéisme idéologique excessif auquel la littérature des années 30 n'échappe pas. Par bien des aspects, il annonce déjà le désastre à venir avec la Seconde Guerre mondiale.

◆◆ Texte 1 ◆◆

Les Beaux Quartiers (1936)

Armand erre dans Paris et vit dans la rue. Un ami lui propose de travailler dans une usine automobile. Armand accepte sans savoir que l'usine est en grève. Il doit alors faire face à un cas de conscience : travailler ou rejoindre la grève ? Ce sont les dernières pages du roman.

Alors la France finit là... Et si Jaurès a montré de ce geste ardent ce qui était à la gauche de cette frontière de l'opprobre, si Jaurès a voulu appeler ceci la France, et non cela, alors pour Armand, tout à coup tout s'éclaire, et change, et lui aussi quand il va passer le seuil de la Maison des Syndicats, que surveillent les flics patronaux, il pourra dire : *Alors la France finit là...* [...] Et Armand refait le geste de Jaurès dans le couchant quelque part, vers la porte Champerret, et ce geste sépare des beaux quartiers, propres, entretenus, pleins de monuments splendides et de grands rêves, ces enfers fumants de cheminées qui font la couronne de Paris et se prolongent dans la capitale par les taches noires des taudis, dans les arrondissements pauvres. Et Armand dans ces vêpres d'aujourd'hui où la France vient d'être livrée une fois de plus aux spéculateurs de la mort, où dans Levallois une petite grève de détail est domptée, Armand comprend enfin ce que c'est vraiment que la France, et ce qu'a voulu dire Jaurès, et que sera le combat à l'avenir, pour une France forte, libre, heureuse. Il le comprend confusément, comme il sait qu'il est maintenant un homme, et qu'il a dépouillé la tutelle des ténèbres. Un enthousiasme qui est l'épanouissement de cette force en lui grandie depuis l'enfance, de cette imagination qui l'unit au peuple de la Provence et qui le marque plus que n'ont su faire la naissance et l'éducation, un enthousiasme d'homme enfin qui l'entraîne au-delà de lui-même et lui fait négliger ce qu'il perd, et le lendemain terrible, le chômage et la faim.

Il commet ce soir-là un acte vraiment *patriotique*. Il se répète avec une âpre fierté cet adjectif qui vient de prendre pour lui un sens nouveau : il entre à la Maison des Syndicats, il demande le Comité de Grève. On lui indique les portes vitrées au fond, dans la salle des réunions. Ils sont là, sur des bancs, une quinzaine d'ouvriers, assez mornes, un soir de défaite. Armand s'avance vers eux et il leur dit : « Voilà, camarades, je ne veux plus être un jaune, je suis venu à vous... »

Les autres lèvent la tête. Qu'est-ce que c'est que celui-là ? Un jaune ? Comment ? Il parle. Il raconte. Il dit très vite ce qu'il est. Qu'il avait faim. Pas de lit depuis un mois. La rencontre devant les Invalides, *L'entr'aide Mutuelle*, l'embauchage, l'usine, il ignorait qu'il y eût la grève, mais pendant trois jours, il a été faible, et puis voilà, ce n'est pas possible, alors me voilà.

Tous se regardent. Il répète : « Me voilà. » Il y a un grand et long silence. Ils étaient abattus parce que la grève avait échoué ? Et tout d'un coup, ce type... Ils se regardent et hochent la tête. Il y en a un petit, qui a l'air futé, qui s'est mis à sourire. Un autre s'est levé. Un du syndicat. Un homme maigre et large, comme une carcasse tondue de cuir, avec des cicatrices dans le visage et un doigt qui manque à la main droite. Il jette violemment sa casquette sur la table et il a les yeux brillants, sa voix est comme une vieille porte rouillée : « Camarades, dit-il, camarades... Vous voyez bien qu'il ne faut jamais désespérer ! »

LOUIS ARAGON (1897–1982)

Vie et formation

Né à Paris, Louis Aragon est le fils illégitime de Louis Andrieux. Pour préserver l'honneur d'une famille bourgeoise déclassée, il est présenté comme étant le fils adoptif de sa grand-mère, le frère de sa mère et le filleul de son père. Il commence très tôt à écrire. Bachelier en 1915, il commence des études de médecine, qu'il n'achèvera pas. En 1917, il est mobilisé et envoyé au front en tant que médecin auxiliaire. Il publie ses premiers poèmes en 1920, puis ses premiers romans (*Anicet ou le panorama*, 1921 ; *Les Aventures de Télémaque*, 1922). Proche d'André Breton et de Philippe Soupault, il participe au mouvement Surréaliste et adhère au Parti communiste en 1927. L'année suivante, il rencontre Elsa Triolet qui, tout en étant sa muse, partage son engagement. Sensible aux bouleversements politiques des années 30, l'activité d'Aragon est alors essentiellement militante. À nouveau mobilisé en 1939, il rejoint la Résistance après la défaite et signe notamment un texte pour les Éditions de Minuit clandestines, *Le Musée Grévin* (1943). Après la guerre, malgré de nombreux doutes, Aragon poursuit son engagement politique tout en continuant une œuvre originale, variée et foisonnante qui fait de lui l'un des écrivains les plus prolifiques du XXe siècle.

Les Beaux Quartiers

Les Beaux Quartiers est le deuxième tome d'un cycle romanesque intitulé *Le Monde réel*, composé de quatre opus : *Les Cloches de Bâle* (1934), *Les Beaux Quartiers* (1936), *Les Voyageurs de l'impériale* (1939) et *Aurélien* (1944). Ces quatre livres se veulent être une évocation de la France du début du XXe siècle et montrent comment l'existence individuelle est toujours prise dans le cours de l'Histoire. *Les Beaux Quartiers* raconte l'histoire de deux frères nés en province, Edmond et Armand Barbentane, qui montent à Paris. Ils symbolisent les deux possibilités offertes par la société : Edmond rêve de s'élever et de fréquenter le grand monde (les beaux quartiers) tandis qu'Armand fait le choix des travailleurs. Si l'action se déroule en 1913, Aragon utilise néanmoins cette opposition pour décrire des enjeux politiques, idéologiques et sociaux qui sont bien d'actualité dans les années 30.

LECTURE MÉTHODIQUE

1 Comment comprenez-vous l'emploi du mot « patriotique » ici ? Que désigne-t-il et à quoi s'oppose-t-il ?

2 Ici, que signifie « être un jaune » ? Recherchez l'origine de cette expression.

3 Identifiez les différents types de discours utilisés au paragraphe 3.

4 Jean Jaurès est une figure importante pour Armand. Effectuez des recherches sur son compte. Que représente-t-il en France ?

◆◆ Texte 2 ◆◆

La Conspiration (1938)

Dans le cadre de la conspiration, Bernard Rosenthal demande à André Simon, qui effectue son service militaire, de voler les plans de défense de Paris. Ce dernier est surpris pendant qu'il est en train de les subtiliser.

– Mais enfin, Simon, dites-nous s'il y avait quelqu'un derrière vous. De mauvaises influences, une femme ?

Simon comprit qu'il pouvait répondre non et qu'il serait cru : l'égalité militaire est une apparence au nom de laquelle on pardonne d'abord à la discipline ses excès, parce qu'on croit qu'on est au moins logé à la même enseigne que tous les autres, mais ces illusions ne résistent pas à trois mois de caserne. Simon sentit au ton de ses officiers que les complicités sociales étaient capables de tenir en échec toutes les lois écrites de l'armée. Il devina qu'ils raisonneraient comme des confesseurs ou comme des lecteurs de romans policiers, et qu'il pouvait sans doute les duper.

Le silence lui semblait un devoir évident : il n'était pas question de trahir Rosenthal. Il ne se trouvait pas sublime, il était toujours au lycée où l'on ne dénonce jamais. Il avait un peu peur qu'on ne découvrît son ancienne amitié avec Bernard et qu'on ne remontât par là à quelque groupe révolutionnaire ; il avait tort de s'inquiéter, l'enquête menée par les moyens militaires n'avait rien donné ; on avait seulement appris qu'il ne se mêlait pas de politique, n'avait pas de relations suspectes, de besoins d'argent. [...] Les renseignements parvenus à la caserne ne parlaient que de ses vertus.

Simon se risqua enfin, en se disant que sa version allait paraître un peu grosse : il expliqua au colonel que sa curiosité des choses militaires était vive et qu'il n'avait pu résister à la tentation de jeter un regard sur les plans qu'il avait pour mission de protéger ; le voisinage de ces documents lui avait suggéré le dessein de composer un roman d'anticipation pour lequel il prenait des notes au moment où le chef de bataillon l'avait surpris ; il était désespéré de cet enfantillage dont il n'avait pas mesuré la portée.

– Mais alors, s'écria le colonel, pourquoi n'avez-vous pas parlé plus tôt ? Votre silence permettait toutes les hypothèses !

Simon qui venait de surprendre le regard que le commandant Sartre avait échangé avec le colonel, se dit que c'était gagné. Cette explication qui eût paru absurde chez un soldat d'une autre origine leur paraissait acceptable.

– Mon colonel, dit Simon, j'ai craint de vous paraître ridicule et j'ai pensé que vous ne me croiriez pas. Il me semblait que je ne pouvais me défendre qu'en me taisant.

Cette fable correspondait assez bien à l'idée que ces militaires se faisaient de l'homme : l'invention d'un roman leur parut s'accorder avec les rêveries qu'ils prêtaient à tous les intellectuels, en se persuadant qu'ils étaient eux-mêmes des hommes d'action. Ils respirèrent d'être mis en présence d'une version de l'incident qui ne contredisait aucune de leurs valeurs ; elle les fit sourire, et le colonel dit à Simon qu'il s'était conduit comme un enfant et qu'on ne se cache pas la tête dans le sable. On lui demanda de donner sa parole d'honneur que rien n'était sorti de la caserne : il la donna sur-le-champ et ajouta qu'il commençait à peine à prendre des notes quand le commandant était entré. Il jugeait que son amitié pour Bernard valait bien tous les mensonges. L'honneur jouait dans les habitudes morales des officiers de Simon un rôle si naturel qu'ils n'imaginaient même pas qu'un adolescent comme lui pût se parjurer. Ils n'auraient peut-être pas cru un fils d'ouvrier sur parole, mais Simon les trompa avec une grande aisance.

PAUL NIZAN ***(1905–1940)***

Vie et formation

Paul Nizan est né à Tours en 1905. Il est le fils d'un ingénieur des chemins de fer. Élève brillant, il fait ses études au lycée Henri-IV, à Louis-le-Grand et à l'École normale supérieure où il est notamment le camarade de Jean-Paul Sartre et de Raymond Aron. En 1926, il se rend à Aden (Yémen) où il occupe la fonction de précepteur. Il prend conscience de la réalité coloniale dont il rend compte dans son livre *Aden Arabie* (1931), avec lequel il effectue une entrée remarquée en littérature. Agrégé de philosophie en 1929, membre du Parti communiste, il enseigne et collabore à divers journaux (*L'Humanité, Ce Soir*), signant notamment de nombreuses critiques littéraires. Essayiste (*Les Chiens de garde*, 1932), romancier (*Antoine Bloyé*, 1933 ; *Le Cheval de Troie*, 1935 ; *La Conspiration*, 1938), Paul Nizan a sans cesse défendu l'idée de l'engagement des penseurs et des écrivains. Mobilisé lors de la Seconde Guerre mondiale, il est tué au front en mai 1940, à l'âge de 35 ans.

La Conspiration

La Conspiration (1938) est le troisième et dernier roman publié de son vivant par Paul Nizan. Situé à la fin des années 1920, le récit suit un groupe de cinq jeunes gens (Bernard Rosenthal, Philippe Laforgue, Bloyé, Jurien et Serge Pluvinage) désireux de s'engager en faveur de la révolution marxiste. Pour cela, ils fondent d'abord une revue, *La Guerre civile*, avant d'envisager un moyen d'action plus radical. Bernard Rosenthal, le meneur du groupe, considère que leur position sociale et leur origine bourgeoise leur permettent d'espionner le système de l'intérieur. La « conspiration » consiste donc à recueillir des informations qui seront utiles à la révolution. La *Conspiration* est un livre sans complaisance sur une jeunesse tentant de s'opposer à une société bourgeoise, à sa famille et au déterminisme social. Le roman décrit la désillusion progressive de ces jeunes hommes qui se débattent pour exister, entre leurs rêves de grand soir et la conscience de la dérision de leurs actions dans le contexte de la France des années 1920–1930.

LECTURE MÉTHODIQUE

1 Montrez comment le texte insiste sur la jeunesse du personnage.

2 Quelles sont les réactions des militaires face à l'excuse invoquée par Simon ?

3 Comment se manifestent les préjugés de classe des militaires ?

4 *Aden Arabie* (1931) est l'ouvrage le plus connu de Paul Nizan. Renseignez-vous sur ce livre et présentez-le.

◆◆ 导 读 ◆◆

法语文学中的中国

维克多·谢阁兰与中国：《勒内·莱斯》

维克多·谢阁兰(Victor Segalen，1878—1919)，出生于法国布列塔尼，著名诗人、作家、汉学家和考古学家，同时也是一名海军军医。代表作有《碑》(*Stèles*，1914)和散文诗集《画》(*Peintures*，1916)等。

谢阁兰曾多次来华，还承担了一项在中国的考古任务。1914年，他找到了西汉霍去病墓石雕“马踏匈奴”(公元前117年)。谢阁兰写了几本书记录自己的探寻经历，还设想成立一个汉学基金会。在他去世后出版的《勒内·莱斯》(*René Leys*，1922)一书中，谢阁兰将其与一位妄称对北京无所不知的年轻狂人的邂逅进行了艺术加工。这部小说以辛亥革命为背景，将两个时空对立起来：一个是神秘的大中华时代，另一个是更为平实的近代史时代。

安德烈·马尔罗与中国：《人的命运》

安德烈·马尔罗(1901—1976)生于巴黎，在巴黎郊区由经营杂货店的母亲和外祖母抚养长大。虽然17岁就离开了学校，但他在图书馆、博物馆和剧院度过了许多时光。马尔罗很快融入了巴黎的文学圈子，并出版了自己的第一本书《纸月亮》(*Lunes en papier*，1921)。渐渐地，他确立了作为革命作家和行动家的声誉。在西班牙，他与共和党人并肩作战，反抗佛朗哥。马尔罗在《希望》(*L'Espoir*，1937)中记录了自己的战斗经历。第二次世界大战期间，他加入了坦克部队，被俘后逃脱，随后又加入了法国抵抗组织。他的战争经历为其最后一部小说《阿尔腾堡的胡桃树》(*Les Noyers de l'Altenburg*，1943)提供了素材，在这部小说中，他思考了人类命运的意义。法国解放后，他与戴高乐将军(Charles de Gaulle)一同从政，之后投身艺术事业。

马尔罗在1923至1925年间两次前往中南半岛，在此期间，他了解了亚洲，并在那里创办了一份报纸《被绑缚的印度支那》(*L'Indochine enchaînée*)，但很快就遭到了法国政府的干预，因为它宣扬人人平等并谴责法国政府滥用权力。回到欧洲后，马尔罗创作了《西方的诱惑》(*La Tentation de l'Occident*，1926)，讲述了一个法国人和一个中国人的书信往来。这两个人都曾到对方国家旅行，对自己的文化有了新的认识。东亚是马尔罗三部作品的核心：《征服者》(*Les Conquérants*，1928)、《王家大道》(*La Voie royale*，1930)以及《人的命运》。其中《人的命运》获得了龚古尔文学奖。这部小说描写了1927年上海工人武装起义和国民党血腥镇压的历史。在书中，马尔罗站在共产党一边，刻画了甘愿为事业牺牲的人们的形象。

◆◆ Présences de la Chine dans la littérature ◆◆

René Leys (1922)

Printemps 1911. Le narrateur est à Pékin où il fait la connaissance d'un jeune homme, René Leys, qui affirme appartenir à la Police Secrète. Le narrateur est fasciné par la Chine impériale et par la Cité interdite qui s'ouvre enfin à lui, à l'occasion d'une visite officielle. Après cet évènement, il tente de refaire le chemin parcouru à l'aide d'un plan de la ville.

Et, sous mes yeux, entre mes deux mains écartées de ce qui est à peine une envergure d'homme, je vois, je déroule, j'étale, je tiens et je possède pour un peu d'argent, la figuration plane de cette ville, de la capitale, de ce qu'elle enferme... Péking.

C'est une figure inoubliable quand on l'a, non pas vue, mais habitée. Un Carré, posé sur un Rectangle. Celui-ci, le socle, et pas plus, est déformé, non accompli ; sa muraille de droite, son mur oriental est contourné, et hésite. Il déborde à droite et à gauche, à l'ouest et à l'est... C'est la ville chinoise, ou plutôt le lieu des mercantis enveloppant et happant et dévorant comme des fourmis... Ce terrain Sud et large serait à déblayer, s'il ne contenait pas, comme un *faubourg*, ainsi qu'il sied, les deux Temples du Ciel et de l'Agriculture, enfermés à droite et à gauche, au long de sa muraille Sud, pendus à la grande voie vertébrale...

Ce faubourg communique avec la Ville Carrée, la Ville Tartare, par trois portes.

[...]

Au nord de la Ville Chinoise se campe la Ville Tartare, posant ses trois portes comme un formidable trépied sur le faubourg tributaire de l'autre, ses trois Portes, ses trois pieds ! C'est elle que j'habite, en conquérant, mais discrètement, dans son coin de droite, et en bas. Carrée, ou presque (il a fallu les décamètres des agents voyers Européens pour prouver que ses quatre côtés diffèrent), elle hausse ses murailles à trente pieds au dessus de la plaine... C'est mon vrai domaine. C'est mon bien : je possède un carré minuscule juste au coin de droite et d'en bas, – compris entre l'observatoire classique, dont les Jésuites de ma race ont fondu les bronzes, et le K'iao-leou, le Pavillon d'angle d'où la citadelle domine au loin la campagne planée comme une mer calme, la mer alluvionnaire de la plaine... Puis, enfermée dans le carré de la Ville Tartare, la Ville Impériale, qu'un mauvais jeu de mots, celui-là, intraduisible en Français, sur le caractère « Houang » laisse appeler souvent la « Ville Jaune ». – C'est un rempart de plus mais bossué vers l'ouest. Enfin le troisième rectangle inscrit, celui-là que l'on peut peindre d'une belle couleur violette, par convention – car tous ses toits sont du plus beau jaune, Le Palais.

Je le tiens, je l'encercle ; je le domine ; j'équarris mon œil à sa forme : je le comprends. Les bâtiments, les cours, les espaces, les palais du Palais sont là, schématiques et symétriques comme des alvéoles non pas pentagones, mais rectangulaires ; et l'esprit est le même : la ruche a travaillé dans la cire pour un seul, une seule, la Femelle de ses habitants. La Reine. Quatre cent millions d'hommes, ici, à l'entour, pas plus différents entre eux que les travailleuses de la ruche, ont aggloméré ceci : des cases d'échiquiers, des formes droites et dures, des cellules dont l'image géométrique – sauf la profondeur angulaire des toits – n'est pas autre : que le « parallélépipède » rectangle ! Mais, protégé, abrité, défendu contre les incursions barbares... en l'honneur du Seul Habitant Mâle de ces Palais, Lui, L'Empereur... Et tout ceci, – métempsycose ou parabole – projeté sur le papier de ce plan, sans un repère, sans une directive autre que le grand axe, du Sud au Nord, qui perforant les Palais et les portes, vient buter logiquement et finir, précisément au « Tchong-Kao », « impossible de vue » au « Palais du Milieu » qui, sur ce papier, barre la route... – Rien de plus que cette indication du centre... Mais, pratiquement je ne sais m'y reconnaître. Où est la route là-dedans suivie... Où le Régent nous a-t-il reçus ?

VICTOR SEGALEN (1878–1919)

Médecin, voyageur et écrivain

Né en Bretagne, Victor Segalen a fait des études classiques chez les jésuites avant de poursuivre des études de médecine. Il devient médecin de marine. Sa première mission le mène à Tahiti, en janvier 1903, où il fait l'expérience d'une culture polynésienne menacée par la colonisation. Il en fait le sujet de son ouvrage, *Les Immémoriaux* (1907). Nommé élève interprète de la marine, Segalen arrive en Chine en juin 1909 où il entreprend une longue expédition à travers le pays qui durera neuf mois. Mobilisé en août 1914, il rentre en France pour servir en tant que médecin. Après un deuxième séjour en Chine, en 1917–1918, où il est chargé de recruter des travailleurs, il rentre en France pour reprendre son poste à l'hôpital de Brest. Il est retrouvé mort dans la forêt de Huelgoat, des suites d'une blessure au talon. La possibilité d'un suicide n'a jamais pu être totalement écartée. Auteur d'une œuvre riche et abondante, Segalen est un romancier et un poète exigeant ayant une très haute idée de la littérature.

Segalen et la Chine

Au cours de ses séjours, Segalen a noué avec la Chine des rapports étroits. C'est là qu'il trouve, selon Jouve qui cite Rimbaud, « le lieu et la formule ». Il y rédige les poèmes qui composent le recueil *Stèles* (1914), puis les poèmes en prose de *Peintures* (1916). En Chine, Segalen est aussi chargé d'une mission archéologique. Il découvre en 1914 une très ancienne statue monumentale chinoise datée de 117 avant Jésus-Christ et identifie le site funéraire de l'empereur Qin Shi Huang. Il est l'auteur de plusieurs ouvrages dans lesquels il relate ses explorations. Segalen envisageait par ailleurs la création d'une Fondation Sinologique. Avec *René Leys* (1922), publié à titre posthume, il transpose sa rencontre à Pékin avec un jeune homme mythomane qui prétendait être au courant de toutes les affaires de la Cité. Le roman, qui a pour toile de fond la révolution de 1911, met aux prises deux temporalités : le temps mythique et empli de mystère de la Grande Chine impériale et celui, plus prosaïque, de l'Histoire moderne.

LECTURE MÉTHODIQUE

1 Comment Segalen décrit-il la ville de Pékin ? Selon quel principe ? À l'aide d'un plan de l'époque, comparez sa description avec la réalité.

2 Commentez l'emploi répété des points de suspension.

3 Quels sont les éléments du texte qui peuvent laisser voir la fascination du narrateur pour Pékin ?

4 Comparez ce texte avec celui de Pierre Loti. Quels points communs et quelles différences pouvez-vous noter ?

◆◆ Présences de la Chine dans la littérature ◆◆

La Condition humaine (1933)

Cet extrait constitue l'incipit du roman. Tchen, un militant communiste, est chargé d'assassiner un trafiquant dans le but de récupérer des informations qui permettront à son groupe de se saisir d'une importante cargaison d'armes. Il s'agit ainsi d'armer l'insurrection qui se prépare à Shanghai.

21 MARS 1927

Minuit et demi.

Tchen tenterait-il de lever la moustiquaire ? Frapperait-il au travers ? L'angoisse lui tordait l'estomac ; il connaissait sa propre fermeté, mais n'était capable en cet instant que d'y songer avec hébétude, fasciné par ce tas de mousseline blanche qui tombait du plafond sur un corps moins visible qu'une ombre, et d'où sortait seulement ce pied à demi incliné par le sommeil, vivant quand même – de la chair d'homme. La seule lumière venait du building voisin : un grand rectangle d'électricité pâle, coupé par les barreaux de la fenêtre dont l'un rayait le lit juste au-dessous du pied comme pour en accentuer le volume et la vie. Quatre ou cinq Klaxons grincèrent à la fois. Découvert ? Combattre, combattre des ennemis qui se défendent, des ennemis éveillés !

La vague de vacarme retomba : quelque embarras de voitures (il y avait encore des embarras de voitures, là-bas, dans le monde des hommes...). Il se retrouva en face de la tache molle de la mousseline et du rectangle de lumière, immobiles dans cette nuit où le temps n'existait plus.

Il se répétait que cet homme devait mourir. Bêtement : car il savait qu'il le tuerait. Pris ou non, exécuté ou non, peu importait. Rien n'existait que ce pied, cet homme qu'il devait frapper sans qu'il se défendît, – car, s'il se défendait, il appellerait.

Les paupières battantes, Tchen découvrait en lui, jusqu'à la nausée, non le combattant qu'il attendait, mais un sacrificateur. Et pas seulement aux dieux qu'il avait choisis : sous son sacrifice à la révolution, grouillait un monde de profondeurs auprès de quoi cette nuit écrasée d'angoisse n'était que clarté. « Assassiner n'est pas seulement tuer... » Dans ses poches, ses mains hésitantes tenaient, la droite un rasoir fermé, la gauche un court poignard.

Il les enfonçait le plus possible, comme si la nuit n'eût pas suffi à cacher ses gestes. Le rasoir était plus sûr, mais Tchen sentait qu'il ne pourrait jamais s'en servir ; le poignard lui répugnait moins. Il lâcha le rasoir dont le dos pénétrait dans ses doigts crispés ; le poignard était nu dans sa poche, sans gaine. Il le fit passer dans sa main droite, la gauche retombant sur la laine de son chandail et y restant collée. Il éleva légèrement le bras droit, stupéfait du silence qui continuait à l'entourer, comme si son geste eût dû déclencher quelque chute. Mais non, il ne se passait rien : c'était toujours à lui d'agir.

Ce pied vivait comme un animal endormi. Terminait-il un corps ? « Est-ce que je deviens imbécile ? » Il fallait voir ce corps. Le voir, voir cette tête ; pour cela, il fallait entrer dans la lumière, laisser passer sur le lit son ombre trapue. Quelle était la résistance de la chair ? Convulsivement, Tchen enfonça le poignard dans son bras gauche. La douleur (il n'était plus capable de songer que c'était *son* bras), l'idée du supplice certain si le dormeur s'éveillait le délivrèrent une seconde : le supplice valait mieux que cette atmosphère de folie. Il s'approcha : c'était bien l'homme qu'il avait vu, deux heures plus tôt, en pleine lumière. Le pied, qui touchait presque le pantalon de Tchen, tourna soudain comme une clef, revint à sa position dans la nuit tranquille. Peut-être le dormeur sentait-il une présence, mais pas assez pour s'éveiller… Tchen frissonna : un insecte courait sur sa peau. Non ; c'était le sang de son bras qui coulait goutte à goutte. Et toujours cette sensation de mal de mer.

ANDRÉ MALRAUX (1901–1976)

L'écrivain engagé

Né à Paris, Malraux a été élevé en banlieue parisienne par sa mère et sa grand-mère qui tenaient une épicerie. S'il arrête l'école à 17 ans, il fréquente énormément les bibliothèques, les musées et les théâtres. Il intègre rapidement les milieux littéraires parisiens et publie son premier ouvrage, *Lunes en papier* (1921). Malraux se forge peu à peu une réputation d'écrivain révolutionnaire et d'homme d'action. Ainsi, il s'engage en Espagne et part combattre aux côtés des républicains contre Franco. Il rapporte son expérience des combats dans *L'Espoir* (1937). Durant la Seconde Guerre mondiale, il s'engage dans les chars, avant d'être fait prisonnier, de s'évader puis de rejoindre la Résistance. Son expérience de la guerre constitue la matière de son dernier roman, *Les Noyers de l'Altenburg* (1943), où il s'interroge sur le sens de la destinée humaine. À la Libération, il s'engage en politique aux côtés du général de Gaulle, avant de se consacrer à l'art.

Malraux et la Chine

Malraux découvre l'Asie lors de deux séjours en Indochine, entre 1923 et 1925. Il y fonde un journal, *L'Indochine enchaînée*, qui sera vite ennuyé par une administration française peu encline à tolérer cette presse réclamant les mêmes droits pour tous et dénonçant les exactions commises par les Français. Lors de son retour en Europe, il rédige *La Tentation de l'Occident* (1926) qui met en scène l'échange épistolaire entre un Français et un Chinois. Tous deux ont voyagé dans le pays de l'autre et portent un nouveau regard sur leur propre culture. L'Extrême-Orient est au centre de trois de ses œuvres : *Les Conquérants* (1928), *La Voie royale* (1930) et *La Condition humaine* (1933) qui obtient le Prix Goncourt. Ce dernier roman développe un thème déjà présent dans *Les Conquérants*, qui a lui aussi la Chine pour toile de fond. Le roman se déroule en 1927, à Shanghai, au moment où s'affrontent le Kuomintang et le Parti communiste chinois. Dans *La Condition humaine*, Malraux se place du côté des communistes et se sert de la révolution comme d'un prétexte pour méditer sur l'homme et sur l'absurdité de sa condition, par l'intermédiaire d'êtres qui se savent condamnés à périr pour une cause qui dépasse l'individu.

LECTURE MÉTHODIQUE

1 Quels sont les objectifs de cet incipit « in medias res » ?

2 Quelle est la focalisation utilisée ici ? Justifiez votre réponse.

3 Analysez l'évolution des sentiments de Tchen. Comment Malraux décrit-il le drame intérieur de son personnage ?

4 En plus de *La Condition humaine*, Malraux a écrit d'autres textes faisant référence à la Chine. Choisissez-en un et présentez-le.

CHAPITRE 2
Écrire la Seconde Guerre mondiale

第二章
书写第二次世界大战

◆◆ 第一节　导读 ◆◆

书写战争

如果说第一次世界大战是一场名副其实的灾难，那么第二次世界大战则将战争的恐怖推向了更高峰。二战期间，数千万人死亡，其中绝大多数是平民。

第一次世界大战的阴影一直萦绕在法国人心头，他们不希望发生战争，也不认可政府采取的镇压公众示威、粮食配给等措施。1939年9月1日，德国军队对波兰发动了进攻，第二次世界大战全面爆发。9月3日，英国和法国对德国宣战。波兰在短短3周内就被德军击败，法军决定在沿边界修建的防御工事——马其诺防线（la ligne Maginot）上等待德军的进攻。这种等待持续了9个月，史称“奇怪战争”（drôle de guerre）。

1940年5月10日，纳粹德国进攻比利时和荷兰。当法军想在北部阻击德军时，德军装甲师却穿越了法国认为“无法逾越”的阿登森林。法军和英军落入了敌人的陷阱，他们与马其诺防线的联系被切断。德国实行空军和地面部队协同作战的“闪电战”（guerre éclair），在军事上占据了绝对优势。为了躲避德军的进攻，英法联军向北撤退。在敦刻尔克大撤退中，共撤离了20万英军士兵和13万法军士兵，成为军事史上最大的一次撤退。德军到达法国北部后，便开始南下。巴黎于1940年6月14日沦陷。法军溃不成军，只能无序撤退。6月22日法德签订停战协议，法国被一分为二，分界线以北和以西的所有领土都被德国占领，同时德国对法国提出了非常苛刻的要求，尤其是在军事、财政方面。短短一个多月时间，法国就溃败了。

德军势不可挡的推进引起了民众的恐慌。从1940年5月起，比利时和法国北部的难民纷纷逃离家园。6月，卢瓦尔河以北的居民开始匆忙逃亡。面对蜂拥而至的人群，整个交通网络陷入瘫痪。除了撤退的军车车队，路上还挤满了因害怕轰炸而放弃主要城镇的平民，现场一片混乱。法国人想尽一切办法逃离，甚至不知道自己要去哪里。

德国和意大利空军摧毁了法国铁路、桥梁等交通和通讯设施，并毫不犹豫地向平民开火。到1940年6月底，估计有600万法国人在逃难的路上。他们沦为流浪者，四处寻找食物和住所，生活岌岌可危。这次大逃亡，由于其不受控制、无序和自发性，成为整个法国在军事和道义上彻底失败的象征，是法国历史上最惨痛的失败。

这一历史性失败引发了大量研究和评论。历史学家认为，法国选择静态防御，既没有预见也无法应对德国基于速度和运动的战略。历史学家马克·布洛赫（Marc Bloch）在他于1940年夏天撰写的著作《奇怪的战败》（*L'Étrange défaite*，1946）中指出，指挥部的无能是导致灾难的直接原因。布洛赫是德国占领时期的抵抗运动成员，1944年3月纳粹德国的盖世太保逮捕了他，并施以酷刑，1944年6月16日，布洛赫被杀害。

文学大事件梳理

1 许多作家直接受到全球冲突的影响。出生于19世纪下半叶的作家大多参加过一战，但是如今年事已高，无法参战，如：罗曼·罗兰、纪德、多热莱斯、热纳瓦。有些作家为了逃避战火，选择了流亡。叙佩维埃尔和贝纳诺斯去了南美洲，朱尔·罗曼(Jules Romains)选择去美国然后去墨西哥。

2 法国1939年9月2日的战争总动员面向所有20至48岁的健全男性，20世纪初出生的一代作家尤其受到影响。被征召入伍的作家包括阿拉贡、布勒东、卡莱、罗曼·加里(Romain Gary)、雷蒙·盖兰(Raymond Guérin)、让-保罗·萨特(Jean-Paul Sartre)和维亚拉特。他们大多数人被派往前线，近距离经历了“奇怪战争”以及1940年6月的溃败。有些人牺牲了，如尼赞。这些事件自然而然成为许多小说的主题，其中一些小说在事件发生期间创作，并在战后立即出版。

3 与第一次世界大战时期的战地文学不同，作家们没有描写士兵的自我牺牲精神，而是描绘1939年他们面临的奇怪处境，士兵们惊讶地发现他们并没有参加为之准备的战斗。朱利安·格拉克(Julien Gracq)的作品《林中阳台》(*Un balcon en forêt*, 1958)以“等待”为主题，讲述了驻扎在阿登森林中的准尉格朗热(Grange)如何应对姗姗来迟的德军装甲车的故事。卡莱的《花束》(*Le Bouquet*, 1945)也是以这种无休止的等待开篇，士兵们经过九个月的跋涉和反复行军，疲惫不堪，当德国人在1940年6月与他们正面交锋时，他们甚至想不到要使用自己的武器。

4 罗贝尔·梅尔(Robert Merle)在《聚伊德科特的周末》(*Week-end à Zuydcoote*, 1949)中，描写了盟军在敦刻尔克大撤退时激烈的战斗和惨烈的轰炸场面。在《阿滕堡的胡桃树》中，马尔罗根据自己的经历，描述了一辆法国坦克孤注一掷的进攻。这些作品中的战斗场景不再像描写第一次世界大战时那样，突出表现一个人和一支部队接受命运安排的战争英雄主义。

5 萨特的未完成小说系列第三卷《痛心疾首》(*La Mort dans l'âme*, 1949)可能是个例外，其中有马蒂厄(Mathieu)独自向整个德国军队开火的场景，但小说也描写了法国军队溃败、巴黎被德军占领、人们在道路上逃亡的情景。

6 伊雷娜·内米洛夫斯基（Irène Némirovsky）在《法兰西组曲》（*Suite française*，2004）第一部分中对大逃亡进行了描写，该书作于1940年至1942年间。从军事角度来看，所有描写1939年9月至1940年夏天这段时期的作品都有一个共同点，就是揭露法国领导者的战略失误以及法国军队的毫无准备、自暴自弃。总体而言，这些作品从各方面描绘了当时社会的整体困惑，表现了个人面对历史洪流和重大事件时的无力感。

◆◆ Séquence 1 ◆◆

Écrire la guerre

La Seconde Guerre mondiale

L'invasion de la Pologne, le 1er septembre 1939, par l'Allemagne nazie provoque la réaction de l'Angleterre et de la France qui déclarent la guerre aux forces hitlériennes le 3 septembre. Respectant les termes du pacte germano-soviétique signé en août 1939, l'URSS demeure neutre jusqu'en juin 1941, date à laquelle l'Allemagne décide de l'envahir. Attaqués par l'armée japonaise en décembre de la même année à Pearl Harbor, les États-Unis abandonnent leur neutralité et se joignent aux Alliés (France, Angleterre, URSS, Chine...) contre les forces de l'Axe (Allemagne, Japon, Italie...). Toutes les grandes puissances mondiales sont impliquées. La guerre n'épargne pratiquement aucune région du monde. En Europe, elle s'achève officiellement le 8 mai 1945 par la capitulation sans condition du Troisième Reich. Elle prend fin en Asie avec la capitulation du Japon en septembre 1945.

Si la Première Guerre mondiale a été un véritable désastre, la Seconde Guerre mondiale a encore repoussé les limites de l'horreur en abolissant les frontières du militaire. Avec ce conflit, la guerre n'est plus seulement une affaire de soldats (mais l'a-t-elle jamais été ?). Outre le fait que des civils prennent part aux combats, par le biais notamment de mouvements de Résistance dans les pays conquis par l'Axe, les populations souffrent des bombardements et des crimes de guerre particulièrement violents. L'Allemagne nazie procède à la déportation puis à l'extermination systématique des juifs, des homosexuels et des handicapés. Elle assassine les résistants, les opposants politiques et se livre à des représailles contre les civils. Le Japon n'est pas en reste de ces exactions (massacre de Nanjing en 1937, exploitation des « femmes de réconfort », bombardements massifs...). En 1945, à l'occasion du procès de Nuremberg, l'ampleur des massacres commis a donné lieu à la création de l'incrimination de « crime contre l'humanité ».

Bien qu'il soit difficile d'établir un nombre exact de victimes, on estime qu'entre 60 et 70 millions de personnes ont trouvé la mort entre 1937 et 1945 (chiffres du Mémorial de Caen en Normandie), dont une très grande majorité de civils.

La « drôle de guerre » en France

Suite à l'annexion de l'Autriche, des Sudètes et du démembrement de la Tchécoslovaquie, la France s'était engagée à soutenir la Pologne en cas d'attaque allemande. Ce qui devait être un moyen de dissuader Hitler contraint le gouvernement français à se lancer dans une guerre pour laquelle il n'est pas préparé. Le traumatisme des sanglantes et vaines offensives de la Première Guerre mondiale conditionne la tactique de l'état-major français. Alors que la Pologne est défaite en trois semaines, l'armée française décide d'attendre l'offensive allemande sur les fortifications (la ligne Maginot) érigées le long de la frontière jusqu'à la forêt des Ardennes, jugée « infranchissable ». Cette attente dure neuf mois. C'est la « drôle de guerre ».

Si l'absence de combats évite les morts et les blessés, elle produit aussi sur l'opinion publique des effets négatifs. En effet, la population française, hantée par le spectre de la Grande Guerre (1914–1918), ne souhaite pas la guerre et pense que la paix peut être rétablie puisqu'aucune action décisive n'a encore été commise. Elle n'arrive pas à comprendre cette guerre qui semble ne pas en être une et accueille mal les mesures de prévention (suppression des manifestations publiques, rationnement alimentaire...) mises en place par le gouvernement. La « drôle de guerre » empêche la classe politique de répéter l'« union sacrée » qui avait prévalu durant la Première Guerre mondiale. Le gouvernement de Daladier (contraint de démissionner en mars 1940) doit faire face à ceux qui critiquent la passivité de l'armée autant qu'à ceux qui défendent des idées pacifistes. C'est une France divisée, mal préparée et sans entrain qui va devoir faire face à l'offensive allemande de mai 1940.

La débâcle

Le 10 mai 1940, l'Allemagne nazie attaque la Belgique et les Pays-Bas. Pendant que les troupes françaises pensent les arrêter au nord, les *Panzerdivisionen* passent par la forêt des Ardennes, celle-là même que les autorités françaises pensaient « infranchissable ». Les armées française et anglaise sont ainsi coupées de la ligne Maginot et se trouvent prises dans une nasse. La supériorité militaire de l'Allemagne qui pratique la « guerre éclair » (*Blitzkrieg*) est totale. Fuyant l'avancée allemande, Anglais et Français se replient vers le nord. À Dunkerque, l'Angleterre parvient à rapatrier 200 000 soldats anglais et 130 000 Français. Une fois le nord atteint, les nazis se dirigent vers le sud. Paris est occupé le 14 juin. L'armée française est en déroute et n'a d'autre solution que de reculer de manière désordonnée, sans parvenir à se reconstituer. En un mois, la France est défaite sans avoir réellement été en capacité de se défendre. Le 16 juin 1940, le gouvernement Reynaud démissionne après moins de trois mois d'exercice. Le maréchal Pétain, qui incarne encore pour l'opinion publique le héros de la Grande Guerre, est alors nommé président du Conseil. Il s'adresse aussitôt à l'Allemagne et demande l'armistice. Ce dernier est signé le 22 juin dans la clairière de Rethondes, à l'endroit même où les Allemands avaient ratifié celui du 11 novembre 1918. Les conditions imposées à la France sont drastiques notamment sur les plans militaire et financier. En outre, le pays est désormais coupé en deux : tous les territoires situés au nord et à l'ouest de la ligne de démarcation sont placés sous occupation allemande.

Cette débâcle historique a donné lieu à beaucoup d'études et de commentaires. Aujourd'hui, les historiens, à l'aide d'études comparatives, n'accréditent plus la thèse de la supériorité numérique allemande. En revanche, ils insistent sur l'infériorité stratégique de l'état-major français qui, choisissant une attitude défensive et statique, n'a pas envisagé ni su s'adapter à la stratégie allemande basée sur la rapidité et le mouvement. C'est aussi « l'incapacité du commandement » que l'historien Marc Bloch considère comme étant la « cause directe du désastre », dans l'ouvrage qu'il écrit durant l'été 1940, *L'Étrange défaite* (publié à titre posthume en 1946). Membre de la Résistance durant l'Occupation, Marc Bloch a été arrêté, torturé et assassiné par la Gestapo le 16 juin 1944.

L'exode

L'inexorable avancée allemande de 1940 a pour conséquence de semer la panique parmi la population. Dès le mois de mai, des réfugiés en provenance de Belgique et du nord de la France se lancent sur les routes pour fuir l'invasion. À partir du mois de juin, ce sont les populations habitant au nord de la Loire qui se précipitent dans un exode désordonné. Les plus riches prennent leur voiture, lorsqu'ils ont la chance d'en posséder une et qu'ils parviennent à trouver de l'essence, qui vient rapidement à manquer. Le plus grand nombre se dirige vers les gares. Tout le réseau est bien vite totalement désorganisé face à cet afflux de gens qui constatent, impuissants, l'absence de trains en nombre suffisant pour les emmener tous. Les Français tentent de fuir par tous les moyens sans parfois même savoir où ils vont et n'hésitent pas à se lancer sur les routes à pied. Ces dernières, en plus d'être encombrées par les convois militaires qui se replient, le sont donc aussi par des familles abandonnant les grandes agglomérations par peur des bombardements. La désorganisation et la confusion sont totales. À ce désordre général, il faut ajouter la peur provoquée par les raids aériens des aviations allemandes et italiennes chargées de détruire les différents moyens de communication (lignes de chemin de fer, ponts...) et qui n'hésitent pas à tirer sur les civils.

Fin juin, on estime que ce sont environ six millions de Français qui sont sur les routes pour tenter de rejoindre des destinations hypothétiques. Réduits à l'état de vagabonds, ils vivent dans des conditions précaires et peinent à se loger et à se nourrir. L'exode de juin 1940, du fait de son caractère incontrôlé, désordonné et spontané, est devenu le symbole de la déroute totale, autant militaire que morale, de toute une nation. La France vit alors la plus lourde défaite de son histoire.

Les écrivains dans la guerre

Le monde littéraire n'est pas imperméable aux réalités de l'époque et beaucoup d'écrivains sont directement concernés par le conflit mondial. Les auteurs nés durant la deuxième moitié du XIXe siècle, et dont la plupart a déjà pris part à la Grande Guerre, sont désormais trop âgés pour être mobilisés (Romain Rolland, André Gide, Roland Dorgelès – qui revendique la paternité de l'expression « drôle de guerre » –, Maurice Genevoix...). Pour fuir les combats et les conséquences de la guerre certains choisissent l'exil. Ainsi, par exemple, Jules Supervielle et Georges Bernanos se rendent en Amérique du Sud, tandis que Jules Romains choisit les États-Unis puis le Mexique.

La mobilisation générale du 2 septembre 1939 s'applique à tous les hommes valides de 20 à 48 ans. La génération d'auteurs née au tournant du XXe siècle est donc tout particulièrement concernée. Parmi les appelés, citons, entre autres, Louis Aragon, André Breton, Henri Calet, Romain Gary, Raymond Guérin, Jean-Paul Sartre ou Alexandre Vialatte. La plupart sont envoyés au front et vivent au plus près la « drôle de guerre », les combats et la débâcle de juin 1940. Certains, comme Paul Nizan, y meurent. C'est donc tout naturellement que ces évènements deviendront la matière de nombreux romans écrits parfois pendant les évènements et qui seront publiés dans l'immédiat après-guerre.

À l'inverse de la littérature guerrière de la Première Guerre mondiale, les écrivains ne vont pas faire état de l'abnégation des soldats, de leur sens du sacrifice. En effet, ils vont d'abord tâcher de rendre compte de la situation étrange à laquelle sont confrontés les soldats de 1939 qui s'étonnent de ne pas livrer le combat pour lequel ils se sont préparés. L'attente est le sujet principal d'*Un balcon en forêt* (1958), de Julien Gracq, où l'aspirant

Grange, posté dans la forêt des Ardennes, a pour mission de faire face à des blindés allemands qui tardent à venir. C'est aussi avec cette interminable attente que s'ouvre *Le Bouquet* (1945) d'Henri Calet, où les soldats, épuisés par neuf mois ponctués de marches et de contre-marches ne penseront même pas à se servir de leurs armes lorsque les Allemands leur feront face, en juin 1940. Avec *Week-end à Zuydcoote* (1949), Robert Merle raconte la violence des combats et des bombardements ainsi que la débandade des armées alliées, contraintes de se replier dans le nord, aux environs de Bray-Dunes, pour tenter d'embarquer sur un bateau à destination de l'Angleterre. Dans *Les Noyers de l'Altenburg* (1943), Malraux emprunte à sa propre histoire pour décrire l'offensive désespérée d'un char français. Les scènes de combats de ces ouvrages ne mettent plus en évidence, comme c'était le cas pour la Première Guerre mondiale, l'héroïsme guerrier d'un homme et d'une troupe acceptant leur sort. Si *La Mort dans l'âme* (1949), troisième tome du cycle romanesque inachevé de Jean-Paul Sartre (*Les Chemins de la liberté*), peut faire office d'exception avec la scène qui voit le personnage de Mathieu faire, seul, feu contre toute une unité allemande, le roman raconte aussi la déroute militaire, Paris abandonné aux Allemands et l'exode de la population fuyant sur les routes françaises. Ce dernier thème est celui que développe Irène Némirovsky dans la première partie de *Suite française* (2004), rédigé entre 1940 et 1942. Tous les ouvrages consacrés à la période comprise entre septembre 1939 et l'été 1940 ont en commun, sur le plan militaire, de pointer la défaillance des chefs et de souligner l'impréparation d'une armée abandonnée à elle-même. D'un point de vue plus global, ces livres représentent une société où les repères sont mis à mal et où les individus sont les jouets de l'Histoire et des évènements.

◆◆ Texte 1 ◆◆

Week-end à Zuydcoote (1949)

Abandonnant le sanatorium de Zuydcoote, où une partie de l'armée française en déroute s'est rassemblée, Maillat se rend à Bray-Dunes pour tenter d'embarquer sur un navire à destination de l'Angleterre. Lorsqu'il arrive sur la plage, il découvre la multitude des soldats qui sont dans le même cas que lui.

Maillat replongea dans la foule. Derrière lui, il entendit Gabet reprendre inlassablement :

– Anglais à droite ! Français à gauche !

Il se retourna. Gabet faisait de larges gestes avec ses bras. Avec ses yeux candides et son teint de jeune fille, il avait l'air de l'ange qui, dressé à la porte du Paradis, met de l'ordre parmi les morts, et désigne les Élus. Et les Élus, pensa Maillat, sont tous anglais aujourd'hui.

Il s'était attendu à voir un petit port, des quais, ou du moins une jetée qui pourrait servir d'embarcadère, de grands transports accostés, les hommes y grimpant par des passerelles. Il vit une immense plage, s'étendant à droite et à gauche à perte de vue. Une plage de station balnéaire, en contrebas des villas coquettes qu'un petit mur de soutènement protégeait des gros temps. Les transports étaient des cargos incroyablement petits et vétustes. L'un d'eux portait même sur son flanc gauche un système antique de roue à palettes. Deux torpilleurs minuscules croisaient à courte distance.

Sur la plage, des tommies attendaient, debout, en longues files parallèles. Plus loin, sur la gauche, hors du champ d'embarquement, des Français étaient massés en groupes compacts. Anglais à droite, Français à gauche ! Par quel miracle l'ordre que criait Gabet, si peu efficace au carrefour, était-il devenu ici une réalité ?

La mer resplendissait au soleil, calme, comme un lac. Trois ou quatre petites barques vertes faisaient lentement la navette de la plage aux cargos. Elles chargeaient à chaque fois péniblement une demi-douzaine de tommies. Maillat les regarda avec ahurissement. Comment espérait-on, à cette cadence, embarquer une armée ?

Un vrombissement familier lui fit lever la tête. Trois par trois, les Stukas arrivaient. Ils volaient très haut et se mirent à décrire de grands cercles juste au-dessus de lui, semblait-il. Un des petits torpilleurs qui s'étaient empannés près de la côte, démarra brutalement, piqua vers le large en faisant des zigzags, faisant derrière lui un profond sillage. L'instant d'après, la D.C.A. se déchaîna.

Elle tirait de partout, des torpilleurs, des cargos, de la plage, du toit des maisons. Le vacarme était assourdissant. Le ciel bleu se piqua en un moment d'une multitude de petits nuages blancs, qui surgissaient à quelques centimètres, aurait-on dit, derrière les escadrilles, les suivaient à la trace, puis se diluaient dans l'air un à un. Tout à coup un *hurrah* frénétique jaillit de la plage. C'étaient les chasseurs canadiens. Chose curieuse, ils avaient surgi du côté de la terre, comme si leurs bases avaient été à l'est. Aussitôt, la formation de Stukas s'ouvrit, se déploya gracieusement en corolle comme une fleur gigantesque, se scinda en deux. Une partie s'étira dans la direction des chasseurs. L'autre parut se contracter, se rétrécir, et piqua droit vers la mer.

Il y eut un instant de silence. La D.C.A. de la plage s'était tue. On n'entendait plus, au loin, que les canons automatiques des torpilleurs. Maillat leva les yeux. Il les abaissa aussitôt. Le soleil était aveuglant. D'ailleurs, la chasse volait tellement haut qu'elle était à peine visible. Si des combats se poursuivaient là-haut, du côté du soleil, on ne les entendait même pas.

ROBERT MERLE (1908–2004)

Vie et formation

Né en Algérie, Robert Merle effectue ses études à Paris, aux lycées Condorcet et Louis-le-Grand. Il est licencié de philosophie, agrégé d'anglais et docteur ès lettres. Sa carrière dans l'enseignement, débutée au lycée en 1934, est interrompue par la guerre. Il est mobilisé en 1939 et fait prisonnier à Dunkerque. Il demeure en captivité jusqu'en 1943. À la Libération, Merle poursuit sa carrière à l'université et publie son premier livre, inspiré de son expérience personnelle : *Week-end à Zuydcoote* (1949). Toujours influencé par la guerre, il publie *La Mort est mon métier* (1952) dans lequel il condamne l'horreur des camps de concentration nazis. Avec *L'Île* (1962), inspiré par la révolte du *Bounty*, il dénonce le colonialisme et le racisme. Merle propose avec *Derrière la vitre* (1970) sa lecture des évènements de mai 68, vus depuis l'université de Nanterre où il était alors professeur. Engagé à gauche, Robert Merle est un écrivain défendant des valeurs humanistes et qui critique une modernité où l'humain est victime de la solitude et de l'incommunicabilité.

Week-end à Zuydcoote

Week-end à Zuydcoote (1949) est le premier roman de Robert Merle. L'action se déroule en juin 1940. Les armées anglaises et françaises sont en déroute et sont contraintes de se replier dans les environs de Dunkerque. Tandis que les Anglais tentent d'embarquer pour l'Angleterre, les Français sont condamnés à attendre l'arrivée des troupes allemandes dans des camps de fortune. Durant un week-end, Merle suit quatre d'entre eux : Maillat, Pierson, Dhéry et Alexandre qui organisent leur « popote » au sanatorium de Zuydcoote. Livrés à eux-mêmes, sans chefs, les soldats attendent l'inexorable arrivée des Allemands. Invisibles tout au long du roman, leur présence est néanmoins sans cesse rappelée par les avions (Stukas) et les bombardements. Sans pathos, le roman raconte l'horreur de la guerre et comment, dans une situation extrême, l'homme peut facilement se laisser aller à l'inhumanité. *Week-end à Zuydcoote* a obtenu le Prix Goncourt en 1949 et a été adapté au cinéma par Henri Verneuil en 1964.

LECTURE MÉTHODIQUE

1 Comment Robert Merle met-il en scène la déroute des Alliés ? Comment l'impréparation des Alliés est-elle ici mise en évidence ?

2 Comment la présence allemande se manifeste-t-elle ? Que pouvez-vous en dire ? Quel effet littéraire Robert Merle recherche-t-il ?

3 Commentez le titre du roman de Robert Merle. Comment expliquez-vous ce choix ?

4 Le roman de Robert Merle a été adapté au cinéma en 1964. Effectuez des recherches sur le film d'Henri Verneuil.

◆◆ Texte 2 ◆◆

Le Bouquet (1945)

Face à l'offensive allemande, les soldats français se replient. Mal équipés, mal commandés, ils sont fatigués. Après dix mois de « drôle de guerre », ils n'ont toujours pas vu un ennemi, lorsqu'ils tombent sur des Allemands, en juin 1940.

J'ai tourné la tête, j'ai vu une colonne de motocyclistes qui avançait sur les pavés et sans faire aucun bruit. Ils avaient calé leurs moteurs. Cela explique pourquoi nous ne les avions pas entendus venir. Ils nous ont un peu dépassés, puis ils se sont immobilisés sur leurs machines silencieuses. Ils étaient tout raides et blancs, saupoudrés de poussière lunaire.

Le front se rapprochait, avons-nous cru peut-être. Pas des soldats de pacotille, ceux-là, des vrais, équipés, armés, motorisés, guerriers.

Nous ne bougions plus. Ralland me glissa à l'oreille :

– C'est des muets, ces mecs-là, pas possible.

Des fantômes, des soldats d'ailleurs... Qu'attendaient-ils, bouches closes ?

– On leur a foutu un drôle de casque sur la tête, aux frères. Encore de la nouveauté.

D'un coup, je les ai reconnus, les casques plats. J'ai pensé. Non. Je ne sais plus. Cela m'a fait un choc en dedans, une claque, puis je me suis vidé de tout mon son : les Allemands !

– C'est les Allemands, les gars, ai-je dit.

J'aurais dû m'en apercevoir plus tôt.

On n'avait plus ni bras ni jambes, ni têtes, ni rien.

L'ennemi se trouvait à trois pas. Et, toujours le silence et rien ne se passait. Nous remarquaient-ils seulement ? Il y a eu un petit moment muet et noir, dangereux à traverser.

Trop lente pantomime.

Ils étaient deux par machine : un conduisait, l'autre dans le *side* dirigeait sur nous sa mitraillette. On n'allait pas rester comme ça à se regarder sans parler. Ils tireraient, on tomberait tous les cinq. Comme quand nous jouions à la guerre...

« Je tirerais, tu tomberais... »

Condamnés d'avance qui ne pensaient pas à se défendre. On se sentait devenus petits, minces, creux, frêles, transparents. Soldats à la mie de pain. Il eût fallu ouvrir le feu, probablement. Personne n'y a songé alors. Que pouvions-nous faire ? Le métier n'était pas entré, voilà tout. Les plus belles armes du monde n'y auraient rien changé. Soldats à la gomme, qui s'effaçaient d'eux- mêmes. On était demeuré des hommes. [...]

Enfin, celui de tête nous a interpellés, en français. Mais, ce n'est pas tant sa voix qui nous a frappés ni son accent, mais les paroles qu'il a dites :

– Camarades, la guerre est finie.

On s'attendait à tout – sifflement, crépitement – à rien, mais pas à cela. Ils nous appelaient camarades. La vie revenait subitement comme elle était partie. Et j'ai répété aux copains :

– La guerre est finie ! [...]

On s'est désarmés en vitesse, tout a été balancé dans le fossé : fusil, baïonnette, cartouchières. Dans la précipitation, j'ai même balancé mon ceinturon.

L'Allemand qui nous avait appelés camarades a fait un signe de la main. J'ai approché, encore craintif.

– Tsigarettes?

J'ai répondu oui. Il m'a tendu un paquet de cigarettes.

– Merci, ai-je dit en le prenant.

HENRI CALET *(1904–1956)*

Vie et formation

Henri Calet, de son vrai nom Raymond-Théodore Barthelmess, est né à Paris dans une famille populaire proche des milieux anarchistes. De retour de Belgique où lui et sa mère se sont réfugiés durant la Première Guerre mondiale, Calet enchaîne les petits métiers jusqu'à devenir aide-comptable. En 1930, il vole une importante somme d'argent dans le coffre de son entreprise et prend la fuite. C'est à cette occasion qu'il prend le nom d'« Henri Calet ». De retour à Paris, après un exil qui l'aura conduit jusqu'en Uruguay, Calet publie son premier roman en 1935, *La Belle Lurette*, salué par la critique et de nombreux contemporains. Mobilisé en 1940, il est fait prisonnier. Il poursuit après la guerre une œuvre littéraire composée de récits d'inspirations autobiographiques (*Le Tout sur le tout*, 1948 ; *Les Grandes Largeurs*, 1951 ; *Monsieur Paul*, 1950), d'anti-guides de voyages (*Rêver à la suisse*, 1948 ; *L'Italie à la paresseuse*, 1950) et d'enquêtes (*Les Deux Bouts*, 1954 ; *Le Croquant indiscret*, 1955). Calet est l'auteur d'une œuvre riche et inclassable, à l'écriture sensible, pudique et pleine d'humour, qui fait la part belle aux souvenirs d'enfance, aux milieux populaires et à l'amour de Paris.

Le Bouquet

Rédigé dès 1943, *Le Bouquet* (1945) est considéré par Pascal Pia comme étant un « témoignage honnête » de la déroute de juin 1940. Le livre raconte la guerre du point de vue du mitrailleur Adrien Gaydamour dont l'itinéraire reprend celui emprunté par Henri Calet. L'auteur décrit la détresse collective de ces hommes jetés dans la guerre et peu faits pour devenir soldats. Épuisés par les longues marches, abandonnés par leurs chefs, incapables de se battre, ils sont aux premières loges de la défaite et sont faits prisonniers par les Allemands. *Le Bouquet* parle du destin collectif de toute une génération livrée à la fureur de l'Histoire et, par l'intermédiaire de son protagoniste, fait le récit d'une « tranche de mauvaise vie » où il ne saurait être question de gloire ou d'héroïsme. Sans aucune rancœur ni animosité, Calet pose un regard tendre, empreint de nostalgie et de mélancolie sur des êtres démunis face à l'absurdité du monde.

LECTURE MÉTHODIQUE

1 Commentez la rencontre entre les soldats français et allemands telle que la raconte Henri Calet. Leurs attitudes vous semblent-elles normales dans de telles circonstances ?

2 D'un point de vue littéraire, cette rencontre est-elle conforme à ce que le lecteur pourrait attendre d'un récit guerrier ? Comment qualifier cette situation ? Pourquoi ?

3 Dans cet extrait, quel est le principal « défaut » des soldats français ?

4 Que dit la surprise des soldats français sur l'impréparation de l'armée ?

◆◆ Texte 3 ◆◆

Suite française (2004)

Juin 1940. L'armée française est en déroute. La foule se presse sur les routes pour fuir l'avancée allemande. C'est l'exode. Maurice et Jeanne Michaud ont quitté Paris pour tenter de rejoindre Tours où ils sont censés retrouver leur patron et leur travail. Ils sont parmi les milliers de fuyards.

Les fuyards allaient par petits groupes. On ne savait pas trop quel hasard les avait jetés l'un vers l'autre aux portes de Paris et maintenant ils ne se quittaient pas, quoique personne ne connût même le nom de son voisin. Avec les Michaud se trouvait une femme grande et maigre, vêtue d'un pauvre manteau usé et parée de bijoux faux. Jeanne se demandait vaguement quel mobile pouvait pousser quelqu'un à fuir en portant aux oreilles deux grosses perles artificielles entourées d'une poussière de diamants, aux doigts des cailloux verts et rouges, au corsage une broche de stras ornée de petites topazes. Puis venait une concierge avec sa fille, la mère petite et pâle, l'enfant lourde et forte, toutes deux vêtues de noir et traînant dans leurs bagages le portrait d'un gros homme aux longues moustaches noires. « Mon mari, gardien de cimetière », disait la femme. Sa sœur, enceinte et poussant devant elle une voiture où était couché un enfant, l'accompagnait. Celle-là était toute jeune ! Elle aussi, à chaque convoi de militaires, tressaillait et cherchait quelqu'un dans la foule. « Mon mari est là-bas », disait-elle ; là-bas ou peut-être ici... tout était possible. Et Jeanne lui confiait pour la centième fois sans doute... mais elle ne savait plus très bien ce qu'elle disait : « Mon fils aussi, le mien aussi... »

Ils n'avaient pas été mitraillés encore. Lorsque cela arriva ils ne comprirent rien, tout d'abord. Ils entendirent le bruit d'une explosion, d'une autre, puis des cris : « Sauve qui peut ! À terre ! Couchez-vous ! » Ils se jetèrent instantanément face contre le sol, et Jeanne songeait confusément : « Ce que nous devons être grotesques ! » Elle n'avait pas peur, mais son cœur battait avec tant de force qu'elle le comprimait, haletante, des deux mains et l'appuyait contre une pierre. Elle sentait sous sa bouche le frôlement d'une herbe qui portait au bout une clochette rose. Elle se rappela ensuite que pendant qu'ils étaient étendus là, un petit papillon blanc volait sans hâte d'une fleur à l'autre. Enfin elle entendit une voix dire à son oreille : « C'est fini, ils sont partis. » Elle se releva et épousseta machinalement sa jupe pleine de poussière. Personne, lui sembla-t-il, n'avait été touché. Mais après quelques instants de marche, ils virent les premiers morts : deux hommes et une femme. Leurs corps étaient déchiquetés et par hasard leurs trois visages demeuraient intacts, de si mornes, de si ordinaires visages, avec une expression étonnée, appliquée et stupide comme s'ils essayaient en vain de comprendre ce qui leur arrivait, si peu faits, mon dieu, pour une mort guerrière, si peu faits pour la mort. La femme, de toute sa vie, n'avait pas dû prononcer autre chose que « les poireaux ont encore augmenté » ou bien « qui c'est le cochon qui a sali mes carreaux ? ».

Mais qu'est-ce que j'en sais ? se dit Jeanne. Il y avait peut-être des trésors d'intelligence et de tendresse derrière ce front bas, sous ces cheveux ternes et défaits. Que sommes-nous d'autre aux yeux des gens, Maurice et moi, qu'un couple de pauvres petits employés ? C'est vrai en un sens, et dans un autre nous sommes précieux et rares. Je le sais aussi. « Quel gaspillage immonde », songea-t-elle encore.

Elle s'appuya sur l'épaule de Maurice, tremblante et les joues mouillées de larmes.

– Allons plus loin, dit-il en l'entraînant doucement.

Tous deux pensaient : « Pourquoi ? » Ils n'arriveraient jamais à Tours. La Banque existait-elle encore ? M. Corbin n'était-il pas enterré sous les décombres avec ses dossiers ? Ses valeurs ? Sa danseuse ? et les bijoux de sa femme ! Mais ce serait trop beau, pensa Jeanne avec un élan de férocité. Cependant, clopin-clopant, Maurice et elle reprenaient leur chemin. Il n'y avait rien à faire qu'à marcher et à se remettre entre les mains de Dieu.

IRÈNE NÉMIROVSKY *(1903–1942)*

Vie et formation

Née à Kiev dans une famille juive fortunée, Irène Némirovsky grandit en Russie où elle reçoit une éducation française. Fuyant la révolution de 1917, elle s'installe à Paris en compagnie de ses parents après quelques années d'errance en Finlande et en Suède. Grande lectrice, elle suit des études de lettres à la Sorbonne et publie très tôt ses premiers écrits. En 1929, *David Golder* est un énorme succès littéraire. L'ouvrage est salué pour la qualité de son style et est évoqué pour le Prix Goncourt. Profitant de sa renommée nouvelle, Némirovsky publie de nombreux livres durant les années 1930, notamment *Les Mouches d'automne* (1931),

L'Affaire Courilof (1932) et *Jézabel* (1935). Durant ces années, malgré les différentes procédures engagées, Irène Némirovsky voit sa demande de naturalisation française refusée. Durant la guerre, elle se réfugie en Saône-et-Loire. Victime des lois raciales mises en place par le régime de Vichy, Irène Némirovsky n'a plus le droit de publier sous son nom. Elle est arrêtée le 13 juillet 1942. Déportée au camp d'Auschwitz-Birkenau, elle meurt le 19 août 1942.

Suite française

En 1940, Irène Némirovsky entame la rédaction du livre qu'elle considère comme étant son futur chef-d'œuvre. Elle imagine un roman considérable traitant des évènements actuels, composé de cinq tomes et qu'elle intitule *Suite française*. Lorsque la police l'arrête, seules les deux premières parties, « Tempête en juin » et « Dolce », sont publiables. Némirovsky y parle de la France et des Français durant la Seconde Guerre mondiale, de la débâcle, de l'exode et de l'Occupation allemande. « Tempête en juin », en suivant une douzaine de personnages, rend parfaitement compte de la désorganisation générale qui touche toute la société et n'épargne aucune classe sociale. Longtemps oublié, le manuscrit de *Suite française* n'a été publié qu'en 2004 et a valu à Irène Némirovsky l'attribution, à titre posthume, du Prix Renaudot.

LECTURE MÉTHODIQUE

1 Dans cet extrait, quelle focalisation reconnaissez-vous ?

2 Analysez en détail l'évolution des émotions de Jeanne.

3 Dans ce texte, intéressez-vous aux détails et relevez les éléments qui illustrent l'absurdité de la situation.

4 En 2015, Saul Dibb a signé une adaptation cinématographique de ce roman très critiquée par la presse française. Recherchez pourquoi.

◆◆ 第二节　导读 ◆◆

二战中德国占领时期的法国文学

1940年6月的失败导致法国的政治和社会生活发生了重大变化。由菲利普·贝当(Philippe Pétain)为首的新政府迁至非占领区的维希。法兰西共和国被“法兰西国政府(État français)/维希法国(Régime de Vichy)”所取代。贝当自封为领袖，独揽行政和立法权，甚至赋予自己行使政治正义的权利。在短短一个月的时间里，法国经历了战败、被占领、共和国消亡以及专制政权的建立。

法国几乎完全由84岁高龄的贝当元帅领导。贝当希望深刻改革法国，引发一场“国家革命”，彻底与共和思想决裂，他认为共和思想是法国“堕落”的根源。维希政权推行排外政策：外国人被关押在集中营，反纳粹的移民被转交给德国，1927年以来批准的入籍受到审查。维希政权从1940年10月起走上了与纳粹德国进行经济和警察合作的道路，随后其政策变得更加严酷。

对大多数法国人来说，被占领意味着种种限制。从1940年夏天开始就实施了全面配给制度(包括食品、衣物、鞋子、供暖)。矛盾的是，在人们担心日常生活问题和镇压风险的背景下，文化消费却实现了可观的增长。广播的收听率大大提高，博物馆和展览吸引了前所未有的参观者。大学体育俱乐部和团体运动的会员人数也在增加。电影业大放异彩，就观影人数而言，这一时期的确是名副其实的黄金时代。年轻导演罗贝尔·布雷松(Robert Bresson)、亨利–乔治·克卢佐(Henri-Georges Clouzot)和雅克·贝克尔(Jacques Becker)备受瞩目。卡尔内在德国占领期间拍摄了两部杰作：《夜间来客》(*Les Visiteurs du soir*)和《天堂的孩子》(*Les Enfants du paradis*)，这两部影片直到1945年才上映。

在戏剧方面，亨利·德·蒙泰朗(Henry de Montherlant)的《死去的王后》(*La Reine morte*，1942)获得了成功，保尔·克洛岱尔(Paul Claudel)的《缎子鞋》(*Le Soulier de satin*，1943)在法兰西喜剧院上演，阿努伊的《安提戈涅》(*Antigone*，1944)也受到公众的好评。与此同时，萨特执导了《苍蝇》(*Les Mouches*，1943)和《禁闭》(*Huis clos*，1944)。

文学大事件梳理

1 与文化生活相同，占领期间的文学生活也没有停止。然而，在被一分为二的法国，德国占领军和维希政府都试图控制文化活动，出版条件变得十分艰难。除了限制纸张供应外，1940年秋还制定了“奥托名单”［奥托·阿贝茨(Otto Abetz)为德国驻巴黎大使］，列出了纳粹的禁书。除了这份名单之外，还有一份《审查公约》(*Convention de censure*，1940)，强调出版商应承担的责任，实际上是强制推行自我审查原则。这些手段让文学界失去了自主权。

2 一些作家的作品并没有涉足时事。例如安托万·德·圣埃克苏佩里(Antoine de Saint-Exupéry)出版了《风沙星辰》(*Terre des hommes*，1939)和《小王子》(*Le Petit Prince*，1943)。还有一些作家尽管卷入了时事(尤其是抵抗运动)，但仍继续创作：阿拉贡出版了《现实世界》(*Le Monde réel*)最后一卷《奥雷利安》(*Aurélien*，1944)，阿尔贝·加缪和埃尔莎·特里奥莱(Elsa Triolet)分别出版了《局外人》(*L'Étranger*，1942)和《白马》(*Le Cheval blanc*，1943)。

3 政治在战前就已无处不在，如今政治在文学中的地位已无法回避。面对这一现实，一些作家(如卡莱)选择了沉默，刻意与文学生活保持距离。卢多维克·马塞(Ludovic Massé)1945年创作了小说《拒绝》(*Le Refus*)，这部小说直到1962年才得以出版。小说中所表达的这种“拒绝”，是在当时的环境下，一个人从被控制的体系中独立出来的方式。

4 合作主义文学。在阿贝茨的支持下，拉罗谢尔被任命为《新法兰西评论》主编，一种在法国和纳粹德国合作下的文学登场了。站在贝当一边的作家有莫拉斯和莱昂·都德。倒向纳粹德国的作家有罗贝尔·布拉西亚克(Robert Brasillach)和吕西安·勒巴泰(Lucien Rebatet)。勒巴泰在《废墟瓦砾》(*Les Décombres*，1942)一书中，公开抨击共和国，批评传统右派，不承认贝当，支持纳粹德国。二战后他被判处死刑，在众多作家请愿下最终减刑释放，自此不问政治。

5 许多合作主义作家对维希政权并不热衷。拉罗谢尔和塞利纳就属于这种情况。塞利纳在《进退维谷》(又译《漂亮的遮羞布》)(*Les Beaux Draps*，1941)一书中，表达了对议会制、第三共和国和维希政府的反感。

6 文学抵抗运动。面对合作主义文学，文学抵抗运动在地下组织起来，并发行了许多报纸：雅克·德库尔(Jacques Decour)和让·波扬(Jean Paulhan)于 1942 年创办了《法国文学》(*Les Lettres françaises*)；马克斯–波尔·富歇(Max-Pol Fouchet)通过 1939 年在阿尔及尔发行的《泉水》(*Fontaine*)支持抵抗运动；贝尔蒂·阿尔布雷希特(Berty Albrecht)和亨利·弗勒奈(Henri Frenay)于 1941 年创办了《战斗报》(*Combat*)。围绕着阿拉贡、特里奥莱、保尔·艾吕雅(Paul Eluard)、罗贝尔·德斯诺斯(Robert Desnos)和莫里亚克，文学抵抗运动汇聚了共产主义者、超现实主义者和天主教徒，他们超越意识形态的分歧，共同主张人文主义、自由和独立。

7 1941年，午夜出版社(les Éditions de Minuit)秘密成立，次年2月出版了让·布吕莱(Jean Bruller)的《海的沉默》(*Le Silence de la mer*)，该书描写了一位拒绝与侵略者交谈的年轻女性的反抗。法国午夜出版社开创了一种新的出版形式，出版反映法国现状的诗歌、短篇小说和散文。在《奥苏瓦故事集》(*Contes d'Auxois*，1943)中，埃迪特·托马(Edith Thomas)用短篇小说讲述了占领时期的日常生活；在《停滞的时间》(*Le Temps mort*，1944)中，克洛德·阿夫利娜(Claude Aveline)叙述了一名抵抗运动成员从被德国人逮捕到被关进集中营的经历。1942年至1944年8月间，法国午夜出版社共秘密出版了25部作品。为了隐藏作者的真实姓名，一些作者使用了笔名：阿拉贡曾用名“愤怒的弗朗索瓦”(François la colère)，特里奥莱曾用名“洛朗·达尼埃尔”(Laurent Daniel)，而另一些作者则以法国地名署名。午夜出版社证实了一种战斗文学的存在，在这种文学中，人文主义永远不会向仇恨和怨恨屈服。

◆◆ Séquence 2 ◆◆

Écrire l'Occupation

La fin de la IIIe République et la naissance de l'État français

La débâcle de juin 40 entraîne de grandes modifications dans la vie politique et dans la société françaises. L'armistice signée le 22 juin entre en application le 25. Le nouveau gouvernement, présidé par Philippe Pétain, se rend à Vichy, situé en zone non-occupée, à partir du 1er juillet. Dans ce contexte de défaite et de démantèlement de la nation, la révision des lois constitutionnelles semble s'imposer et le président de la République, Albert Lebrun, est contraint de convoquer les deux Chambres (Chambre des députés + Sénat) en Assemblée nationale. Le 10 juillet, Pierre Laval, alors vice-président du Conseil, fait voter un texte composé d'un seul article qui charge Philippe Pétain, désigné unique autorité légale du pays, de promulguer une nouvelle constitution dont l'objectif sera de « garantir les droits du travail, de la famille et de la patrie ». En réalité, en accordant à Pétain les pleins pouvoirs, l'Assemblée nationale signe la fin de la IIIe République et ouvre la voie à un régime antidémocratique. Le 11 juillet, les quatre premiers actes constitutionnels sont publiés. La République française disparaît au profit de l' « État français ». Pétain, chef autoproclamé, devient le dépositaire des pouvoirs exécutifs, législatifs et s'octroie même le droit d'exercer la justice politique. En supprimant toute représentation nationale, le gouvernement de Vichy renoue avec une situation inédite depuis la Révolution française. En l'espace d'un mois, la France a connu la défaite, l'Occupation, la disparition de la République et la mise en place d'un régime autoritaire.

La France de Vichy

L'État français est presque exclusivement dirigé par le maréchal Pétain, âgé en 1940 de 84 ans. Son ambition est de réformer la France en profondeur et de provoquer une « Révolution nationale », dont le désir est de rompre définitivement avec les idées de la République (qu'il considère responsable de la « déchéance » de la France) et de restaurer une conception passéiste et paternaliste du pouvoir. Le christianisme, la famille, l'enfant et le travail constituent les fondements sur lesquels Vichy entend s'appuyer. Ce régime rejette la tradition d'accueil de la France et mène une politique xénophobe : les étrangers sont internés dans des camps, les immigrés antinazis sont remis aux Allemands, les naturalisations accordées depuis 1927 sont révisées. 15 000 Français sont ainsi dénaturalisés et condamnés à devenir apatrides. Plus sombre encore, Vichy mène une politique antisémite en interdisant aux Juifs toute profession leur conférant autorité et influence (fonction publique, cinéma, radio, enseignement...). Dès 1942, la mention « Juif » est apposée sur les cartes d'identité et le port de l'étoile jaune est rendu obligatoire en zone occupée. Autant de mesures qui faciliteront les arrestations. Lors de la « rafle du Vel' d'Hiv' », à Paris, les 16 et 17 juillet 1942, des policiers et des gendarmes français procèdent à l'arrestation de plus de 13 000 personnes (parmi lesquelles plus de 4 000 enfants). Déportés à Auschwitz, moins d'une centaine d'adultes en est revenue vivante. Le régime de Vichy, ayant accepté la voie de la collaboration économique et policière avec l'Allemagne nazie dès octobre 1940, ira en se radicalisant.

La vie quotidienne durant l'Occupation

L'Occupation se traduit, pour une grande majorité de Français, par des restrictions. Dès l'été 1940, un rationnement général est établi (aliments, vêtements, chaussures, chauffage). Si l'opinion publique est d'abord favorable au maréchal Pétain, qui représente encore pour elle le « vainqueur de Verdun », les actes évidents de collaboration et les difficultés quotidiennes modifient cette appréciation. Une faible minorité adhère à la collaboration active. Si les Français, dans leur immense majorité, espèrent la victoire des Alliés et se montrent réticents à la Collaboration, le groupe des Résistants, qui a rejoint l'appel du général de Gaulle du 18 juin 1940, n'est cependant pas le plus nombreux.

Paradoxalement, dans ce contexte où la plupart des Français sont préoccupés par les problèmes du quotidien et les risques de la répression, la consommation culturelle connaît une réelle augmentation. La radio est énormément écoutée, les musées et les expositions connaissent une fréquentation hors norme. Les licenciés augmentent dans les clubs de sport universitaires et dans les sports d'équipe. Si la nécessité de se distraire et la recherche d'opportunités de sociabilité expliquent en partie ce regain d'intérêt, il faut aussi considérer la réelle fécondité créatrice des années noires. Ceci est particulièrement vrai pour le cinéma qui connaît alors, en terme de fréquentation, un véritable âge d'or. La promesse de s'asseoir dans des salles chauffées ne contredit en rien l'intérêt d'un public qui découvre de jeunes réalisateurs (Robert Bresson, Henri-Georges Clouzot ou Jacques Becker). Marcel Carné tourne durant l'Occupation deux chefs-d'œuvre : *Les Visiteurs du soir*, sorti en 1942, et *Les Enfants du paradis*, sorti en 1945.

Au théâtre, Montherlant rencontre le succès avec *La Reine morte* (1942), Paul Claudel voit *Le Soulier de satin* (1943) monté par la Comédie Française, tandis que l'*Antigone* de Jean Anouilh, créée en 1944, est acclamée par le public. Au même moment, Jean-Paul Sartre fait jouer *Les Mouches* (1943) et *Huis clos* (1944).

La vie littéraire durant l'Occupation

Comme la vie culturelle, la vie littéraire ne s'arrête pas durant l'Occupation. Toutefois, les conditions de publication sont rendues difficiles dans une France coupée en deux, où les forces d'Occupation et le gouvernement de Vichy tentent de contrôler l'activité culturelle. En plus des restrictions concernant notamment l'approvisionnement en papier, la « Liste Otto » (du nom de l'ambassadeur allemand en poste à Paris, Otto Abetz) signale, dès l'automne 1940, les ouvrages interdits par les nazis. Cette liste est complétée d'une « Convention de censure » qui pointe la responsabilité des éditeurs dans le choix des textes qu'ils publient et qui impose, de fait, le principe de l'autocensure. Avec ces mesures, le monde littéraire perd son autonomie. Les éditeurs doivent retirer de leur catalogue les auteurs juifs ou considérés comme antinazis.

Malgré les évènements, certains écrivains publient sans s'impliquer dans l'actualité. C'est, par exemple, le cas de Saint-Exupéry qui publie *Le Petit Prince*, en 1943, à New York. D'autres, malgré leur engagement (notamment dans la Résistance), continuent de construire leur œuvre : Aragon fait paraître le dernier tome du *Monde Réel* (*Aurélien*, 1944), tandis qu'Albert Camus et Elsa Triolet publient respectivement *L'Étranger* (1942) et *Le Cheval blanc* (1943).

Déjà omniprésente avant la guerre, la place du politique dans le littéraire est maintenant incontournable. Face à cette réalité, certains écrivains (c'est le cas, par exemple, d'Henri Calet) font le choix du silence et se tiennent volontairement à distance de la vie littéraire. Certes moins glorieux que des faits de Résistance, ce refus (*Le Refus* est le titre d'un roman de Ludovic Massé, écrit en 1945 et qui devra attendre 1962 pour être publié) n'en est pas moins un positionnement éthique, un moyen d'affirmer son indépendance vis-à-vis d'un système sous contrôle.

Une littérature collaborationniste

Symbolisée par la figure de Pierre Drieu La Rochelle, nommé directeur de la *NRF* avec l'appui d'Otto Abetz, une collaboration littéraire se met en place. Si Charles Maurras et Léon Daudet prennent parti pour le maréchal Pétain, Robert Brasillach ou Lucien Rebatet se tournent davantage vers l'Allemagne. Avec *Les Décombres* (1942), pamphlet antisémite et collaborationniste, Rebatet attaque ouvertement la République, critique la droite traditionnelle et désavoue Pétain au profit de l'Allemagne nazie.

Beaucoup d'écrivains collaborationnistes font preuve de peu d'enthousiasme pour Vichy. C'est le cas de Drieu la Rochelle et de Céline qui, dans *Les Beaux Draps* (1941), en plus de son antisémitisme et de sa sympathie pour l'occupant, exprime son aversion du parlementarisme, de la IIIe République et du gouvernement de Vichy. Soulignons que Drieu la Rochelle, Robert Brasillach, Jacques Chardonne et Marcel Jouhandeau assistent au congrès des écrivains européens, organisé par Goebbels, en 1941, à Weimar.

La Résistance littéraire

Face à cette littérature collaborationniste, la Résistance littéraire s'organise dans la clandestinité et fait paraître de nombreux journaux : Jacques Decour et Jean Paulhan fondent, en 1942, *Les Lettres françaises* ; Max-Pol Fouchet soutient la Résistance avec *Fontaine* qui paraît à Alger à partir de 1939 ; Berty Albrecht et Henri Frenay fondent *Combat* en 1941.

Autour d'Aragon, d'Elsa Triolet, d'Eluard, de Desnos ou de Mauriac, la Résistance littéraire regroupe des communistes, des surréalistes, des catholiques unis, au-delà des divergences idéologiques et politiques, dans l'idée d'une culture humaniste, libre et indépendante.

Avec *Le Silence de la mer*, de Jean Bruller, les Éditions de Minuit, nouvelle maison d'édition clandestine qui voit le jour en 1942, inaugurent un mode d'engagement original. Elles mettent en avant la création littéraire et publient des poèmes, des nouvelles ou des essais qui rendent compte de la situation en France. *Le Silence de la mer* (1942) décrit comment une jeune femme tient tête à l'envahisseur en refusant de lui adresser la parole ; dans *Contes d'Auxois* (1943) Edith Thomas relate le quotidien de l'Occupation dans de courtes nouvelles ; dans *Le Temps mort* (1944), Claude Aveline raconte l'expérience de la prison d'une résistante jusqu'à sa déportation. Entre 1942 et août 1944, ce sont 25 ouvrages qui sont publiés dans le secret. Pour préserver l'anonymat des auteurs, certains usent de pseudonyme (Aragon est « François la colère », Elsa Triolet est « Laurent Daniel ») tandis que d'autres signent du nom de régions françaises (Jean Bruller est « Vercors », François Mauriac est « Forez », Edith Thomas est « Auxois »...). Les Éditions de Minuit démontrent qu'il existe une littérature de combat où l'humanisme ne cède jamais face à la haine et à la rancœur.

◆◆ Texte 1 ◆◆

Mon village à l'heure allemande (1945)

Depuis quelques temps, un inconnu écrit la nuit sur la vitrine de Lécheur, le pâtissier de Jumainville, coupable de Collaboration. Lorsque la ville se réveille, elle peut lire « sale boche ». Lécheur décide désormais de veiller pour protéger sa boutique.

Lécheur

J'ai déclaré la guerre aux ombres. J'ai passé toute l'après-midi d'hier à nettoyer mes volets. Je ne me suis pas caché : toute l'après-midi, on m'a vu, sous un soleil à cuire un œuf, astiquer ma boutique ; j'ai gratté les taches de goudron sur mon trottoir ; je me prépare à la lutte. J'aurais dû garder mon revolver d'ordonnance. Je l'abattrai comme un chien. La nuit a été calme. Il n'a pas osé risquer une autre attaque ; l'échauffourée de la nuit précédente l'a surpris. Qu'est-ce qu'il croyait ? Je l'abattrai à coups de bâton ; et le village aussi, à coups de bâton ; ses apitoiements ironiques me donnent des envies de massacre.

« Pauvre M. Lécheur ! », répète la Vrin. Elle encore, mais Pluret, Peigne, Penard, le Café de la Paix, l'instituteur. Ils ne perdent rien pour attendre. Ils ne se doutent pas. « Pauvre M. Lécheur !... » Rira bien qui rira le dernier.

Je traverse Jumainville, à cheval, à la tête d'une troupe de S.S., la mitraillette sous l'aisselle. Je ris de voir les Jumainvillois courir comme des rats, dans tous les sens, donnant du crâne dans les coins de maison, s'assommant sous les tilleuls du marché, tombant comme des mouches. Que les autorités d'Occupation me nomment *gauleiter* de Jumainville ! Le lieutenant est trop doux. J'arrête tout le monde, je torture, j'arrache des ongles, je coupe des langues, des seins, des oreilles, je rabote la Germaine, tiens, du haut en bas, et je fous le feu à son chignon queue de vache ; pour finir, je fusille tout le monde, rram ! d'un coup de scie horizontal et j'accroche les cadavres comme des lampions dans les tilleuls de la place du Marché.

Je frotte mon menton, il est mou, on dirait du bouilli. Je hume l'air. Le matin est splendide, merveilleux : l'ennemi n'a pas osé revenir cette nuit.

On va voir de quel bois se chauffe le pâtissier Lécheur, le Bien-Nommé comme ils disent. On va voir.

Vers l'heure du dîner, au moment où l'on redonnait l'électricité, Lécheur ouvrit ses fenêtres toutes grandes et lança la T.S.F au maximum. L'énorme voix, mêlée de chuintements, de sifflements, de rots, de hoquets, emplit la rue du Maillet de sa marée. Le son battait les murs, sautait dans les pièces, s'épanouissait en panache au-dessus des toits et au-dessus de la place du Marché, fusait par les ruelles dans les rues voisines en éclaboussant les vitrines. Les façades le portaient, le canalisaient comme un tuyau d'orgue et s'ouvraient comme un pavillon de phono à hauteur de chez la Germaine. Là-haut, les vitres de l'école vibraient. Lécheur se campa sur le pas de sa porte, pour suivre l'éditorial de Radio-Paris. Les fenêtres de la rue se fermèrent. « Ils vont crever de chaleur », se dit le pâtissier avec plaisir.

Quand Radio-Paris eut fini, il capta Berlin, une émission tonitruante dans le genre « discours du Führer ». Jusqu'à dix heures du soir, il écoutait, hurlés en allemand, des communiqués dont il ne comprenait pas un mot.

Mlle Vrin

Cent francs à saint Antoine si, le soir de la lettre, le facteur arrive à l'heure. Cent francs, j'en fais le vœu. *Amen*.

JEAN-LOUIS BORY (1919–1979)

Vie et formation

Jean-Louis Bory est né à Méréville, dans l'Essonne. Son père est pharmacien et sa mère institutrice. Élève brillant, il est admis en Khâgne au lycée Henri-IV, à Paris. Mobilisé en 1939, il rejoint le maquis durant l'Occupation. Agrégé de lettres en 1945, il mène une carrière de professeur pendant près de vingt ans. En parallèle, il commence à publier des romans et des articles. Il collabore notamment aux journaux *Samedi Soir* et *L'Express,* puis à l'émission de radio *Le Masque et la Plume*. Très engagé politiquement, il s'oppose à la guerre d'Algérie, au colonialisme, défend les droits des homosexuels et prend une part active dans les évènements de mai 68. Malade de dépression, il se suicide en 1979. Son œuvre littéraire, commencée en 1945 avec *Mon village à l'heure allemande*, se compose d'une dizaine de romans, d'essais et d'ouvrages critiques sur le cinéma.

Mon village à l'heure allemande

Publié en 1945, *Mon village à l'heure allemande* est le premier roman de Jean-Louis Bory. Il débute en avril 1944, à la veille du débarquement allié, et raconte l'histoire des habitants de Jumainville, petit village fictif, durant les derniers mois de l'Occupation allemande. La particularité de ce livre est de faire intervenir directement les membres de ce village. Chacun prend la parole à la première personne. Même la ville et un chien s'adressent directement au lecteur. Ainsi, tous les personnages caractéristiques d'un village sont présents : le maire, le curé, l'instituteur, le pâtissier, le paysan enrichi, la cafetière, la vieille-fille commère, divers artisans, des enfants et des jeunes gens. Tous ensemble, ils permettent de faire un état des lieux de la France durant l'Occupation, entre ceux qui collaborent ouvertement avec l'occupant, ceux qui s'adonnent au marché noir, les jeunes qui sont réquisitionnés pour partir au STO (Service du Travail Obligatoire), ceux qui rejoignent la Résistance et ceux qui tentent simplement de vivre au quotidien. Chaudement soutenu par Colette, *Mon village à l'heure allemande* a remporté le prix Goncourt 1945 et a été un énorme succès de librairie.

LECTURE MÉTHODIQUE

1 Analysez la focalisation dans cet extrait. Que pouvez-vous dire concernant la notion de narrateur ?

2 Quels sont les éléments qui permettent d'affirmer que Jean-Louis Bory ne partage pas les opinions de Lécheur et en vient même à se moquer de lui ?

3 Quel est le positionnement du village vis-à-vis de Lécheur et de l'Occupation ?

4 Dans ce court extrait, comment l'auteur parvient-il à représenter l'exiguïté du village ?

◆◆ Texte 2 ◆◆

Les Amants d'Avignon (1943)

Après une mission en Avignon puis à Valence, Juliette Noël, qui appartient à un réseau de Résistance, est de retour à Lyon où elle s'est installée après la défaite en compagnie de sa tante et de son fils adoptif et où elle occupe un emploi de dactylo.

Mais Dieu sait que ce n'est pas Lyon qui donnait à Juliette cette pâleur, ces yeux cernés qui appelaient la sollicitude du rédacteur en chef. Lyon avait bon dos... Mlle Gérard, une autre dactylo du journal, une petite noiraude, avec laquelle Juliette s'était liée, lui disait, elle aussi : « Juliette, voulez-vous que je m'occupe de la Boîte-à-lettres ? Allez vous reposer, je me débrouillerai... Vous avez une mine à faire peur. – Je vous assure, Marie, que je me porte très bien ! Je ne suis pas malade, je me ronge... Plus la fin est proche et plus je me ronge... C'est insupportable de penser que des hommes périssent à la veille de la victoire ! – On a pris Pierrot, chuchotait Marie Gérard, le petit métallo, le communiste. La Gestapo a fait une descente chez le bistrot où il logeait. Ils l'ont passé à tabac, dans le bistrot même, sous les yeux de tout le monde, et ils l'ont emmené. Un enfant... Hier ils ont perquisitionné chez Benoît... Il n'était pas rentré, par chance, mais le copain qui l'attendait s'est fait choper. »

C'était la petite Gérard qui avait la première parlé à Juliette de la Résistance. D'abord à mots couverts, ne sachant pas trop ce qu'elle pensait, cette fille si gentille, mais réservée, distante... Mais le jour où arriva la nouvelle que le frère de Juliette était tombé en Libye, la petite noiraude, dans un accès de rage et de pitié, lui proposa carrément de travailler. Le sang du frère se portait garant de Juliette. Il y avait de ça plus d'un an, depuis, de fil en aiguille, Juliette s'était trouvée entièrement prise dans l'engrenage, on arrivait à l'utiliser de plus en plus : elle était discrète, calme, exacte et ne refusait jamais aucune tâche. Et il y avait à faire. Les nouvelles que ceux de la Résistance devaient se communiquer journellement – les mots d'ordre, les arrestations, les incidents de la relève, les actes de sabotage faits et à faire, la découverte d'un indicateur, une délation, les ravages faits par la Gestapo, la littérature clandestine, – étaient ramassés et distribués, les liaisons étaient faites par les Boîtes-à-lettres. La résistance armée s'organisait, s'armait d'armes secrètes, prises un peu partout, volées dans les arsenaux, cachées en 1940, lors de l'Armistice, parachutées par les Anglais.... Le cœur du pays battait, Juliette Noël, dactylo, y faisait, elle aussi, refluer le sang. Un front national se dressait face à l'occupant, une ligne Maginot, vivante, saignante, douloureuse et tous les jours plus forte.

Juliette connaissait maintenant Lyon sur le bout du doigt, Fourvière, la Croix-Rousse, Saint-Jean, Villeurbanne n'avaient plus de secret pour elle : elle connaissait toutes les lignes de tramway, le petit train bleu, les cafés, les bistrots, les bancs des squares, les traboules, ces minces tunnels dont sont percés dans tous les sens les vieux pâtés de maisons et qui sont de fameux raccourcis (certaines traboules ont jusqu'à six, sept issues, donnant de tous les côtés, et si on se mettait à y jouer à cache-cache...). Juliette continuait à dire : « Je n'aime pas Lyon... », mais ce n'était peut-être plus très vrai.

Lyon était devenu complice de sa vie, de son travail : la bouche cousue des maisons, le noir secours des traboules, l'absence d'élégance et de frivolité de ces grands murs lépreux, et ce qui se tisse de luxe derrière eux, ce qui s'y amasse de trésors, ce qui s'y trame à voix basse...

ELSA TRIOLET *(1896–1970)*

Vie et formation

Ella Kagan est née à Moscou. En plus du russe, elle apprend très jeune l'allemand et le français. Elle poursuit de brillantes études et obtient un diplôme d'architecte en 1918. Elle rencontre en 1917 l'officier français André Triolet, alors en poste en Russie. Elle quitte son pays en sa compagnie et l'épouse à Paris en 1919 (ils divorcent en 1921). Le couple passe ensuite un an à Tahiti, expérience dont Elsa Triolet puisera la matière de son premier livre, *À Tahiti* (1925), qu'elle rédige d'abord en russe. En 1928, elle rencontre Louis Aragon à Paris. Traductrice (elle traduit notamment en russe *Voyage au bout de la nuit*, de Céline, et en français les œuvres de Tchekhov), elle collabore aussi au quotidien *Ce Soir*. En 1938, elle publie son premier roman écrit en français, *Bonsoir Thérèse*, puis, en 1943, *Le Cheval blanc*. Engagée politiquement et proche du Parti communiste français, Triolet construit après la guerre une œuvre qui s'apparente à la chronique romancée du XXe siècle, avec notamment les trois romans qui composent le cycle *L'Âge de nylon*.

Les Amants d'Avignon

Publié en octobre 1943, *Les Amants d'Avignon* est paru clandestinement aux Éditions de Minuit fondées par Jean Bruller et Pierre de Lescure durant l'Occupation. Dans cette œuvre de combat, Elsa Triolet raconte l'histoire de Juliette, une jeune femme enrôlée dans la Résistance qui sert d'agent de liaison entre Lyon, Valence et Avignon. Dans cette dernière ville, elle rencontre Célestin, un autre résistant, au cours d'une de ses missions. Le temps de quelques heures, pour tromper la solitude dans ces temps troubles où tout amour semble interdit, tous deux vont jouer « comme si on s'aimait ». *Les Amants d'Avignon* est la première nouvelle du recueil intitulé *Le premier accroc coûte deux cents francs* (1944), avec lequel Elsa Triolet remporte le prix Goncourt 1944 (décerné en 1945).

LECTURE MÉTHODIQUE

1 À l'aide de cet extrait que devinez-vous de la place des femmes dans la Résistance ?

2 Pourquoi peut-on dire que ce texte, paru clandestinement durant l'Occupation, appartient à une littérature de combat ?

3 La nouvelle d'Elsa Triolet se déroule dans la ville de Lyon. Renseignez-vous sur l'importance de cette ville durant l'Occupation et sur la personne de Jean Moulin.

4 Recherchez le catalogue des Éditions de Minuit clandestines. Choisissez un ouvrage et présentez-le.

◆◆ Texte 3 ◆◆

Le Piège (1945)

De retour de Vichy, où il a rencontré son vieil ami Basson pour obtenir un laisser-passer et rejoindre l'Angleterre, Bridet passe la nuit dans l'hôtel où loge sa femme. Au matin, la police frappe à la porte.

– Montrez vos papiers.

Le policier les examina longuement, puis il appela son collègue et les lui passa. Ce dernier les examina à son tour.

– Vous vous appelez Joseph Bridet ?

– Oui [...]

– Votre carte d'identité n'a pas de numéro.

– Je le sais bien. Mais ce n'est pas de ma faute.

– Et cette fiche de démobilisation, qu'est-ce que c'est ? [...]

– Tu ne remarques rien, Robert ? [...]

– C'est la même écriture. Celui qui a rempli cette fiche est le même qui l'a signée.

– En effet, dit Bridet. Je vais vous raconter comment ça s'est passé. Rien de plus simple. Au moment de l'armistice, après avoir perdu mon unité, je me suis trouvé à Ambert, dans le Puy-de-Dôme. J'ai été me présenter à la gendarmerie. On m'a dit d'attendre. Quelques jours après, un commandant s'est installé à la sous-préfecture avec le titre, tiré de je ne sais où, de major de zone. Le tambour a annoncé que tous les militaires se trouvant dans la ville devraient se présenter à lui. C'est ce que j'ai fait. Comme j'étais journaliste et que le commandant manquait de secrétaire, il m'a récupéré et affecté à son service. Il s'est trouvé qu'ainsi c'est moi qui ai démobilisé tous les cultivateurs de l'arrondissement. Quand est arrivé mon tour, je me suis démobilisé également. [...]

Le policier se tourna vers son collègue.

– Qu'est-ce qu'on fait ?

– Il faut demander au chef.

Quelques instants après, un petit homme noir, avec une moustache mieux taillée et quelque chose de plus soigné dans les vêtements qui révélait une fonction plus importante, entra dans la chambre.

– Je tiens à vous dire tout de suite qui je suis, dit Bridet. Mes amis, M. Basson, de la Direction générale de la Police nationale, et M. Laveyssère, du cabinet du Maréchal…

Mais le chef lui coupa la parole.

– Ce que vous êtes n'a aucune importance. Je ne sais qu'une chose : vous n'êtes pas en règle. Je suis dans l'obligation de vous prier de me suivre. […]

Il s'habilla. « Je téléphonerai demain matin à Basson », dit Yolande. Bridet ne répondit pas. « Et à Laveyssère. C'est quand même inouï qu'un homme comme toi puisse être conduit au commissariat. » Au bout d'un moment, Bridet dit : « Je crois qu'il vaut mieux pas, cela fera mauvais effet à Vichy. Si je courais vraiment un risque, je comprendrais. Mais dès qu'on aura fait une enquête, on s'apercevra que ce que je dis est vrai et on sera obligé de me relâcher. Ce n'est pas la peine d'alerter les amis pour si peu. »

Bridet se regarda dans la glace. À ce moment, il était seul avec Yolande. Il l'appela et, à voix basse, il lui dit : « Quelle bande de salauds ! Ça, pour en descendre, je te promets qu'on en descendra quelques-uns un jour. » « Tais-toi, lui dit-elle. Je t'assure qu'il va t'arriver quelque chose. Je te l'ai dit et je te le répète : il n'y a qu'un moyen de s'en tirer, c'est de se mettre bien avec les Boches. On peut leur parler à eux. Ils sont beaucoup mieux que les Français qui leur lèchent les bottes. »

EMMANUEL BOVE (1898–1945)

Vie et formation

Emmanuel Bobovnikoff est né à Paris d'un père russe et d'une mère luxembourgeoise. Ses parents se séparent durant son enfance. L'opposition entre le milieu aisé dans lequel il vit avec son père et le milieu très modeste de sa mère est l'un des marqueurs de sa littérature. Après avoir été brièvement envoyé en Angleterre pour ses études, Bove rentre à Paris. La mort de son père en 1916 le contraint à travailler et à multiplier les emplois : garçon de café, conducteur de tramway, manœuvre chez Renault, chauffeur de taxi. Dès 1923, il commence une carrière de journaliste. Il publie dans le journal *Le Matin* un texte intitulé *Nuit de Noël* (*Le Crime d'une nuit*) qui est remarqué par Colette, alors directrice d'une collection chez l'éditeur Ferenczi. Bove lui apporte *Mes Amis* (1924), dont le succès est immédiat. Entre 1924 et 1939, il mène une intense carrière d'écrivain avec près d'une trentaine d'ouvrages publiés. Démobilisé peu après la déclaration de guerre, Bove refuse toute collaboration littéraire. Il se rend en Algérie où il intègre le CNE (Comité national des écrivains). Bove est l'auteur d'une œuvre riche et singulière mettant souvent en scène, non sans ironie, la misère affective de personnages condamnés à être le jouet d'évènements qu'ils ne contrôlent pas.

Le Piège

Publié en 1945, *Le Piège* raconte l'histoire d'un homme quelconque, Bridet, pris dans l'absurdité d'évènements qui le dépassent. Désireux de fuir en Angleterre et de rejoindre la France Libre, Bridet espère obtenir grâce à Basson, un ancien ami désormais attaché à la Direction générale de la Police nationale de Vichy, un laisser-passer. En tentant d'agir et de contrôler son existence, Bridet provoque lui-même sa propre chute. Ce roman est une vive critique d'un régime de Vichy décrit comme labyrinthique et opaque, où les décisions semblent arbitraires et absurdes, et où les êtres se trouvent condamnés sans même savoir pourquoi. L'Occupation, la Collaboration sont encore au centre des deux derniers livres d'Emmanuel Bove (*Départ dans la nuit*, 1945 et *Non-lieu*, 1946).

LECTURE MÉTHODIQUE

1 Qu'illustre l'anecdote sur la fiche de démobilisation de Bridet ?

2 Dans cet extrait, comment est décrite la police ? Qu'est-ce que cela nous dit sur le régime de Vichy ?

3 Au regard des deux derniers paragraphes, comment interpréter l'attitude de Bridet vis-à-vis de Vichy ?

4 La dernière réplique de Yolande peut sembler étonnante. Que nous dit-elle de ce personnage ? Elle et son mari ont-ils les mêmes opinions ?

◆◆ 第三节 导读 ◆◆

以文为证

1944年6月3日，由戴高乐领导的法兰西共和国临时政府在阿尔及利亚阿尔及尔成立；6月6日，盟军在诺曼底登陆；7月法国抵抗运动战士在韦科尔遭到德军屠杀；8月15日盟军在普罗旺斯登陆；8月19日抵抗运动组织在巴黎起义；8月20日贝当逃往德国；8月25日巴黎解放；第二天，戴高乐将军在人群的欢呼声中走过香榭丽舍大道，法国权力真空的问题迎刃而解。

1944年8月至9月，临时政府着手重建国家权威。针对复仇行为和其他形式的民间“正义”，政府决定开展清洗工作，设立了特别法庭来调查通敌事件。高等法院对维希政府主要官员和臭名昭著的通敌者进行了审查。1945年7月，菲利普·贝当因投敌叛国接受审判，1945年8月被判处死刑，最终减刑为终身监禁。维希政权的通敌行动主要策划者皮埃尔·拉瓦尔(Pierre Laval)被判处死刑并被处决。共有2853名记者、士兵、警察、高级公务员和民兵被判处死刑(只有767人被处决)。与此同时，3.8万人被判处监禁，4万名卖国叛徒被剥夺公民权利和政治权利。与德国人有亲密关系的妇女被剃光头发，男人则被监禁和处决。历史学家认为，大约有2万人被处决，这一数字反映了法国解放后的混乱和暴力。

文学大事件梳理

1 1941年成立的法国作家委员会(CNE)是抵抗运动的一个机构，其目标为净化文学界及知识界。为此，委员会于1944年10月制定了一份黑名单，列出了165位涉嫌对维希政权或纳粹德国谄媚而被禁止出版的作家，塞利纳、拉罗谢尔、莫拉斯、勒巴泰位列其中。拉罗谢尔在受审前选择了自杀，莫拉斯则被关进了监狱。勒巴泰曾被判处死刑，后获得赦免。塞利纳逃往丹麦，在那里度过了一年半的牢狱生活后返回法国，之后发表了《一座城堡到另一座城堡》(*D'un château l'autre*, 1957)和《北方》(*Nord*, 1960)。塞利纳将民间语言引入文学，使笔语情感化。他对法国小说发展的一大贡献是对风格的推崇，他认为风格至上、情节次之。

2 参加抵抗运动的作家们对大清洗和死刑判决产生了分歧。加缪在《战斗报》上发表的文章与莫里亚克在《费加罗报》(*Le Figaro*)上发表的文章针锋相对。加缪为"干得漂亮"的大清洗和"紧急状态法"辩护，而莫里亚克则呼吁宽大处理及"民族和解"。布拉西亚克一案是最能体现这种意见分歧的例子，仅仅经过六个小时的快速审判，他就被认定犯有通敌罪。尽管许多艺术家、知识分子、抵抗运动成员，纷纷为其奔走，他还是被判处了死刑，并于1945年2月6日被处决。1952年，保尔·加登(Paul Gadenne)在其小说《斯海弗宁恩海滩》(*La Plage de Scheveningen*, 1952)中重新审视了法国解放战争时期的审判。

3 文学见证历史。1945年以后发展起来的文学与第一次世界大战期间出现的文学完全不同。1918年的战士、战壕、凡尔登之战、"贵妇小径"之役，体现的是无私忘我、为国捐躯、大无畏的牺牲精神。而到了1945年，情况变得复杂，1939年的全民动员、1940年6月的战败、近200万士兵被俘、海外战场、抵抗运动、轰炸、占领、日常艰辛、背井离乡，所有这些经历都无法简单诠释。二战后的文学作品大都涉及这段黑暗的岁月。从1944年第四季度到1949年12月，洛朗·若利(Laurent Joly)和卡特琳·科基奥(Catherine Coquio)共出版了744部可被视为见证历史的作品。其中，绝大多数作品描写的是被驱逐者、被俘士兵以及平民在战争期间的遭遇。1946年，大卫·鲁塞(David Rousset)出版了《集中营的世界》(*L'Univers concentrationnaire*, 1946)，讲述了他从布痕瓦尔德集中营(camp de Buchenwald)返回后的经历。1947年，普里莫·莱维(Primo Levi)的《这是不是个人》(另译《活在奥斯维辛》)(*Si c'est un homme*, 1947)、罗贝尔·安泰尔姆(Robert Antelme)的《人类》(*L'Espèce humaine*, 1947)、夏洛特·德尔博(Charlotte Delbo)的《我们都回不去了》(*Aucun de nous ne reviendra*, 1970)，均讲述了集中营里地狱般的生活。

4 一些战后作家们回忆了他们在德国战俘集中营(stalag)的经历。弗朗西斯·安布里埃(Francis Ambrière)的《暑假》(*Les Grandes Vacances*，1946)、雅克·佩雷(Jacques Perret)的《被逮住的下士》(*Le Caporal épinglé*，1947)以及帕特里斯神父(Frère Patrice)的《溜之大吉》(*Le Dodore fait la malle*，1947)深受读者喜爱。这些作品正面刻画了法国士兵的积极形象，他们从未放弃反抗，不放过任何一个可以从战俘集中营逃跑的机会。

5 另有一些作品则描绘了1940年6月法国全面失败和200万法国人被关押的黑暗一面，远离了法国胜利主义的视角。如：维亚拉特的《忠实的牧人》(*Le Fidèle Berger*，1942)；乔治·伊韦尔诺(Georges Hyvernaud)的《皮与骨》(*La Peau et les os*，1949)和《牛车》(*Le Wagon à vaches*，1953)；盖兰的《章鱼群》(*Les Poulpes*，1953)。卡莱的《弗雷纳监狱的墙壁》(*Les Murs de Fresnes*，1945)以法国抵抗运动成员和合作军团的囚犯在弗雷纳监狱留下的涂鸦为基础，呈现了法国协助纳粹的暴行。这些作品强调了解放的纪念意义，提醒人们在法国站在胜利者一边的时刻，弗雷纳监狱在战争期间是失败、合作、告密和背叛的象征。

6 政治方面，人们极力美化法国抵抗运动和自由法国，以掩盖维希政权的失败。二战后，法国人面对的主要问题是实现和解以及恢复民族团结，因此，书籍的出版和文学奖项的颁发都带有这个政治倾向。1944年至1949年间，有5部关于战争、关于德国占领法国的著作获得了龚古尔文学奖。1944年龚古尔文学奖(1945年颁发)授予了特里奥莱的《第一个窟窿花费二百法郎》(*Le premier accroc coûte deux cents francs*，1944)，以奖励这位抵抗运动领袖。让-路易·博里(Jean-Louis Bory)以其描写占领时期的多声部小说《德寇铁蹄下的故乡》(*Mon village à l'heure allemande*，1945)获得了1945年的龚古尔文学奖，这部小说展现了黑暗岁月中小村庄生活的复杂性，其中还有对通敌者的惩罚，并从道德层面肯定了抵抗运动。让·路易·屈尔蒂斯(Jean-Louis Curtis)的《夜森林》(*Les Forêts de la nuit*，1947)、梅尔(1949年龚古尔文学奖得主)的《聚伊德科特的周末》，以及安布里埃的《暑假》(1940年获得龚古尔文学奖，于1946年颁发)均为当年的畅销书。这些作品塑造了一个战斗的法国的形象。

第二次世界大战对文学产生了深远的影响。如果说德国的占领和法奸行为促使作家正视自己的责任，审视自己的承诺，那么1945年在世界范围内所揭露的犹太人大屠杀的暴行，使文学界深刻地反思写作的深远意义。

◆◆ Séquence 3 ◆◆

Écrire pour témoigner

La fin de la guerre en France

Le 6 juin 1944, les armées Alliées, emmenées par les Britanniques et les États-Uniens, débarquent en Normandie. Les Forces françaises libres sont présentes. Si elles ont en Normandie un rôle symbolique, elles mènent en revanche une action beaucoup plus significative dans le débarquement de Provence, le 15 août. L'avancée Alliée est relativement rapide, bien soutenue par la Résistance qui apporte une aide décisive, même si elle en paie parfois le prix fort (massacre des résistants du Vercors en juillet 1944). C'est à Paris que l'action de la Résistance est la plus importante. Elle engage le combat le 19 août 1944. C'est une véritable insurrection. Les insurgés élèvent des barricades et combattent de petits groupes d'Allemands. La 2e division blindée du général Leclerc entre à Paris le 25 août. Le lendemain, le général de Gaulle descend l'avenue des Champs-Elysées acclamé par la foule. Ce dernier fait se révèle décisif puisqu'il résout la question de la vacance du pouvoir qui se pose avec la fin de l'Occupation et du régime de Vichy.

Quelques jours avant le débarquement de Normandie, le 3 juin 1944, le Gouvernement provisoire de la République française est créé à Alger et déclare le régime de Vichy (dont le sort est scellé avec la fuite de Pétain en Allemagne, le 20 août 1944) comme étant « illégitime, nul et non avenu ». À la tête de ce gouvernement provisoire qui se fixe pour mission de gouverner la France jusqu'à l'adoption d'une nouvelle constitution, de Gaulle souhaite incarner la continuité de l'État en revendiquant une légitimité qu'il fait remonter au 18 juin 1940, date de son appel à la Résistance.

Mais dans une France divisée, marquée par l'Occupation, les dérives du régime de Vichy et la Collaboration, le refus, de la part de quelques chefs locaux de la Résistance, de se plier à un nouveau pouvoir central conduit parfois à des actions punitives visant à châtier ceux qui sont identifiés comme des traitres et des collaborateurs. Des femmes sont tondues pour avoir entretenu des relations intimes avec les Allemands, des hommes sont emprisonnés et exécutés. Les historiens proposent de retenir le chiffre de 20 000 exécutions sommaires, qui témoigne de la confusion et de la violence qui suivent la Libération.

L'épuration

D'août à septembre 1944, le Gouvernement provisoire s'attelle à rétablir l'autorité de l'État. De Gaulle parvient à faire disparaître les groupes armés et à intégrer les Forces françaises de l'intérieur (FFI) et les Francs-tireurs et partisans (FTP) dans l'armée régulière. Afin de répondre aux actes de vengeance et autres formes de « justice » populaire, le gouvernement décide de prendre en charge l'épuration. Il crée des cours spéciales de justice dont le but est d'analyser les faits de collaboration. Les agissements des principaux responsables du gouvernement de Vichy et des collaborateurs les plus notoires sont examinés par une Haute Cour de justice. Jugé pour intelligence avec l'ennemi et haute trahison en juillet 1945, Philippe Pétain est reconnu coupable d'indignité nationale et condamné à la peine de mort le 15 août 1945. Si sa peine est commuée en réclusion à perpétuité, ce n'est pas le cas de celle de Pierre Laval, l'un des hommes forts de Vichy et l'un des principaux artisans de la Collaboration, ou de Joseph Darnand, le chef de la Milice, qui sont eux aussi condamnés à mort et exécutés. Au total, ce sont 2 853 condamnations à mort à l'encontre de journalistes, de militaires, de policiers, de hauts fonctionnaires, de miliciens, qui sont prononcées (seules 767 ont été exécutées). Dans le même temps 38 000 peines de prison sont prononcées et 40 000 Français collaborateurs sont condamnés à l'indignité nationale et se voient privés de leurs droits civils et politiques.

Dans le monde des lettres

Le milieu littéraire ne demeure pas en marge des débats de la Libération. Fort de son action dans la Résistance, le Comité national des écrivains (CNE), fondé dès 1941, se fixe pour objectif d'épurer le monde des lettres et la vie intellectuelle. Pour cela, il établit, en octobre 1944 une liste noire de 165 noms d'écrivains suspectés de complaisance envers Vichy ou l'Allemagne nazie et, à ce titre, interdits de publication. Parmi eux figurent les noms de Louis-Ferdinand Céline, Alphonse de Châteaubriant, Jacques Chardonne, Pierre Drieu la Rochelle ou Charles Maurras. Drieu la Rochelle fait le choix de se suicider avant son procès, Céline prend la fuite et s'exile au Danemark où il passe un an et demi en prison avant de rentrer en France (*D'un château l'autre*, 1957 ; *Nord*, 1960), Maurras est emprisonné. Lucien Rebatet est condamné à mort avant d'être gracié en 1947. Robert Denoël, éditeur de Céline et de Rebatet, est assassiné à Paris en décembre 1945.

Les écrivains ralliés à la Résistance se divisent sur l'épuration et les condamnations à mort. Par voie de presse interposée, Camus, dans *Combat*, et Mauriac, dans *Le Figaro*, s'opposent. Le premier défend une épuration « bien faite » et le recours à des lois d'exception tandis que le second en appelle à la clémence et à la « réconciliation nationale ». L'exemple le plus significatif de cette fragmentation de l'opinion est celui de Robert Brasillach, reconnu coupable d'intelligence avec l'ennemi au terme d'un procès expéditif de six heures. Condamné à mort, il est exécuté, malgré la mobilisation d'artistes et d'intellectuels (parmi lesquels de nombreux Résistants), le 6 février 1945. En 1952, Paul Gadenne revient sur les jugements de la Libération dans son roman *La Plage de Scheveningen*.

Une littérature témoignage

La littérature qui se développe à partir de 1945 est totalement différente de celle qui était apparue après la Première Guerre mondiale. En 1918, le poilu et la tranchée, les combats menés à Verdun ou sur le Chemin des Dames, pouvaient incarner une idée de l'abnégation, du sacrifice et du courage au service de la nation. En 1945, l'identification à un type de représentation est impossible. La mobilisation de 1939, la défaite de juin 1940, la captivité de près de 2 millions de soldats, les combats menés à l'étranger ou dans la Résistance, les bombardements, l'Occupation, les privations quotidiennes et les déportations sont autant d'expériences différentes qui empêchent une interprétation simple des évènements.

La littérature de l'après-guerre va donc très largement revenir sur ces années noires. Laurent Joly et Catherine Coquio recensent, entre le dernier trimestre 1944 et décembre 1949, la parution de 744 ouvrages pouvant s'apparenter à des témoignages. Parmi ceux-ci, les livres décrivant l'expérience des déportés, des soldats prisonniers de juin 1940 et des civils dans la guerre en constituent la très grande majorité. En 1946, David Rousset publie *L'Univers concentrationnaire,* à son retour du camp de Buchenwald. En 1947, *Si c'est un homme*, de Primo Levi, paraît en Italie et *L'Espèce humaine*, de Robert Antelme, paraît en France. Tous deux racontent l'enfer concentrationnaire, à Auschwitz pour le premier, à Buchenwald puis à Dachau pour le second. Dans *Aucun de nous ne reviendra* (1970), qu'elle rédige dès son retour en 1945, Charlotte Delbo témoigne elle aussi de l'horreur des camps. Si ces récits prennent appui sur une expérience personnelle, il s'agit à chaque fois de toucher à l'universalité et de raconter l'histoire de toutes les personnes dont l'humanité a été niée.

Les écrivains mobilisés en 1939 et faits prisonniers en juin 1940 consignent leurs souvenirs de *stalag*. *Les Grandes Vacances* (1946), de Francis Ambrière, *Le Caporal épinglé* (1947), de Jacques Perret, ou *Le Dodore fait la malle* (1947), du Frère Patrice bénéficient d'un grand engouement populaire. Ces livres ont la particularité, sans céder à l'angélisme, de proposer une vision plutôt positive du soldat français qui ne se défait jamais de son esprit de révolte et ne délaisse aucune occasion de s'évader. À côté de ces succès de librairie, les ouvrages rendant compte de l'humiliation subie par les soldats de 1940 lors de leur captivité sont accueillis dans une certaine indifférence. Ouvrages sans concessions, témoins d'une réalité beaucoup plus difficile et loin de la vision bravache du soldat, *Le Fidèle Berger* (1942) d'Alexandre Vialatte, *La Peau et les os* (1949) et *Le Wagon à vaches* (1953), de Georges Hyvernaud, et *Les Poulpes* (1953), de Raymond Guérin, passent relativement inaperçus. Ils décrivent pourtant la face la plus sombre de la défaite totale de juin 1940 et l'enfer de l'internement qui concerne deux millions de Français, sans rien céder à l'idéologie gaulliste d'une France victorieuse. *Le Bouquet* (1945), d'Henri Calet, s'il n'est en rien comparable à la violence et à la noirceur de ces deux livres, partage la même conscience de l'humiliation, la même douloureuse mélancolie et le même refus de l'héroïsme. Toujours d'Henri Calet, *Les Murs de Fresnes* (1945) est un document unique sur les conditions de détention des victimes de la répression nazie. Élaboré à partir des graffiti laissés sur les murs de la prison de Fresnes, située à quelques kilomètres de Paris, par les prisonniers victimes de la répression allemande et de la Collaboration, ce livre se veut un « monument au souvenir ». Le narrateur s'efface au profit de la voix des détenus. En reproduisant les mots gravés par les Résistants, les membres des FFI, de la RAF (Royal Air Force) et des FTP, Calet met en évidence les enjeux mémoriels de la Libération et rappelle à chacun, au moment où la France se range du côté des vainqueurs, que la prison de Fresnes, qui renferme en 1945 les collaborateurs, était pendant la guerre un symbole de la défaite, de la Collaboration, de la délation et de la traîtrise. L'ouvrage de Calet est imité par Jacques Foucart qui compose, sur le même principe, *Les Graffiti de la rue d'Auxonne (Prison de Dijon)* (1946).

À l'issue de la guerre, de nombreux écrivains ont conscience que c'est la mémoire qui est en jeu et que la littérature a le devoir de n'oublier personne.

La dimension politique de l'après-guerre

Ceci est d'autant plus vrai qu'en 1945, la France doit panser des blessures qui sont matérielles et morales. La tentation est grande de glorifier l'action de la Résistance et la lutte menée par la France Libre pour mieux faire oublier les errances du régime de Vichy et le rôle joué par l'administration française durant l'Occupation. Au lendemain de la guerre, dans un contexte où l'enjeu principal est de réconcilier les Français et de retrouver un semblant d'unité nationale, la dimension politique des choix éditoriaux et des prix littéraires ne fait donc aucun doute.

Pour preuve, entre 1944 et 1949, cinq livres parlant de l'Occupation et de la guerre remportent le prix Goncourt. Le prix Goncourt 1944 (décerné en 1945) revient ainsi à Elsa Triolet, pour *Le premier accroc coûte deux cents francs* (1944), et récompense l'œuvre d'une figure de la Résistance, femme du très influent Aragon et intime de Carco (membre du jury et du CNE). Jean-Louis Bory reçoit le prix Goncourt 1945 pour son roman choral sur l'Occupation, *Mon village à l'heure allemande* (1945), qui, s'il a le mérite de montrer la complexité de la vie dans un petit village durant les années noires, prend aussi le soin de punir les collaborateurs et d'insister sur la dimension éthique de la Résistance. *Les Forêts de la nuit* (1947), de Jean-Louis Curtis (prix Goncourt 1947), *Week-end à Zuydcoote* (1949), de Robert Merle (prix Goncourt 1949), et *Les Grandes Vacances*, de Francis Ambrière (prix Goncourt 1940 décerné en 1946) complètent le palmarès de ces années. Si la qualité de ces ouvrages ne fait aucun doute, force est de constater qu'ils façonnent, pris dans leur globalité, l'idée d'une France combattante incarnée par les exploits des maquisards et des aviateurs de la RAF. Ainsi, *La Vallée heureuse* (1946), de Jules Roy (prix Renaudot 1940 décerné en 1946), et *Le Grand Cirque* (1948), de Pierre Clostermann, dépeignent les exploits des « vrais héros » avec lesquels il devient possible, pour le lecteur, de s'identifier.

La Seconde Guerre mondiale a durablement marqué la littérature. Si l'Occupation et la Collaboration ont mis les écrivains face à leurs responsabilités et les ont poussés à interroger leur engagement, les atrocités de la *Shoah*, dont le monde découvre l'ampleur en 1945, va les contraindre à questionner en profondeur le sens de l'écriture.

◆◆ Texte 1 ◆◆

La Peau et les os (1949)

Le narrateur est de retour de la guerre et raconte son expérience de la captivité.

Pour prendre pleinement conscience de ce qui nous est arrivé, rien de tel que de s'accroupir fesse à fesse dans les latrines. Voilà ce qu'ils ont fait de nous. Et on s'imaginait qu'on avait une âme, ou quelque chose d'approchant. On en était fier. Ça nous permettait de regarder haut les singes et les laitues. On n'a pas d'âme. On n'a que des tripes. On s'emplit tant bien que mal, et puis on va se vider. C'est toute notre existence. On parlait de sa dignité. On se figurait qu'on était à part, qu'on était soi. Mais maintenant on est les autres. Des êtres sans frontières, pareils, mêlés dans l'odeur de leurs déjections. Englués dans une fermentante marmelade d'hommes. Remués, brassés, perdus et fondus là-dedans. Égalité et fraternité de la merde. On avait ses problèmes. On était fier de ses problèmes, de ses angoisses. On n'est plus fier de rien, maintenant. Et il n'y a plus qu'un problème qui est de manger, et ensuite de trouver une place où poser ses fesses sur ces planches maculées. S'emplir, se vider. Et toujours ensemble, en public, en commun. Dans l'indistinction de la merde. On ne s'appartient pas. On appartient à ce monstre collectif et machinal qui toute la journée se reforme autour de la fosse d'aisance.

Quand les écrivains feront des livres sur la captivité, c'est les cabinets qu'ils devront décrire et méditer. Rien que cela. Ça suffira. Décrire consciencieusement les cabinets et les hommes aux cabinets. Si les écrivains sont des types sérieux, ils s'en tiendront là. Parce que c'est l'essentiel, le rite majeur, le parfait symbole. Mais tels qu'on les connaît, les écrivains, ils auront peur de ne pas avoir l'air assez distingué. Pas assez viril. Pas assez décent. Ils ne parleront pas des cabinets. Ils parleront des leçons de l'épreuve, de la régénération par la souffrance. Ou bien de l'énergie spirituelle, comme ce couillon qui a envoyé une lettre à monsieur Paul Valéry. Une drôle d'idée, d'ailleurs, qu'il a eue là. Quel secours espérer d'un vieillard sec, subtil et officiel si parfaitement étranger aux trivialités de la souffrance réelle ? Le grand homme a répondu. J'ai vu sa réponse : vingt-cinq lignes dactylographiées, et sa signature autographe. Pour nous dire qu'il était heureux de savoir que l'énergie spirituelle nous soutient. Et en effet cela a dû lui faire bien plaisir. Le rassurer, le réconforter. Parce que c'est son affaire, l'énergie spirituelle. Et quand l'énergie spirituelle va, tout va... Seulement, l'énergie spirituelle, c'est des choses qu'on met dans les livres. Ça n'existe pas. Pas moyen de les prononcer, ces deux mots, sans une grande envie de rigoler. Ici, dans les cabinets. Au milieu de ces types déculottés qui claquent de froid. Des hommes gélatineux, mous, pourris. Des limaces, des asticots. Ce qui les soutient, on ne sait pas trop ce que c'est. Sans doute cette obstination à durer, ce tenace attachement, cet accrochement des vivants à la vie qui empêche les syphilitiques, les tuberculeux et les cancéreux de se foutre à la rivière. Mais sûrement pas l'énergie spirituelle.

Curieux que, dès qu'on écrit, il nous vienne un besoin de mentir. C'est plus fort que vous. Un besoin de donner aux choses une apparence avantageuse. Et si vous y résistez, on vous trouvera immoral et subversif. Les gosses dans les écoles savent déjà cela. On les invite à décrire, mettons, une soirée en famille. Et, aussitôt, ils vous campent un grand-papa à barbe blanche, une sœur qui brode sous la lampe et un père qui lit le journal après sa journée de travail. C'est blanc, c'est rose, c'est doux, douillet, édifiant et attendrissant. [...]

On publiera de belles choses sur l'énergie spirituelle des captifs. Et on ne dira rien des cabinets. C'est pourtant ça l'important. Cette fosse à merde et ce méli-mélo de larves. Toute l'abjection de la captivité est là, et l'Histoire, et le destin. Et voilà un bouquin que j'aurais aimé écrire. Bien simplement, bien honnêtement. Un bouquin désolant, qui aurait l'odeur des cabinets et il faudrait que chacun la sentît et y reconnût l'odeur insoutenable de sa vie, l'odeur de son époque.

GEORGES HYVERNAUD (1902–1983)

Vie et formation

Né dans la banlieue d'Angoulême, Hyvernaud vient d'une famille ouvrière et paysanne. Après avoir effectué sa scolarité à Angoulême, il entre à l'École normale supérieure de Saint-Cloud en 1922 et fait carrière dans l'enseignement en tant que professeur de français. Avant guerre, il publie régulièrement des chroniques de critiques littéraires dans des revues. Hyvernaud est mobilisé en août 1939. Fait prisonnier en mai 1940, il est envoyé dans un camp en Poméranie dont il ne sera libéré qu'en avril 1945. À son retour il fait paraître *La Peau et les os* (1949) et *Le Wagon à vaches* (1953) où il raconte son expérience de la captivité.

Face à l'accueil mitigé de la critique, sans soutien dans le milieu littéraire, Hyvernaud abandonne la littérature pour se consacrer à l'enseignement et à la publication de manuels scolaires. Son œuvre a été très largement redécouverte après sa mort, dans les années 1980. Georges Hyvernaud est désormais reconnu comme étant l'une des voix importantes de l'après-guerre.

La Peau et les os

Publié en 1949, *La Peau et les os* est un ouvrage composé à partir des manuscrits que Georges Hyvernaud a écrit alors qu'il était détenu dans les camps allemands. Il décrit, en cinq chapitres, la misère matérielle et morale des soldats retenus prisonniers en Poméranie. S'il est, par bien des aspects, autobiographique, le récit emprunte néanmoins à la fiction, notamment dans la construction des personnages. Hyvernaud décrit le quotidien des prisonniers, l'abjection de leur condition et les humiliations répétées qu'ils subissent. Ce livre est aussi une critique adressée à tous ceux qui tentent de voir, dans cette déchéance, de l'héroïsme et une preuve d'abnégation morale. *La Peau et les os*, par son style incisif, se distingue des succès de librairie de l'époque (par exemple *Le Caporal épinglé*, de Jacques Perret). C'est un livre âpre qui ne parle que de l'avilissement des soldats prisonniers, de leur détresse et rejette toute idée susceptible d'idéaliser, *a posteriori*, leur condition. Il est à rapprocher du roman de Raymond Guérin, *Les Poulpes* (1953), autre grand livre qui fut, à sa sortie, complètement ignoré.

LECTURE MÉTHODIQUE

1 Observez le vocabulaire. Quel registre de langue identifiez-vous ? Relevez les mots pertinents pour justifier votre réponse.

2 Observez la syntaxe. Que pouvez-vous en dire ? En quoi la syntaxe appuie-t-elle le propos général ?

3 Dans le texte, repérez les répétitions de mots. Que signifient-elles ? Qu'illustrent-elles ?

4 Pourquoi Hyvernaud fait-il référence à Paul Valéry et à l'enseignement de l'écriture aux enfants ? Quel devrait être, selon lui, le rôle de la littérature ?

◆◆ Texte 2 ◆◆

Les Murs de Fresnes (1945)

Henri Calet déambule dans la prison de Fresnes et relève les graffiti gravés sur les murs des cellules. Il arrive dans celle de Jaconelli, dit « le valeureux », un jeune homme entré en résistance à l'âge de 17 ans.

LE VALEUREUX

Jaconelli a jeté sa vie aux quatre coins de la cellule n°35. Il a raconté sa courte histoire au crépi pustuleux. Nom, surnom, prénom, lieu et date de naissance et date de son arrestation, tout...

Il s'est adressé aux murs, il leur a posé des questions, il leur a demandé d'abord s'il allait sauver sa tête, puis où il passerait ses dix-neuf ans. Les murs de Fresnes ont des oreilles, mais ils ne répondent pas.

Il a fait un autre dessin de son cœur, grandeur nature cette fois, où il a mis Rolande. Ce cœur est percé.

Il a écrit aussi : Vive la fin de la guerre.

Et il a enfermé deux lettres dans un petit cœur : R et L.

Il a signé.

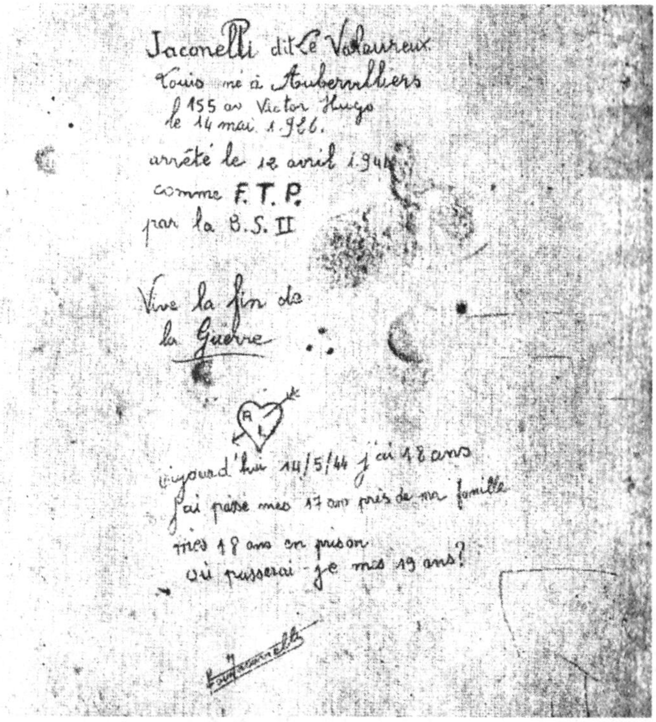

Voici le plan de son appartement : plusieurs chambres, une salle de bain, w-c, des débarras, et même un garage et même une auto. Rien n'a été omis.

Peut-être l'appartement de ses rêves, seulement.

Son cœur, sa signature...

Dans le bois du chambranle de la porte, un autre a écrit avant lui : cond. à mort.

Les mille acteurs de Fresnes n'ont joué qu'une pièce, dont la fin est toujours la même : la déportation ou la mort.

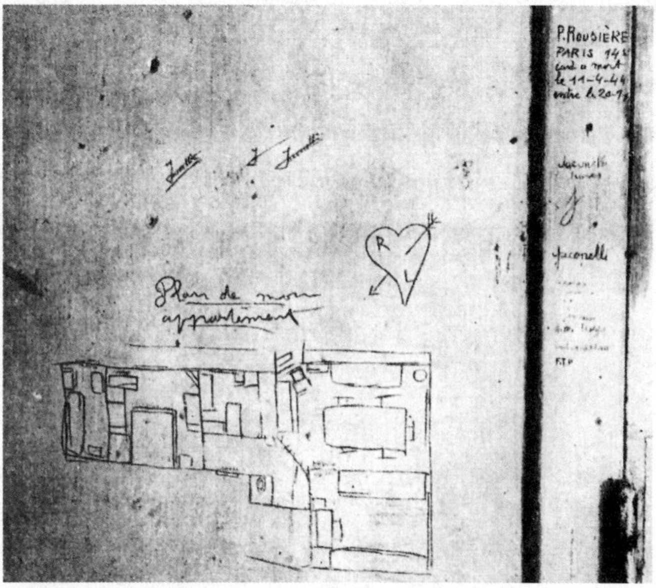

C'est, sans aucun doute, la pièce principale de l'appartement, le salon de Jaconelli.

Une bibliothèque, un tableau, un vase, des fleurs, un bureau, le téléphone, un réveil, un crucifix, des rideaux, une armoire, un tapis. Tout confort.

La fenêtre ouverte sur un jardin ; deux beaux arbres. Douceur d'un soir de mai. Deux tasses de café sur le guéridon, à portée de main. Deux tasses : une pour lui, une pour Rolande.

Car Rolande est là, à portée de main aussi. Il est tranquille, Louis, heureux. Un chien sur les genoux ; un dans le giron de Rolande. Trois autres chiens de toutes races, autour d'eux. Il aime bien les chiens. Rolande ne le quitte pas des yeux. Elle est belle. Louis Jaconelli s'assoupit dans un fauteuil. Sa pipe va s'éteindre.

Il regarde passer cette admirable soirée d'un mois de mai qu'il ne connaîtra pas autrement ; soirée d'un anniversaire imaginaire, trop brève.

On sait qu'il a quitté la cellule 35 le 20 juillet ; on l'a retrouvé plus tard à Dora, en Allemagne. Et l'on voudrait savoir aussi où Louis Jaconelli dit Le Valeureux a passé ses dix-neuf ans, et l'on craint qu'il n'ait jamais eu dix-neuf ans.

Ni chiens ni salon ni femme...

Quelques mots encore sur un pan de mur sale :

Rolande mon seul amour

JACONELLI

HENRI CALET (1904–1956)

Vie et formation

(Voir chapitre 2, séquence 1)

En parallèle de son œuvre littéraire, Henri Calet devient, à la Libération, un journaliste remarqué et apprécié. Il participe notamment au journal *Combat* où il fait la chronique de la triste quotidienneté de l'après-guerre. Ses textes de cette époque sont rassemblés après sa mort dans un recueil intitulé *Contre l'oubli* (1956) qui est un précieux document pour tous ceux qui désireraient connaître la petite histoire de cette période. Témoin des temps qui changent, Calet se voit confier, au tournant des années cinquante, des enquêtes sur les classes populaires et laborieuses (*Les Deux Bouts*, 1954), sur le grand monde parisien (*Le Croquant indiscret*, 1955), sur la jeunesse (articles réunis et publiés à titre posthume en 2003 dans le recueil intitulé *Jeunesses*) où il croque, dans son style caractéristique plein d'humanité, d'humour et d'ironie, une société en profonde mutation.

Les Murs de Fresnes

Le 24 avril 1945, Henri Calet se rend dans la prison de Fresnes en qualité de journaliste. Son objectif est de procéder au relevé des graffiti laissés par les Résistants, les FTP, les FFI et les militaires Alliés, tous victimes de la répression nazie. Son article « Ce que racontent les murs de Fresnes » paraît dans le supplément magazine de *Combat* daté des 28-29 avril 1945. *Les Murs de Fresnes* paraît en novembre 1945. Le livre est pensé comme une visite dans la prison. On y suit Calet, qui s'improvise guide et qui relève scrupuleusement les graffiti laissés par les prisonniers. Bien souvent, il s'agit de simples dates, de noms. Calet, très discret, se permet parfois quelques commentaires pudiques. Véritable « monument au souvenir », *Les Murs de Fresnes* est un document exceptionnel.

LECTURE MÉTHODIQUE

1 Contrairement au reste du livre, où il retranscrit les inscriptions des détenus, Calet fait ici le choix de prendre en photo les graffiti de Jaconelli et de les donner directement à lire. Pourquoi selon vous ?

2 Contrairement à ce qu'il fait vis-à-vis des autres graffiti, le commentaire de Calet est, pour Jaconelli, plus développé. Que décrit ce commentaire ? S'agit-il seulement d'une description ?

3 Observez l'intégralité du texte. Que pouvez-vous dire de sa structure dramatique ?

4 Dans *Les Murs de Fresnes*, les commentaires de Calet sont en italique tandis que les graffiti sont en caractères droits. Expliquez ce choix.

◆◆ Texte 3 ◆◆

Aucun de nous ne reviendra (1970)

À la fin d'une journée de travail harassante, les déportées doivent rentrer au camp d'Auschwitz. Mal-logées, mal-nourries, exploitées au travail, humiliées, battues et vivant dans des conditions d'hygiène déplorables, beaucoup ne résistent pas et meurent d'épuisement.

Au coup de sifflet, il faut poser les outils, les nettoyer, les ranger en un tas. – Former les rangs. – Se taire. – Ne pas bouger. – Anweiserines et kapos comptent. Se trompent-elles ? Recomptent. – Hurlent. – Deux en moins. – Se souviennent. Ce sont les deux de l'après-midi. Deux qui s'affaissaient sur leur bêche. Les furies aussitôt se précipitaient, les battaient, les battaient. On ne s'habitue pas à voir battre les autres. Les coups n'y faisaient rien. La bêche s'échappait des mains d'où le sang s'était retiré, la vie s'en allait des yeux et les yeux ne priaient pas. Les yeux étaient muets. Les furies s'acharnaient sur les deux femmes qui ne remuaient plus. Si elles ne réagissent plus aux coups, c'est qu'il n'y a plus rien à faire. Qu'on les emporte. Nous les avions portées doucement le long du talus, là où l'herbe est sèche, et nous étions retournées à nos bêches.

Elles manquent maintenant. Toutes ne savent pas, questionnent. Les noms passent de bouche en bouche dans un chuchotement que nulle émotion ne marque. Nous sommes trop fatiguées. Berthe et Anne-Marie sont mortes. Berthe, laquelle ? Berthe de Bordeaux. Elles ont été comptées ce matin à la sortie, elles doivent être comptées au retour. Il faudra les porter. Aucune ne bouge. Involontairement, chacune baisse la tête, voudrait se fondre dans la masse, ne pas être remarquée, ne pas faire signe. Exténuée tellement qu'elle mesure avec effroi ce qu'elle peut encore obtenir de ses jambes. La plupart ne marchent qu'en pesant aux bras des autres. Les anweiserines remontent les rangs, examinant les figures et les pieds. Elles choisiront les plus fortes. Celles qui s'appuient à une moins faible appréhendent que cette dernière soit prise. Comment rentreront-elles si le bras qui les soutient les quitte ? Les anweiserines cherchent les mieux chaussées, les grandes. « Du. Du. Du. », en appellent trois. Alors les autres se désignent. Nous nous détachons et allons vers les mortes. Nous les regardons, embarrassées. Comment les prendre ? Les anweiserines indiquent que chacune doit tenir par un membre. Et vite.

Nous nous penchons sur nos compagnes. Elles ne sont pas encore raidies. Quand nous saisissons les chevilles et les poignets, le corps plie, plie jusqu'à terre et il est impossible de le maintenir haut. Il serait mieux de le soulever aux genoux et aux épaules, mais on n'a pas de prise. Enfin, nous y parvenons. Nous nous rangeons à la fin de la colonne. On compte encore. Le nombre y est, cette fois. La colonne s'ébranle.

Combien y a-t-il de kilomètres à parcourir ? Nous mesurons les distances à l'effort qu'elles nous coûtent. Elles sont énormes.

La colonne s'est ébranlée.

D'abord, c'est Berthe et Anne-Marie que nous portons. Bientôt ce ne sont plus que des fardeaux trop lourds, qui nous échappent à chaque mouvement. Dès le départ, nous sommes distancées. Nous demandons de faire passer au premier rang qu'on ralentisse. La colonne va toujours aussi vite. La kapo est en tête. Elle a de bonnes chaussures. Elle est pressée.

Les SS nous suivent. Ils traînent leurs bottes puisque nous allons, nous, si lentement. L'anweiserine rit avec eux. Elle leur montre des pas de danse, en faisant des plaisanteries ignobles. Eux s'amusent.

C'est un soir pâle et presque doux. Chez nous, il doit y avoir des bourgeons. Un SS tire un harmonica de sa poche. Il joue et notre détresse devient malaise.

CHARLOTTE DELBO (1913–1985)

Vie et formation

Née dans l'Essonne, Charlotte Delbo est la fille d'immigrés italiens. Elle suit une formation de sténodactylo et travaille à Paris dès l'âge de 17 ans en tant que secrétaire. Elle adhère au mouvement des Jeunesses communistes en 1932. Avant la guerre, elle rédige des articles pour les pages littéraires et culturelles des *Cahiers de la jeunesse*. Louis Jouvet la remarque et lui propose de devenir sa secrétaire. Engagés dans la Résistance, Charlotte Delbo et son mari, Georges Dudach, sont arrêtés en mars 1942 par la Gestapo. Son mari est fusillé tandis qu'elle est déportée à Auschwitz-Birkenau dans le convoi du 24 janvier 1943. Transférée à Ravensbrück en 1944, elle ne sera libérée qu'en avril 1945. À son retour des camps, elle commence à écrire, sans toutefois se résoudre à publier ses textes. À partir de 1947, elle réside en Suisse où elle devient traductrice et interprète pour l'ONU. Elle revient en France en 1960, où elle travaille notamment pour le CNRS (Centre national de la recherche scientifique).

Aucun de nous ne reviendra

Écrit dès son retour des camp, alors que Charlotte Delbo se trouvait dans une maison de repos en Suisse, *Aucun de nous ne reviendra* ne sera publié que vingt ans plus tard, en 1965. Témoignage poignant de la déportation, ce livre ne raconte pas réellement l'histoire de Charlotte Delbo mais plutôt l'histoire de tous les déportés. Le personnel s'efface derrière l'universalité de la souffrance (au détour d'une discussion, la narratrice est nommée « C. »). *Aucun de nous ne reviendra* est aussitôt suivi d'un deuxième ouvrage dans lequel Charlotte Delbo rassemble tous les éléments qu'elle a pu trouver sur les 230 femmes qui composaient le convoi du 24 janvier 1943. *Le Convoi du 24 janvier* paraît ainsi en novembre 1965. *Une connaissance inutile* (1970) et *Mesure de nos jours* (1971) complètent la trilogie intitulée *Auschwitz et après* dont *Aucun de nous ne reviendra* constitue le premier tome.

LECTURE MÉTHODIQUE

1 Par quel procédé, Charlotte Delbo parvient-elle à faire de son expérience personnelle une expérience universelle ?

2 Le texte est construit sur les contrastes. Repérez-les. Sur quoi permettent-ils d'insister ?

3 En vous référant à l'écriture, à la syntaxe et au vocabulaire, expliquez pourquoi l'horreur semble d'autant plus insoutenable ?

4 En 1956, Alain Resnais a réalisé un film intitulé *Nuit et brouillard*. Regardez-le et faites-en la présentation.

◆◆ 导 读 ◆◆
法语文学中的中国

阿尔贝·伦敦与中国：《上海的战争》

阿尔贝·伦敦(Albert Londres，1884—1932)出生于法国维希。最初他在里昂担任特许会计师，1903年移居巴黎，开始出版诗集。1906年，他开启了记者生涯。1914年退伍后，他被派往前线担任战地记者。20世纪20年代，伦敦前往苏联、中国、日本和印度，为多家报纸报道他所观察到的日常生活。作为一名深切体察民情的记者，伦敦关注那些被压迫和被排斥的人们。他于1932年在从中国返回法国的途中去世。1933年设立的法语国家新闻界最富盛名的奖项——阿尔贝·伦敦奖，就是以他的名字命名的。

1922年，伦敦首次访问中国。他看到的是一个完全混乱的国家，内部的紧张局势和外国势力的存在破坏了国家的稳定。他对自己所观察到的一切感到惊讶。1925年伦敦将所撰写的一系列报告集结成册，以《疯狂的中国》(*La Chine en folie*，1925)为题出版。

自1931年九一八事变起，日本展开了对中国东北的大规模侵略，并极力为其扩张主义政策进行辩护。伦敦于1932年1月末抵达上海，他在《日报》(*Le Journal*)上发表了一系列文章，记述了1932年2月至3月间上海发生的各种事件。他详细描述了这座城市被外国势力分割的混乱局面。租界区的每个外国人都在维护自己的利益，而中国人则是首当其冲的受害者。在《上海的战争》(*La Guerre à Shanghai*，1932)中，伦敦报道了中国国民革命军第十九路军顽强抵抗日军的情况。在题为《伤感的玉佛寺之行》(*Émouvante visite au temple du Bouddha de jade*)一文中，伦敦痛心疾首地指出，现在医院里的平民和士兵一样多。他明白，在20世纪的战争中，民众将成为攻击目标。事实证明无论在欧洲还是在亚洲(诸如1937年日本在南京的大屠杀)，他说的都是对的。

◆◆ Présences de la Chine dans la littérature ◆◆

La Guerre à Shanghai (1932)

Le 19 février 1932, Albert Londres effectue un reportage sur la 19e armée de route de l'Armée nationale révolutionnaire chinoise qui tient tête à l'armée japonaise.

Nous traversons la voie ferrée Shanghai-Nankin. Au bout de cette ligne, à Chapeï, est la gare du Nord, que les Japonais n'ont pas encore. Et nous voilà tout de suite dans la célèbre armée.

Son aspect est fantastique. C'est une horde de mendiants en armes. Ce ne sont que défroques sur défroques.

Les uns sont ficelés dans de la toile, les autres dans du drap. Des espèces de sacs ouatés les font ronds comme des balles. Leurs manches sont trouées au coude ; plus de bouton, seulement des boutonnières. Ceux-ci sont chaussés de pantoufles. Ceux-là, qui ont des souliers, montrent, à travers les trous, que les pieds sont nus dans le cuir. Quelques-uns n'ont que des chaussettes, quatre ou cinq paires l'une sur l'autre. J'en vois qui portent des gants de laine, des gants blancs de maître d'hôtel. Beaucoup n'ont pas oublié leur parapluie. Sur le bras gauche, un calicot, où l'on peut lire 19 A, et ce calicot ne tient que par un fil. Des casques, des bonnets de fourrure, des casquettes de cyclistes, des képis réformés coiffent l'ensemble. La couleur ajoute au ton du tableau, cet équipement est d'un bleu tendre que l'on aurait soigneusement passé à la suie. Eh bien, cette invraisemblable troupe a travaillé.

Nous avions franchi les barbelés, tranchées ; ils ont creusé vingt-cinq kilomètres de tranchées. Au-delà, les champs nous semblaient vides. Erreur : la horde était dans des trous. [...]

Mais arrivons à Chenzu. Le quartier général est là ; je le dis sans crainte, n'ayant rien à apprendre aux avions japonais qui, en même temps que nous, rendaient visite au général Tsaï.

Un petit village chinois, une maison sans étage, un long jardin planté de rochers. L'homme du jour est dans le jardin, il parle à un canari.

– Le voilà, dit le général Gaston.

Le héros se retourne. C'est un grand diable maigre, les pommettes provocantes et la mâchoire supérieure en avant. Il est tête nue et en pantoufles. À part cela, un long manteau civil et gris perle l'habille des pieds au menton. Salutations, politesses.

Un autre personnage apparaît, trainant des savates. Il arbore un vieux costume de sport. C'est le chef du héros, le véritable commandant de la 19ᵉ armée, le général Chiang Kwong Nai. Mais celui-là est vraiment trop petit, personne ne prend garde à lui, même pas Tsaï.

Le hasard allait me faire le témoin d'une minute historique. Un soldat accourt de la maison sans étage.

– Tenez, me dit le général Gaston, nous arrivons bien ; le maire du plus grand Shanghai téléphone qu'il vient de recevoir l'ultimatum japonais ; il demande au général Tsaï s'il doit décacheter l'enveloppe.

Tsaï lâche une phrase, tous les Chinois rient. Tsaï fait téléphoner que, ne lisant pas le japonais, peu lui importe ce que contient la lettre et que M. le maire peut la garder pour lui.

– Mon général, dis-je à Tsaï, l'ultimatum japonais est connu, il insiste pour que vous vous retiriez à vingt kilomètres. Qu'allez-vous répondre ?

– Je répondrai avec des obus et des cartouches.

– Puis-je câbler en France que vous ne vous retirerez pas ?

– Vous le pouvez.

– Si votre armée, sous le choc, était contrainte à la retraite, où iriez-vous ?

– J'irais dans les montagnes et, pendant un siècle, je ferais la guerre aux Japonais.

ALBERT LONDRES (1884–1932)

Reporter d'investigation

Albert Londres naît à Vichy où il effectue sa scolarité. D'abord expert comptable à Lyon, il s'installe à Paris en 1903 où il publie des recueils de poèmes. Il commence une carrière de journaliste en 1906. Réformé en 1914, il est envoyé au front en tant que correspondant de guerre. Après des reportages dans les Dardanelles et en Italie, Albert Londres voyage, durant les années 1920 en URSS, en Chine, au Japon, en Inde où il décrit le quotidien qu'il observe pour le compte de divers journaux. Reporter engagé, Londres s'intéresse à la communauté juive dans le contexte d'un antisémitisme grandissant, à la condition des condamnés envoyés au bagne et, plus largement, à tous ceux qui constituent la grande classe des opprimés et des exclus. Mort en 1932, lors de son retour de Chine, Albert Londres donne son nom, depuis 1933, au prix décerné chaque année au meilleur « Grand Reporter » francophone (Prix Albert-Londres).

Albert Londres et la Chine

Albert Londres se rend pour la première fois en Chine en 1922. Il y voit un pays totalement désorganisé, déstabilisé par les tensions internes et par la présence étrangère. Surpris par tout ce qu'il observe et qu'il ne comprend pas toujours, il écrit des reportages qui sont rassemblés en volume en 1925, sous le titre *La Chine en folie*. Dix ans plus tard, Albert Londres est de nouveau en Chine pour couvrir la guerre de Shanghai. Depuis septembre 1931, le Japon a envahi la Mandchourie et exploite tout incident pouvant justifier sa politique expansionniste. Arrivé fin janvier 1932, Albert Londres va raconter, entre février et mars 1932, les évènements qui se produisent dans la ville de Shanghai, dans une série d'articles publiés chaque jour dans *Le Journal*. Il décrit parfaitement la confusion d'une ville divisée en concessions étrangères, où chacun défend ses intérêts et où les Chinois sont les premières victimes. Dans son article intitulé « Émouvante visite au temple du Bouddha de jade », Albert Londres observe amèrement que les hôpitaux accueillent autant de civils que de soldats. Dans les guerres que connaîtra désormais le XXe siècle, il comprend que la population sera prise pour cible. Les évènements lui donneront raison, en Europe comme en Asie (on pense ici au massacre que les Japonais commettront en 1937 à Nanjing).

LECTURE MÉTHODIQUE

1 Dans cet extrait, quels procédés sont caractéristiques de l'écriture journalistique ?

2 Observez la description de la 19e armée. Quel est l'objectif de cette description ? Quel effet cherche-t-elle à produire sur le lecteur ? Par comparaison, relevez la façon dont les Japonais sont évoqués. Qu'en déduisez-vous ?

3 Comment définiriez-vous l'attitude du général Tsaï ? Peut-on dire qu'il s'apparente, dans cet extrait, à un personnage littéraire ?

4 Travail d'écriture. Effectuez des recherches sur les évènements qui se déroulent à Shanghai au début de l'année 1932 puis écrivez un article résumant les faits.

CHAPITRE 3
Le roman après la guerre

第三章
二战后的小说

◆◆ 第一节　导读 ◆◆
文学与哲学

自1947年起，由美国和苏联主导的冷战格局促使欧洲各国不得不放下曾经的恩怨，加强彼此的政治、经济合作。面对两大巨头日益增长的影响力，欧洲委员会(le Conseil de l'Europe)于1949年成立，欧洲煤钢共同体(European Coal and Steel Community，ECSC)于1951年成立。

法国从1944年起，由国家主导推动经济重建，优先发展重点行业。1947年美国启动的马歇尔计划为西欧各国提供了援助。战后法国社会发生了巨大的结构性变化，经济逐渐恢复到战前水平。1945年，法国开始实施社会保障制度。

1946年10月法国通过了新宪法，迎来了法兰西第四共和国(1946—1958)。虽然第四共和国不足以应对冷战、殖民地独立战争、经济和社会改革等挑战，但到1950年还是基本完成了重建工作。莫内计划(le plan Monnet)通过优先发展煤炭、电力、钢铁、运输等基础产业，使国家得以迅速恢复。之后的赫希计划(le plan Hirsch)也是一项"现代化和装备计划"，不同之处在于法国政府希望将消费作为法国经济增长的主要动力。1946—1954的印度支那战争终结了法属印度支那，加速了第四共和国的衰落。

20世纪50年代初，从战后匮乏的社会中走出来的人们开始尝试新的休闲活动和生活方式。热衷于现代生活的法国年轻人对来自美国的产品尤其感兴趣。由于《布鲁姆-伯恩斯协议》的签订，法国人能够看到许多来自美国的电影。1953年，美国影片占法国放映影片的70%。然而，法国的电影产量也毫不逊色，每年都有130到140部故事长片问世。

然而，电视的出现很快改变了这一切。50年代初法国拥有5万台电视机，到了1958年，已经达到了60万台。当电视还处于萌芽阶段时，收音机已经成为几乎每个家庭的固定设备，1945年法国有500万台收音机，而1958年则达到1000万台。广播有助于推广法国新一代歌手。1956年摇滚乐出现之前，爵士乐是当时的流行音乐。1955年，夏尔·特雷内(Charles Trenet)以一首《7号国道》(*Nationale 7*，1955)完美诠释了消费社会的到来。私家车的普及，让人们更容易外出度假。到1959年，1000万法国人拥有了自己的汽车。

文学大事件梳理

1 文学与大众文化：在这一时期，文学界开始受到消费社会创新的影响。1953年，法国普通书店推出了口袋书(Le Livre de Poche)，旨在以更便携的开本重新出版大师作品，使更广泛的读者可以以更实惠的价格购买书籍。这一举措受到了中学生、大学生和普通读者的欢迎，带来了巨大成功。

2 美国文化在各个领域都占据了一席之地。美国作家的读者激增，法国读者阅读海明威(Hemingway)、考德威尔(Caldwell)、福克纳(Faulkner)以及斯坦贝克(Steinbeck)的作品。伽里马出版社推出了《黑色系列》(Série noire)，出版美国黑色小说。

3 侦探小说吸引了众多读者。自20世纪30年代以来，法语侦探小说的代表作家是比利时作家乔治·西默农(Georges Simenon)。还有一些作家也开始创作侦探小说，莱奥·马莱(Léo Malet)塑造了内斯托尔·布尔马(Nestor Burma)一角；弗雷德里克·达尔(Frédéric Dard)创作了《圣安东尼奥》(*San Antonio*)系列小说，小说的主角是一名警察。

4 儿童文学和法语连环画在20世纪50年代得到了蓬勃发展。阿歇特(Hachette)出版公司通过“绿色图书馆”和“粉色图书馆”，为青少年提供了两套读物，这些读物深受读者喜爱。创刊于1938年的比利时漫画杂志《斯皮鲁》(*Spirou*，1938)、创刊于1946年的《丁丁》(*Tintin*)和创刊于1959年的法国漫画杂志《领航员》(*Pilote*)等，使许多年轻作者的连环画作风靡一时：《幸运的卢克》(*Lucky Luke*)、《高卢英雄历险记》(*Astérix*)、《布尔和比利》(*Boule et Bill*)、《捣蛋鬼加斯东》(*Gaston Lagaffe*)。数百万儿童通过这种方式开始阅读。

5 冷战、殖民地独立战争等政治和国际紧张局势占据了战后文学的所有话题。冷战的背景迫使作家“表明立场”，这使得文学界两极分化。左翼的许多作家与共产党有直接联系，例如，阿拉贡在创作了四卷本系列小说《现实世界》之后，又创作了五卷六册的巨幅画卷《共产党员》(*Les Communistes*，1949—1951)。不过，有两位知识分子成为这一时期的主要思想领袖，他们是萨特和加缪。

6 萨特是哲学家、作家，他的理想是将哲学与文学结合起来。二战前，萨特著有《恶心》(*La Nausée*，1938)，并创办了《现代》杂志(*Les Temps modernes*，1945)。萨特将“介入”概念理论化。他认为，应将哲学方法延伸到行为中，以促进个人道德的发展。这就是他所说的“存在主义”。从这个意义上来说，文学不仅是一种艺术形式，更是作家用来表达世界并最终改造世界的工具。萨特在《自由之路》(*Les Chemins de la liberté*，1945—1949)这部未完成的长篇系列小说中诠释了这一理论，揭示了在特定社会历史背景下，人类如何通过选择和行动获得自由。

7 加缪在20世纪40年代创作了荒诞系列作品《西西弗神话》(*Le Mythe de Sisyphe*，1942)、《局外人》、《卡利古拉》(*Caligula*，1944)、《误会》(*Le Malentendu*，1944)。他审视了人类的处境以及毫无意义的存在，与萨特渐行渐远。加缪的反叛系列作品有《鼠疫》(*La Peste*，1947)、《正义者》(*Les Justes*，1949)、《反抗者》(*L'Homme révolté*，1951)。这些作品凸显了加缪与萨特在哲学和政治上的分歧。面对世界的荒诞，加缪倡导一种“反抗主义”的立场。

8 西蒙娜·德·波伏瓦(Simone de Beauvoir)在《第二性》(*Le Deuxième Sexe*，1949)中运用了存在主义原则，她在《名士风流》(*Les Mandarins*，1954)中描述了萨特和加缪之间的哲学和政治之争。这场争论表明，在20世纪50年代初，“文学介入”的政治定义是对存在进行哲学思考的关键所在。

◆◆ Séquence 1 ◆◆
Littérature et philosophie

La France au sortir de la Seconde Guerre mondiale.

Dès 1947, la situation de guerre froide entre les États-Unis et l'URSS dicte une nouvelle organisation mondiale face à laquelle les pays européens sont contraints de réévaluer leur position. Face à l'influence toujours accrue des deux géants, le Conseil de l'Europe est créé en 1949. L'objectif est d'assurer la reconstruction, la stabilité et la sécurité de nations européennes qui sortent de la guerre considérablement affaiblies. La survie de l'Europe semble désormais passer par une coopération politique et économique. Dès 1951, la Communauté européenne du charbon et de l'acier (CECA) illustre cette collaboration rendue nécessaire, entre anciennes nations ennemies qui prennent peu à peu conscience du nouvel ordre mondial.

En France, en plus de l'aide accordée par le plan Marshall, c'est l'État qui s'impose, dès 1944, comme le principal acteur de la reconstruction économique. Il se charge de relancer l'activité du pays en signalant les priorités, au nom de l'intérêt national. Dans le même temps, le Gouvernement provisoire définit les principes d'un « État-providence » dont le but doit être d'intervenir dans les rapports sociaux afin d'assurer à chacun aide, protection et justice sociale. Dès 1945–1946, il met en place la Sécurité sociale. La société française de l'après-guerre se modifie considérablement d'un point de vue structurel et l'économie retrouve progressivement son niveau d'avant-guerre. Toutefois, les restrictions sont encore nombreuses et se font ressentir jusqu'à la toute fin des années 40 (les cartes de rationnement ne disparaissent qu'en 1949).

La France de la IVᵉ République

La nouvelle Constitution est adoptée en octobre 1946 et définit les institutions de la IVᵉ République (1946–1958). Avec ses vingt-deux gouvernements en deux présidences, elle n'a pas résolu l'instabilité de la IIIᵉ République. Si elle se révèle assez rapidement inadaptée pour répondre aux nouveaux enjeux nationaux et internationaux (guerre froide, guerres d'indépendance, réformes économiques et sociales), elle parvient toutefois à relever le défi d'une reconstruction qui est considérée comme étant pratiquement achevée en 1950. Le plan Monnet (1946–1952) avait permis le relèvement rapide du pays en donnant la priorité aux secteurs jugés fondamentaux (charbon, électricité, acier, transports). Le plan qui lui succède (plan Hirsch, 1954–1957) entend lui aussi être un « plan de modernisation et d'équipement » mais va se distinguer par sa volonté de faire de la consommation le moteur principal de la croissance. Même si les guerres de Corée (1950) et surtout d'Indochine (1946–1954), qui signe la fin de l'Indochine française, témoignent d'une nouvelle donne mondiale et accélèrent la chute de la IVe République, l'année 1950 marque néanmoins en France un véritable point de bascule. En effet, après deux décennies marquées par les manques et les privations dus aux crises économiques, à la guerre et aux difficultés de l'après-guerre, la période qui s'annonce, en signant les débuts de la société de consommation, semble promettre le retour à la prospérité. Les évènements de la première moitié du XXe siècle appartiennent désormais à l'Histoire.

La culture et la société des années 50

Le début des années 50 marque ce moment de transition où une société, sortie de la pénurie de l'après-guerre, commence à découvrir des loisirs et une manière de vivre jusqu'ici réservés à un public restreint. Les jeunes épris de modernité sont particulièrement demandeurs des produits qui arrivent des États-Unis. Du fait des accords Blum-Byrnes, les Français voient beaucoup de films en provenance d'outre-Atlantique. En 1953, ils correspondent à 70% des films projetés. La production française n'est cependant pas en reste, avec chaque année, entre 130 et 140 longs métrages de fiction produits.

La radio s'est imposée dans presque tous les foyers (5 millions de récepteurs en 1945 contre 10 millions en 1958) et favorise la diffusion des nouveaux représentants de la chanson française. Si le jazz devient la musique à la mode (avant l'arrivée du rock à partir de 1956), Yves Montand, Juliette Gréco, Léo Ferré, Charles Aznavour ou Georges Brassens rythment de leurs chansons les années 50.

Un nouveau média s'immisce pourtant progressivement dans le panorama et va bientôt bouleverser la donne : la télévision. Encore balbutiante durant cette décennie, elle connaît néanmoins un essor rapide, avec près de 600 000 téléviseurs dénombrés en 1958.

En 1955, avec sa chanson *Nationale 7*, Charles Trenet devient le symbole de l'avènement d'une société de consommation qui démocratise la voiture individuelle et facilite les départs en vacances. Après les prémices de 1936, qui avaient vu la création des premiers congés payés, c'est la forte croissance économique des années 50 qui permet à près de 10 millions de Français de prendre la route en 1959 pour profiter de quelques jours de repos loin de chez eux.

Monde littéraire et culture de masse

Le monde de la littérature n'est pas épargné par les innovations de la société de consommation. Ainsi, en 1953, la Librairie générale française lance une collection intitulée « Le Livre de Poche ». L'objectif est de rééditer des grands textes et des grands auteurs tombés dans le domaine public dans des livres de petit format. Bénéficiant de frais de production réduits, ils sont vendus six fois moins cher qu'un ouvrage traditionnel. Un public beaucoup plus large peut donc maintenant s'acheter des livres et découvrir en intégralité des ouvrages jusqu'alors peu réédités ou accessibles uniquement sous leur forme abrégée. Plébiscité par les lycéens, les étudiants et les lecteurs en général, le Livre de Poche connaît un succès immédiat. Conscientes de ce succès, les principales maisons d'édition françaises créent à leur tour leur collection de poche (Flammarion crée « J'ai lu » en 1958 ; Gallimard crée « Folio » en 1972).

Symptomatique d'une culture nord-américaine qui s'impose dans tous les domaines (Hemingway, Caldwell, Faulkner et Steinbeck sont beaucoup plus lus qu'avant la guerre), les éditions Gallimard créent la collection « Série noire » dans laquelle elles publient les romans noirs en provenance des États-Unis. Si Georges Simenon représente le roman policier francophone depuis les années 30, des auteurs comme Léo Malet (le créateur du personnage Nestor Burma), Frédéric Dard (auteur de la série des *San Antonio*, du nom du policier censé raconter lui-même ses enquêtes), ou Boris Vian (*J'irai cracher sur vos tombes*, 1946) reprennent les codes du genre et remportent un vrai succès populaire.

Les années 50 voient aussi l'essor de la littérature pour la jeunesse et de la bande dessinée francophone, à la faveur de la loi de 1949. Avec la Bibliothèque verte (créée en 1923) et la Bibliothèque rose (créée en 1853), les éditions Hachette proposent deux collections dédiées à la jeunesse dont les livres connaissent un fort engouement à partir des années 50. En Belgique et en France, les journaux *Spirou* (créé en 1938), *Tintin* (créé en 1946) et *Pilote* (créé en 1959) permettent à de nombreux jeunes auteurs de populariser leurs personnages de bandes dessinées (*Lucky Luke, Astérix, Boule et Bill, Gaston Lagaffe*). Des millions d'enfants s'initient ainsi à la lecture.

En changeant son format, en réduisant ses coûts de production et en s'adaptant aux goûts et aux attentes des lecteurs, le livre s'est adapté aux codes de la culture de masse et est devenu un vrai produit de consommation.

Littérature et engagement

Les tensions politiques et internationales (guerre froide et guerres d'indépendance) avec lesquelles le monde est en prise conditionnent tous les débats qui animent la littérature de l'après-guerre. Une fois encore, l'écrivain est sommé de prendre position. Si la notion d'engagement est indissociable de la littérature de la première moitié du XXe siècle, la Seconde Guerre mondiale et le drame de la Shoah lui confèrent une importance nouvelle qui se double d'une certaine solennité. L'injonction à se positionner est encore accentuée par le contexte de guerre froide qui favorise la bipolarisation du monde littéraire. À gauche, de nombreux écrivains sont directement liés au Parti communiste. Ainsi, après le cycle romanesque du *Monde réel*, Aragon écrit une fresque politique qu'il intitule *Les Communistes* (1949–1951). Mais deux figures intellectuelles dominent l'époque : Jean-Paul Sartre et Albert Camus.

Philosophe écrivain, auteur, avant-guerre, de *La Nausée* (1938) et fondateur de la revue *Les Temps modernes* (1945), Sartre théorise la notion d'engagement. En effet, il considère que la démarche philosophique doit se prolonger dans le comportement et favoriser l'élaboration d'une morale individuelle. C'est ce qu'il nomme « l'existentialisme ». En ce sens, la littérature n'est pas seulement un art, mais l'outil dont se sert l'écrivain pour exprimer le monde et, *in fine*, pour le transformer. *Les Chemins de la liberté* (1945–1949), cycle romanesque demeuré inachevé, illustre cette théorie en montrant comment l'humain, pris dans un cadre socio-historique, peut accéder à la liberté par ses choix et ses actes.

Auteur, dans les années 40, du cycle de l'Absurde (*Le Mythe de Sisyphe*, 1942 ; *L'Étranger*, 1942 ; *Caligula,* 1944 ; *Le Malentendu*, 1944) où il s'interrogeait sur la condition humaine et une existence vide de sens, Albert Camus s'éloigne progressivement de Sartre. Le cycle de la Révolte (*La Peste*, 1947 ; *Les Justes*, 1949 ; *L'Homme révolté*, 1951) met en valeurs leurs divergences philosophiques et politiques. Au moment où Sartre se rapproche de la pensée marxiste, Camus rejette le totalitarisme stalinien et, face à l'absurde du monde, prône une révolte individuelle au service d'une humanité commune.

Simone de Beauvoir, qui avait appliqué les principes existentialistes dans *Le Deuxième Sexe* (1949), rend compte, dans *Les Mandarins* (1954), de la querelle philosophico-politique qui oppose Sartre et Camus. Cette brouille prouve, qu'au début des années 50, la définition politique de l'engagement littéraire est le réel enjeu de la réflexion philosophique menée sur l'existence.

◆◆ Texte 1 ◆◆

La Nausée (1938)

À la suite d'une crise, Antoine de Roquentin comprend ce que signifie la Nausée qui se saisit de lui depuis quelques temps…

Je ne peux pas dire que je me sente allégé ni content ; au contraire, ça m'écrase. Seulement mon but est atteint : je sais ce que je voulais savoir ; ce qui m'est arrivé depuis le mois de janvier, je l'ai compris. La Nausée ne m'a pas quitté et je ne crois pas qu'elle me quittera de sitôt ; mais je ne la subis plus, ce n'est plus une maladie ni une quinte passagère : c'est moi.

Donc j'étais tout à l'heure au jardin public. La racine du marronnier s'enfonçait dans la terre, juste au-dessous de mon banc. Je ne me rappelais plus que c'était une racine. Les mots s'étaient évanouis et, avec eux, la signification des choses, leurs modes d'emploi, les faibles repères que les hommes ont tracés à leur surface. J'étais assis, un peu voûté, la tête basse, seul en face de cette masse noire et noueuse, entièrement brute et qui me faisait peur. Et puis j'ai eu cette illumination.

Ça m'a coupé le souffle. Jamais, avant ces derniers jours, je n'avais pressenti ce que voulait dire « exister ». J'étais comme les autres, comme ceux qui se promènent au bord de la mer dans leurs habits de printemps. Je disais comme eux « la mer est verte ; ce point blanc là-haut, c'est une mouette », mais je ne sentais pas que ça existait, que la mouette était une « mouette-existante » ; à l'ordinaire, l'existence se cache. Elle est là, autour de nous, en nous, elle est nous, on ne peut pas dire deux mots sans parler d'elle et, finalement, on ne la touche pas. Quand je croyais y penser, il faut croire que je ne pensais rien, j'avais la tête vide, ou tout juste un mot dans la tête, le mot « être ». Ou alors, je pensais... comment dire ? Je pensais l'appartenance, je me disais que la mer appartenait à la classe des objets verts ou que le vert faisait partie des qualités de la mer. Même quand je regardais les choses, j'étais à cent lieues de songer qu'elles existaient : elles m'apparaissaient comme un décor. Je les prenais dans mes mains, elles me servaient d'outils, je prévoyais leurs résistances. Mais tout ça se passait à la surface. Si l'on m'avait demandé ce que c'était que l'existence, j'aurais répondu de bonne foi que ça n'était rien, tout juste une forme vide qui venait s'ajouter aux choses du dehors, sans rien changer à leur nature. Et puis voilà : tout d'un coup, c'était là, c'était clair comme le jour : l'existence s'était soudain dévoilée. Elle avait perdu son allure inoffensive de catégorie abstraite : c'était la pâte même des choses, cette racine était pétrie dans l'existence. Ou plutôt la racine, les grilles du jardin, le banc, le gazon rare de la pelouse, tout ça s'était évanoui : la diversité des choses, leur individualité n'était qu'une apparence, un vernis. Ce vernis avait fondu, il restait des masses monstrueuses et molles, en désordre – nues, d'une effrayante et obscène nudité.

Je me gardais de faire le moindre mouvement, mais je n'avais pas besoin de bouger pour voir, derrière les arbres, les colonnes bleues et le lampadaire du kiosque à musique, et la Velléda, au milieu d'un massif de lauriers. [...]

J'étais là, immobile et glacé, plongé dans une extase horrible. Mais, au sein même de cette extase quelque chose de neuf venait d'apparaître ; je comprenais la Nausée, je la possédais. À vrai dire je ne me formulais pas mes découvertes. Mais je crois qu'à présent, il me serait facile de les mettre en mots. L'essentiel c'est la contingence. Je veux dire que, par définition, l'existence n'est pas la nécessité. Exister, c'est être là, simplement ; les existants apparaissent, se laissent rencontrer, mais on ne peut jamais les déduire. Il y a des gens, je crois, qui ont compris ça. Seulement ils ont essayé de surmonter cette contingence en inventant un être nécessaire et cause de soi. Or, aucun être nécessaire ne peut expliquer l'existence : la contingence n'est pas un faux semblant, une apparence qu'on peut dissiper ; c'est l'absolu, par conséquent la gratuité parfaite. Tout est gratuit, ce jardin, cette ville et moi-même. Quand il arrive qu'on s'en rende compte, ça vous tourne le coeur et tout se met à flotter.

JEAN-PAUL SARTRE (1905–1980)

Vie et formation

Jean-Paul Sartre est issu d'une famille bourgeoise. Très tôt orphelin de père, il est élevé par sa mère et ses grand-parents dans un monde où les livres occupent une place importante. Cette enfance est racontée dans *Les Mots* (1964). Il fait ses classes au lycée Henri-IV jusqu'au remariage de sa mère, qu'il suit à La Rochelle. De retour à Paris, il prépare le concours à l'École normale supérieure au lycée Louis-le-Grand. Il est reçu premier à l'agrégation de philosophie en 1929 et devient professeur. Dès 1923, il publie ses premiers textes dans des revues. Auteur en 1938 d'un premier roman, *La Nausée*, et, en 1943, d'un essai philosophique majeur, *L'Être et le Néant*, Sartre s'impose après la Seconde Guerre mondiale comme le chef de file de l'existentialisme. Roman (*Les Chemins de la liberté*, 1945–1949), théâtre (*Huis-clos*, 1944 ; *Les Mains sales*, 1948), critique littéraire (*Baudelaire*, 1947 ; *Qu'est-ce que la littérature*, 1948), essai philosophique (*L'existentialisme est un humanisme*, 1946), reportage, essai politique, Sartre s'adonne à tous les genres et s'apparente à « l'intellectuel total » (Bourdieu). Il incarne le modèle de l'intellectuel engagé et s'associe à de nombreux combats militants (contre le colonialisme, contre la guerre d'Algérie...). Il est une figure majeure de la deuxième moitié du XXe siècle en France.

La Nausée

Publié en 1938, *La Nausée* est le premier roman de Jean-Paul Sartre. Il raconte l'histoire d'Antoine Roquentin, dans une ville imaginaire de province qui évoque Le Havre. Lassé de ses voyages, Roquentin vit de ses rentes et travaille à un ouvrage consacré à la vie du marquis de Rollebon. Le roman est en réalité le journal intime du personnage qui, ayant ressenti un changement dans les choses qui l'entourent, essaie d'en comprendre la nature. Il est sujet à une nausée qui accompagne le sentiment de l'existence et la conscience du corps. Lorsqu'elle se saisit de lui, elle le laisse avec un profond dégoût de lui-même. Roquentin prend peu à peu conscience de sa solitude, de la futilité de son travail et que la musique seule, qui n'existe pas à la façon des choses, parvient à apaiser son mal-être existentiel. C'est donc par le biais de l'imaginaire, par la création artistique et par l'écriture d'un roman que Roquentin entrevoit la possibilité d'accepter son existence. Avec *La Nausée*, Sartre réalise le projet qui était le sien lorsque, jeune normalien, il déclarait vouloir unir littérature et philosophie.

LECTURE MÉTHODIQUE

1 Si l'on suit la logique de Roquentin, par quel mot ou expression peut-on remplacer le terme de « nausée » ?

2 À partir de cet extrait, quelle définition de l'existence pouvez-vous formuler ?

3 Comment Sartre procède-t-il pour faire le lien entre le romanesque et la philosophie ?

4 Renseignez-vous sur le courant philosophique développé par Sartre, l'existentialisme. Expliquez les grands principes de cette philosophie et son importance dans la France des années 50.

◆◆ Texte 2 ◆◆

L'Étranger (1942)

Un dimanche. Meursault a accepté d'aider son ami Raymond dans le différend qui l'oppose au frère de sa maîtresse arabe. Alors que tout semble calmé, Meursault se promène seul sur la plage.

C'était le même éclatement rouge. Sur le sable, la mer haletait de toute la respiration rapide et étouffée de ses petites vagues. Je marchais lentement vers les rochers et je sentais mon front se gonfler sous le soleil. Toute cette chaleur s'appuyait sur moi et s'opposait à mon avance. Et chaque fois que je sentais son grand souffle chaud sur mon visage, je serrais les dents, je fermais les poings dans les poches de mon pantalon, je me tendais tout entier pour triompher du soleil et de cette ivresse opaque qu'il me déversait. À chaque épée de lumière jaillie du sable, d'un coquillage blanchi ou d'un débris de verre, mes mâchoires se crispaient. J'ai marché longtemps.

Je voyais de loin la petite masse sombre du rocher entourée d'un halo aveuglant par la lumière et la poussière de mer. Je pensais à la source fraîche derrière le rocher. J'avais envie de retrouver le murmure de son eau, envie de fuir le soleil, l'effort et les pleurs de femme, envie enfin de retrouver l'ombre et le repos. Mais quand j'ai été plus près, j'ai vu que le type de Raymond était revenu. [...]

Dès qu'il m'a vu, il s'est soulevé un peu et a mis la main dans sa poche. Moi, naturellement, j'ai serré le revolver de Raymond dans mon veston. Alors de nouveau, il s'est laissé aller en arrière, mais sans retirer la main de sa poche. J'étais assez loin de lui, une dizaine de mètres. Je devinais son regard par instants, entre ses paupières mi-closes. Mais le plus souvent, son image dansait devant mes yeux, dans l'air enflammé. Le bruit des vagues était encore plus paresseux, plus étale qu'à midi. C'était le même soleil, la même lumière sur le même sable qui se prolongeait ici. Il y avait déjà deux heures que la journée n'avançait plus, deux heures qu'elle avait jeté l'ancre dans un océan de métal bouillant. À l'horizon, un petit vapeur est passé et j'en ai deviné la tache noire au bord de mon regard, parce que je n'avais pas cessé de regarder l'Arabe.

J'ai pensé que je n'avais qu'un demi-tour à faire et ce serait fini. Mais toute une plage vibrante de soleil se pressait derrière moi. J'ai fait quelques pas vers la source. L'Arabe n'a pas bougé. Malgré tout, il était encore assez loin. Peut-être à cause des ombres sur son visage, il avait l'air de rire. J'ai attendu. La brûlure du soleil gagnait mes joues et j'ai senti des gouttes de sueur s'amasser dans mes sourcils. C'était le même soleil que le jour où j'avais enterré maman et, comme alors, le front surtout me faisait mal et toutes ses veines battaient ensemble sous la peau. À cause de cette brûlure que je ne pouvais plus supporter, j'ai fait un mouvement en avant. Je savais que c'était stupide, que je ne me débarrasserais pas du soleil en me déplaçant d'un pas. Et cette fois, sans se soulever, l'Arabe a tiré son couteau qu'il m'a présenté dans le soleil. La lumière a giclé sur l'acier et c'était comme une longue lame étincelante qui m'atteignait au front. Au même instant, la sueur amassée dans mes sourcils a coulé d'un coup sur les paupières et les a recouvertes d'un voile tiède et épais. Mes yeux étaient aveuglés derrière ce rideau de larmes et de sel. Je ne sentais plus que les cymbales du soleil sur mon front et, indistinctement, le glaive éclatant jailli du couteau toujours en face de moi. Cette épée brûlante rongeait mes cils et fouillait mes yeux douloureux. C'est alors que tout a vacillé. La mer a charrié un souffle épais et ardent. Il m'a semblé que le ciel s'ouvrait sur toute son étendue pour laisser pleuvoir du feu. Tout mon être s'est tendu et j'ai crispé ma main sur le revolver. La gâchette a cédé, j'ai touché le ventre poli de la crosse et c'est là, dans le bruit à la fois sec et assourdissant, que tout a commencé. J'ai secoué la sueur et le soleil. J'ai compris que j'avais détruit l'équilibre du jour, le silence exceptionnel d'une plage où j'avais été heureux. Alors, j'ai tiré encore quatre fois sur un corps inerte où les balles s'enfonçaient sans qu'il y parût. Et c'était comme quatre coups brefs que je frappais à la porte du malheur.

ALBERT CAMUS (1913–1960)

Vie et formation

Albert Camus est né en Algérie. Son enfance, passée dans les quartiers populaires d'Alger, est marquée par la pauvreté. Son père meurt à la guerre en 1914. Il est très attaché à sa mère, qui pense et s'exprime difficilement. Il est contraint d'abandonner ses études alors qu'il est lycéen à cause de la tuberculose. Au lycée d'Alger, Camus se lie avec son professeur de philosophie, Jean Grenier, qui a sur lui une influence capitale. En 1937, il publie *L'Envers et l'Endroit* où il allie récits d'expériences personnelles et réflexions. La pensée de Camus refuse l'abstraction et le journalisme lui fournit une modalité d'action qui convient à son engagement. Résistant, il dirige, durant l'Occupation, le journal clandestin *Combat*. Parallèlement, il publie *L'Étranger* (1942), *Le Mythe de Sisyphe* (1942), *Le Malentendu* (1944) et *Caligula* (1944) qui forment le cycle de l'Absurde. Après la guerre, *La Peste* (1947) ouvre le cycle de la Révolte qu'il complète avec *L'État de siège* (1948), *Les Justes* (1949) et *L'Homme révolté* (1951). Camus est l'auteur d'une œuvre riche, composée de romans (*La Chute*, 1956), de pièces de théâtre et d'essais philosophiques, qui témoigne d'un humanisme lucide et qui est récompensée du prix Nobel de littérature en 1957. Très affecté par la guerre d'Algérie, il défend l'idée d'une solution juste, équitable, pacifique, et refuse toute prise de position publique. Il meurt prématurément en 1960, dans un accident de voiture.

L'Étranger

Publié en 1942, *L'Étranger* appartient au cycle de l'Absurde. Il donne une forme romanesque à la réflexion philosophique développée dans *Le Mythe de Sisyphe*, dont la rédaction date du même moment. Le roman est écrit à la première personne et adopte le récit de son personnage principal, Meursault. Dans la première partie, il décrit, avec un déconcertant détachement, sa vie quotidienne, depuis le jour où il apprend la mort de sa mère jusqu'au dimanche où il tue délibérément un homme. Après une parodie de procès à l'issue duquel il est condamné à mort, Meursault exprime, dans un dernier chapitre surprenant, tout son désir de vivre. Le sentiment de l'absurde naît de ce besoin humain d'ordre et de cohérence dans un monde qui n'a aucun sens. En refusant le secours de Dieu, Meursault cesse d'être étranger à lui-même. Alors qu'il prend conscience de sa mort prochaine, il découvre de nouvelles possibilités d'action. L'homme absurde peut se révolter et bénéficier d'une liberté nouvelle.

LECTURE MÉTHODIQUE

1 Qui parle dans cet extrait ? En quoi cette focalisation est décisive pour la compréhension du texte ?

2 En analysant les champs lexicaux, les métaphores et les sensations, définissez le rôle que le narrateur attribue au soleil.

3 Analysez la progression du récit. Comment Camus fait-il se succéder les différents évènements ?

4 Cet extrait conclut la première partie. Quelle impression produit-il sur le lecteur ?

◆◆ Texte 3 ◆◆

Mémoires d'une jeune fille rangée (1958)

La jeune Simone de Beauvoir est âgée de 13-14 ans. Elle est depuis quelques années à l'école dans le cours Désir. Son cousin Jacques est âgé d'un an de plus qu'elle.

La plupart des garçons que je connaissais me semblaient disgracieux et bornés ; je savais pourtant qu'ils appartenaient à une catégorie privilégiée. J'étais prête, dès qu'ils avaient un peu de charme ou de vivacité, à subir leur prestige. Mon cousin Jacques n'avait jamais perdu le sien. Il habitait seul avec sa sœur et une vieille bonne dans la maison du boulevard Montparnasse et il venait souvent passer la soirée chez nous. À treize ans, il avait déjà des manières de jeune homme ; l'indépendance de sa vie, son autorité dans les discussions en faisaient un précoce adulte et je trouvais normal qu'il me traitât en petite cousine. Nous nous réjouissions beaucoup, ma sœur et moi, quand nous reconnaissions son coup de sonnette. Un soir, il arriva si tard que nous étions déjà au lit ; nous nous précipitâmes au bureau en chemise de nuit. « Voyons ! dit ma mère, ce n'est pas une tenue ! Vous êtes trop grandes ! » Je fus étonnée. Je regardais Jacques comme une espèce de frère. Il m'aidait à faire mes versions latines, il critiquait le choix de mes lectures, il me disait des vers. Un soir, sur le balcon, il récita *La Tristesse d'Olympio*, et je me rappelai, avec un pincement au cœur, que nous avions été fiancés. À présent, il n'avait de vraies conversations qu'avec mon père.

Il était externe au collège Stanislas, où il brillait ; il se prit entre quatorze et quinze ans d'un vif engouement pour un professeur de littérature qui lui apprit à préférer Mallarmé à Rostand. Mon père haussa les épaules, puis s'irrita. Comme Jacques dénigrait *Cyrano* sans savoir m'en expliquer les faiblesses, comme il récitait d'un air gourmet des vers obscurs sans m'en faire sentir les beautés, j'admis avec mes parents qu'il posait. Néanmoins, tout en récusant ses goûts, j'admirais qu'il les défendît avec tant de superbe. Il connaissait une quantité de poètes et d'écrivains dont j'ignorais tout ; avec lui entraient dans la maison les rumeurs d'un monde qui m'était fermé : comme j'aurais voulu y pénétrer ! Papa disait volontiers ; « Simone a un cerveau d'homme. Simone est un homme. » Pourtant on me traitait en fille. Jacques et ses camarades lisaient les vrais livres, ils étaient au courant des vrais problèmes ; ils vivaient à ciel ouvert : on me confinait dans une nursery. Je ne me désespérais pas. Je faisais confiance à mon avenir. Par le savoir ou le talent, des femmes s'étaient taillé leur place dans l'univers des hommes. Mais je m'impatientais de ce retard qu'on m'imposait. Quand il m'arrivait de passer devant le collège Stanislas, mon cœur se serrait ; j'évoquais le mystère qui se célébrait derrière ces murs : une classe de garçons, et je me sentais en exil. Ils avaient pour professeurs des hommes brillants d'intelligence qui leur livraient la connaissance dans son intacte splendeur. Mes vieilles institutrices ne me la communiquaient qu'expurgée, affadie, défraîchie. On me nourrissait d'ersatz et on me retenait en cage.

Je ne regardais plus en effet ces demoiselles comme les augustes prêtresses du Savoir mais comme d'assez dérisoires bigotes. Plus ou moins affiliées à l'ordre des jésuites, elles se coiffaient avec la raie sur le côté tant qu'elles n'étaient encore que novices, avec la raie au milieu lorsqu'elles avaient prononcé leurs vœux. Elles croyaient devoir manifester leur dévotion par l'extravagance de leurs toilettes ; elles portaient des corsages en taffetas changeant, à manches gigot, avec des guimpes baleinées ; leurs jupes balayaient le plancher. Elles étaient plus riches en vertus qu'en diplômes.

SIMONE DE BEAUVOIR *(1908–1986)*

Vie et formation

Simone de Beauvoir est née à Paris dans une famille issue de la bourgeoisie rapidement rattrapée par des problèmes d'argent. Sa mère, très catholique, la place au cours Désir dès l'âge de cinq ans. Elle mène des études brillantes et réussit en 1929 l'agrégation de philosophie, où elle est reçue deuxième, derrière Jean-Paul Sartre. Elle est nommée professeure au lycée et voyage beaucoup. En 1943, elle publie *L'Invitée*. En 1954, elle obtient le prix Goncourt avec *Les Mandarins*. Abandonnant l'enseignement (après une révocation puis une réintégration), elle participe à la revue *Les Temps modernes*. Intimement liée à Jean-Paul Sartre, elle est l'une des figures importantes de l'existentialisme. En 1949, elle fait paraître *Le Deuxième Sexe*. Bien que violemment critiqué, le livre rencontre un succès immédiat et lui apporte la consécration. Beauvoir signe, avec cet essai philosophique, une somme encyclopédique importante qui joue un rôle décisif dans l'essor du féminisme en France. Cet ouvrage est encore aujourd'hui une référence majeure de la philosophie féministe. Après 1968, Simone de Beauvoir participe au Mouvement de libération des femmes (MLF).

Mémoires d'une jeune fille rangée

Mémoires d'une jeune fille rangée (1958) est le premier tome d'une œuvre autobiographique qui en comprend quatre de plus (*La Force de l'âge*, 1960 ; *La Force des choses*, 1963 ; *Une mort très douce*,1964 ; *Tout compte fait*, 1972). L'ouvrage raconte les vingt premières années de la vie de Simone de Beauvoir, depuis sa petite enfance jusqu'à sa réussite à l'agrégation de philosophie. Le livre revient sur l'éducation reçue dans une famille bourgeoise désargentée, sur ses années d'école dans le très catholique et conservateur cours Désir et sur les personnes qui ont accompagné l'autrice dans sa formation. Simone de Beauvoir décrit la façon dont, progressivement, la jeune fille, animée par un désir d'engagement social et philosophique, s'est détachée de son milieu, de sa famille et a fini par dépasser les différents modèles de sa jeunesse. *Mémoires d'une jeune fille rangée* est le récit d'une libération et de l'accomplissement d'un destin.

LECTURE MÉTHODIQUE

1 Analysez la progression du texte et donnez un titre à chacune des parties que vous identifiez.

2 Par contraste, que nous apprend le portrait de Jacques de la vie de la jeune Simone ? Que dit-il de la condition des femmes ?

3 D'après cet extrait et selon la société bourgeoise, quelles sont les « qualités » auxquelles les femmes doivent se conformer à cette époque ?

4 Quelles sont les principales différences que Simone de Beauvoir met en évidence quant à l'éducation que l'école donne aux filles et aux garçons ? Analysez le champ lexical utilisé pour se référer au cours Désir.

◆◆ 第二节　导读 ◆◆
小说形式新探

1958年法兰西第五共和国成立，戴高乐任总统。法国经济持续增长，迈向消费社会。60年代末，一半以上的法国家庭拥有冰箱、洗衣机、电视机和汽车，这四大件成为新时代的象征。然而，贫富差距依然很大。许多法国人的收入低于最低保障工资，近10%的人收入甚至低于贫困线，因此并非所有人都能同样受益于经济增长。

1954年开始的阿尔及利亚战争迫使知识分子站队。1960年有两份宣言发表。支持阿尔及利亚独立的一方发表了《阿尔及利亚战争中的不服从权利宣言》(*Déclaration sur le droit à l'insoumission dans la guerre d'Algérie*)，又称《121人宣言》(*Manifeste des 121*)。签署该宣言的作家包括萨特、波伏瓦、布勒东、韦科尔、阿兰·罗伯-格里耶(Alain Robbe-Grillet)、娜塔丽·萨洛特(Nathalie Sarraute)、玛格丽特·杜拉斯(Marguerite Duras)以及克洛德·西蒙(Claude Simon)。反对阿尔及利亚独立的极右翼人士和作家签署了《法国知识分子宣言》(*Manifeste des intellectuels français*)，其中包括罗歇·尼米埃(Roger Nimier)、安托万·布隆丹(Antoine Blondin)、多热莱斯、朱尔·罗曼。虽然双方作家都在报纸上发表了大量文章，但20世纪60年代却没有关于这一主题的小说。

随着法国最后一场非殖民化战争——阿尔及利亚战争的结束，战后出生的婴儿潮一代进入了青春期。60年代出现了一种青年文化，音乐在其中扮演着重要角色。广播节目《你好，朋友！》(*Salut les copains !*)就是面向这一人群的。披头士乐队的摇滚乐席卷法国，"耶耶"(yé-yé)风格风靡一时。年轻人的语言、手势、衣着风格和生活方式表达了他们对传统价值观的拒绝。

年轻的电影制作人也向传统价值观和某种形式上的墨守成规发起了攻击，他们的作品被归类在"新浪潮"名下。从50年代开始，《电影手册》(*Les Cahiers du cinéma*)杂志就在质疑电影的商业化趋势，反对以娱乐电影取代作者电影的趋势。"新浪潮"挑战电影作为艺术形式的传统观念，一批有影响力的导演走入人们视野，如：弗朗索瓦·特吕弗(François Truffaut)、让-吕克·戈达尔(Jean-Luc Godard)以及阿涅丝·瓦尔达(Agnès Varda)等。

"新浪潮"重建电影规范，偏爱外景拍摄、自然光线、现场录音、长镜头以及即兴创作的对白。"新浪潮"电影见证了社会、道德和政治的动荡，换言之，见证了20世纪60年代法国社会发生的所有变化。

文学大事件梳理

1 文学领域的革新，新小说的诞生。1953年，罗兰·巴特(Roland Barthes)在《写作的零度》(*Le Degré zéro de l'écriture*，1953)中指出语言对作家的重要性。"写作"的概念逐渐取代了萨特式的"介入"理论。从那之后，思想变得可疑，一些作家声称写作只是为了写作本身而存在。罗伯-格里耶的第一部小说《橡皮》(*Les Gommes*，1953)受到了巴特的关注，巴特对其"客观文学"的尝试表示赞赏。在罗伯-格里耶看来，文学必须摆脱传统小说的束缚，摆脱小说应反映现实的观念。米歇尔·布托尔(Michel Butor)紧随其后，认为小说的目的不是讲故事，也不是让人物栩栩如生。众多作家在小说形式上的创新层出不穷，诸如：罗伯-格里耶的《窥视者》(*Le Voyeur*, 1955)、布托尔的《变》(*La Modification*，1957)及萨洛特的《天象仪》(*Le Planétarium*，1956)。当评论家埃米尔·昂里奥(Émile Henriot)用"新小说"(Nouveau Roman)来贬低罗伯-格里耶的作品《嫉妒》(*La Jalousie*，1957)时，罗伯-格里耶立即抓住了这个词，后来许多作家都认为自己的作品属于新小说。

2 随着萨洛特的论文《怀疑的时代》(*L'Ère du soupçon*，1956)、罗伯-格里耶的《为了一种新小说》(*Pour un nouveau roman*，1963)和布托尔的《关于小说》(*Essais sur le roman*，1964)的发表，表明反对现实主义小说、重视研究、重视形式实验的一种新小说理论逐渐形成。新小说派并不等同于一个流派。然而，这些理论上的相似之处以及这些作家在午夜出版社目录中的出现，有助于塑造一个统一团体的形象。

3 热罗姆·兰东(Jérôme Lindon)自1948年起担任午夜出版社社长，他在新小说的传播过程中发挥了决定性作用。午夜出版社出版了萨缪尔·贝克特(Samuel Beckett)的作品，克劳德·西蒙的《弗兰德公路》(*La Route des Flandres*，1960)，杜拉斯的《琴声如诉》(*Moderato Cantabile*，1958)、《劳儿之劫》(*Le Ravissement de Lol V. Stein*，1964)以及罗伯-格里耶、萨洛特和布托尔的作品。

4 1960年，菲利普·索莱尔斯(Philippe Sollers)在"新小说"运动之后创办了《原样》(*Tel Quel*)杂志，该杂志在写作理论和文本实践方面走在了最前沿。《原样》抨击文学创作的神话，反对"介入文学"的理念，捍卫文学的自主性。索莱尔斯出版了《公园》(*Le Parc*，1961)、《戏剧》(*Drame*，1965)和《数字》(*Nombres*，1958)，在他周围的作家还有朱莉娅·克里斯蒂娃(Julia Kristeva)和皮埃尔·居约塔(Pierre Guyotat)(《五十万士兵的坟墓》*Tombeau pour cinq cent mille soldats*，1967)。《原样》见证了当时的意识形态运动。

5 结构主义和新批评理论(la Nouvelle Critique)崭露头角，主要代表人物和作品有罗兰·巴特，罗曼·雅各布森(Roman Jakobson)的《普通语言学随笔》(*Essais de linguistique générale*，1963年译成法文)，塞尔日·杜布罗夫斯基(Serge Doubrovsky)的《新批评的理由》(*Pourquoi la nouvelle critique*，1966)，让·鲁塞(Jean Rousset)的《形式与意义》(*Forme et signification*，1962)以及让·斯塔罗宾斯基(Jean Starobinski)的《批评的关系》(*La Relation critique*，1970)。

6 乌力波(L'OuLiPo)文学实验。1960年，法国诗人、数学家弗朗索瓦·勒利奥内(François le Lionnais)和小说家、诗人、剧作家、数学家雷蒙·格诺成立了潜在文学工场(Ouvroir de Littérature Potentielle，简称l'OuLiPo)。一群作家和科学家以协会的形式聚在一起，探索文学的新形式。该协会每月召开一次会议，思考新的形式、逻辑和数学限制，以创作新型文本。乌力波是一个“工作小组”，它以“不是什么”来定义自己：它既不是文学运动，也不是科学研讨会，更不是随机文学。对乌力波来说，“限制”并非源于某种理论，而只是发现新视野的一种方式。设定某种限制更像是制订一种游戏规则。每一种限制都能创作出奇特而令人惊讶的作品，玩转语言的所有可能性。2020年，艾尔维·勒泰利耶(Hervé Le Tellier)凭借其乌力波小说《异常》(*L'Anomalie*，2020)获得了龚古尔文学奖。

7 乌力波借鉴结构语言学，探索语言提供的各种可能性。他们对音素、图形符号、词典、句法等概念非常感兴趣。其中最著名的规则是“S加7法”，即将源文本(通常是文学经典)中的所有名词全部替换成给定字典中这些名词之后的第七个名词，词条根据所选词典的不同，得到的新文本也不同。还有“漏字文(lipogramme)”，即不使用特定字母书写。乔治·佩雷克(Georges Perec)曾凭借《物》(*Les Choses*，1965)一举成名，该书描写了一个在消费社会中挣扎的年轻人的生活，而他的另一部作品《消失》(*La Disparition*，1969)则是一部具有挑战性的“漏字”小说，书中不含字母“e”。而“回文(palindrome)”则是指从左到右或从右到左都能阅读的文本。

8 乌力波比较独特的限制是数学上的限制。1961年，雷蒙·格诺出版了《一百万亿首诗》(*Cent mille milliards de poèmes*，1961)，这是一本由十首十四行诗组成的作品，其中的诗句可以互换。通过10^{14}种可能的组合，雷蒙·格诺创作了一本可供阅读两亿年的书。佩雷克在《人生拼图版》(*La Vie mode d'emploi*，1978)中，描述了一栋公寓楼居民的生活，每一章都发生在不同的房间。从一个房间到另一个房间，就像国际象棋中的马，永远不会在同一个地方停留两次。这一限制只是佩雷克创作这部伟大小说所使用的42种限制中的一个例子。

◆◆ Séquence 2 ◆◆

Recherches formelles

Naissance de la Ve République

Ebranlée par une grande instabilité politique qui prive les gouvernements qui se succèdent d'une majorité claire, par la guerre d'Indochine et la défaite de 1954, la IVe République succombe aux crises provoquées par la guerre d'Algérie (1954–1962). De retour au pouvoir en mai 1958, le général de Gaulle parvient à faire rédiger une nouvelle constitution qui est adoptée par référendum à l'automne 1958. Sans rejeter le parlementarisme, système privilégié par la IIIe République et la IVe République, qui faisaient du Parlement le principal organe des institutions, la Ve République renforce le pouvoir exécutif, incarné par un président de la République dont les pouvoirs sont considérablement étendus. En janvier 1959, Charles de Gaulle, élu au suffrage universel direct, devient le premier président de la Ve République pour un mandat de sept ans. Réélu en 1965, il démissionne suite à l'échec du référendum consécutif aux évènements de mai 68, en avril 1969. Ainsi, sur le plan politique, la France des années 60 est entièrement dominée par la figure de Charles de Gaulle dont le pouvoir s'étend sur toute la décennie.

De Gaulle mène une politique économique dont l'objectif va être d'utiliser la croissance pour engager la France dans un effort de modernisation qui va permettre aux Français d'améliorer leur niveau de vie et d'accéder de façon plus globale à la société de consommation.

La France des années 60

Durant les années de présidence de Charles de Gaulle, le revenu des Français a, en moyenne, augmenté de 50%. L'essor des crédits à la consommation et le développement des grandes surfaces commerciales ont profondément bouleversé les modes de vie. Avant les évènements de mai 68, plus de la moitié des familles françaises est en possession d'un réfrigérateur, d'une machine à laver, d'une télévision et d'une automobile, quatre objets qui sont vite érigés en produits symboles d'une époque nouvelle.

Pour autant, des disparités subsistent. À la fin des années 60, de très nombreux Français ne disposent pas du salaire minimum interprofessionel garanti (SMIG). Près de 10% de la population percevrait même un revenu inférieur au « seuil de pauvreté ». Tout le monde ne bénéficie donc pas de la même manière de la croissance économique. De grandes différences s'observent notamment dans les domaines de la santé, des loisirs et de la culture. Des disparités se constatent aussi dans le domaine de l'éducation où, malgré les efforts de la Ve République pour démocratiser l'enseignement supérieur, les études préparant aux postes supérieurs d'encadrement restent souvent difficilement accessibles pour les enfants issus de milieux modestes.

Vie culturelle

La guerre d'Algérie, qui a débuté en 1954, a pour conséquence de cristalliser les positions d'intellectuels qui s'affrontent dans deux camps clairement identifiés. Ainsi, 1960 voit la parution de deux manifestes. La « Déclaration sur le droit à l'insoumission dans la guerre d'Algérie », aussi connue sous le nom de « Manifeste des 121 », se déclare en faveur d'une indépendance de l'Algérie et affirme son refus de prendre les armes contre le peuple algérien. Parmi les écrivains qui le signent, figurent, entre autres, Jean-Paul Sartre, Simone de Beauvoir, André Breton, Vercors, Alain Robbe-Grillet, Nathalie Sarraute, Marguerite Duras et Claude Simon. En réponse, le « Manifeste des intellectuels français pour la resistance à l'abandon », signé par des personnalités d'extrême-droite et par des écrivains tels que Roger Nimier, Antoine Blondin, Roland Dorgelès ou Jules Romains, défend l'Algérie française. Si, dans les deux camps, les écrivains ont largement écrit dans les journaux, la création romanesque est en revanche inexistante sur ce sujet dans les années 60.

Au moment où s'achève cette dernière guerre de décolonisation française, la génération née dans l'immédiat après-guerre (le *baby boom*) entre dans l'adolescence. Les années 60 marquent l'émergence d'une culture de la jeunesse où la musique joue un rôle essentiel. À la radio, une émission comme *Salut les copains !* s'adresse explicitement – et pour la première fois – à cette tranche d'âge. Le rock déferle en France avec les *Beatles* et le style « yé-yé » s'impose. Les langages, les gestes, les goûts vestimentaires et les choix de vie de la jeunesse expriment le rejet des valeurs traditionnelles.

Ce sont aussi aux valeurs traditionnelles et à l'idée d'un certain conformisme formel que les jeunes cinéastes s'attaquent dans des films que l'on regroupe sous l'appellation de

« Nouvelle Vague ». Dès les années 50, la revue *Les Cahiers du cinéma* interrogeait la tendance à la commercialisation et la substitution d'un cinéma d'auteur par de grosses productions standardisées à visées uniquement récréatives. Portée, entre autres, par François Truffaut (*Les Quatre Cents Coups*, 1959), Jean-Luc Godard (*À bout de souffle*, 1960) ou Agnès Varda (*Cléo de 5 à 7*, 1962), la « Nouvelle Vague » remet en cause les codes du cinéma en privilégiant les tournages en extérieur, un éclairage naturel, un enregistrement sonore en direct, des plans longs et des dialogues souvent improvisés où le langage familier n'est pas banni. Ainsi, les cinéastes de la « Nouvelle Vague » s'opposent violemment au « cinéma de papa » qu'ils jugent trop éloigné de la réalité du monde et incapable de représenter leur quotidien. Leurs films témoignent des bouleversements sociaux, moraux, sexuels et politiques, soit de tous les changements que connaît la société française des années 60.

Le Nouveau Roman

L'innovation concerne aussi le domaine littéraire. Dès 1953, Roland Barthes défend l'idée d'une importance du langage pour l'écrivain dans *Le Degré zéro de l'écriture*. Progressivement, la notion d' « écriture » se substitue à l' « engagement » sartrien. Dès lors, les idées deviennent suspectes et certains écrivains vont se revendiquer d'une écriture qui n'existe que pour elle-même. Le premier roman d'Alain Robbe-Grillet, *Les Gommes* (1953), est remarqué par Barthes qui apprécie la tentative de « littérature objective ». Pour Robbe-Grillet, la littérature doit rompre avec le romanesque traditionnel et avec l'idée que le roman devrait être le reflet du réel. Prolongeant cette pensée, Michel Butor considère que le roman n'a pas vocation à narrer une histoire ou à donner vie à des personnages. De fait, les ouvrages d'Alain Robbe-Grillet (*Le Voyeur*, 1955), de Michel Butor (*La Modification*, 1957) et de Nathalie Sarraute (*Le Planétarium*, 1959) accordent une importance prépondérante au formel. Qualifiant, de façon péjorative, *La Jalousie* (1957) de Robbe-Grillet de « Nouveau Roman », le critique Émile Henriot crée sans le savoir une appellation dont le romancier s'empare aussitôt et dont vont se revendiquer un certain nombre d'écrivains.

Avec les essais de Nathalie Sarraute, *L'Ère du soupçon* (1956), de Robbe-Grillet, *Pour un nouveau roman* (1963), et de Michel Butor, *Essais sur le roman* (1964), une théorie du Nouveau Roman se dessine autour du refus du roman réaliste et de la priorité accordée à la recherche et à l'expérimentation formelle. Le Nouveau Roman ne peut être assimilé à une école. Pourtant, ces proximités théoriques et la présence de ces auteurs au catalogue des Éditions de Minuit contribuent à façonner l'image d'un groupe cohérent. Directeur des Éditions de Minuit depuis 1948, Jérôme Lindon joue un rôle décisif dans la diffusion du Nouveau Roman en publiant, en plus de Robbe-Grillet, Sarraute ou Butor, les livres de Samuel Beckett, de Claude Simon (*La Route des Flandres*, 1960), ou de Marguerite Duras (*Moderato Cantabile*, 1958 ; *Le Ravissement de Lol V. Stein*, 1964).

Dans le sillage du Nouveau Roman, de jeunes auteurs, regroupés autour de Philippe Sollers et de Jean-Edern Hallier, fondent, en 1960, la revue *Tel Quel* qui se veut à la pointe de l'avant-garde alliant théories de l'écriture et pratique textuelle. Les textes qu'elle publie vérifient les thèses défendues par la Nouvelle Critique et le structuralisme qui, au même moment, s'imposent avec Roland Barthes, Roman Jakobson (*Essais de linguistique générale*, traduit en français en 1963), Serge Doubrovsky (*Pourquoi la nouvelle critique*, 1966), Jean Rousset (*Forme et signification*, 1962) ou Jean Starobinski (*La Relation critique*, 1970). Comme le structuralisme et la Nouvelle Critique, *Tel Quel* s'en prend au mythe de la création littéraire, rejette l'idée de littérature engagée et défend l'idée d'une autonomie de la littérature. Autour de Philippe Sollers qui publie *Le Parc* (1961), *Drame* (1965) et *Nombres* (1966), on retrouve des auteurs tels que Julia Kristeva ou Pierre Guyotat (*Tombeau pour cinq cent mille soldats*, 1967). L'évolution de la revue *Tel Quel* et de ses membres est intéressante car elle témoigne des mouvements idéologiques de l'époque. Ainsi, pour un groupe défendant le principe d'une pratique textuelle révolutionnaire en lutte contre une littérature bourgeoise, n'est-il pas surprenant de voir les membres de *Tel Quel* s'intéresser et se rallier aux idées de transformation et de révolution prônées par Mai 68 et le maoïsme (Barthes, Kristeva, Sollers et Pleynet voyagent en Chine en 1974).

L'OuLiPo

En 1960, François le Lionnais, mathématicien, et Raymond Queneau (*Le Chiendent*, 1933 ; *Zazie dans le métro*, 1959 ; *Les Fleurs bleues*, 1965) fondent l'Ouvroir de Littérature Potentielle, l'OuLiPo. Réunis en association, un groupe d'écrivains et de scientifiques réfléchissent eux aussi à la dimension formelle de la littérature. L'association se réunit une fois par mois et réfléchit à de nouvelles contraintes formelles, logiques et mathématiques permettant la production de nouveaux types de textes. L'OuLiPo est un « groupe de travail » et se définit par ce qu'il n'est pas : il n'est ni un mouvement littéraire, ni un séminaire scientifique, ni une littérature aléatoire. Pour l'OuLiPo, la contrainte ne découle pas d'une théorie, mais n'est qu'une manière de découvrir des horizons nouveaux. En cela, elle n'a rien de problématique et, bien souvent, elle est aussi à envisager d'un point de vue ludique.

L'OuLiPo emprunte à la linguistique structurale pour explorer les diverses possibilités offertes par le langage. Il s'intéresse aux notions de phonème, de signifiant graphique, de lexique, de syntaxe... L'OuLiPo invente ses propres règles. Parmi les plus célèbres, le *S+7* qui consiste à remplacer, dans un texte donné (souvent un classique de la littérature), chaque substantif par le septième substantif qui le suit dans un dictionnaire donné. Le nouveau texte obtenu varie en fonction du dictionnaire choisi. Le *lipogramme* consiste à écrire un texte en s'interdisant d'utiliser une certaine lettre de l'alphabet. Georges Perec, qui rencontre un premier succès avec *Les Choses* (1965) où il racontait la vie d'un jeune couple aux prises avec la société de consommation, réalise un tour de force avec *La Disparition* (1969), son roman lipogrammatique en -e-. Le *palindrome* consiste à écrire un texte lisible, à l'identique, de la gauche vers la droite ou de la droite vers la gauche.

À ces quelques exemples, il faut ajouter des contraintes mathématiques. Ainsi, Raymond Queneau publie en 1961, *Cent mille milliards de poèmes*, livre incroyable composé de dix sonnets dont les vers sont interchangeables. Avec 10^{14} combinaisons possibles, Queneau a composé un livre offrant de la lecture pour « deux cents millions d'années ». Dans *La Vie mode d'emploi* (1978), Perec décrit la vie des habitants d'un immeuble, chaque chapitre se déroulant dans une pièce différente. Le déplacement d'une pièce à l'autre suit le mouvement du cavalier au jeu d'échec qui ne s'arrête jamais deux fois au même endroit. Cette contrainte n'est qu'un exemple des 42 contraintes que Perec utilise pour composer ce grand roman.

À chaque fois la contrainte permet de créer des œuvres singulières et surprenantes, jouant avec toutes les possibilités du langage, où l'humour n'est jamais absent. En 2020, Hervé le Tellier a remporté le prix Goncourt avec son roman oulipien, *L'Anomalie*.

◆◆ Texte 1 ◆◆

La Jalousie (1957)

L'extrait se situe au premier tiers du roman. Le narrateur décrit sa femme, A…, en train de se brosser les cheveux.

Le long de la chevelure défaite, la brosse descend avec un bruit léger, qui tient du souffle et du crépitement. À peine arrivée en bas, très vite, elle remonte vers la tête, où elle frappe de toute la surface des poils, avant de glisser derechef sur la masse noire, ovale, couleur d'os dont le manche, assez court, disparaît presque entièrement dans la main qui l'enserre avec fermeté.

Une moitié de la chevelure pend dans le dos, l'autre main ramène en avant de l'épaule l'autre moitié. Sur ce côté (le côté droit) la tête s'incline, de manière à mieux offrir les cheveux à la brosse. Chaque fois que celle-ci s'abat, tout en haut, derrière la nuque, la tête penche davantage et remonte ensuite avec effort, pendant que la main droite – qui tient la brosse – s'éloigne en sens inverse. La main gauche – qui entoure les cheveux sans les serrer, entre le poignet, la paume et les doigts – lui laisse un instant libre passage et se referme en rassemblant les mèches à nouveau, d'un geste sûr, arrondi, mécanique, tandis que la brosse continue sa course jusqu'à l'extrême pointe. Le bruit, qui varie progressivement d'un bout à l'autre, n'est plus alors qu'un pétillement sec et peu nourri, dont les derniers éclats se produisent une fois que la brosse, quittant les plus longs cheveux, est en train déjà de remonter la branche ascendante du cycle, décrivant dans l'air une courbe rapide qui la reporte au-dessus du cou, là où les cheveux sont aplatis sur l'arrière de la tête et dégagent la blancheur d'une raie médiane.

À gauche de cette raie, l'autre moitié de la chevelure noire pend librement jusqu'à la taille, en ondulations souples. Plus à gauche encore le visage ne laisse voir qu'un profil perdu. Mais, au-delà, c'est la surface du miroir, qui renvoie l'image du visage entier, de face, et le regard – inutile sans doute pour la surveillance du brossage – dirigé en avant comme il est naturel.

Ainsi les yeux de A… devraient rencontrer la fenêtre grande ouverte qui donne sur le pignon ouest, face à laquelle elle se coiffe devant la petite table agencée pour cet usage, munie en particulier d'une glace verticale qui réfléchit le regard en arrière, vers la troisième fenêtre de la chambre, la partie centrale de la terrasse et l'amont de la vallée.

La seconde fenêtre, qui donne au midi comme cette dernière, est seulement plus proche de l'angle sud-ouest de la maison ; elle aussi est ouverte en grand. Elle montre le côté de la table-coiffeuse, la tranche du miroir, le profil gauche du visage et les cheveux défaits qui tombent librement sur l'épaule, le bras gauche qui se replie pour atteindre la moitié droite de la chevelure.

Comme la nuque s'incline de biais sur ce côté, le visage se trouve légèrement tourné vers la fenêtre. Sur la plaque de marbre aux rares traînées grises sont alignés les pots et les flacons, de tailles et de formes diverses ; plus en avant repose un grand peigne d'écaille et une seconde brosse, en bois celle-ci, à manche plus long, qui présente sa face hérissée de soies noires.

A... doit venir de se laver les cheveux, car elle ne serait pas, sans cela, occupée à les peigner au milieu du jour. Elle a interrompu ses mouvements, ayant peut-être fini avec ce côté-là. C'est néanmoins sans changer la position des bras, ni bouger le buste, qu'elle tourne tout à fait son visage vers la croisée située à sa gauche, pour regarder la terrasse, la balustrade à jours et le versant opposé du vallon.

ALAIN ROBBE-GRILLET *(1922–2008)*

Vie et formation

Né à Brest, il effectue ses études à Paris, au lycée Buffon puis au lycée Saint-Louis. Il entre ensuite à l'Institut national agronomique. Envoyé au STO à Nuremberg, il ne rentre en France qu'à la fin de la guerre. Devenu ingénieur agronome, Robbe-Grillet travaille à l'Institut des fruits et agrumes coloniaux et voyage à travers le monde avant de se consacrer à la littérature. En 1953, il publie son premier roman, *Les Gommes*, puis *Le Voyeur* (1955) avec lequel il obtient le prix des Critiques. Fustigés par la critique classique, les livres de Robbe-Grillet sont salués par Roland Barthes et Maurice Blanchot. En 1963, il fait paraître *Pour un nouveau roman* et contribue à théoriser le Nouveau Roman dont il est considéré, depuis les années 50, comme étant le chef de file. Outre ses activités d'écrivain, Robbe-Grillet s'intéresse au cinéma. Il signe d'abord un scénario pour Alain Resnais (*L'Année dernière à Marienbad*) puis réalise ses propres films (*L'Immortelle*, 1963 ; *Trans-Europ-Express*, 1966). Après avoir enseigné à l'université aux États-Unis et dirigé le Centre de sociologie de la littérature de l'université libre de Bruxelles, il est élu à l'Académie française où il n'a cependant jamais siégé.

La Jalousie

La Jalousie (1957) est une œuvre emblématique du Nouveau Roman. Elle met en scène un triangle amoureux composé de Franck, d'une femme, A., et d'un narrateur. Ce dernier, dont l'identité n'est jamais révélée mais que l'on peut supposer être l'époux de A., est à la fois omniprésent et étrangement absent au récit. Il semble, en effet, être dépourvu d'affect et s'évertuer à raconter l'histoire avec objectivité, en accordant une attention scrupuleuse à chaque élément de détail, qu'il concerne l'espace, l'environnement, la maison ou la plantation de bananiers. Le roman est divisé en neuf sections non numérotées où les mêmes épisodes sont sans cesse repris. Répétitions, infimes variantes, coupures brutales, absence de logique chronologique, aller-retours sont quelques-unes des caractéristiques d'un ouvrage déconcertant. Le choix narratif de Robbe-Grillet consiste à faire de *La Jalousie* un récit en focalisation interne, rendant compte d'une vision partiale et partielle de la réalité.

LECTURE MÉTHODIQUE

1 Quelle est la focalisation du texte ? Justifiez votre réponse avec des exemples tirés du texte.

2 Observez plus précisément le dernier paragraphe et relevez deux éléments qui révèlent précisément la posture du narrateur.

3 Décrivez la progression du texte. Quelle est l'importance des fenêtres dans cet extrait ? Quel rapprochement pouvez-vous faire avec le titre de l'ouvrage ?

4 Relevez tout le vocabulaire qui indique un mouvement ou une position dans l'espace. Que pouvez-vous dire de tant de précision ?

◆◆ Texte 2 ◆◆

Moderato Cantabile (1958)

Alors qu'un diner est donné par elle et son mari, Anne Desbaresdes semble absente. Chauvin, un homme avec qui, depuis quelques jours, elle passe ses fins d'après-midi à boire du vin au café, rôde aux alentours de la maison.

On rit. Quelque part autour de la table, une femme. Le chœur des conversations augmente peu à peu de volume et, dans une surenchère d'efforts et d'inventivités progressive, émerge une société quelconque. Des repères sont trouvés, des failles s'ouvrent où s'essayent des familiarités. Et on débouche peu à peu sur une conversation généralement partisane et particulièrement neutre. La soirée réussira. Les femmes sont au plus sûr de leur éclat. Les hommes les couvrirent de bijoux au prorata de leurs bilans. L'un d'eux, ce soir, doute qu'il eût raison.

Dans le parc correctement clos, les oiseaux dorment d'un sommeil paisible et réconfortant, car le temps est au beau. Ainsi qu'un enfant, dans une même conjugaison. Le saumon repasse dans une forme encore amoindrie. Les femmes le dévoreront jusqu'au bout. Leurs épaules nues ont la nuisance et la fermeté d'une société fondée, dans ses assises, sur la certitude de son droit, et elles furent choisies à la convenance de celle-ci. La rigueur de leur éducation exige que leurs excès soient tempérés par le souci majeur de leur entretien. De celui-ci on leur en inculqua, jadis, la conscience. Elles se pourlèchent de mayonnaise, verte, comme il se doit, s'y retrouvent, y trouvent leur compte. Des hommes les regardent et se rappellent qu'elles font leur bonheur.

L'une d'entre elles contrevient ce soir à l'appétit général. Elle vient de l'autre bout de la ville, de derrière les môles et les entrepôts à huile, à l'opposé de ce boulevard de la Mer, de ce périmètre qui lui fut il y a dix ans autorisé, où un homme lui a offert du vin jusqu'à la déraison. Nourrie de ce vin, exceptée de la règle, manger l'exténuerait. Au-delà des stores blancs, la nuit et, dans la nuit, encore, car il a du temps devant lui, un homme seul regarde tantôt la mer, tantôt le parc. Puis la mer, le parc, ses mains. Il ne mange pas. Il ne pourrait pas, lui non plus, nourrir son corps tourmenté par d'autre faim. L'encens des magnolias arrive toujours sur lui, au gré du vent, et le surprend et le harcèle autant que celui d'une seule fleur. Au premier étage, une fenêtre s'est éteinte tout à l'heure et elle ne s'est pas rallumée. On a dû fermer les vitres de ce côté-là, de crainte de l'odeur excessive, la nuit, des fleurs.

Anne Desbaresdes boit, et ça ne cesse pas, le Pommard continue d'avoir ce soir la saveur anéantissante des lèvres inconnues d'un homme de la rue.

Cet homme a quitté le boulevard de la Mer, il a fait le tour du parc, l'a regardé des dunes qui, au nord, le bordent, puis il est revenu, il a redescendu le talus, il est redescendu jusqu'à la grève. Et de nouveau il s'y est allongé, à sa place. Il s'étire, reste un moment immobile face à la mer, se retourne sur lui-même et regarde une fois de plus les stores blancs devant les baies illuminées. Puis il se relève, prend un galet, vise une de ces baies, se retourne de nouveau, jette le galet dans la mer, s'allonge, s'étire encore et, tout haut, prononce un nom.

Deux femmes, dans un mouvement alterné et complémentaire, préparent le deuxième service. L'autre victime attend.

– Anne, comme vous le savez, est sans défense devant son enfant.

Elle sourit davantage. On répète. Elle lève encore la main dans le désordre blond de ses cheveux. Le cerne de ses yeux s'est encore agrandi. Ce soir, elle pleura. L'heure est arrivée où la lune s'est levée tout à fait sur la ville et sur le corps d'un homme allongé au bord de mer.

MARGUERITE DURAS (1914–1996)

Vie et formation

Marguerite Donnadieu naît en Indochine, où elle passe son enfance. Sa mère est institutrice et son père, qui meurt prématurément, est professeur de mathématiques. Sa mère tente de subvenir seule aux besoins de ses trois enfants en acquérant une terre incultivable (histoire dont Marguerite Duras s'inspire dans *Un barrage contre le Pacifique*, 1950). Duras est mise en pension à Saïgon. Elle arrive en France à l'âge de 18 ans, prépare une licence de droit, suit des études de mathématiques, puis de sciences politiques. Elle se consacre enfin à l'écriture. Son premier roman, *Les Impudents*, paraît en 1943. Romans, pièces de théâtre, scénarios, Marguerite Duras est l'autrice d'une œuvre conséquente où s'affirme une écriture à la fois personnelle et novatrice, qui donne une importance significative à la parole. Monologues intérieurs, changements de focalisation et de narrateurs sont parmi les caractéristiques principales de livres où les voix et les points de vue sont souvent complexes. Avec *Le Ravissement de Lol V. Stein* (1964) elle inaugure un cycle romanesque composé de sept romans où elle retravaille sans cesse la matière biographique. Elle signe l'adaptation cinématographique de plusieurs de ses œuvres (*India Song*, 1975). Elle connaît la consécration et la reconnaissance populaire avec *L'Amant*, prix Goncourt 1984.

Moderato Cantabile

Publié en 1958, *Moderato Cantabile* est l'un des plus gros succès de Marguerite Duras. Elle y reprend l'essentiel des thèmes abordés dans ses ouvrages précédents : l'amour, la mort, le désir, la rencontre, le temps, le carcan imposé par la société. Le roman raconte l'histoire d'Anne Desbaresdes qui, alors qu'elle accompagne son fils à sa leçon de piano hebdomadaire, entend le cri poussé par une femme assassinée par son amant, dans un café voisin. Le lendemain, obsédée par ce cri et cette mort, elle revient dans ce café où elle commence à discuter avec Chauvin. Durant une semaine, tous deux se rencontrent et échangent des propos, soutenus par le vin, où se mêlent subtilement le destin de la morte et l'histoire d'Anne. *Moderato Cantabile* fait preuve d'une technique romanesque sûre d'elle-même, où la structure, basée sur un principe de répétition, crée une atmosphère unique. La narration de Duras, dépouillée de tout lyrisme, s'en tient à des éléments objectifs dont l'intention est moins d'élucider les différents mystères que de donner au lecteur la possibilité de les interpréter. Pour toutes ces raisons, l'œuvre a été rapprochée du Nouveau Roman.

LECTURE MÉTHODIQUE

1 Que pouvez-vous dire sur le dîner et les convives présents ? Que savez-vous d'eux ? Quelles sont les informations délivrées par l'autrice ? Que pouvez-vous en conclure d'un point de vue de la narration ?

2 Analysez la façon dont les deux protagonistes, Anne et l'homme, sont décrits. Faites notamment attention à l'emploi des articles indéfinis. Si vous comparez leur caractérisation à celle d'autres personnages dans des romans plus traditionnels, que pouvez-vous en déduire ?

3 Repérez les temps des verbes utilisés. Analysez leur emploi et le sens qu'ils impliquent.

4 En quoi cet extrait pourrait être qualifié de « cinématographique » ?

◆◆ Texte 3 ◆◆

La Disparition (1969)

Anton Voyl a disparu. Savorgnan, la Squaw et Amaury Conson attendent l'arrivée d'Aloysius Swann qui a promis de les aider. Après un repas, Amaury décide de se promener dans le jardin de la maison.

Il sursauta soudain. La nuit, tout à coup, lui parut fraîchir. Il frissonna.

Il avait fini son Trabuco qu'il lança au loin, bout au tison flamboyant qui illumina un trop court instant la nuit. Il quitta son banc. Il lui apparut alors qu'il ignorait sa position. Un gazon dru amortissait son pas alors qu'il croyait parcourir un layon à cailloutis. Il alluma son zippo, mais il fonctionnait si mal qu'il n'y vit pas plus clair. Il consulta son chrono. Il marquait minuit moins vingt, mais l'appliquant sur son tympan, il n'ouït aucun tic-tac. Il jura. Il s'affolait. Son pouls avait pris un tour palpitant.

Il marcha à tâtons. D'abord il buta sur un mur. Puis il tomba dans un trou où, comprit-il aussitôt, s'accumulait jadis l'aiguail qu'utilisait Augustus pour son bain lustral du matin. Puis, forpaysant tout à fait, il s'alla fourvoyant dans un amas buissonnant où l'odorant cassis jouxtait l'inamical thuya, buisson dont il n'arriva à sortir qu'au prix d'accrocs cuisants.

Il trouva pour finir la maison, ayant cru vingt fois croupir à tout jamais au plus profond du Parc. Mais la maison lui parut à l'abandon. Il n'y avait aucun lumignon, tout baignait dans l'obscur.

– Allons bon, murmura-t-il, il a dû y avoir un court-circuit ! Il s'introduisit dans l'obscur corridor. À tâtons, il gagna un salon, trouva un divan, s'y affala, frissonnant, transi.

Il n'y avait aucun bruit dans la maison.

– Où sont Savorgnan, la Squaw ? S'alarma-t-il. Pourquoi Aloysius Swann n'a-t-il pas fait son apparition ?

Alors, sans savoir pourquoi, il paniqua. Tout à coup, un mal cinglant vrilla son cou. À son tour, un migrain brutal s'acharnait sur son front.

– Il a dû y avoir intoxication, piaula-t-il. Il a dû y avoir un truc pas sain, un truc pourri dans la nutrition du soir !

Il aurait voulu bondir, voir s'il n'y avait pas, dans un coin, un cordial, un sirop ou un vomitif. Un soupçon lui vint : on avait mis du poison dans son vin.

– Moi aussi ! À mon tour ! J'ai compris, ils m'ont u..., il m'a u...! balbutia-t-il dans un cri plaintif, sans trop savoir qui il accusait ainsi.

On aurait dit qu'à tout instant il allait s'abolir dans un coma profond. Mais, s'arrachant au divan non sans un mal surhumain, il parvint à franchir l'assombri parcours qui conduisait au corridor.

Mais pourquoi, sanglotait-il dans son for, n'avait-il pas jadis soumis son corps à la mithridatisation, ainsi qu'on lui avait dit au moins vingt fois ?

L'instant final allait-il s'accomplir ? Non, jura-t-il. À coup sûr, il finirait par avoir du lait, ou un anti-poison. Il lui souvint qu'il y avait, là-haut, dans un cagibi du studio qu'on avait mis à disposition d'Arthur Wilburg Savorgnan un flacon d'Homatropini hydrobromidum

$H^3C - CH - CH^3$

$N - CH^3$ $CHO\text{-}CO\text{-}CHOH\text{-}C^6H^5$, BrH

$H^3C - CH - CH^3$

qui, à coup sûr, adoucirait son mal.

À tâtons, quoiqu'il souffrît, quoiqu'il suât, il monta, il grimpa, s'accrochant, pas à pas, à l'obscur colimaçon qui aboutissait aux locaux du haut...

GEORGES PEREC *(1936–1982)*

Vie et formation

Né à Ivry, Georges Perec est l'enfant d'un couple de juifs polonais émigrés en France. Son père meurt au front en 1940 tandis que sa mère est déportée à Auschwitz en 1943. Durant la guerre, Georges est envoyé en zone libre, dans la famille de son père. Orphelin, il est de retour à Paris en 1945 et loge chez son oncle et sa tante. Après une hypokhâgne au lycée Henri-IV, il entreprend des études qu'il abandonne rapidement. Il commence très tôt à écrire des romans qui ne seront pas publiés. Son premier livre, *Les Choses*, paraît en 1965, remporte le prix Renaudot et connaît un vrai succès populaire. Membre de L'OuLiPo depuis 1967, son œuvre est indissociable de l'idée de contrainte formelle. Pourtant, elle explore de nombreuses thématiques : l'absence au monde ou l'inexistence (*Un homme qui dort*, 1967), l'imaginaire et la banalité quotidienne (*La Boutique obscure. 124 rêves*, 1973 ; *Espèce d'espaces*, 1974), l'autobiographie, l'oubli et la mémoire (*W ou le souvenir d'enfance*, 1975 ; *Je me souviens*, 1978). La disparition et l'absence, failles originelles, sont des thèmes omniprésents. Avec *La Vie mode d'emploi*, Perec signe son chef-d'œuvre où s'entremêlent une centaine d'histoires. Perec est mort à 46 ans. Il est néanmoins l'auteur d'une œuvre riche qui allie originalité, jeu, gravité, humour, rigueur, érudition, modestie, le tout au service d'une indéniable qualité littéraire.

La Disparition

Publié en 1969, *La Disparition* a l'apparence d'un roman policier. Il suit les investigations d'un certain nombre de personnages suite à la disparition d'Anton Voyl. Cependant, à mesure que ceux-ci s'approchent de la solution, ils meurent. L'originalité du roman de Georges Perec tient avant tout à son écriture lipogrammatique. Le lipogramme est une contrainte oulipienne qui consiste à rédiger un texte en se privant d'une lettre donnée, ici le -e-, soit la lettre la plus utilisée en français. Ainsi, plus que la disparition du personnage (Voyl = voyelle), c'est la disparition du -e- qui est le véritable sujet du roman. Le lipogramme est donc inclu dans l'intrigue et le lecteur doit lui-même procéder à une investigation. *La Disparition* est un roman virtuose où Perec utilise tous les recours que lui offre le langage (vocabulaire, syntaxe, conjugaison...) et s'amuse en permanence à pousser toujours plus loin la difficulté en y insérant de nombreuses réécritures, sans la lettre -e-, de textes célèbres de la littérature (*Booz endormi*, de Victor Hugo, devient *Booz assoupi*).

LECTURE MÉTHODIQUE

1 Dans cet extrait, quel est le (ou les) niveau de langue utilisé ? Relevez des exemples. Intéressez-vous autant au vocabulaire, qu'à la syntaxe ou aux verbes.

2 Dans cet extrait, quelles sont les stratégies que Perec met en place pour éviter la lettre -e- ?

3 Pourquoi peut-on dire, ici, que la contrainte est aussi un moteur de création ? Donnez des exemples.

4 Travail d'écriture. Réécrivez les trois premiers paragraphes en utilisant la lettre -e- et un vocabulaire qui vous est propre.

◆◆第三节　导读◆◆

传统与现代之间

法国1968年的“五月风暴”是一场具有重大社会、政治和文化影响的运动，是对父权制、家长制、资本主义和消费主义的反抗。1973年第一次石油危机结束了法国战后的“光辉三十年”。曾经繁荣的法国东北部洛林地区及北部地区逐渐非工业化，农村人口外流的速度日益加快，法国不得不进行经济结构调整。1979年法国再次遭遇石油危机。到了1981年，将近9%的劳动人口失业。法国陷入了危机与缓慢复苏之间的循环往复中。这些动荡对法国社会产生了深刻影响。

1959年，法国文化部成立，《人的命运》一书作者马尔罗成为第一任文化部长。法国开始推行文化普及、文化支持政策，建设青年及文化中心、青年俱乐部、图书馆、阅览室、剧院和电影院等新的文化设施。但是皮埃尔·布尔迪厄(Pierre Bourdieu)和让–克洛德·帕斯隆(Jean-Claude Passeron)在《继承人》(*Les Héritiers*, 1963)一书中所谴责的不平等现象依然存在。

在大众文化大行其道的时代，艺术家、创作者和观众，对创新和形式的概念并不关心。所有自称现代的前卫运动(新小说、新浪潮、新戏剧等)只代表文化生产的一小部分。人们更青睐那些声誉已经得到保证的艺术家和作品。《包法利夫人》(*Madame Bovary*, 1857)和《红与黑》(*Le Rouge et le Noir*, 1830)广受欢迎。对于萨特和加缪，人们还是更喜欢他们的文学作品。20世纪70年代，《局外人》和《鼠疫》每年都能售出数十万册。

文学大事件梳理

1 “光辉三十年”时期的文学并非对社会的深刻动荡和分歧争论无动于衷。如果某种趋势有所显现，那么这种趋势背后的情况一定非常复杂。鲍里斯·维昂（Boris Vian）在《岁月的泡沫》（*L'Écume des jours*，1947）中，嘲弄了存在主义崇拜，认为小说家可以有不同的写作方式。维昂在1959年去世之前一直鲜为人知，而1968年“五月风暴”让这位《红草》（*L'Herbe rouge*，1950）和《空心人》（*L'Arrache-cœur*，1953）的作者成为20世纪70年代最受欢迎的作家之一，尤其深受年轻人喜爱。

2 “轻骑兵派”（Hussards）作家们则公开质疑左翼知识分子对文坛的影响。他们肯定那些在战争期间与德国合作并在解放后遭到谩骂的作家的作品，例如塞利纳的作品。一些“轻骑兵派”的作家声称继承了司汤达（Stendhal）的小说传统及享乐理念，并捍卫他们对风格的偏好。例如著有《旷野欧洲》（*L'Europe buissonnière*，1949）的安托万·布隆丹（Antoine Blondin）；著有《蓝色装甲兵》（*Le Hussard bleu*，1950）的罗歇·尼米埃，以及米歇尔·代翁（Michel Déon），他创作了《我永远也不想忘记》（*Je ne veux jamais l'oublier*，1950）；还有写了《蠢事》（*Les Bêtises*，1971）的雅克·洛朗（Jacques Laurent），他并不否认自己在形式上的大胆。

3 在“新小说”兴起的同时，还有许多小说家摒弃了束缚手脚的教条，以各自的方式划定了文学领地。在莫里斯·纳多（Maurice Nadeau）看来，这些作家完全独立创作，从不加入任何团体，他们组成了“文学共和国，小说家共和国”。这些作家包括二战前就开始写作的吉尤、贝尔纳、卡莱、维亚拉特……以及二战后才踏足文坛的贝尔纳·克拉韦尔（Bernard Clavel）、皮埃尔-让·雷米（Pierre-Jean Rémy）、克里斯蒂安娜·罗什福尔（Christiane Rochefort）、妮科尔·韦德雷斯（Nicole Vedrès）。总体而言，与“新小说”所倡导的原则相比，他们倾向于某种体裁的持久性和相对稳重的写作风格。

4 朱利安·格拉克（Julien Gracq）公开反对“新小说”，他认为正是由于“新小说”，文学才会呼吸不畅。他一直强烈反对以平装书的形式出版自己的作品。二战后格拉克接续了他于1938年出版的第一部小说《阿尔戈古堡》（*Au château d'Argol*，1938）的写作。格拉克的作品《沙岸风云》（*Le Rivage des Syrtes*，1951）、《林中阳台》（*Un balcon en forêt*，1958）以及《半岛》（*La Presqu'île*，1970）勾勒出了严谨的创作风格。在这些作品中，期待取代了行动，虚构的成分逐渐减少。

5 罗曼·加里却转向了虚构和想象，以便更好地直面过去和现在的状况。罗曼·加里不仅能够写出《此票超期失效》(*Au-delà de cette limite votre ticket n'est plus valable*，1975)和《女性之光》(*Clair de femme*，1977)这样讲述个人隐私的小说，也能意识到他所处时代的所有问题。他在《天根》(*Les Racines du ciel*，1956年获龚古尔文学奖)中描写了处于危险中的大自然；《来日方长》(*La Vie devant soi*，1975)［以笔名埃米尔·阿雅尔(Émile Ajar)出版］再次获得龚古尔文学奖，作品描写了贫穷的多元文化社区的日常生活；他在《风筝》(*Les Cerfs-volants*，1980)中描写了第二次世界大战；在《犯罪的头颅》(*La Tête coupable*，1968)中描写了法国殖民统治对波利尼西亚的破坏，以及法国准备在穆鲁罗瓦环礁(Moruroa)引爆原子弹的事情。

6 1968年，阿尔贝·科恩(Albert Cohen)出版了《上帝的情人》(*Belle du Seigneur*)，这部长篇小说写的是一段注定要破裂的爱情。作者在其中交替使用了传统的第三人称和无标点符号的独白，旨在再现人物的内心世界，与当时的重大社会问题息息相关。玛格丽特·尤瑟纳尔(Marguerite Yourcenar)的《苦炼》(*L'Œuvre au noir*，1968)和年轻的帕特里克·莫迪亚诺(Patrick Modiano)的处女作《星形广场》(*La Place de l'Étoile*，1968)也是如此。

7 女性写作。在波伏瓦提出女权主义诉求之后，越来越多的女性开始大声疾呼。1954年，当时还不到18岁的弗朗索瓦丝·萨冈(Françoise Sagan)出版了《你好，忧愁》(*Bonjour tristesse*，1954)；小说家科莱特·奥德里(Colette Audry)，著有《玩物丧志》(*On joue perdant*，1946)、《浴缸后面》(*Derrière la baignoire*，1962)，并从1964年开始负责德诺埃尔出版社(Éditions Denoël)的《女性》(*Femme*)文集；罗什福尔也在1958年出版的《痴情尤物》(*Le Repos du guerrier*)中探讨女主人公对待性的问题，并在她的非主流小说《幸好夏天要来了》(*Encore heureux qu'on va vers l'été*，1975)中审视了女性的状况。伯努瓦特·格鲁(Benoîte Groult)和她的妹妹弗洛拉·格鲁(Flora Groult)的作品《复数女性》(*Le Féminin pluriel*，1965)以及莫妮克·威蒂格(Monique Wittig)的《没药》(*L'Opoponax*，1964)和《女游击队员》(*Les Guérillères*，1969)都是公开的女权主义作品。

8 1969年，埃莱娜·西苏(Hélène Cixous)凭借《内部》(*Dedans*，1969)获得了梅迪西斯文学奖(Prix Médicis)。西苏著述颇丰，并于1974年在巴黎八大成立了第一个妇女研究中心，将文学创作与学术分析相结合。1968年后，吉赛尔·哈利米(Gisèle Halimi)、露西·伊利格瑞(Luce Irigaray)和朱莉娅·克里斯蒂娃为女权主义思想的发展做出的贡献远远超出小说和文学的范畴。事实上，正是这种女性主义文学的显著特点打破了不同文体之间的界限，将小说与见证、经验与虚构融为一体。女性主义文学集合了当代文学发展的所有特征。

◆◆ Séquence 3 ◆◆
Entre tradition et modernité

Les évènements de mai 68

Alors que la France connaît son apogée sur le plan économique et que les conditions de vie s'améliorent considérablement pour une grande part de la population, la société de consommation et la concurrence internationale accroissent les inégalités entre les Français. Beaucoup se sentent exclus d'une prospérité que les disparités de salaires, l'augmentation du chômage (qui touche en premier lieu les jeunes), les crises et les grèves dans le monde ouvrier semblent déjà remettre en question. Les années 60 marquant l'avènement de la jeunesse (au milieu des années 60, 35% des Français ont moins de 20 ans), il n'est pas surprenant de constater que c'est dans la nouvelle faculté de Nanterre, inaugurée en 1963 que le mouvement naît. Cette université, construite au milieu d'un immense bidonville de 10 000 habitants, illustre tous les paradoxes et les contrastes de la société. Les revendications de Mai 68 dépassent les habituelles revendications salariales et concernent surtout les conditions de travail en proposant d'interroger la place du salarié au sein de l'entreprise et de remettre en cause les liens hiérarchiques. Ces volontés, qui questionnent véritablement le sens du travail, expriment les difficultés et les frustrations morales engendrées par la société. De fait, Mai 68 dénonce les bases sociétales sur lesquelles s'est construite la France de l'après-guerre.

Mouvement aux conséquences sociales, politiques et culturelles importantes, Mai 68 est une révolte contre toutes les structures jugées autoritaires : le patriarcat, le paternalisme, le capitalisme, le consumérisme. Il a favorisé l'instauration de relations plus égalitaires, non seulement au travail, mais aussi dans les domaines des études, de la famille et de la sexualité.

Face à la colère populaire, le gouvernement Pompidou négocie, fin mai, les accords de Grenelle qui aboutissent à une augmentation du SMIG de 35%, à une augmentation des salaires de 10% et à la création de la section syndicale d'entreprise. En juin, Charles de Gaulle, président de la République, décide de la dissolution de l'Assemblée nationale. Les élections, aussitôt organisées, voient la victoire spectaculaire du camp au pouvoir. La consolidation du gaullisme se révèle pourtant n'être qu'une apparence. Moins d'un an plus tard, suite à l'échec du référendum du 27 avril 1969, portant sur la régionalisation et la réforme du Sénat, De Gaulle démissionne.

La fin des Trente Glorieuses

Georges Pompidou est élu président de la République en juin 1969 et le reste jusqu'en 1974. S'il continue la politique de modernisation du pays dans un contexte de forte croissance, sa mort, survenue deux ans avant l'échéance de son mandat, coïncide avec un bouleversement majeur de la conjoncture économique. Pour qualifier la période de croissance observée depuis la fin de la Seconde Guerre mondiale, l'économiste Jean Fourastié propose, en 1979, l'expression des « Trente Glorieuses » (aujourd'hui très largement remise en cause). En 1973, le premier choc pétrolier provoque la fin brutale de la croissance. Si le phénomène est mondial, il touche de plein fouet les pays qui, comme la France, ont fait massivement le choix des hydrocarbures importés. Les conséquences sont multiples : inflation, recul de la production industrielle qui conduit à de nombreuses faillites d'entreprises, forte augmentation du chômage à partir de 1975. Le second choc pétrolier de 1979 accélère encore cette nouvelle réalité. En 1981, près de 9% de la population active est au chômage en France. Désormais, le pays alterne entre périodes de crises et timides reprises. Ces bouleversements ont eu des conséquences significatives sur la société française. Les années 70 marquent le début de profondes restructurations économiques, de la désindustrialisation progressive de régions auparavant prospères (la Lorraine, le Nord) et accélèrent encore l'exode rural.

Le monde culturel et littéraire

La politique culturelle de la Ve République poursuit et amplifie celle amorcée par la IVe République. En 1959, le ministère de la culture est créé et confié à André Malraux. L'ambition de l'auteur de *La Condition humaine* est de faire « pour la culture ce que Jules Ferry a fait pour l'instruction ». La démocratisation de la culture passe par la création de nouveaux lieux de sociabilité tels que les MJC (Maison des jeunes et de la culture), les bibliothèques, les salles de lecture, les théâtres, les cinémas... Si ces actions n'abolissent pas les inégalités que dénoncent Pierre Bourdieu et Jean-Claude Passeron dans *Les Héritiers* (1964), elles amorcent, à partir des années 70, une politique d'accompagnement et de popularisation de la culture qui sera plus ou moins suivie et efficace.

Cependant, tous les mouvements d'avant-garde qui se réclament de la modernité (Nouveau Roman, Nouvelle Vague, Nouveau Théâtre…) ne représentent en réalité qu'une part infime de la production culturelle des Trente Glorieuses. En effet, artistes, créateurs et publics, à l'heure du triomphe de la culture de masse, ne sont, dans leur ensemble, que très peu soucieux des notions d'innovation, de formalisme. Ainsi, les nouveaux moyens de diffusion (livre de poche, disque, reproductions…) favorisent surtout des œuvres et des artistes dont la réputation est déjà assurée. *Madame Bovary*, *Le Rouge et le Noir* n'ont jamais été aussi lus. Si Sartre et Camus continuent d'être lus, c'est essentiellement pour leur œuvre littéraire. Dans les années 70, *L'Étranger* et *La Peste* se vendent chaque année à des centaines de milliers d'exemplaires.

Une littérature entre modernité et tradition

La littérature des Trente Glorieuses n'est pas imperméable aux bouleversements profonds et aux débats qui divisent la société. Comme toujours, si une tendance semble se dégager, elle n'est jamais qu'un résumé d'une situation plus complexe. Ainsi, dans *L'Écume des jours* (1947) Boris Vian, mettant en scène Jean-Sol Partre, s'amuse du culte existentialiste et montre qu'il demeure possible, pour le romancier, de faire d'autres choix d'écriture. L'œuvre de l'auteur de *L'Herbe rouge* (1950) ou de *L'Arrache-cœur* (1953), peu connue du grand public jusqu'à sa mort en 1959, bénéficie pleinement de Mai 68 qui contribue à faire de Vian l'un des auteurs les plus lus pendant les années 70, notamment par les jeunes.

Si la critique de Vian est plutôt amusée, les écrivains que l'on regroupera sous le nom de « Hussards » remettent, quant à eux, ouvertement en cause l'influence des intellectuels de gauche sur le monde littéraire en défendant l'héritage d'auteurs ayant collaboré durant la guerre et décriés depuis la Libération (Céline). Antoine Blondin (*L'Europe buissonnière*, 1949), Roger Nimier (*Le Hussard bleu*, 1950) ou Michel Déon (*Je ne veux jamais l'oublier*, 1950) se réclament d'une tradition romanesque héritée de Stendhal, de la notion de plaisir et défendent leur goût du style sans pour autant se refuser des audaces formelles (Jacques Laurent, *Les Bêtises*, 1971).

De même, au moment où émerge le Nouveau Roman, de nombreux romanciers refusent les dogmes contraignants et délimitent, chacun à leur façon, un territoire littéraire personnel. Pour Maurice Nadeau, ces écrivains, qui travaillent en toute indépendance, en prenant garde à ne jamais s'agréger à aucun groupe, forment la « République des Lettres, la République des romanciers ». Soit qu'ils poursuivent une œuvre commencée avant la guerre (Louis Guilloux, Marc Bernard, Henri Calet, Alexandre Vialatte...), soit qu'ils entrent en littérature après la Seconde Guerre mondiale (Bernard Clavel, Pierre-Jean Rémy, Christiane Rochefort, Nicole Vedrès), la tendance est, en général, à une certaine permanence des genres et à un style d'écriture relativement mesuré quand on le compare aux principes prônés par le Nouveau Roman.

Ouvertement opposé au Nouveau Roman, Julien Gracq juge qu'à cause de lui « la littérature respire mal ». Toujours farouchement opposé à la parution de ses livres au format de poche, il poursuit après la guerre une œuvre commencée en 1938, avec *Au château d'Argol*. *Le Rivage des Syrtes* (1951), *Un balcon en forêt* (1958) ou *La Presqu'île* (1970) dessinent une œuvre exigeante où l'attente se substitue à l'action et où la part de fiction et de romanesque tendent à s'amenuiser.

À l'inverse, c'est du côté de la fiction et de l'imagination que se tourne Romain Gary pour faire face à l'inhumanité historique et présente. Capable d'écrire des drames intimes avec *Au-delà de cette limite votre ticket n'est plus valable* (1975) ou *Clair de femme* (1977), Romain Gary est aussi conscient de tous les enjeux de son époque. Ainsi, il raconte une nature en danger dans *Les Racines du ciel* (prix Goncourt 1956), la vie des quartiers populaires dans *La Vie devant soi* (signé Émile Ajar, prix Goncourt 1975), la Seconde Guerre mondiale dans *Les Cerfs-volants* (1980) et les ravages de la colonisation française en Polynésie et de la bombe atomique que la France se prépare à faire exploser à Moruroa dans *La Tête coupable* (1968).

La même année, Albert Cohen publie *Belle du Seigneur* (1968), vaste roman d'un amour voué à se défaire où l'auteur alterne entre une écriture traditionnelle à la troisième personne et des monologues sans ponctuation censés reproduire l'intériorité des personnages. Bien qu'elle ne fasse pas écho aux évènements de mai, l'œuvre n'en est pas moins en lien avec les principales questions du siècle. C'est également le cas de *L'Œuvre au noir*, de Marguerite Yourcenar, et *La Place de l'Étoile*, premier livre du jeune Patrick Modiano, qui paraissent eux aussi en 1968.

Écriture au féminin

Dans le sillage des revendications féministes de Simone de Beauvoir, de plus en plus de femmes prennent la parole. La nouvelle génération de romanciers qui s'annonce compte, en effet, de plus en plus de romancières. En 1954, Françoise Sagan, alors âgée d'à peine 18 ans, publie *Bonjour tristesse.* Repéré par Colette Audry, qui en plus de son activité de romancière (*On joue perdant*, 1946 ; *Derrière la baignoire*, 1962) dirige à partir de 1964 la collection « Femme » des éditions Denoël, le livre scandalise – notamment en évoquant la sexualité adolescente – et connaît un succès fulgurant. Christiane Rochefort s'intéresse elle aussi à la sexualité de son héroïne dans *Le Repos du guerrier* (1958) et interroge la condition féminine dans des romans anticonformistes (*Encore heureux qu'on va vers l'été*, 1975). Benoîte et Flora Groult signent des livres ouvertement féministes (*Le Féminin pluriel*, 1965), tout comme Monique Wittig, avec *L'Opoponax* (1964), ouvrage écrit à l'aide du pronom « on » pour dénoncer la domination, et *Les Guérillères* (1969), qui relate la vie d'une communauté uniquement composée de femmes, qui a néanmoins une démarche résolument militante.

Hélène Cixous remporte, en 1969, le prix Médicis pour *Dedans*. Autrice d'une œuvre considérable, elle crée, en 1974, le premier centre d'études féminines au sein du Centre universitaire de Vincennes, mêlant ainsi production littéraire et analyse universitaire. Après 1968, Gisèle Halimi, Luce Irigaray, Julia Kristeva contribuent à développer une pensée féministe, bien au-delà du roman et de la littérature. De fait, la particularité de cette littérature féministe est précisément de contribuer à abolir les frontières entre les genres, de mêler roman et témoignage, vécu et fiction. En cela, elle est le témoin d'une évolution qui sera caractéristique de toute la littérature contemporaine.

◆◆ Texte 1 ◆◆

L'Écume des jours (1947)

Colin est invité à une fête chez Isis. Or, dans un chapitre précédent, Nicolas, au moment de donner une leçon de danse à Colin, lui conseille de mettre un morceau avec un « tempo d'atmosphère, dans le style de Chloé, arrangé par Duke Ellington ». Isis présente alors à Colin une jeune femme qui s'appelle Chloé...

– C'est Colin, dit Isis. Colin je vous présente Chloé.

Colin avala sa salive. Sa bouche lui faisait comme du gratouillis de beignets brûlés.

– Bonjour ! dit Chloé...

– Bonj... êtes-vous arrangée par Duke Ellington ? demanda Colin... Et puis il s'enfuit, parce qu'il avait la conviction d'avoir dit une stupidité.

Chick le rattrapa par un pan de sa veste.

– Où vas-tu comme ça ? Tu ne vas pas t'en aller déjà ? Regarde !...

Il tira de sa poche un petit livre relié en maroquin rouge.

– C'est l'original du *Paradoxe sur le dégueulis*, de Partre...

– Tu l'as trouvé quand même ? dit Colin.

Puis il se rappela qu'il s'enfuyait et s'enfuit.

Alise lui barrait la route.

– Alors, vous vous en allez sans avoir dansé une seule petite fois avec moi ? dit-elle.

– Excusez-moi, dit Colin, mais je viens d'être idiot et ça me gêne de rester.

– Pourtant, quand on vous regarde comme ça, on est forcé d'accepter...

– Alise... geignit Colin, en l'enlaçant et en frottant sa joue contre les cheveux d'Alise.

– Quoi, mon vieux Colin ?

– Zut ! Zut et Bran ! Peste diable bouffre. Vous voyez la fille là ?...

– Chloé ?...

– Vous la connaissez ?... dit Colin. Je lui ai dit une stupidité, et c'est pour ça que je m'en allais.

Il n'ajouta pas qu'à l'intérieur du thorax, ça lui faisait comme une musique militaire allemande, où on n'entend que la grosse caisse.

– N'est-ce pas qu'elle est jolie ? demanda Alise.

Chloé avait les lèvres rouges, les cheveux bruns, l'air heureux et sa robe n'y était pour rien.

– J'oserai pas, dit Colin.

Et puis, il lâcha Alise et alla inviter Chloé. Elle le regarda. Elle riait et mit la main droite sur son épaule. Il sentait ses doigts frais sur son cou. Il réduisit l'écartement de leurs deux corps par le moyen d'un raccourcissement du biceps droit, transmis du cerveau, le long d'une paire de nerfs crâniens choisis judicieusement.

Chloé le regarda encore. Elle avait les yeux bleus. Elle agita la tête pour repousser en arrière ses cheveux frisés et brillants, et appliqua, d'un geste ferme et déterminé, sa tempe sur la joue de Colin.

Il se fit un abondant silence à l'entour, et la majeure partie du reste du monde se mit à compter pour du beurre.

Mais comme il fallait s'y attendre, le disque s'arrêta. Alors, seulement, Colin revint à la vraie réalité et s'aperçut que le plafond était à claire-voie, au travers de laquelle regardaient les locataires d'en dessus, qu'une épaisse frange d'iris d'eau cachait le bas des murs, que des gaz diversement colorés s'échappaient d'ouvertures pratiquées çà et là et que son amie Isis se tenait devant lui et lui offrait des petits fours sur un plateau hercynien.

BORIS VIAN (1920–1959)

Vie et formation

Boris Vian naît en Île de France dans une famille fortunée qui perd une grande partie de son argent suite au krach boursier de 1929. La santé de Vian s'avère très vite fragile et perturbe sa scolarité. Bachelier à 17 ans, il suit les classes préparatoires au Lycée Condorcet à Paris. Admis à l'École centrale en 1939, il obtient son diplôme d'ingénieur en 1942. Parallèlement, il joue de la trompette, fréquente les clubs de jazz et les milieux existentialistes de Saint-Germain-des-Près. En plus de son travail d'ingénieur, Boris Vian fait de la musique et écrit. Romans, nouvelles, pièces de théâtre, poésie, essais, chansons, Vian est un touche-à-tout. En 1946, il publie un premier roman sous le pseudonyme de Vernon Sullivan, *J'irai cracher sur vos tombes* qui provoque un scandale. La violence qui s'y déploie est bien éloignée des œuvres qu'il signera de son véritable nom (*L'Automne à Pékin*, 1947 ; *L'Herbe rouge*, 1950 ; *L'Arrache-cœur*, 1953). Mais c'est surtout après sa mort que l'œuvre de Vian sera reconnue à sa juste valeur. Les parutions au Livre de Poche de ses romans et les compilations de ses chansons dans les années 60 lui donnent une visibilité nouvelle. Les jeunes de la génération de mai 68 redécouvrent un homme dont la soif de vivre, l'inventivité, les idées antimilitaristes et la diversité des talents érigent alors en véritable mythe.

L'Écume des jours

Publié en 1947, *L'Écume des jours* raconte l'histoire de Colin, un riche jeune homme qui vit dans un univers fantasque, où les pianos composent des cocktails correspondant aux airs de jazz que l'on joue. Il rencontre le bonheur en la personne de Chloé avec qui il mène le parfait amour. Mais bien vite Chloé tombe malade : un nénuphar est dans ses poumons. Si au début la vie semble facile et le roman s'apparente à un conte poétique et enchanteur, au fil des pages l'horizon s'assombrit. Colin engloutit toute sa fortune pour tenter de sauver Chloé et sombre dans la tristesse. Queneau a qualifié ce roman comme étant « l'histoire d'amour la plus poignante de notre temps ». La place de l'argent dans la société, le monde du travail qui aliène l'être humain, la cupidité de l'église, les inégalités, la superficialité des hommes, sont aussi parmi les thèmes abordés par Vian. Par son inventivité, sa poésie désinvolte et pleine de pudeur, *L'Écume des jours* est une œuvre unique dans le panorama littéraire français.

LECTURE MÉTHODIQUE

1 Énumérez les différentes actions et réactions de Colin. Que pouvez-vous en dire ?

2 Lisez le dernier paragraphe. Commentez la « vraie réalité » à laquelle revient Colin.

3 Relevez toutes les références culturelles de l'extrait et expliquez-les.

4 Cet extrait raconte une rencontre amoureuse, qui est un *topos* de la littérature. Analysez-la et comparez-la avec d'autres rencontres amoureuses littéraires célèbres.

◆◆ Texte 2 ◆◆

Le Repos du guerrier (1958)

Geneviève et Renaud ont ensemble une relation amoureuse très orageuse. À Paris, il s'installe chez elle, vit à ses crochets. Personnage destructeur et alcoolique, il entraîne Geneviève dans sa déchéance. Renaud est sorti, ne revient pas et Geneviève s'interroge.

Je demeurai dans un abrutissement désespéré, sans pouvoir réfléchir. Il ne revenait pas avec les bouteilles. Qu'il aille : c'était finalement au-dessus de mes forces et je n'y comprenais rien, soit, sauf qu'il ne m'aimait pas et que j'étais impuissante. Il eût fallu être surhumaine ; je ne l'étais pas voilà tout. « Tu ne sers à rien. » Ah ! voilà enfin une phrase qui me revenait. Elle n'était pas gaie. « Tu ne peux rien en définitive. » Une autre : merci bien. C'est vrai, je ne pouvais rien et je n'avais rien pu, l'amour avait fait faillite. Qu'il aille donc. Je me sentais renoncer à tout.

Comme un automate je m'habillai. Je sortis, j'achetai du whisky, et un somnifère avec une ordonnance d'Alex, jamais honorée à cause de Renaud. Je ne voulais plus bouger. Fatigue noire. Il faisait très froid dehors, je n'aurais pas dû sortir, j'eus une quinte en rentrant. Je frissonnais. Je bus tout un grand verre de whisky, cela réchauffe – tiens ? Que pouvait donc éprouver Renaud ? Je bus un second verre et la tête me tourna : je m'étendis, ce fut bien pis, j'avais mal au cœur et je fus malade aussitôt. Je n'avais pas de dispositions. Ah ! et puis je ne pouvais plus supporter ce goût et cette odeur qui empuantissait déjà tout l'appartement, j'exilai la bouteille à la cuisine et revins au lit en titubant ; c'était malin ; je tombai dans le désespoir : si c'était ce noir absolu qu'on trouvait au fond des verres, en effet, cela valait la peine d'aller l'y chercher ! Je pleurai longuement et abondamment, et encore, et encore, je découvris que tout était une absurde comédie sans aucun sens, et je me demandai si, en fait, j'aimais vraiment Renaud, ou si l'histoire tout entière n'était pas, par hasard, depuis le début, un délire d'interprétation romantique mis en scène par les circonstances, le suicide pathétique, le dépaysement, l'insolite charme de Renaud, la simple rupture de mes habitudes ; la nouveauté, quoi. Cette thèse était séduisante d'autant plus que mon cœur pour l'instant était vide et froid ; il l'accueillait sans révolte. Rien ne disait que je ne fusse simplement une petite bécasse dont la naïveté s'était prise à de belles paroles d'un hâbleur comme il en est tant, car enfin, qu'était Renaud Sarti ? Et que faisait-il dans la vie, quelles références présentait-il ? Aucune ; il parlait, ça oui, il parlait et pouvait, dans le filet de ses mots dorés, prendre beaucoup de petites alouettes comme moi, et on voit chaque jour dans les journaux des histoires de ce genre qui finissent encore plus mal que la mienne, un jour le type s'en va avec tout le magot : il n'avait vidé que mon sac. Je m'étais laissé avoir. J'allais reprendre ma vie à zéro comme s'il n'eût jamais existé. Je n'étais pas faite pour ces choses-là et je n'y goûtais aucune délectation, j'étais faite pour avoir la paix et j'allais la prendre. Je poussai la conscience jusqu'à m'asseoir devant un livre de Droit : les lettres dansaient. Et puis pour tout dire le Droit me paraissait une absurde rigolade, ainsi d'ailleurs que la Psychologie. Tout était une absurde rigolade. Héroïque, je décidai d'aller au cinéma de mon quartier, qui donne toujours de bons films du genre que Renaud le Superbe ne peut supporter. C'est fou ce qu'on peut négliger sa culture avec lui. Et s'il rentre pendant que je ne suis pas là cela lui donnera une leçon. Je me rendis en ce cénacle sur un tapis de coton, neige sur le sol et léthargie dans mon corps. Le tout était de gagner minuit. Car j'avais décidé de me coucher à minuit, et cette nuit je n'irais pas chercher Renaud. « Con et inutile » : ce dernier trait avait fait déborder le vase où tant d'autres avaient glissé. Par cette phrase, Renaud m'avait rejetée, annulée, annihilée : pour diable me crever alors ?

CHRISTIANE ROCHEFORT (1917–1998)

Vie et formation

Christiane Rochefort est née à Paris. Elle est la fille d'un téléphoniste et d'une employée des postes. Christiane Rochefort a poursuivi sa scolarité jusqu'au baccalauréat. Après plusieurs inscriptions dans des cursus universitaires (médecine, psychologie, ethnologie), elle met fin à ses études. Elle rompt avec sa famille avant sa majorité. Elle fréquente très tôt les milieux artistiques. Elle est un temps l'attachée de presse du Festival de Cannes. Elle se consacre à l'écriture à partir de 1953 et publie ses premiers ouvrages sous pseudonyme. *Le Repos du guerrier* (1958) est le premier roman qu'elle signe de son nom. Autrice engagée, Christiane Rochefort signe le *Manifeste des 121* (1960), soutient la mobilisation étudiante en 1968 et participe activement au Mouvement de libération des femmes (MLF) aux côtés de Simone de Beauvoir et de Gisèle Halimi. Outre le féminisme, dont elle est une figure importante, Christiane Rochefort prend position contre toutes les formes de domination. Cet engagement se retrouve dans toute son œuvre romanesque. Dans *Printemps au parking* (1969), elle décrit le parcours d'un adolescent qui quitte sa famille et découvre l'amour homosexuel. Dans *Encore heureux qu'on va vers l'été* (1975), elle raconte la fugue de toute une classe de collégiens. Avec *La Porte du fond* (1988), elle signe un livre important sur l'inceste.

Le Repos du guerrier

Le Repos du guerrier est publié en 1958 et se voit récompensé du prix Nouvelle Vague. Loué par Philippe Soupault, Jacques Chardonne, Dominique Aury ou Claude Mauriac, le roman provoque aussi le scandale dans les milieux plus conservateurs par sa capacité à aborder sans détour la question de la sexualité et du plaisir féminin. Le livre raconte l'histoire de Geneviève le Theil qui sauve Renaud d'une tentative de suicide et entretient avec lui une relation amoureuse où l'amour physique joue un rôle important. Alcoolique, paresseux, Renaud entraîne Geneviève dans sa déchéance et la force à supporter les violences et les humiliations dont elle viendra finalement à bout. *Le Repos du guerrier* est un livre étonnant, où la voix des femmes s'exprime avec une liberté rarement vue jusqu'alors.

LECTURE MÉTHODIQUE

1 Dans cet extrait, analysez les types de discours. Commentez l'utilisation du Discours Indirect Libre.

2 Dans ce texte, repérez tous les éléments qui témoignent de l'implication émotionnelle de la jeune femme.

3 Peut-on parler ici de casuistique ? Justifiez votre réponse en utilisant des éléments du texte.

4 *Le Repos du guerrier* a été adapté par Roger Vadim en 1962 avec, dans le rôle de Geneviève, Brigitte Bardot. Rédigez une présentation de ce film.

◆◆ Texte 3 ◆◆

La Vie devant soi (1975)

Le texte qui suit est l'incipit du roman.

La première chose que je peux vous dire c'est qu'on habitait au sixième à pied et que pour Madame Rosa, avec tous ces kilos qu'elle portait sur elle et seulement deux jambes, c'était une vraie source de vie quotidienne, avec tous les soucis et les peines. Elle nous le rappelait chaque fois qu'elle ne se plaignait pas d'autre part, car elle était également juive. Sa santé n'était pas bonne non plus et je peux vous dire aussi dès le début que c'était une femme qui aurait mérité un ascenseur.

Je devais avoir trois ans quand j'ai vu Madame Rosa pour la première fois. Avant, on n'a pas de mémoire et on vit dans l'ignorance. J'ai cessé d'ignorer à l'âge de trois ou quatre ans et parfois ça me manque.

Il y avait beaucoup de Juifs, Arabes et Noirs à Belleville, mais Madame Rosa était obligée de grimper les six étages seule. Elle disait qu'un jour elle allait mourir dans l'escalier, et tous les mômes se mettaient à pleurer parce que c'est ce qu'on fait toujours quand quelqu'un meurt. On était tantôt six ou sept tantôt même plus là-dedans.

Au début je ne savais pas que madame Rosa s'occupait de moi seulement pour toucher un mandat à la fin du mois. Quand je l'ai appris, j'avais déjà six ou sept ans et ça m'a fait un coup de savoir que j'étais payé. Je croyais que Madame Rosa m'aimait pour rien et qu'on était quelqu'un l'un pour l'autre. J'en ai pleuré toute une nuit et c'était mon premier grand chagrin.

Madame Rosa a bien vu que j'étais triste et elle m'a expliqué que la famille ça ne veut rien dire et qu'il y en a même qui partent en vacances en abandonnant leurs chiens attachés à des arbres et que chaque année il y a trois mille chiens qui meurent ainsi privés des siens. Elle m'a pris sur ses genoux et elle m'a juré que j'étais ce qu'elle avait de plus cher au monde mais j'ai tout de suite pensé au mandat et je suis parti en pleurant.

Je suis descendu au café de Monsieur Driss en bas et je m'assis en face de Monsieur Hamil qui était marchand de tapis ambulant en France et qui a tout vu. Monsieur Hamil a de beaux yeux qui font du bien autour de lui. Il était déjà très vieux quand je l'ai connu et depuis il n'a fait que vieillir.

– Monsieur Hamil, pourquoi vous avez toujours le sourire ?

– Je remercie ainsi Dieu chaque jour pour ma bonne mémoire, mon petit Momo.

Je m'appelle Mohammed mais tout le monde m'appelle Momo pour faire plus petit.

– Il y a soixante ans, quand j'étais jeune, j'ai rencontré une femme qui m'a aimé et que j'ai aimée aussi. Ça a duré huit mois, après, elle a changé de maison, et je m'en souviens encore, soixante ans après. Je lui disais : je ne t'oublierai pas. Les années passaient, je ne l'oubliais pas. J'avais parfois peur car j'avais encore beaucoup de vie devant moi et quelle parole pouvais-je donner à moi-même, moi, pauvre homme, alors que c'est Dieu qui tient la gomme à effacer ? Mais maintenant je suis tranquille. Je ne vais pas oublier Djamila. Il me reste très peu de temps, je vais mourir avant.

J'ai pensé à Madame Rosa, j'ai hésité un peu et puis j'ai demandé :

– Monsieur Hamil, est-ce qu'on peut vivre sans amour ?

Il n'a pas répondu. Il but un peu de thé de menthe qui est bon pour la santé. Monsieur Hamil portait toujours une jellaba grise, depuis quelque temps, pour ne pas être surpris en veston s'il était appelé. Il m'a regardé et a observé le silence. Il devait penser que j'étais encore interdit aux mineurs et qu'il y avait des choses que je ne devais pas savoir. En ce moment, je devais avoir sept ans ou peut-être huit, je ne peux pas vous dire juste parce que je n'ai pas été daté, comme vous allez voir quand on se connaîtra mieux, si vous trouvez que ça vaut la peine.

ROMAIN GARY *(1914–1980)*

Vie et formation

Né à Vilnius, Roman Kacew est élevé par sa mère. Après une enfance pauvre en Lituanie et en Pologne, tous deux émigrent en France et s'installent à Nice. Âgé de 14 ans, Gary entre en classe de 4e au lycée Masséna. Il obtient son baccalauréat en 1933 puis une licence de droit en 1938. Naturalisé français depuis 1935, il intègre l'Armée de l'air à l'automne 1938 et devient instructeur à la mobilisation. En juin 1940, il rejoint la France Libre suite à l'appel du 18 juin. Après la guerre, il mène simultanément une carrière diplomatique (en Bulgarie, à Paris, en Suisse, à New York, à Los Angeles) et d'écrivain. *Éducation européenne* (1945), *Les Racines du ciel* (prix Goncourt 1956) et *La Promesse de l'aube* (1960) rencontrent le succès. À partir de la fin des années 60, il se consacre à l'écriture et signe *La Danse de Gengis Cohn* (1967), *La Tête coupable* (1968) et *Chien blanc* (1970). Auteur populaire, opposé au Nouveau Roman (*Pour Sganarelle*, 1965) et méprisé des milieux intellectuels, il signe du pseudonyme « Émile Ajar » quatre romans parus entre 1974 et 1979 (*Gros-Câlin*, *La Vie devant soi*, *Pseudo*, *L'Angoisse du roi Salomon*). L'œuvre de Gary, forte de plus d'une trentaine d'ouvrages, défend l'humanisme, la diversité et étudie, non sans mélancolie, la difficulté d'être.

La Vie devant soi

La Vie devant soi est publié en 1975 et est signé « Émile Ajar ». Sous cette identité, Gary remporte à nouveau le prix Goncourt, ce qui fait de lui l'unique écrivain à l'avoir obtenu deux fois (la règle interdit normalement de primer deux fois le même auteur). Le roman raconte l'histoire de Momo, un jeune garçon arabe de 14 ans, habitant chez madame Rosa, une vieille prostituée juive rescapée d'Auschwitz qui héberge des enfants dans son appartement de Belleville. L'ouvrage décrit à la fois la vie quotidienne de ce quartier multiculturel et pauvre, et le lien unissant Momo à madame Rosa. L'amour, la vieillesse, la Shoah, les différences culturelles, les origines, la religion, tous les thèmes de Romain Gary se retrouvent dans ce livre poignant et drôle qui dit l'angoisse d'avoir « la vie devant soi ». L'énonciation, confiée à un adolescent, lui permet de renouveler l'écriture et de faire preuve d'une grande inventivité. La révélation de l'identité d'Émile Ajar, à la mort de l'auteur en 1980, a conduit une certaine critique à relire *La Vie devant soi* comme une transcription romanesque de *La Promesse de l'aube*, roman d'inspiration autobiographique racontant la forte relation liant Gary à sa mère.

LECTURE MÉTHODIQUE

1 Quelles sont, traditionnellement, les caractéristiques d'un incipit et quels sont ses objectifs ? Celui-ci répond-il à toutes ces attentes ?

2 Interrogez l'énonciation. Quels sont les éléments langagiers (vocabulaire, syntaxe, niveaux de langue...) qui prouvent que la narration est assurée par un enfant.

3 Comment sont caractérisés les personnages présentés dans cet incipit ?

4 *La Vie devant soi* a été adapté au cinéma par deux fois. Renseignez-vous sur ces adaptations et présentez-les.

◆◆ 导 读 ◆◆
法语文学中的中国

皮埃尔·埃尔巴与中国：《力量之线》

皮埃尔·埃尔巴（Pierre Herbart，1903—1974）出生在法国敦刻尔克的一个资产阶级家庭，由于父亲决定抛弃家庭，沦为流浪汉，这个家庭逐渐衰落。1923年，埃尔巴加入了利奥泰（Louis Hubert Gonzalve Lyautey）在摩洛哥的军队。在那里，他了解了非洲塞内加尔、马里、尼日尔及殖民化的情况。回到法国后，在纪德的支持下，他出版了自己的第一部小说《游荡的人》（*Le Rôdeur*，1931）。1931年，他前往法国在亚洲的殖民地。埃尔巴反对殖民主义，为《人道报》（*L'Humanité*）撰写了多篇文章，对地缘政治进行了详尽的分析，对日本人在中国的行径做了目击报道。1943年，埃尔巴加入了抵抗组织。他是加缪的密友，加缪曾邀请他加入《战斗报》。在解放区，埃尔巴协助创办了周刊《人的大地》（*Terre des hommes*）。埃尔巴的作品包括5部长篇小说，《翠鸟》（*Alcyon*，1945）是其中之一，两部短篇小说集，《想象的回忆》（*Souvenirs imaginaires*，1968）为其一，还有散文。埃尔巴文风干练、简洁而又精雕细琢，并且有一种坚定不移的清醒。他在解放法国城市雷恩的过程中发挥了重要作用。

1931年，《小巴黎人报》（*Petit Parisien*）资深记者安德烈·维奥利斯（Andrée Viollis）负责报道殖民地部长保罗·雷诺（Paul Reynaud）的亚洲殖民地之行，她邀请埃尔巴一同前往。之后，他们来到了中国。埃尔巴从中国发出的长篇报告于1932年1月在法国见报，讲述了饥荒的肆虐、镇压的恐怖以及殖民地监狱里地狱般的生活。这次旅行对作家产生了巨大的影响，使他意识到必须有所行动。他在《力量之线》（*La Ligne de force*，1958）的第一部分中重温了这次旅行。在书中，他表达了自己的反殖民主义观念，以及对法国在亚洲所作所为的羞愧。虽然该书的重点是法国在亚洲的殖民地，但埃尔巴在书的最后几页谈到了中国，中国在该书中扮演了重要角色。

玛格丽特·尤瑟纳尔与中国：《东方故事集》

玛格丽特·尤瑟纳尔（Marguerite Yourcenar，1903—1987）原名玛格丽特·德·凯扬古尔（Marguerite de Crayencour），1903年生于布鲁塞尔。她的母亲出身于一个小贵族家庭，在生下她之后就去世了。她的父亲打破了资产阶级传统，鼓励她学习古代语言和文学，并让她爱上旅游。尤瑟纳尔未曾踏入校门，却通过了中学毕业会考，投身文学。1929 年她出版了自己的第一部小说《亚历克西，或徒劳无益的战斗契约》（*Alexis ou le Traité du vain combat*，1929）。尤瑟纳尔经常外出旅行，新作不断，如：《新欧里狄克》（*La Nouvelle Eurydice*，1931）、《梦中银币》(另译《九只手中的一枚硬币》)(*Dernier du rêve*, 1934)、《东方故事集》(*Nouvelles orientales*, 1938)、《一弹解千愁》(*Le Coup de grâce*, 1939)。第二次世界大战爆发后，尤瑟纳尔去了美国，成为一名教师。她的两部历史小说，《哈德良回忆录》(*Mémoires d'Hadrien*, 1951)和《苦炼》(*L'Œuvre au noir*, 1968)，为她赢得了声誉。1971年尤瑟纳尔当选了比利时皇家学院院士。1980年，她成为第一位当选法兰西学术院院士的女性。尤瑟纳尔的作品丰富多样，是少数几位作品在有生之年成为“经典”的作家之一。

《东方故事集》跟尤瑟纳尔的大多数作品一样，出版于1938年，1963年再版。对尤瑟纳尔来说，文本永远不会完结，总是可以重新创作，有时还会有新的版本。以《东方故事集》为例，尤瑟纳尔说她在文体上做了许多修改，重写了一个故事的结尾，删除了原书中的另一个故事。这本小说集由10篇短篇小说组成，其中包括中国、日本、印度、希腊和巴尔干半岛的故事。《王浮得救记》(*Comment Wang-Fô fut sauvé*, 1938)讲述了汉朝一位叫王浮的画家教授富家子弟凌学习绘画，以及遇险、脱险的故事。

◆◆ Présences de la Chine dans la littérature ◆◆

La Ligne de force (1958)

Au cours de son voyage en Indochine, au début des années 30, Pierre Herbart se rend en Chine. À la page 54 de La Ligne de force*, il écrit : « De la Chine, je ne dirai pas un mot. J'entends garder cette poire pour la soif ». Au moment de conclure son livre, Pierre Herbart revient sur ce souvenir de la Chine et consacre les derniers mots à la leçon qui s'impose à lui.*

J'étais à Canton, seul. Pour je ne sais quelle raison, Shameen, la concession internationale, était en état d'alerte. Canonnière française sur le fleuve ; chicanes de barbelés et sentinelles à chaque pont (Shameen est une petite île). On considérait comme dangereux pour les Européens de s'aventurer dans la ville chinoise. Bien entendu, je m'y précipitai, en dépit des objurgations du matelot français qui gardait mon pont. C'était à la tombée du jour. Il faisait doux, et toujours ce claquement de socques. Je m'apercevais bien que, de-ci, de là, on crachait sur mon passage. Xénophobie. J'allais mon train, qui est d'aller n'importe comment, rêveusement ou à fond de course, humant je ne sais quelle piste. Et voilà que la nuit tombe tout à fait, avec ses lumières et son tintamarre, comme à Cholon. Je suis au plus dense de la foule. Comme les Chinois, je trottine, complètement absent de moi-même. Je prends des rues, et d'autres rues ; je change de trottoir, sans raison.

À force de marcher comme eux vers quelque chose d'incompréhensible pour moi, je me sens devenir pareil à ces Chinois ; je suis comme *l'homme des foules* – et de quelle foule. J'abdique. Alors, je vis *la chose*. Oui, je marchais depuis un certain temps derrière un vieux Chinois en robe noire, réglant mon trottinement sur le sien. La chose, c'était une sorte de petit trapèze qu'il avait à la main au bout d'un bâton et qu'il tenait en l'air, comme on brandirait une canne. De la barre du trapèze pendait je ne sais quoi, qui me parut une loque grise accrochée là. Je trottinai plus vite, jusqu'à frôler du nez la loque. Impossible de comprendre ce que c'était (il est vrai que je suis myope, et, par coquetterie, ne porte pas de lunettes). Nous allâmes ainsi de concert fort longtemps, le vieillard, sa loque, et moi. Rues brillamment éclairées, rues sombres, vacarme et silence.

Et Canton déroulait sous nos pas son obscure géographie. J'en étais arrivé à n'être plus rien du tout – l'état que je préfère. Simplement, je suivais le Chinois. Le léger balancement de la loque rythmait notre marche. Cela dura près de deux heures, je m'en aperçus plus tard. Le vieillard s'arrêta brusquement devant une porte surmontée d'une enseigne au néon. Et je compris, je vis, ce qu'était la loque : une chauve-souris qui pendait, endormie, les pattes accrochées à la barre du trapèze, les ailes lui recouvrant le corps et la tête. Une immense surprise m'envahit. Je restai figé sur place, tandis que le vieillard continuait sa route, promenant sa chauve-souris dormante, comme d'autres baladent leur chien. Vous me demandiez ce qu'était la Chine ? Pour moi, c'est cela : c'est ma *ligne de force*, celle qui passe par le parc aux singes de Singapour et par la petite fille qui vendait *Le Général Douzaine*, celle qui donne un sens à la vie. Oui, cela même, dont j'ai si souvent abandonné la poursuite, pour m'occuper de riens : la colonisation, le communisme, la guerre d'Espagne, la Résistance. Que sais-je ?

Et cependant...

Je ne saurais trop conseiller aux autres de perdre moins de temps que moi. Telle sera, s'il en faut la morale de ce livre.

PIERRE HERBART *(1903–1974)*

Vie et formation

Pierre Herbart naît dans une famille bourgeoise de Dunkerque qui connaît le déclassement lorsque son père décide d'abandonner les siens et de se faire clochard. Élevé par sa mère, il est élève au collège Jean-Bart de Malo-les-Bains. Dès l'âge de 18 ans, il vient à Paris où il est employé pendant deux ans dans une compagnie d'électricité. En 1923, il est incorporé aux troupes de Lyautey au Maroc. À cette occasion, il découvre l'Afrique (Sénégal, Mali, Niger) et la réalité de la colonisation. De retour en France, il publie, avec le soutien de Gide, son premier roman, *Le Rôdeur* (1931). Très engagé, Herbart s'oppose au colonialisme et soutient l'Espagne républicaine. En 1936, il participe au voyage en URSS de Gide, Guilloux et Dabit. En 1943, il entre dans la Résistance et contribue à la fuite de jeunes appelés pour le STO. Proche de Camus, qui l'invite à participer à *Combat*, Herbart participe à la création, à la Libération, d'un hebdomadaire, *Terre des hommes*, qui, malgré des contributeurs prestigieux, connaît une existence éphémère. L'œuvre de Pierre Herbart se compose de romans (parmi lesquels *Contre-ordre*, 1935 et *Alcyon*, 1945), de recueils de nouvelles (*Souvenirs imaginaires*, 1968 ; *Histoires confidentielles*, 1970), d'essais (*Le Chancre du Niger*, 1939 ; *À la recherche d'André Gide*, 1952) et de mémoires (*En URSS*, 1936 et *La Ligne de force*, 1958).

Herbart et la Chine

En 1931, Andrée Viollis, alors grand reporter au *Petit Parisien* chargée de couvrir le déplacement de Paul Reynaud, le ministre des colonies, en Indochine, propose à Pierre Herbart de l'accompagner. Ce dernier y voit une nouvelle fois, après son séjour en Afrique, toute l'étendue des horreurs du colonialisme. Après l'Indochine, ils gagnent la Chine. C'est de ce pays qu'Herbart envoie un long reportage qui paraît dans la presse française en janvier 1932 dans lequel il raconte les ravages de la famine, l'horreur de la répression et l'enfer des prisons indochinoises. En Chine, Pierre Herbart constate encore une fois la violence de la colonisation. Ce voyage a énormément marqué cet écrivain en lui faisant prendre conscience de la nécessité de l'engagement. Il revient sur ce voyage dans la première partie de *La Ligne de force* (1958). Il y affiche ses convictions anticolonialistes et sa honte pour les actions menées par la France en Asie. Si le texte évoque surtout l'Indochine, la Chine, à qui Herbart réserve les dernières pages du livre, occupe cependant une place essentielle.

LECTURE MÉTHODIQUE

1 Comment le narrateur appréhende-t-il la Chine ? Quel rôle joue la foule pour lui ?

2 Pourquoi l'anecdote du vieil homme et de la chauve-souris est-elle à ce point importante pour le narrateur ?

3 Pourquoi Herbart, qui était pourtant un homme engagé en faveur de toutes les causes justes, écrit-il que la colonisation, le communisme, la guerre d'Espagne, la Résistance sont « des riens » ?

4 Pouvez-vous reformuler, avec vos propres mots, la morale que Pierre Herbart souhaite donner à son livre ?

◆◆ Présences de la Chine dans la littérature ◆◆

Nouvelles orientales (1938 — VERSION CORRIGÉE DE 1963)

Cet extrait est le début de la nouvelle intitulée Comment Wang-Fô fut sauvé.

Le vieux peintre Wang-Fô et son disciple Ling erraient le long des routes du royaume de Han.

Ils avançaient lentement, car Wang-Fô s'arrêtait la nuit pour contempler les astres, le jour pour regarder les libellules. Ils étaient peu chargés, car Wang-Fô aimait l'image des choses, et non les choses elles-mêmes, et nul objet au monde ne lui semblait digne d'être acquis, sauf des pinceaux, des pots de laque et d'encres de Chine, des rouleaux de soie et de papier de riz. Ils étaient pauvres, car Wang-Fô troquait ses peintures contre une ration de bouillie de millet et dédaignait les pièces d'argent. Son disciple Ling, pliant sous le poids d'un sac plein d'esquisses, courbait respectueusement le dos comme s'il portait la voûte céleste, car ce sac, aux yeux de Ling, était rempli de montagnes sous la neige, de fleuves de printemps, et du visage de la lune d'été.

Ling n'était pas né pour courir les routes au côté d'un vieil homme qui s'emparait de l'aurore et captait le crépuscule. Son père était changeur d'or ; sa mère était l'unique enfant d'un marchand de jade qui lui avait légué ses biens en la maudissant parce qu'elle n'était pas un fils. Ling avait grandi dans une maison d'où la richesse éliminait les hasards. Cette existence soigneusement calfeutrée l'avait rendu timide : il craignait les insectes, le tonnerre et le visage des morts. Quand il eut quinze ans, son père lui choisit une épouse et la prit très belle, car l'idée du bonheur qu'il procurait à son fils le consolait d'avoir atteint l'âge où la nuit sert à dormir. L'épouse de Ling était frêle comme un roseau, enfantine comme du lait, douce comme la salive, salée comme les larmes. Après les noces, les parents de Ling poussèrent la discrétion jusqu'à mourir, et leur fils resta seul dans sa maison peinte de cinabre, en compagnie de sa jeune femme, qui souriait sans cesse, et d'un prunier qui chaque printemps donnait des fleurs roses. Ling aima cette femme au cœur limpide comme on aime un miroir qui ne se ternirait pas, un talisman qui protégerait toujours. Il fréquentait les maisons de thé pour obéir à la mode et favorisait modérément les acrobates et les danseuses.

Une nuit, dans une taverne, il eut Wang-Fô pour compagnon de table. Le vieil homme avait bu pour se mettre en état de mieux peindre un ivrogne ; sa tête penchait de côté, comme s'il s'efforçait de mesurer la distance qui séparait sa main de sa tasse. L'alcool de riz déliait la langue de cet artisan taciturne, et Wang ce soir-là parlait comme si le silence était un mur, et les mots des couleurs destinées à le couvrir. Grâce à lui, Ling connut la beauté des faces des buveurs estompées par la fumée des boissons chaudes, la splendeur brune des viandes inégalement léchées par les coups de langue du feu, et l'exquise roseur des taches de vin parsemant les nappes comme des pétales fanés. Un coup de vent creva la fenêtre ; l'averse entra dans la chambre. Wang-Fô se pencha pour faire admirer à Ling la zébrure livide de l'éclair, et Ling, émerveillé, cessa d'avoir peur de l'orage.

MARGUERITE YOURCENAR (1903–1987)

Vie et formation

Marguerite de Crayencour naît à Bruxelles en 1903. Sa mère, issue d'une famille de petits aristocrates, meurt après l'avoir mise au monde. Elle est élevée par son père, qui a rompu avec les conventions bourgeoises et l'encourage dans l'étude des langues anciennes et de la littérature et lui donne le goût des voyages. Elle obtient son baccalauréat sans avoir été à l'école et se lance dans la littérature. Elle fait paraître son premier roman, *Alexis ou le Traité du vain combat*, en 1929. Marguerite Yourcenar voyage tout en publiant régulièrement (*La Nouvelle Eurydice*, 1931 ; *Dernier du rêve*, 1934 ; *Nouvelles orientales*, 1938 ; *Le Coup de grâce*, 1939). Au moment où la Seconde Guerre mondiale éclate, elle se rend aux États-Unis où elle devient professeure. Deux romans historiques (*Mémoires d'Hadrien*, 1951 ; *L'Œuvre au noir*, 1968) établissent sa renommée. Autrice d'une œuvre riche et diversifiée, elle est élue à l'Académie royale de langue et de littérature françaises de Belgique en 1971. En 1980, elle est la première femme élue à l'Académie française. Marguerite Yourcenar est devenue un « classique » de son vivant.

Nouvelles orientales

Marguerite Yourcenar a publié *Nouvelles orientales* en 1938. L'ouvrage a été réédité en 1963 moyennant un certain nombre de modifications. Pour elle, les textes ne sont jamais accomplis et peuvent toujours donner lieu à des remaniements et même, parfois, à de nouvelles versions. Ainsi, dans le cas des *Nouvelles orientales*, Yourcenar indique avoir effectué de nombreuses corrections de style, réécrit la fin d'un conte et en avoir supprimé un autre par rapport au livre original. Les dix nouvelles qui composent le recueil mélangent récits chinois, japonais, indiens, grecs et balkaniques. *Comment Wang-Fô fut sauvé* raconte l'histoire d'un disciple et de son maître, peintre capable de voir au-delà des choses. Enfant, éduqué à l'abri des regards, l'Empereur a grandi en regardant les tableaux de Wang-Fô. Déçu par un monde qui ne ressemble en rien à ce qu'il a appris dans les tableaux, il décide de condamner à mort le peintre et son disciple. Contraint de terminer un tableau entrepris durant sa jeunesse, c'est par l'art et l'imagination que Wang-Fô parvient à se sauver de la mort.

LECTURE MÉTHODIQUE

1 Relevez tous les éléments qui contribuent à façonner une image de la Chine qui relève presque du stéréotype.

2 Comment est décrite la peinture de Wang-Fô ? Comment la perçoit son disciple Ling ? Qu'est-elle capable d'accomplir ?

3 Quelle est la principale figure de style utilisée dans cet extrait. Justifiez votre réponse par des exemples.

4 Yourcenar prétend s'être inspirée « d'un apologue taoïste de la vieille Chine ». Effectuez des recherches et tentez de retrouver le texte originel.

CHAPITRE 4

Littérature contemporaine et littérature francophone

第四章

法国当代文学与法语国家和地区文学

◆◆ 第一节 导读 ◆◆

法国文学的复兴(1980—2000)

20世纪80年代以来，法国政坛出现了左翼和右翼轮流执政以及左右共治的现象。1981年，弗朗索瓦·密特朗(François Mitterrand)在左翼各党派支持下当选共和国总统，1986年与右翼总理雅克·希拉克(Jacques Chirac)实行共治。1993年11月1日，欧洲联盟的创始法案《马斯特里赫特条约》生效。该条约不仅界定了欧洲公民身份，还允许欧洲公民在欧盟各成员国自由迁徙和居住。该条约规定建立单一货币，即未来的欧元，并扩大了欧盟在许多领域的权力。21世纪，法国的命运与欧盟的命运密不可分。

20世纪70年代的经济危机、去工业化、农村人口减少以及全球化的影响加速了法国社会的变革。传统价值观受到冲击，个人主义盛行。

自20世纪80年代起，法国文化部的预算大幅增加，法国通过建设博物馆、图书馆等方式来保护和传播文化。法国文化部支持创新。1982年创立了“夏至音乐节”(Fête de la musique)，此后每年6月21日都会举行庆祝活动。法国各大区、省、市政府大力投资文化项目，许多节日应运而生，彰显了法国文化的独特性。

80年代初，法国人70%以上的文化消费来自购买电视机、录像机、高保真音响和收音机。面对电视和广播的竞争，报纸的阅读量急剧下降，电影院观影人数也略有下降。戏剧、音乐会、舞蹈等现场表演却大受欢迎。各种展览和大型国家博物馆吸引了众多参观者。体育运动在法国人的生活中越来越受重视。日常生活中，无论是亲身参与锻炼或是通过电视转播追踪体育赛事，都成为了大家热衷的活动。

文学大事件梳理

1 20世纪80年代初，现代性的某种观念受到质疑。自二战结束以来一直盛行的美学、政治和哲学范式面临挑战。随着马尔罗、罗兰·巴特、萨特和阿拉贡相继离世，能够在文学界以外发出声音的大知识分子和大作家逐渐消失了。先锋派曾赋予文学以社会功能和象征力量，但先锋派的终结也导致了作家角色的非神圣化和文学对象的非神话化。德尼·拉布雷(Denis Labouret)认为先锋派于20世纪80年代结束，多米尼克·维亚尔(Dominique Viart)和布鲁诺·韦西耶(Bruno Vercier)认为，80年代标志着当代文学的开始。

2 一种范式的转变正在发生。作家们摒弃了六七十年代盛行的小说形式探索，开始将"生活叙事"放在首位，那些关注个人命运和家族历史的书籍逐渐受到欢迎，文学回归了现实。大量涉及法国社会状况、外省或郊区生活、挖掘过去、直面历史的作品相继问世。

3 文学在这一时期的革新涉及主体性回归，而主体性本身就是这个时代的特征。与此同时，有三种趋势在发展。第一种是"自我书写"(écritures de soi)，涵盖所有自传体叙事、日记、家庭亲子关系叙事和传记小说。菲利普·勒热纳(Philippe Lejeune)的文集《自传契约》(*Le Pacte autobiograhique*, 1975)，《"我"是他者——自传：从文学到媒介》(*Je est un autre. L'autobiographie, de la littérature aux médias*, 1980)，《自传草稿》(*Les Brouillons de soi*, 1998)，以及塞尔日·杜布罗夫斯基对"自我虚构"(autofiction)的定义给"自我书写"的讨论注入了新的内容。2022年诺贝尔文学奖得主安妮·埃尔诺(Annie Ernaux)在20世纪70年代的写作与"自我虚构"的概念不谋而合。埃尔诺的作品《空衣橱》(*Les Armoires vides*, 1974)、《被冻结的女人》(*La Femme gelée*, 1981)、《一个男人的位置》(*La Place*, 1983)、《一个女人的故事》(*Une femme*, 1987)，超越了对家谱的追寻和对亲子关系的简单叙述，质疑了其家族所属的"小人物"世界。由于埃尔诺所接受的学校教育和文化影响，她与这个"小人物"世界拉开了距离。埃尔诺在作品里预示了"阶层变节者"(transfuge de classe)这一概念，社会学家迪迪埃·埃里蓬(Didier Eribon)在其作品《回归故里》(*Retour à Reims*, 2009)中对此进行了阐述，在21世纪初的文学作品中，"阶层变节者"问题仍然很常见，例如爱德华·路易(Édouard Louis)的《艾迪的告别》(*En finir avec Eddy Bellegueule*, 2014)。

4 第二个趋势是"书写历史"。一战和二战再次成为作家们的创作主题，他们在作品中审视了关于战争的集体记忆和个人记忆，并对具体人物进行调查。1989年，克洛德·西蒙以《刺槐树》(*L'Acacia*)一书重新回到了第一次世界大战，让·卢欧

(Jean Rouaud)的《沙场》(*Les Champs d'honneur*, 1990)、迪迪埃·戴宁克斯(Didier Daeninckx)的《最后的最后》(*Le Der des ders*, 1984)以及塞巴斯蒂安·雅普瑞索(Sébastien Japrisot)的《漫长的婚约》(*Un long dimanche de fiançailles*, 1991)也是如此。

5 21世纪初，洛朗·戈代(Laurent Gaudé)的《哭喊》(*Cris*, 2001)、爱丽丝·芬妮(Alice Ferney)的《战争中》(*Dans la guerre*, 2003)，以及让·艾什诺兹(Jean Echenoz)的《14》(*14*, 2012)等作品相继出版，印证了“书写历史”这一趋势。莫迪亚诺在写第二次世界大战时将自传和传记交织在一起。早在《家庭手册》(*Livret de famille*, 1977)一书中，他就对在法国被占领时期的家庭记忆产生了兴趣。在《多拉·布吕代》(*Dora Bruder*, 1997)中，叙述者将女主人公的传记与自己的自传联系起来，讲述了一个被法国警察逮捕并驱逐到奥斯维辛集中营的少女的故事。

6 第三个趋势是“书写世界”。日常生活中的所有小事重新成为作家们关注的中心。对他们来说，问题在于如何将各种形式的真实作为其作品的主题，以及如何使主题和叙事回归某种平淡，而不是使形式复杂化。

7 文学的“复兴”反映了一种席卷整个社会的思想转变，这种转变与许多作家捍卫的思想是一致的。第一人称叙事、历史和日常故事的回归，促使人们重新发现了那些在过去30年间被边缘化的作家。20世纪80年代，卡莱、勃夫、加登和盖兰的作品重新走入人们的视野。

8 很多作品延续了小众模式文学传统，但是这类文学创作远远没有形成一个同质的整体，它们的共同特点是毫不矫揉地讲述简单的故事、卑微的生活以及社会底层的样态，远离任何理论、美学或意识形态规则。例如：让-皮埃尔·埃纳尔(Jean-Pierre Enard)的《特艺七彩女王》(*La Reine du Technicolor*, 1980)和《萨特的最后一个星期日》(*Le Dernier dimanche de Sartre*, 1978)、让-皮埃尔·马蒂内(Jean-Pierre Martinet)的《热罗姆》(*Jérôme*, 1978)、皮埃尔·沙拉斯(Pierre Charras)的《亨利先生》(*Monsieur Henri*, 1994)、雅克·切塞克斯(Jacques Chessex)的《吃人巨妖》(*L'Ogre*, 1973)、埃尔韦·普吕东(Hervé Prudon)的《灰色星期二》(*Mardi-gris*, 1978)，以及2000年之后的居伊·戈费特(Guy Goffette)的《洗衣童年》(*Une enfance lingère*, 2006)、奥斯卡·库珀-法纳(Oscar Coop-Phane)的《天顶酒店》(*Zénith-Hôtel*, 2012)、约瑟夫·蓬图斯(Joseph Ponthus)的《换行》(*À la ligne*, 2019)。

◆◆ Séquence 1 ◆◆

Un renouveau de la littérature (1980—2000)

La France entre 1980 et l'an 2000

En 1981, l'élection de François Mitterrand à la présidence de la République constitue un tournant de l'histoire de la Ve République. Après Charles de Gaulle, Georges Pompidou et Valéry Giscard d'Estaing, il est le premier socialiste à accéder à ce poste. L'image de Mitterrand se rendant au Panthéon pour déposer une rose sur les tombes de Jean Jaurès, de Jean Moulin et de Victor Schœlcher revêt une symbolique forte puisqu'elle inscrit son mandat dans une narration se revendiquant du socialisme, de la Résistance et de l'abolition de l'esclavage. Les élections législatives de juin 1981 confirment la victoire du Parti socialiste et le déclin structurel du Parti communiste en France. La volonté affichée du pouvoir en place est de changer le pays en profondeur. Nationalisations, décentralisation, planification constituent les grandes lignes sur lesquelles s'appuie le gouvernement pour répondre à la crise économique et engager la modernisation du pays. Dans le même temps, les allocations familiales, le minimum vieillesse et le SMIC sont rehaussés ; les impôts sont augmentés pour les salaires les plus élevés et un impôt sur les grandes fortunes (IGF) est créé ; la cinquième semaine de congés payés est accordée et le temps hebdomadaire de travail passe de 40 à 39 heures. Le ministre de la justice, Robert Badinter, fait voter l'abolition de la peine de mort. Toutes ces mesures n'entraînent pas exactement la relance espérée. Dans ce contexte, les élections législatives de 1986 voient la victoire de la droite. Jacques Chirac est nommé Premier ministre. Pour la première fois, la Ve République connaît la cohabitation. La politique libérale-conservatrice menée par son gouvernement sera elle aussi un échec.

Réélu en 1988, à la suite d'une élection qui voit pour la première fois le parti d'extrême droite, le Front national, obtenir 14% des suffrages, François Mitterrand demeure président de la République jusqu'en 1995. La vie politique française est désormais marquée par l'alternance et la cohabitation, comme en témoigne le septennat de Jacques Chirac (1995–2002).

Le 1er novembre 1993, le traité de Maastricht, acte fondateur de l'Union européenne, entre en vigueur. En plus de définir la citoyenneté européenne, il permet la libre circulation et la libre résidence dans chacun des pays membres de la Communauté. Il prévoit la création d'une monnaie unique, le futur euro, et étend les compétences de la Communauté à de nombreux domaines. Au XXIe siècle, le sort de la France, dont la place dans le monde n'a plus rien à voir avec celui qui était le sien au début du XXe siècle, est indissociable de celui de l'Union européenne.

Les crises économiques des années 70, la désindustrialisation, la désertification des campagnes, les effets de la mondialisation ont accéléré les mutations de la société française. La France n'en demeure pas moins une puissance industrielle mondiale. Afin de répondre à un chômage devenu une donnée structurelle de la société, le pays a conservé un modèle dans lequel l'État tente de jouer le rôle de correcteur des inégalités sociales. Ainsi, en associant libéralisme (propriété privée, économie de marché) et protection sociale, la France semble rester fidèle au principe d'État-providence, même si les pressions du monde libéral sont nombreuses.

Depuis la fin des années 70, la société française est considérablement conditionnée par les tendances dictées par la consommation de masse et par la globalisation qui ont considérablement modifié des structures et des valeurs qui pouvaient jusqu'alors être considérées comme étant « traditionnelles ». Les dernières années du XXe siècle ont vu l'affirmation de la notion d' « individu ». Libération des mœurs, redéfinition du couple (avec la baisse des mariages), droit à l'avortement (loi Veil, 1974), abrogation du « délit d'homosexualité » (loi Forni, 1982) illustrent que le bonheur individuel est de moins en moins soumis aux normes collectives. De fait, la liberté de chacun tend désormais à être érigée en valeur absolue.

Pratiques et politiques culturelles

À partir des années 80, le ministère de la Culture, dont le budget a augmenté trois fois plus vite que celui des autres ministères, poursuit deux objectifs. D'une part, il mène une politique du « patrimoine » dont le but est la conservation, l'acquisition, mais aussi la diffusion de la culture via la construction de lieux dédiés (musées, bibliothèques, médiathèques...). D'autre part, le ministère de la Culture encourage et soutient la création. En 1982, Jack Lang, ministre de la Culture de François Mitterrand, crée la Fête de la musique qui se célèbre depuis tous les 21 juin. À tous les niveaux de l'État (régions, départements, villes), la culture est devenue un enjeu majeur qui justifie un investissement conséquent. De cette époque date la création de nombreux festivals et l'affirmation d'une exception culturelle française.

Au début des années 80, la consommation culturelle des Français concerne, à plus de 70%, l'achat de télévisions, de magnétoscopes, de chaînes Hi-Fi et de postes de radio. En 1992, 82,6% des Français déclarent regarder la télévision tous les jours. Au même moment, on estime que cette « activité » occupe 43% de leur temps libre. Conséquence directe, par rapport aux années 70, les années 80-90 voient un léger recul de la fréquentation des salles de cinéma. En revanche, le spectacle vivant (théâtre, concerts, danse...) gagne des spectateurs. Les expositions temporaires et les grands musées nationaux accueillent de plus en plus de visiteurs. Le sport, que l'on pratique ou que l'on regarde à la télévision, occupe une place de plus en plus importante dans le quotidien des Français.

Si l'offre se multiplie et si les loisirs se diversifient, les années 80-90 ne coïncident cependant nullement avec un recul de la lecture. Alors qu'en 1970, 70% des personnes interrogées affirmaient avoir lu au moins un livre dans l'année, ils sont 75% en 1997. De même, 24% des personnes interrogées déclaraient avoir lu entre 1 et 9 livres en 1973, contre 34% en 1997. Si la lecture des revues et magazines augmente, celle des journaux, concurrencés par la télévision et la radio, connaît une diminution drastique.

La fin des avant-gardes littéraires

Le début des années 80 correspond à la remise en cause d'une certaine idée de la modernité. Les modèles esthétiques, politiques et philosophiques qui avaient cours depuis la fin de la guerre sont confrontés à une perte de repère à laquelle ne peut plus répondre aucune vérité générale. Aucun discours totalisant ne semble plus être en mesure de répondre aux espoirs déçus dans une société en prise aux crises économiques et sociales. Pour Denis Labouret, les années 80 sonnent donc la « fin des avant-gardes ». Avec les morts d'André Malraux (en 1976), de Roland Barthes (en 1980), de Jean-Paul Sartre (en 1980) et d'Aragon (en 1982), les figures du « grand intellectuel » et du « grand écrivain », dont les voix pouvaient porter au-delà du monde littéraire, tendent à disparaître. La « fin des avant-gardes », qui contribuaient à donner à la littérature une fonction sociale et un pouvoir symbolique, entraîne une désacralisation du rôle de l'écrivain et une démythification de l'objet littéraire. Pour Dominique Viart et Bruno Vercier, les années 80 marquent le début de la littérature contemporaine.

Un réel changement de paradigme s'opère. Délaissant l'impératif formel, qui s'était imposé dans les années 60-70, les écrivains privilégient les « récits de vie » et dessinent une tendance où dominent des livres qui se préoccupent davantage des destins individuels et des histoires de famille. C'est un véritable retour au réel auquel on assiste, avec des ouvrages qui traitent des conditions sociales, de la vie en province ou dans les banlieues, qui explorent le passé et regardent l'Histoire en face.

Un renouvellement littéraire

Le renouvellement de la littérature, à ce moment, passe donc par le retour au premier plan de l'idée de subjectivité, qui est elle-même un trait d'époque. Trois orientations se développent conjointement et se distinguent plus particulièrement sans pour autant se rejeter l'une l'autre. La première concerne les « écritures de soi », appellation générique sous laquelle il est possible de regrouper l'ensemble des récits autobiographiques, les journaux et les carnets, les récits de famille et de filiation, ainsi que les fictions biographiques. La réflexion autour des écritures de soi se renouvelle avec les essais de Philippe Lejeune (*Le Pacte autobiographique*, 1975 ; *Je est un autre. L'autobiographie, de la littérature aux médias*, 1980 ; *Les Brouillons de soi*, 1998) et autour du terme d' « autofiction » que définit Serge Doubrovsky. Le travail entrepris par Annie Ernaux dans les années 70 coïncide avec cette notion d'autofiction. Au-delà de la quête généalogique et du simple récit de filiation, Ernaux (*Les Armoires vides,* 1974 ; *La Femme gelée,* 1981 ; *La Place*, 1983) interroge le monde des « petites gens » auquel appartient sa famille et dont elle s'est éloignée grâce à l'école et à la culture. L'enjeu dépasse donc le seul cas individuel. La littérature d'Ernaux (prix Nobel 2022) anticipe la notion de transfuge de classe, illustrée par le sociologue Didier Eribon (*Retour à Reims*, 2009) et très présente dans la production littéraire du début du XXIe siècle (Édouard Louis, *En finir avec Eddy Bellegueule*, 2014).

La deuxième tendance consiste à « écrire l'Histoire ». La Grande Guerre et la Seconde Guerre mondiale redeviennent un sujet pour des écrivains qui, dans leurs livres, questionnent les mémoires collectives et individuelles et mènent des enquêtes sur des personnages donnés. Ce faisant, ils interrogent aussi un présent et un avenir que les massacres passés semblent avoir privé de toute perspective positive. En 1989, Claude Simon revient sur la Première Guerre mondiale avec *L'Acacia*, tout comme Jean Rouaud (*Les Champs d'honneur,* 1990), Didier Daeninckx (*Le Der des ders*, 1984) ou Sébastien Japrisot (*Un long dimanche de fiançailles*, 1991). Le début du XXIe siècle voit confirmer cette tendance avec la parution des œuvres de Laurent Gaudé (*Cris*, 2001), Alice Ferney (*Dans la guerre*,

2003) ou Jean Echenoz (*14*, 2012). Patrick Modiano utilise lui aussi l'argument historique – notamment la Seconde Guerre mondiale – pour entremêler l'autobiographique et le biographique. Dès *Livret de famille* (1977), il s'intéresse à la mémoire familiale troublée par les années d'Occupation. Dans *Dora Bruder* (1997), récit sur les traces d'une adolescente arrêtée par la police française et déportée à Auschwitz, le narrateur lie la biographie de son héroïne à son autobiographie.

La troisième tendance consiste à « écrire le monde ». Les faits divers, l'engagement, les questions socio-économiques, soit tous les évènements qui font le quotidien, reviennent au centre de l'intérêt des écrivains. Pour eux, il s'agit de faire du réel, sous toutes ses formes, le principal sujet de leurs livres. Leur souci est donc moins de complexifier une forme que de revenir, au contraire, à une certaine banalité du sujet et de la narration. Ce « renouvellement » de la littérature correspond en réalité à une évolution de la pensée qui parcourt l'ensemble de la société et dont les idées correspondent à celles déjà défendues par un certain nombre d'auteurs. Le retour à la première personne, à l'Histoire et au récit du quotidien favorise en effet la redécouverte d'écrivains que les trente années précédentes avaient largement contribué à marginaliser. Ainsi, dans les années 80, on redécouvre les œuvres d'Henri Calet, d'Emmanuel Bove, de Paul Gadenne ou de Raymond Guérin. Jean-Pierre Enard (*La Reine du Technicolor*, 1980 ; *Le Dernier dimanche de Sartre*, 1978), Jean-Pierre Martinet (*Jérôme*, 1978), Pierre Charras (*Monsieur Henri*, 1994), Jacques Chessex (*L'Ogre*, 1973), Hervé Prudon (*Mardi gris*, 1978), et plus récemment Guy Goffette (*Une enfance lingère*, 2006), Oscar Coop-Phane (*Zénith-Hôtel*, 2012) ou Joseph Ponthus (*À la ligne*, 2019), continuent cette littérature sur le mode mineur qui, loin de constituer un ensemble homogène, choisit de raconter, sans artifices, des histoires simples, des vies humbles et les milieux populaires, loin de tout principe théorique, esthétique et idéologique.

◆◆ Texte 1 ◆◆

Dora Bruder (1997)

Après avoir lu par hasard un avis de recherche dans un vieux journal, le narrateur enquête sur Dora Bruder. En reconstituant le fil de son histoire, il parvient à la suivre jusqu'à son incarcération à la prison des Tourelles.

À dix-sept ans, les Tourelles n'étaient pour moi qu'un nom que j'avais découvert à la fin du livre de Jean Genet, *Miracle de la Rose*. Il y indiquait les lieux où il avait écrit ce livre : LA SANTÉ. PRISON DES TOURELLES 1943. Lui aussi avait été enfermé là, en qualité de droit commun, peu de temps après le départ de Dora Bruder, et ils auraient pu se croiser. *Miracle de la Rose* n'était pas seulement imprégné des souvenirs de la colonie pénitentiaire de Mettray – l'une de ces maisons de redressement pour l'enfance où l'on voulait envoyer Dora – mais aussi, il me semble maintenant, par la Santé et les Tourelles.

De ce livre je connaissais des phrases par cœur. L'une d'entre elles me revient en mémoire : « Cet enfant m'apprenait que le vrai fond de l'argot parisien, c'est la tendresse attristée. » Cette phrase m'évoque si bien Dora Bruder que j'ai le sentiment de l'avoir connue. On avait imposé des étoiles jaunes à des enfants aux noms polonais, russes, roumains, et qui étaient si parisiens qu'ils se confondaient avec les façades des immeubles, les trottoirs, les infinies nuances de gris qui n'existent qu'à Paris. Comme Dora Bruder, ils parlaient tous avec l'accent de Paris, en employant des mots d'argot dont Jean Genet avait senti la tendresse attristée.

Aux Tourelles, quand Dora y était prisonnière, on pouvait recevoir des colis, et aussi des visites le jeudi et le dimanche. Et assister à la messe, le mardi. Les gendarmes faisaient l'appel à huit heures du matin. Les détenues se tenaient au garde-à-vous, au pied de leur lit. Au déjeuner, dans le réfectoire, on ne mangeait que des choux. La promenade dans la cour de la caserne. Le souper à six heures du soir. De nouveau l'appel. Tous les quinze jours, les douches, où l'on allait deux par deux, accompagnées par les gendarmes. Coups de sifflet. Attente. Pour les visites, il fallait écrire une lettre au directeur de la prison et l'on ne savait pas s'il donnerait son autorisation.

Les visites se déroulaient au début de l'après-midi, dans le réfectoire. Les gendarmes fouillaient les sacs de ceux qui venaient. Ils ouvraient les paquets. Souvent les visites étaient supprimées, sans raison, et les détenues ne l'apprenaient qu'une heure à l'avance.

Parmi les femmes que Dora a pu connaître aux Tourelles se trouvaient celles que les Allemands appelaient « amies des juifs » : une dizaine de Françaises « aryennes » qui eurent le courage, en juin, le premier jour où les juifs devaient porter l'étoile jaune, de la porter elles aussi en signe de solidarité, mais de manière fantaisiste et insolente pour les autorités d'occupation. L'une avait attaché une étoile au cou de son chien. Une autre y avait brodé : PAPOU. Une autre : JENNY. Une autre avait accroché huit étoiles à sa ceinture et sur chacune figurait une lettre de VICTOIRE. Toutes furent appréhendées dans la rue et conduites au commissariat le plus proche. Puis au dépôt de la Préfecture de police. Puis aux Tourelles. Puis, le 13 août, au camp de Drancy. Ces « amies des juifs » exerçaient les professions suivantes : dactylos. Papetière. Marchande de journaux. Femme de ménage. Employée des PTT. Étudiantes.

Au mois d'août, les arrestations furent de plus en plus nombreuses. Les femmes ne passaient même plus par le Dépôt et elles étaient conduites directement aux Tourelles. Les dortoirs de vingt personnes en contenaient désormais le double. Dans cette promiscuité, la chaleur était étouffante et l'angoisse montait. On comprenait que les Tourelles n'étaient qu'une gare de triage où l'on risquait chaque jour d'être emportée vers une destination inconnue.

PATRICK MODIANO (NÉ EN 1945)

Vie et formation

Patrick Modiano est le fils d'un « administrateur de sociétés », juif italien né à Salonique, et d'une comédienne flamande installée à Paris en 1942. Son enfance est marquée par l'absence de son père, la pension et la mort de son frère à l'âge de 10 ans. Pensionnaire à Jouy-en-Josas puis en Haute-Savoie, Modiano est un habitué des fugues. Il abandonne définitivement ses études après l'obtention de son baccalauréat. C'est grâce au soutien de Raymond Queneau, ami de sa mère, qu'il intègre le monde littéraire. En 1968, il publie son premier roman *Place de l'Étoile* et se consacre entièrement à l'écriture. Il remporte le Grand-Prix de l'Académie française avec son troisième roman, *Les Boulevards de ceinture* (1972), puis le prix Goncourt avec *Rue des boutiques obscures* (1978). L'œuvre entière de Modiano se caractérise par la simplicité de son style, son écriture à la première personne et par des thématiques récurrentes (la mémoire familiale, l'intérêt porté aux anonymes et aux anecdotes, la topographie de Paris que l'on parcourt à pied et dont l'ancien nom des rues permet d'évaluer les multiples changements, l'importance de la chose écrite). Modiano a remporté le prix Nobel de littérature en 2014.

Dora Bruder

Avec *Dora Bruder* (1997), Patrick Modiano mêle récit autobiographique et biographique d'une jeune adolescente juive arrêtée par la police française et déportée à Auschwitz. Dora Bruder ne doit son roman qu'à la lecture fortuite d'une ancienne coupure de journal. Comme souvent chez Modiano, l'anecdote et les anonymes fournissent le prétexte au livre qui s'écrit. Ayant lu par hasard un avis de recherche paru le 31 décembre 1941 dans *Paris-Soir*, Modiano tente de reconstituer, à partir des documents retrouvés, l'existence de cette jeune fille. Bien que le roman se présente comme une enquête sur un destin individuel, les thèmes de Modiano sont bien présents : les précisions topographiques, l'importance accordée aux documents écrits, la période de l'Occupation. Comme dans tous ses autres livres, Modiano, dans *Dora Bruder*, entretient un rapport à l'Histoire distancié, refusant la facilité du jugement et de la diabolisation sans pour autant faire preuve de complaisance.

LECTURE MÉTHODIQUE

1 Dans cet extrait, décrivez le cheminement de la mémoire.

2 Analysez la façon dont la figure de Dora Bruder est un prétexte pour parler d'un sujet beaucoup plus vaste.

3 Décrivez la façon dont Modiano utilise le singulier pour évoquer le collectif.

4 Intéressez-vous aux multiples détails de ce texte. Comment disent-ils, tour à tour, l'inhumanité et l'humanité ?

◆◆ Texte 2 ◆◆

La Place (1983)

Après la mort de son père, Annie Ernaux revient sur ses origines familiales. Elle décrit les différences entre la classe sociale qu'elle fréquentait enfant et celle que ses études, progressivement, lui font découvrir.

Enfant, quand je m'efforçais de m'exprimer dans un langage châtié, j'avais l'impression de me jeter dans le vide.

Une de mes frayeurs imaginaires, avoir un père instituteur qui m'aurait obligée à bien parler sans arrêt, en détachant les mots. On parlait avec toute la bouche.

Puisque la maîtresse me « reprenait », plus tard j'ai voulu reprendre mon père, lui annoncer que « se parterrer » ou « quart moins d'onze heures » n'*existaient pas*. Il est entré dans une violente colère. Une autre fois : « Comment voulez-vous que je ne me fasse pas reprendre, si vous parlez mal tout le temps ! » Je pleurais. Il était malheureux. Tout ce qui touche au langage est dans mon souvenir motif de rancœur et de chicanes douloureuses, bien plus que l'argent.

Il était gai.

Il blaguait avec les clientes qui aimaient à rire. Grivoiseries à mots couverts. Scatologie. L'ironie, inconnue. Au poste, il prenait les émissions de chansonniers, les jeux. Toujours prêt à m'emmener au cirque, aux films *bêtes*, au feu d'artifice. À la foire, on montait dans le train fantôme, l'Himalaya, on entrait voir la femme la plus grosse du monde et le Lilliputien.

Il n'a jamais mis les pieds dans un musée. Il s'arrêtait devant un beau jardin, des arbres en fleur, une ruche, regardait les filles bien en chair. Il admirait les constructions immenses, les grands travaux modernes (le pont de Tancarville). Il aimait la musique de cirque, les promenades en voiture dans la campagne, c'est-à-dire qu'en parcourant des yeux les champs, les hêtres, en écoutant l'orchestre de Bouglione, il paraissait heureux. L'émotion qu'on éprouve en entendant un air, devant des paysages, n'était pas un sujet de conversation. Quand j'ai commencé à fréquenter la petite-bourgeoisie d'Y..., on me demandait d'abord mes goûts, le jazz ou la musique classique, Tati ou René Clair, cela suffisait à me faire comprendre que j'étais passée dans un autre monde.

Un été, il m'a emmenée trois jours dans la famille, au bord de la mer. Il marchait pieds nus dans des sandales, s'arrêtait à l'entrée des blockhaus, buvait des demis à la terrasse des cafés et moi des sodas. Pour ma tante, il a tué un poulet qu'il tenait entre ses jambes, en lui enfonçant des ciseaux dans le bec, le sang gras dégouttait sur la terre du cellier. Ils restaient tous à table jusqu'au milieu de l'après-midi, à évoquer la guerre, les parents, à se passer des photos autour des tasses vides. *« On prendra bien le temps de mourir, marchez ! »*

Peut-être une tendance profonde à ne pas s'en faire, malgré tout. Il s'inventa des occupations qui l'éloignaient du commerce. Un élevage de poules et de lapins, la construction de dépendances, d'un garage. La disposition de la cour s'est modifiée souvent au gré de ses désirs, les cabinets et le poulailler ont déménagé trois fois. Toujours l'envie de démolir et de reconstruire.

Ma mère : « C'est un homme de la campagne, que voulez-vous. »

ANNIE ERNAUX (NÉE EN 1940)

Vie et formation

Annie Duchesne a passé son enfance et sa jeunesse à Yvetot, en Haute-Normandie. Ses parents, d'abord ouvriers, deviennent de petits commerçants et tiennent un café-épicerie. Annie Ernaux fait toute sa scolarité dans une école privée catholique pour filles. Elle obtient le baccalauréat puis poursuit ses études à Rouen et à Bordeaux. Elle est agrégée de lettres en 1971 et débute une carrière dans l'enseignement. Elle publie son premier roman *Les Armoires vides* en 1974. S'ensuivent une dizaine d'ouvrages (*Une femme*, 1988 ; *La Honte*, 1997 ; *L'Événement*, 2000 ; *Les Années*, 2008 ; *Mémoire de fille*, 2016) où la notion d'autobiographie joue un rôle essentiel. Cependant, la dimension sociologique et ethnographique est aussi revendiquée par Annie Ernaux qui s'attache à illustrer dans ses livres la notion de transfuge de classe, pour désigner un individu toujours à distance de son milieu d'origine comme de son milieu d'accueil. Placée en position d' « ethnologue involontaire », elle peut observer les différentes réalités. Ses livres, écrits dans un style volontairement neutre, décrivent ainsi une expérience intime qui prend, du fait de son objectivation, une valeur collective. Mondialement reconnue, Annie Ernaux a remporté en 2022 le prix Nobel de littérature.

La Place

Publié en 1983, *La Place* est le quatrième livre d'Annie Ernaux. Il remporte le prix Renaudot en 1984. Décrit comme une « auto-socio-biographie », l'ouvrage se présente comme un livre de souvenirs, commencé suite à la mort de son père. Ernaux y raconte, de façon fragmentaire, quelques menus évènements de la vie de sa famille et la façon dont elle s'éloigne progressivement de son milieu d'origine. Ce livre joue un rôle décisif dans la carrière littéraire d'Annie Ernaux puisqu'elle y annonce, dès les premières pages, sa volonté de ne pas « prendre le parti de l'art » et d'adopter l' « écriture plate » qui caractérisera ensuite toute son œuvre. « L'écriture plate » consiste à écrire simplement, avec des phrases simples, sans émotion excessive, avec un souci d'objectivité. Le procédé est d'autant plus novateur qu'il s'applique à une autobiographie.

LECTURE MÉTHODIQUE

1 Au début de *La Place*, Annie Ernaux prétend vouloir utiliser une « écriture plate ». En vous basant sur cet extrait, comment pouvez-vous définir ce concept ? Donnez des exemples.

2 Relevez tous les éléments qui permettent la caractérisation du personnage du père. Comment qualifier ses occupations ? Pourquoi l'autrice les met-elle tellement en avant ?

3 Pourquoi Ernaux souligne-t-elle l'absence d'ironie de son père ? À quoi cette dernière s'oppose-t-elle ? Qu'est censé souligner ce détail ?

4 Dans ce texte, par quels biais se manifeste la conscience d'être un transfuge de classe ?

◆◆ Texte 3 ◆◆

Cherokee (1983)

Georges Chave mène une existence tranquille à Paris entre bars, cinémas et « voyages » en banlieue. Mais un jour, il rencontre Véronique.

Georges Chave possédait une automobile allemande bleue qui tombait fréquemment en panne. Quand elle était en panne Georges Chave allait à pied, comme ce jour-là rue du Temple, quand il avait rencontré Véronique. Vraiment, cela s'était passé avec une grande simplicité. Par exemple il lui avait demandé l'heure, elle avait répondu que sa montre avançait, il protesta que n'importe quelle heure ferait l'affaire. Peu après, il savait qu'elle s'appelait Véronique. Il l'avait accompagnée un moment, jusqu'au square du Temple qui est planté de grands arbres d'essences assez variées. Il l'invita, voulut lui donner son adresse, se fouilla sans trouver d'autre papier qu'un ticket de métro neuf, elle qui n'avait pour écrire que son bâton de rouge – formats incompatibles. Elle dit qu'elle se rappellerait de l'adresse, demain trois heures. On se quitta, on se tourna l'un vers l'autre. Elle portait une jupe en velours lacée sur un côté, une veste en grosse laine beige, et maintenant c'était demain deux heures et Georges était assis près de sa fenêtre, déjà.

Il habitait tout en bas de la rue Oberkampf, dans un immeuble jouxtant le Cirque d'Hiver. Les locataires étaient d'une grande diversité de provenances ; selon leurs longitudes et habitudes respectives, leurs emplois du temps se chevauchaient, s'opposaient ou se confondaient dans un cycle ininterrompu, comme un décalage horaire permanent, immobile. Chaque instant était un contrepoint de paroles et musiques égyptiennes, coréennes ou portugaises, serbes et sénégalaises qui se nouaient entre elles, se brisaient les unes contre les autres comme des grains dans un moulin, et par-dessus tout cela s'élevaient certains soirs les barrissements recueillis des éléphants du cirque proche, les cris d'amour du lynx, et aux fumets polychromes des cuisines de l'immeuble dont les fenêtres ouvertes laissaient aussi jaillir les conversations vives à la lueur des ampoules nues se superposait l'arôme épicé de la ménagerie, comme une olive dans le martini.

C'étaient deux pièces sombres que Georges occupait au deuxième étage, elles donnaient sur une sorte de puits. Un mur entier de l'une d'elles était occupé par des disques, quatre cent soixante-huit disques au juste, principalement de la musique de jazz enregistrée entre 1940 et 1970, comprenant la quasi-totalité des catalogues Prestige et Riverside, l'essentiel de la maison Blue Note, un échantillonnage complet des productions des autres firmes, et tous ceux que Georges avait achetés en Hollande, commandés en Suède, et les enregistrements pirates, les imports japonais, et aussi des disques de marques inconnues, enregistrés dans des cuisines, aux pochettes façonnées à la main, qu'expédiait à Georges un ami américain.

Seule la fenêtre de la cuisine connaissait le soleil, dominant une cour assez vaste aux pavés extraordinairement irréguliers, comme jetés en vrac puis laissés là, et que reliait à la rue une porte cochère bombée aux murs de laquelle étaient peints en rouge des mots d'ordre turcs. Depuis la cuisine, au-delà de cette porte, Georges pouvait observer une petite fraction de trottoir de la rue Oberkampf, dans un cadre trapézoïdal traversé de jambes de femmes, de jambes d'hommes, de moitié d'enfants, de chiens complets. Quinze heures quinze : le corps entier de Véronique avançait dans le trapèze.

Elle traversait la cour prudemment, surveillant ses talons sur les pavés, sans voir Georges à sa fenêtre qu'il ferma aussitôt, puis rouvrit, puis il baissa la voix dans la radio qui criait que si je t'aime (clac), quel problème (clac-clac), car tu mens (clac) tout le temps (clac-clac), et mes larmes sont pour toi (boum, boum) du vent, et Georges redressa un coussin, s'aperçut dans le miroir, ferma la porte de la salle de bains, rétablit le volume de la voix qui gémissait maintenant que lourde est la peine sous le figuier bifide, longue est l'attente sous le manguier languide, et l'ennui cogne sous le palmier-dattier, puis elle frappa, il ouvrit, elle entra, il ouvrit les bras, et longtemps après il l'embrassait encore et parlait doucement dans ses cheveux, pendant que la voix murmurait que rouges sont la lèvre et l'ongle, blanche et bleue l'écume de mer, que tout est clair, que tout est clair.

JEAN ECHENOZ *(NÉ EN 1947)*

Vie et formation

Fils d'un père psychiatre et d'une mère pratiquant la gravure, Jean Echenoz est né à Orange. Après des études de sociologie à Aix-en-Provence, il entre à Paris, à l'École pratique des hautes études. Son premier roman, *Le Méridien de Greenwich*, paraît en 1979 et reçoit le prix Fénéon. Il est l'auteur d'une œuvre conséquente, toute publiée aux Éditions de Minuit. En 1999, il remporte le prix Goncourt avec *Je m'en vais*. L'intention parodique est indissociable de la littérature d'Echenoz et empêche de réduire chaque roman à ce qu'il semble être au premier abord. Ainsi, *L'Équipée malaise* (1987) n'est pas seulement un roman d'aventures et le *Lac* (1989) n'est pas juste un roman d'espionnage. Echenoz joue avec les codes du roman, en faisant constamment en sorte que ses personnages ressemblent le moins possible à des héros romanesques ou en malmenant les conventions réalistes généralement admises. Ses livres se présentent comme des espaces ludiques où l'écriture, légère, distanciée et ironique, sert des intrigues menées de mains de maître de la part d'un écrivain qui offre ainsi de nouvelles possibilités au roman.

Cherokee

Paru en 1983, *Cherokee* est le deuxième livre d'Echenoz et remporte la même année le prix Médicis. Bien qu'il offre l'apparence du polar, Echenoz lui-même déclare ceci : « je ne veux pas qu'on le réduise à un roman policier ». Le titre fait directement référence à un standard de jazz qui porte le même nom. De fait, l'influence de cette musique est notable dans le style d'Echenoz. Le roman raconte l'histoire de Georges Chave qui, par un enchaînement de circonstances, va se retrouver à mener l'enquête à propos d'une affaire d'héritage. Cet argument est le prétexte à de nombreuses rencontres et à de nombreuses péripéties dans un roman qui malmène les codes du genre policier. Premier succès d'Echenoz en librairie, *Cherokee* est essentiel pour l'auteur qui y affirme ce qui deviendra sa manière d'écrivain : la distance et le décalage comme moteurs d'humour et de création romanesque.

LECTURE MÉTHODIQUE

1 Comment qualifier cette première rencontre entre Georges et Véronique ? Est-elle conforme à ce que l'on attendrait d'une rencontre romanesque ? Pourquoi ?

2 L'humour d'Echenoz repose sur le décalage. Relevez deux exemples.

3 Quels sont les éléments qu'Echenoz se plait à décrire dans cet extrait ? À l'inverse, quels sont les éléments qui « normalement » devraient faire l'objet d'une description. Que pouvez-vous en dire ?

4 Observez le dernier paragraphe. En quoi l'écriture d'Echenoz y est-elle inventive ?

◆◆ 第二节　导读 ◆◆

当代法语文学 (2000—2020)

迈向21世纪的法国进入了一个新的政治时代。在过去20年里，法国左翼和右翼轮流执政以及左右共治已成为常态。2002年，极右翼候选人让-玛丽・勒庞(Jean-Marie Le Pen)首次进入第二轮总统选举。在2017年和2022年的选举中，埃马纽埃尔・马克龙(Emmanuel Macron)以微弱优势战胜了极右翼新候选人玛丽娜・勒庞(Marine Le Pen)，越来越高的投票弃权率显示了法国人对政治的失望，法国民主制度深陷危机中。连续发生的恐怖袭击给法国社会造成了巨大创伤。法国面临着21世纪的所有问题和难题，无论是社会、文化、哲学、气候、地缘政治还是与公共卫生相关的问题。

21世纪初期是文化领域的重要转折点。电子游戏、计算机、互联网、传统手机及新兴的智能手机共同塑造了一个以数字技术和屏幕为中心的世界。尽管流媒体网站、视频点播和各类连续剧兴起，阅读仍然是一项非常广泛的活动。虽然电子阅读器早在21世纪初就已经出现，但是在法国，纸质图书依旧是最受欢迎的图书形式。

数字革命并没有扼杀书籍，在某些情况下，还有助于书籍的传播。在法国国家图书馆(BNF)等机构的努力下，通过其数字图书馆加利卡(Gallica)，人人都能读到许多早已绝版的书籍。除了主要的专业零售网站[法雅客(Fnac)、亚马逊(Amazon)]等，在二手书转售网站也能轻松找到绝版书。然而，实体书店还是越来越少，越来越受到来自互联网竞争的威胁。

虽然书籍的重要性并未受到影响，但是法国人的阅读习惯正在发生变化。15至24岁的年轻人阅读量有所增加，他们是连环画、漫画、科幻小说的主要阅读者。40多岁的人更喜欢有关个人成长的书籍。

文学大事件梳理

1 21世纪文学面临的危机是一种象征性危机。在人们的集体想象中，文学不再占据特殊位置，也不再受到社会的推崇。大学里的文学课程吸引的学生越来越少，文学成为最早受预算削减影响的学科。除了文学之外，所有人文学科都在蒙受损失。

2 每年的文学回归季都是文学盛事，除了四大传统奖项（龚古尔文学奖、勒诺多奖、费米娜奖、梅迪西斯奖），还有许多奖项可以提高不为人知的作家的知名度，法国各地也都会举办书展。面对如此众多的新书，我们很难分辨其质量的高下，一本书的价值往往取决于它所受到的媒体待遇（大出版商的支持、社交网络、广告等）。虽然21世纪有三位法国作家获得了诺贝尔文学奖[2008年的勒克莱齐奥((Jean-Marie Gustave Le Clézio)、2014年的莫迪亚诺和2022年的埃尔诺]，但他们似乎都不愿意或无法胜任“伟大作家”的角色，从而成为某种质量的标杆。所有这些因素都导致了参照物的相对化和评判等级的缺失。

3 阿梅莉·诺冬（Amélie Nothomb）、安娜·加瓦尔达（Anna Gavalda）、纪尧姆·米索（Guillaume Musso）、亚历山大·雅尔丹（Alexandre Jardin）和妙莉叶·芭贝里（Muriel Barbéry）的作品在出版界广受欢迎，他们的作品成为众多读者喜爱的畅销书，但其文学品质却备受争议。尽管消费社会和大众文化的后果之一似乎是价值观的模糊和某种平庸化（一切都被认为有价值），但许多作家仍然追求精益求精。

4 21世纪的文学是什么样的？文学作品浩如烟海，很难用几句话概括其全貌。然而，在一个特别关注个体概念的世界中，文学是被偏爱的主题之一。茨维坦·托罗洛夫（Tzvetan Todorov）在《濒危的文学》（*La Littérature en péril*，2007）中说，文学必须“对我们的生活有所帮助”。我们的社会不乏关注个体感受、痛苦和创伤的作家。

5 文学具有通过宣泄（catharsis）来治愈的力量。“疗愈文学”（littérature thérapeutique）的目的是同情、安慰及重建。例如：克里斯蒂娜·安戈（Christine Angot）的《一周假期》（*Une semaine de vacances*，2012）、内日·西诺（Neige Sinno）的《悲伤的老虎》（*Triste tigre*，2023）、特里斯坦·巴农（Tristane Banon）的《虚伪者的舞会》（*Le Bal des hypocrites*，2011）、卢卢·罗贝尔（Loulou Robert）的《灰色地带》（*Zone grise*，2020）、安妮·埃尔诺的《事件》（*L'Événement*，2000）。而梅丽丝·德·盖兰嘉尔（Maylis de Kerangal）的《修复生者》（*Réparer les vivants*，2014）以及布丽吉特·吉罗（Brigitte Giraud）的《纵情生活》（*Vivre Vite*，2022）则利用小说和自传体叙述唤起人们对失去亲人的痛惜之情，并通过器官捐献和一连串的“如果”进行重建，帮助我们设想本可以实现的一切。

6 作家通过个人经历，审视20世纪的历史。洛拉·拉丰(Lola Lafon)在《当你听到这首歌》(*Quand tu écouteras cette chanson*，2022)中记录了在安妮·弗兰克博物馆度过的夜晚，在那里，小女孩安妮的故事与她自己家人的故事遥相呼应；在《不哭》(*Pas pleurer*，2014)中，流亡法国的西班牙共和党人的女儿莉迪·萨尔维尔(Lydie Salvayre)描绘了她的母亲，一位西班牙内战的见证人。

7 自20世纪末以来，阿尔及利亚战争这一长期被压制的话题已成为文学的重要主题。继弗朗索瓦·马斯佩罗(François Maspero)的《无花果树》(*Le Figuier*，1988)和迪迪埃·戴宁克斯(Didier Daeninckx)的《备查的谋杀》(*Meurtres pour mémoire*，1996)之后，21世纪的作家继续探索法国历史上的这一盲点。在《阿尔及利亚之夜》(*La Nuit Algérie*，2004)中，弗朗索瓦·布尔雅(François Bourgeat)再现了战争的残酷。罗朗·莫维尼埃(Laurent Mauvignier)的《男人们》(*Des hommes*，2009)也探讨了阿尔及利亚士兵的状况，包括他们的创伤和压抑。在《失的艺术》(*L'Art de perdre*，2018)中，艾丽斯·泽尼泰(Alice Zeniter)讲述了阿尔及利亚战争的后果、被摧毁的生活、阿尔及利亚军人的命运、移民家庭受到的恶劣对待，以及那些仍然压在年轻一代身上的难以言说的痛苦，还有他们受到质疑的身份。

8 身份和社会问题贯穿了尼古拉·马修(Nicolas Mathieu)的作品《他们之后的孩子》(*Leurs enfants après eux*，2018)。该书讲述了去工业化的肆虐以及它给被遗弃地区带来的社会苦难。社会决定论和从阶级中解放出来的愿望是爱德华·路易(Édouard Louis)以传记为灵感的小说《艾迪的告别》(*En finir avec Eddy Bellegueule*，2014)、《改变：方法》(*Changer : méthode*，2021)的核心。

9 维吉妮·德彭特(Virginie Despentes)在《弗门丧歌》(*Vernon Subutex*，2015)中，用“悲伤和压抑”来形容法国社会的多样性。这两个形容词对于米歇尔·维勒贝克(Michel Houellebecq)自20世纪90年代创作的作品来说并不陌生。维勒贝克被公认为21世纪初重要作家之一。他的作品涉猎广泛，其中有探讨西方社会衰落的，如《平台》(*Plateforme*，2001)；探讨男女关系的，如《一个岛的可能性》(*La Possibilité d'une île*，2005)。维勒贝克在作品中探讨生存的孤独感，对自由主义进行谴责。这些作品涉及法国社会的所有敏感问题，至今畅销不衰，也时常引发争议，如《屈服》(*Soumission*，2015)。

10 虽然法语文学似乎以自传体故事和第一人称写作为主，但并没有完全摆脱其小说传统。如：玛丽·恩迪亚耶(Marie Ndiaye)的《三个折不断的女人》(*Trois Femmes puissantes*, 2009)；让·艾什诺兹的《我走了》(*Je m'en vais*, 1999)，《电光》(*Des éclairs*, 2010)；比利时作家让-菲利普·图森(Jean-Philippe Toussaint)的《玛丽的真相》(*La Vérité sur Marie*, 2009)和马蒂亚斯·埃纳尔(Mathias Énard)的《罗盘》(*Boussole*, 2015)，《掘墓人协会的年宴》(*Le Banquet annuel de la Confrérie des fossoyeurs*, 2020)都是高水平作品，这些作品将想象力，以及对当代问题的思考和文学创新融为一体。

21世纪的文学还在形成中。一些趋势正在显现，但现在预言明天的重要作家还为时过早。有一点可以肯定，当代文学高度重视来自不同文化、社会和地理背景的作家。那些被边缘化和代表性不足的声音现在找到了自己的位置，它们为文学界带来了新的视角和体验。毫无疑问，时间会进行筛选，未来的文学史将保留最核心的部分。

◆◆ Séquence 2 ◆◆

Littérature contemporaine (2000—2020)

La situation politique en France au début du XXIe siècle

Par bien des aspects, le passage au XXIe siècle annonce l'entrée de la France dans une nouvelle ère politique. Les vingt années précédentes avaient normalisé les principes de l'alternance et de la cohabitation. L'échéance électorale de 2002, qui voit la fin des mandats de l'Assemblée nationale (élue pour 5 ans) et du président de la République (élu pour 7 ans), permet une réforme constitutionnelle faisant passer à 5 ans le mandat présidentiel. Dans le même temps, il est décidé d'inverser le calendrier électoral. À partir de 2002, le président de la République sera élu pour 5 ans, tout comme l'Assemblée nationale dont l'élection aura lieu quelques semaines après. Le 21 avril 2002, à la surprise générale, le candidat de l'extrême-droite, Jean-Marie Le Pen, accède pour la première fois au second tour de l'élection présidentielle. Si Jacques Chirac est finalement réélu avec 82% des suffrages exprimés, le séisme de 2002 imprègne durablement les consciences et sert de repoussoir lors des deux scrutins suivants où les électeurs sont appelés à voter « utile ». Ainsi, les élections de Nicolas Sarkozy (face à Ségolène Royal en 2007) et François Hollande (face à Nicolas Sarkozy en 2012) semblent rétablir le principe d'alternance. Toutefois, les élections de 2017 et 2022, qui voient Emmanuel Macron s'imposer face à Marine Le Pen, nouvelle candidate de l'extrême-droite, avec des scores toujours plus serrés, illustrent l'état de crise d'une démocratie française où l'abstention, toujours plus importante, témoigne de la désillusion des Français vis-à-vis du politique et parfois de leur défiance envers les institutions.

La vague d'attentats islamistes perpétrée en France (visant notamment le journal satirique *Charlie Hebdo*, le 7 janvier 2015, la salle de spectacle du Bataclan, le 13 novembre 2015 et la fête nationale à Nice, le 14 juillet 2016) traumatisent une société française qui se trouve désormais confrontée à tous les enjeux et à toutes les problématiques du XXIe siècle, qu'elles soient sociales, culturelles, philosophiques, climatiques, géopolitiques ou sanitaires.

Le livre et la révolution numérique

Les années 2000 sont un tournant majeur pour le monde de la culture. Les jeux vidéos, les ordinateurs, Internet, les téléphones portables, puis les smartphones ont façonné un monde où dorénavant le numérique et les écrans sont rois. Malgré l'essor des sites de streaming, de vidéos à la demande et des séries en tout genre, la lecture reste une activité répandue. En 2019, 82% des Français affirment avoir lu au moins un livre dans l'année. Parmi eux, 31% affirment en avoir lu plus de 20. Si des liseuses électroniques apparaissent dès le début des années 2000, le livre au format papier reste plébiscité en France.

La révolution numérique n'a pas tué le livre et a même parfois favorisé sa diffusion. Grâce à l'action d'institutions telles que la BNF, via *Gallica*, de nombreux ouvrages, parfois plus édités depuis longtemps, sont maintenant accessibles à tous. Outre les grands sites marchands spécialisés, les sites de revente de livres d'occasion permettent de trouver facilement des livres épuisés. Toutefois, malgré l'un des réseaux de distribution les plus importants du monde avec 3 500 librairies indépendantes, il est possible d'observer en France les conséquences économiques de cette croissance du numérique, avec des librairies de moins en moins nombreuses et de plus en plus menacées par la concurrence d'Internet.

Si la place du livre ne semble pas en danger (le livre reste encore, pour 84% des Français, une bonne idée de cadeau), il convient toutefois de souligner que les habitudes des Français semblent évoluer. Si les jeunes âgés entre 15 et 24 ans lisent davantage, il s'agit en règle générale de bande-dessinées, de mangas, de comics, de romans de science-fiction et, nouveau phénomène observé depuis 2013, de « New Romance ». Pour les quadragénaires, les livres traitant de développement personnel connaissent un réel engouement.

Le monde littéraire au XXIe siècle

La question n'est pas tellement de savoir si le numérique représente un réel danger pour le livre. La véritable crise de la littérature, au XXIe siècle, est d'ordre symbolique. Les lettres n'occupent plus une place de choix dans l'imaginaire collectif et ne garantissent plus aucune considération dans l'espace social. À l'université, les formations littéraires, qui attirent de moins en moins d'étudiants, sont les premières à subir les restrictions budgétaires. Au-delà de la littérature, ce sont toutes les sciences humaines qui souffrent de discrédit.

Pourtant, on publie chaque année toujours plus de nouveaux livres (environ 750 romans ont été publiés en 2010). Les rentrées littéraires constituent toujours un évènement et, outre les quatre grands prix traditionnels (Goncourt, Renaudot, Femina, Médicis), de nombreuses récompenses promeuvent des auteurs parfois moins en vue et de nombreux salons du livre existent partout en France. Face à la grande profusion de nouveautés, il devient parfois difficile de faire le tri dans une production à la qualité très inégale, où la valeur d'un ouvrage se résume bien souvent au succès qu'il rencontre, succès qui dépend – à de très rares exceptions près – du traitement médiatique (soutien des grands éditeurs, réseaux sociaux, publicités...) qui lui est réservé. Bien que trois écrivains français se soient vus récompensés par le prix Nobel de littérature au XXIe siècle (J.M.G Le Clézio en 2008, Patrick Modiano en 2014 et Annie Ernaux en 2022), aucun ne semble désirer ou être en mesure d'occuper ce rôle de « grand écrivain » et donc incarner un certain standard de qualité. Tous ces facteurs conduisent à une certaine relativisation des références et à l'absence de hiérarchisation en matière de jugement. Les livres d'Amélie Nothomb, d'Anna Gavalda, de Guillaume Musso, d'Alexandre Jardin, de Muriel Barbéry constituent des valeurs sûres du monde de l'édition, sont d'énormes succès de librairie plébiscités par un grand nombre de lecteurs mais n'en ont pas moins une qualité littéraire très discutable. Si l'une des conséquences de la société de consommation et de la culture de masse semble être le brouillage des valeurs et un certain nivellement (tout se vaudrait), de nombreux écrivains continuent cependant de faire preuve d'exigence.

Quelle littérature au XXIe siècle ?

La production littéraire est tellement importante qu'il devient difficile de dégager des principes qui la résumeraient toute entière. Toutefois, dans un monde qui accorde une attention toute particulière à la notion d'individu, il semble naturel que la littérature en fasse elle aussi un de ses sujets de prédilection. Si, comme l'écrit Tzvetan Todorov, la littérature doit « nous aider à vivre » (*La Littérature en péril,* 2007), de nombreux auteurs vont s'intéresser à l'être, à ses ressentis, à ses douleurs et à ses déchirures. Puisque tous les modèles érigés en références collectives tout au long du XXe siècle ont échoué, il s'agit désormais, pour l'écrivain, de se placer selon un point de vue individuel et de nommer les choses pour les comprendre et finalement proposer une interprétation personnelle des multiples enjeux soulevés par le XXe siècle. D'aucuns parlent d'une « littérature thérapeutique » (Denis Labouret) dont l'objectif serait de se montrer empathique, de consoler et de reconstruire. La littérature aurait ainsi le pouvoir de soigner, idée qui n'est pas si novatrice si l'on pense au principe de *catharsis*.

Toujours est-il que cette tendance s'exprime de nombreuses façons. Elle peut se retrouver dans les témoignages (récits et autofiction) de plus en plus nombreux qui évoquent les violences faites aux femmes, qu'il s'agisse d'inceste dans les livres de Christine Angot (*Une semaine de vacances*, 2012) et de Neige Sinno (*Triste tigre*, 2023), ou de viol dans le témoignage de Tristane Banon (*Le Bal des hypocrites*, 2011) et le récit de Loulou Robert (*Zone grise*, 2020). Par l'expérience individuelle, c'est bien toute la société, coupable de fermer les yeux, de minimiser, voire même de culpabiliser les victimes, qui est remise en cause, ainsi que le prouve Annie Ernaux dans son récit d'un avortement intitulé *L'Événement* (2000). Maylis de Kerangal (*Réparer les vivants*, 2014) et Brigitte Giraud (*Vivre vite*, 2022) évoquent, par le biais du roman pour l'une et du récit autobiographique pour l'autre, la perte d'un être cher et une reconstruction rendue possible respectivement par une réflexion sur le don d'organe et par une litanie des « si » qui aide à envisager tout ce qui aurait pu être.

C'est aussi par l'intermédiaire de l'expérience personnelle que les écrivains interrogent l'Histoire du XXe siècle. Après s'être intéressée au monde communiste dans *La Petite Communiste qui ne souriait jamais* (2014), Lola Lafon consigne dans un livre la nuit qu'elle a passé au Musée Anne Franck où l'histoire de la jeune fille fait écho à celle de sa propre famille (*Quand tu écouteras cette chanson*, 2022). Dans *Pas pleurer* (2014), Lydie Salvayre, fille de républicains espagnols exilés en France, met en scène sa mère, témoin de la guerre d'Espagne. Mais, depuis la fin du XXe siècle, c'est la guerre d'Algérie, sujet longtemps refoulé, qui devient un thème important de la littérature. Après les romans de François Maspero (*Le Figuier*, 1988) ou de Didier Daeninckx (*Meurtres pour mémoire*, 1996), les écrivains continuent d'explorer au XXIe siècle cet angle mort de l'Histoire française. Avec *La Nuit Algérie* (2004), François Bourgeat raconte la cruauté de la guerre. C'est aussi de la condition des appelés en Algérie, des traumatismes et du refoulement dont il est question dans le roman de Laurent Mauvignier, *Des hommes* (2009). Dans *L'Art de perdre* (2018), Alice Zeniter parle des conséquences de la guerre d'Algérie, des vies brisées, du destin des harkis, de l'accueil déplorable réservé aux familles immigrées et des non-dits qui pèsent encore sur les jeunes générations dont l'identité est remise en question.

Ce sont aussi des questions d'identité et de société qui traversent le livre de Nicolas Mathieu, *Leurs enfants après eux* (2018), qui traite des ravages de la désindustrialisation et de la misère sociale qu'elle entraîne dans des territoires désormais délaissés. Le déterminisme social et le désir de s'affranchir de sa classe sont au centre des romans à forte inspiration biographique d'Édouard Louis (*En finir avec Eddy Bellegueule*, 2014 ; *Changer : méthode*, 2021) qui, en plus de se montrer particulièrement sévère envers son milieu d'origine, aborde sans détour la question de son homosexualité. Virginie Despentes dépeint elle aussi, dans *Vernon Subutex* (2015), via la galerie de personnages que rencontre son protagoniste, la diversité d'une société française qu'elle qualifie de « triste et de dépressive ». Ces deux adjectifs ne sont pas étrangers à l'œuvre que Michel Houellebecq, communément considéré comme l'un des écrivains majeurs de ce début de XXIe siècle, construit depuis les années 90. Déréliction des sociétés occidentales (*Plateforme*, 2001), relations entre hommes et femmes (*La Possibilité d'une île*, 2005), solitude existentielle, dénonciation du libéralisme, ses livres, qui sont toujours de grands succès de librairie, abordent tous les thèmes les plus sensibles qui parcourent la société française, jusqu'à régulièrement susciter la polémique (*Soumission*, 2015).

Si elle semble dominée par l'autofiction, les récits plus ou moins autobiographiques et l'écriture à la première personne, la littérature française n'a pas totalement rompu avec sa tradition romanesque. Marie Ndiaye (*Trois Femmes puissantes*, 2009), Jean Echenoz (*Je m'en vais*, 1999 ; *Des éclairs*, 2010), l'auteur belge Jean-Philippe Toussaint (*Faire l'amour*, 2002 ; *La Vérité sur Marie*, 2009) ou Mathias Énard (*Boussole*, 2015 ; *Le Banquet annuel de la Confrérie des fossoyeurs*, 2020) bâtissent une œuvre exigeante où se mêlent imagination, réflexion sur les enjeux contemporains et innovation littéraire.

La littérature du XXIe siècle est encore à venir. Quelques tendances se dessinent, mais il est certainement trop tôt pour présager des auteurs qui compteront demain. Une chose est sûre, la littérature contemporaine fait la part belle aux écrivains venant d'horizons culturels, sociaux et géographiques divers. Des voix marginales et jusqu'alors sous-représentées trouvent désormais leur place, apportant de nouvelles perspectives et expériences à la scène littéraire.

◆◆ Texte 1 ◆◆

Boussole (2015)

Au cours d'une nuit, Franz se souvient de Sarah. Suivant le fil de ses idées, les souvenirs s'enchaînent.

5 H 33

Sarah se trompe, je ne suis jamais allé à Weimar. Un concentré d'Allemagne, effectivement. Une réduction pour collectionneurs. Une image. Quelle force chez Goethe. Tomber amoureux à soixante-cinq ans du *Divan* de Hafez et de Marianne Willemer. Tout lire à travers les binocles de l'amour. L'amour génère l'amour. La passion comme moteur. Goethe machine désirante. La poésie comme carburant. J'avais oublié ce frontispice bilingue du *Divan*. Nous avons tous oublié ces dialogues, pressés de refermer les œuvres sur la nation sans entrevoir l'espace qui s'ouvre entre les langues, entre l'allemand et l'arabe, dans la gouttière de la reliure, au pli des livres, dans le blanc tournant. On devrait plus s'intéresser aux adaptations musicales du *Divan occidentoriantal*, Schubert, Schumann, Wolf, des dizaines de compositeurs sans doute, jusqu'aux émouvants *Goethe Lieder* pour mezzo-soprano et clarinettes de Luigi Dallapiccola. C'est beau de voir à quel point Hafez et la poésie persane ont irrigué l'art bourgeois européen, Hafez et bien sûr Omar Khayyam – Khayyam le savant irrévérencieux a même sa statue pas loin d'ici, au milieu du Centre international de Vienne, une statue offerte il y a quelques années par la République islamique d'Iran, pas revancharde contre le poète du vin fâché avec Dieu. Un jour j'aimerais emmener Sarah sur le Danube voir ce monument qui trône au beau milieu des immeubles des Nations unies, ces quatre savants de marbre blanc sous leur dais de pierre brune, encadré par des colonnes rappelant celles de l'apadana de Persépolis. Khayyam, propulsé par la traduction d'Edward Fitzgerald, envahit l'Europe des lettres ; le mathématicien oublié du Khorassan devient un poète européen de premier plan dès 1870 – Sarah s'est penchée sur le cas Khayyam à travers le commentaire et l'édition de Sadegh Hedayat, un Khayyam réduit à l'essentiel, réduit aux quatrains provenant des recensions plus anciennes. Un Khayyam sceptique plus que mystique. Sarah expliquait l'immense fortune mondiale d'Omar Khayyam par la simplicité universelle de la forme du quatrain, d'abord, puis par la diversité du corpus : tour à tour athée, agnostique ou musulman, amoureux hédoniste ou contemplatif, ivrogne invétéré ou buveur mystique, le savant du Khorassan, tel qu'il nous apparaît dans les quelques mille quatrains qui lui sont attribués, a de quoi plaire à tous – même à Fernando Pessoa, qui composera, au long de sa vie, près de deux cents quatrains inspirés par sa lecture de la traduction de Fitzgerald. Sarah avouait sans peine que ce qu'elle préférait de Khayyam, c'était l'introduction de Hedayat et les poèmes de Pessoa ; elle aurait volontiers rassemblé les deux, en fabriquant un assez beau monstre, un centaure ou un sphinx, Sadegh Hedayat introduisant les quatrains de Pessoa, à l'ombre de Khayyam. Pessoa aimait lui aussi le vin,

La joie suit la douleur, et la douleur la joie.
Nous buvons du vin car c'est fête, parfois
Nous buvons du vin dans la grande douleur.
Mais de l'un ou l'autre vin, il reste quoi ?

et était au moins aussi sceptique et désespéré que son ancêtre persan. Sarah me parlait des tavernes de Lisbonne où Fernando Pessoa allait boire, entendre de la musique ou de la poésie, et effectivement, elles ressemblaient dans son récit aux *meykhané* iraniennes, à tel point que Sarah ajoutait ironiquement que Pessoa était un hétéronome de Khayyam, que le poète le plus occidental et le plus atlantique d'Europe était en réalité un avatar du dieu Khayyam, [...] et dans d'interminables conversations avec l'ami Parviz, à Téhéran, elle s'amusait à retraduire en persan les quatrains de Pessoa, pour retrouver, disaient-ils, le goût de ce qui était perdu – l'esprit de l'ivresse.

MATHIAS ÉNARD (NÉ EN 1972)

Vie et formation

Mathias Énard est né en 1972 à Niort. Il a suivi des études d'arabe et de persan à l'INALCO (l'Institut national des langues et civilisations orientales). Il a effectué de longs séjours au Moyen-Orient. Traducteur du persan (Mirzâ Habib Esfahâni, *Épître de la queue*, 2004) et de l'arabe (Yussef Bazzi, *Yasser Arafat m'a regardé et m'a souri : journal d'un combattant*, 2007), il est aussi enseignant à l'université et collabore à la presse écrite et à la radio. Il publie son premier roman, *La Perfection du tir*, en 2003. En 2008, *Zone*, roman composé d'une seule phrase longue de 500 pages, est salué par la critique et remporte les prix Candide et du Livre Inter. Les œuvres de Mathias Énard sont particulièrement exigeantes. Elles sont en prise directe avec le monde et l'actualité, interrogent la notion d'engagement (*Rue des voleurs*, 2012), s'intéressent à l'Histoire (*Parle-leur de batailles, de rois et d'éléphants*, 2010), et sont souvent pleines d'érudition (*Boussole*, 2015 ; *Le Banquet annuel de la Confrérie des fossoyeurs*, 2020). Loin des modes et des tendances à l'autofiction, Mathias Énard creuse un sillon très personnel et prouve qu'il est possible de ne pas renoncer au roman.

Boussole

Publié en 2015, *Boussole* a remporté le prix Goncourt la même année. Ce roman raconte l'histoire de Franz Ritter, un musicologue, qui au cours d'une nuit d'insomnie va se souvenir de sa vie passée, de ses voyages en Orient et de Sarah, une orientaliste rencontrée jadis dans un colloque. Chaque chapitre correspond ainsi à une heure de cette nuit. Si *Boussole* est un roman d'amour, puisque Franz s'adresse directement à Sarah, il est aussi un grand roman sur l'Orient. Les séjours en Turquie, en Syrie, en Iran sont prétexte à dresser le portrait des poètes, des écrivains et des artistes locaux, comme à rappeler l'Histoire complexe et tragique de cette région du monde au XXe siècle. Énard décrit aussi les rêves et les illusions des premiers voyageurs européens, des premiers orientalistes, qui éprouvèrent cette attraction, parfois fatale, de l'Orient. *Boussole* est un grand livre mélancolique et angoissé, riche, érudit, regorgeant d'informations et d'anecdotes historiques et culturelles.

LECTURE MÉTHODIQUE

1 Quel est le registre de langue employé dans cet extrait. Justifiez votre réponse. Pourquoi peut-on dire que ce texte est érudit ?

2 Dans cet extrait, comment Mathias Énard définit-il la culture au sens large ? Se limite-t-elle à un fait national ou, au contraire, permet-elle de tisser des liens ?

3 Dans cet extrait, quel est le rôle que Mathias Énard fait jouer à la littérature ? Comment comprenez-vous le dernier paragraphe ?

4 Le texte regorge de nombreux noms propres. Faites des recherches sur Hafez de Chiraz, Omar Khayyam, Fernando Pessoa, Sadegh Hedayat.

◆◆ Texte 2 ◆◆

L'Art de perdre (2017)

Le FLN organise la révolution contre la France et sa domination coloniale et se rend dans le village d'Ali pour demander le concours et le soutien de la population. Comme les autres, Ali accepte. Mais après le départ des soldats, il exprime ses doutes.

Ali ne rentre pas se coucher au côté de Yema. Il marche entre les oliviers en inspirant l'air du soir à grandes goulées. Il aurait envie d'une anisette. L'air, ça n'apaise rien. Dans le noir revenu, les feuilles lui balaient le visage, ses pieds oscillent sur les racines et les branches cassées. Il tourne et retourne en pensée ce qui vient de se passer. Il ne peut pas nier qu'il a crié et juré comme les autres. Plus que le discours, c'est l'homme qui lui a plu. Cet homme-là, il pourrait le suivre sans honte, oui. Mais contrairement à la majeure partie des villageois que cette scène a impressionnés au point qu'ils s'attendent à ce que l'indépendance arrive dans les prochains jours, Ali n'a pas été convaincu par ce qu'a dit le lieutenant sur la puissance du FLN. Il peine à croire que les pays voisins puissent faire monter des fusils jusque dans les montagnes. Et si l'Égypte envoyait des armes, est-ce que ces hommes n'auraient pas de meilleures machines entre les mains ? Ali a vu l'unique Sten contre le flanc du chef et les fusils de chasse dont se contentaient ceux qui l'entouraient. Il raisonne, calcule, se dit que pour venir ici les rebelles ont fait en sorte de se présenter sous leur meilleur jour comme le prouvaient les tenues militaires impeccables et le rasage frais du jour, c'est-à-dire qu'ils ont aussi présenté leurs meilleures armes. Ceux qui sont encore là-haut n'ont donc que des pétoires de paysans, au mieux. Et puis il y a la question des munitions. Ali sait à quel point il est difficile de s'en procurer : lui-même n'en a plus depuis longtemps. Les Français ont imposé un rationnement. Si les fusils sont déclarés, on peut acheter des cartouches une fois par an, et c'est tout. Sinon, il faut trouver de la poudre au marché noir et les confectionner soi-même. Ali a déjà essayé et une fois sur deux, les cartouches pètent à la gueule du tireur. Le reste du temps, elles se désagrègent dans l'arme au moment où le percuteur les frappe.

Il va s'asseoir sous la tonnelle qui protège le nouveau pressoir, une mécanique bien plus élaborée que celle emportée par le torrent. Tout près, il entend le bruit de l'âne qui mâchonne. Il allume une cigarette et, à la lumière de la flamme, il se laisse surprendre par l'âge qu'affichent ses mains, des mains devenues grassouillettes et flétries avec le temps. Est-ce qu'il pourrait encore combattre ?

Il y a dix ans, on lui a promis que la guerre ferait de lui un héros. Il ne peut plus y penser sans être pris de tremblements. Il sait que les promesses se font d'autant plus belles qu'elles doivent masquer les risques et maquiller la mort. Il a peur. Il ne pensait pas qu'il vivrait suffisamment longtemps pour voir la guerre se présenter de nouveau à sa porte. Il s'était dit, naïvement : à chaque génération la sienne.

Mais croit-il seulement le lieutenant aux gestes de loup quand celui-ci affirme que le moment est venu, que la guerre est là ? Si le FLN avait de quoi armer les villages, il le ferait sûrement : il déclencherait l'insurrection générale. Or, ce soir, le lieutenant paraissait plutôt pressé de repousser les hommes qui voulaient monter au maquis. Pourquoi ? Ali est sûr qu'il manque et d'armes et de structures capables d'encadrer les nouvelles recrues.

ALICE ZENITER (NÉE EN 1986)

Vie et formation

Alice Zéniter est née à Clamart. Son père est d'origine algérienne et sa mère française. Après son baccalauréat, elle étudie à l'École normale supérieure de la rue d'Ulm, à Paris. Un temps professeure de français en Hongrie, puis chargée d'enseignement à l'université Sorbonne Nouvelle, elle collabore par ailleurs à plusieurs mises en scène, participe à la rédaction d'un long métrage (*Fever*, 2014) et signe plusieurs pièces de théâtre. En 2003, elle publie son premier roman, *Deux moins un égal zéro*, à l'âge de 16 ans. Depuis 2010, elle a fait paraître *Jusque dans nos bras* (2010), *Sombre dimanche* (2013), *Juste avant l'oubli* (2015) et *L'Art de perdre* (2017). Ce dernier la fait connaître du grand public et se voit récompensé par de nombreux prix littéraires, dont le prix Goncourt des lycéens.

L'Art de perdre

L'Art de perdre raconte l'histoire de Naïma, une française d'origine algérienne qui s'interroge sur ses origines. Avec cet ouvrage, Alice Zeniter s'intéresse au destin d'une famille de harkis ayant fui leur pays au moment de la guerre d'Algérie. En suivant trois générations, elle expose comment le fil de l'histoire familiale a été rompu et comment, pour Naïma, au lendemain des attaques terroristes de 2015, il devient essentiel de renouer avec ce passé. Divisé en trois parties, le roman se focalise d'abord sur Ali, le grand-père engagé dans l'armée française en 1940, et sur sa famille en Algérie jusqu'aux attentats du FLN et le début de la guerre (« L'Algérie de papa »). La deuxième partie (« La France froide ») se centre davantage sur Hamid, le père de Naïma, et raconte l'immigration, les camps et la vie dans les cités en France dans les années 60-70. Enfin la troisième partie (« Paris est une fête ») suit le premier voyage de Naïma en Algérie, au milieu des années 2010. *L'Art de perdre* a le mérite de poser la question de la transmission et d'aborder la mémoire de la guerre d'Algérie et de l'immigration à travers l'histoire intime d'une famille, sans prétendre détenir et imposer une quelconque vérité.

LECTURE MÉTHODIQUE

1 Dans cet extrait, quel est le statut du narrateur ? Quelles sont les modalités du discours ?

2 Quel est le champ lexical le plus présent dans cet extrait ? Que dit-il de la réalité et des forces en présence ?

3 Quels sont les doutes d'Ali ? Qu'est-ce qui les motive ? Comment, en regard, expliquer l'enthousiasme des autres villageois ?

4 Faites des recherches sur le FLN (Front de Libération Nationale) et sur la guerre d'Algérie.

◆◆ Texte 3 ◆◆

Leurs enfants après eux (2018)

Le roman suit l'adolescence d'Anthony. Durant l'été, il travaille au club nautique avec Vanessa, qui ne rêve que d'une chose : quitter définitivement Heillange.

Vanessa avait grandi dans une famille aimante et stable, ses parents n'ayant même pas succombé à ces modes si répandues du divorce et de la recomposition. Ils vivaient depuis vingt ans dans le même pavillon qui comptait trois chambres, avec leur deux enfants, un garçon et une fille. Lui bossait au cadastre, elle était secrétaire à la mairie. Chaque année, ils partaient quinze jours à Sanary. Ils ne cherchaient pas à changer de vie, se satisfaisaient de salaires décents et d'augmentations raisonnables. Ils occupaient leur place, favorables à l'état des choses, modérément scandalisés par les forces qui en abusaient, inquiets des périls télévisés, contents des bons moments que leur offrait la vie. Un jour, un cancer mettrait à l'épreuve cette immobile harmonie. En attendant, on était bien. On faisait du feu l'hiver, et des balades au printemps.

Thomas, leur aîné, faisait Staps. Ses parents ne trouvaient rien à y redire. Ils s'inquiétaient en revanche des idées saugrenues de leur fille qui annonçaient des dépenses difficilement soutenables. Il faut dire que depuis l'adolescence, Vanessa se donnait des airs. Sa fac de droit ne faisait que confirmer le sentiment familial : elle se croyait supérieure. [...]

Vanessa voulait fuir ce monde-là. Coûte-que-coûte. Et son angoisse était à la mesure de ce désir d'échappée belle.

Avant ses premiers partiels, elle avait bossé à s'en rendre malade. Ce zèle résultait pour partie des mises en garde familiales. Car ses parents l'avaient prévenue, si elle foirait son année, elle serait rapatriée illico à Heillange, on n'avait pas les moyens d'entretenir une dilettante. Mais au fond, elle ne croyait pas vraiment à ces menaces. En revanche, depuis toute petite, elle entendait des contes affolants sur le fonctionnement universitaire. Des mômes qui avaient jusque-là connu des scolarités sans problème se retrouvaient tout à coup réduits à des notes subatomiques. Le vice des profs était sans limite, leur suffisance proverbiale, l'humiliation des étudiants la règle. Ces derniers étaient d'ailleurs livrés à eux-mêmes, loin de papa-maman, allant d'un cours à l'autre dans l'indifférence générale, somnambuliques et déprimés. Aussi beaucoup cédaient-ils aux plaisirs faciles de la fête, passant leur temps à dormir ou coucher, se défonçant dans leurs studios ou jouant à *Zelda* au lieu de bosser. Ce genre de récit avait de quoi affoler les âmes les mieux trempées.

Ce qui avait effrayé Vanessa surtout, c'était ces citadines pimpantes et délurées en trench et mocassins, avec leurs beaux cheveux et leurs sacs Longchamp. Elles venaient en cours à pied alors que Vanessa devait se taper quarante minutes de bus depuis la cité U. Au lieu de réviser, elles passaient des heures dans les cafés voisins à boire des Perrier rondelle, en discutant de politique et de leurs vacances aux sports d'hiver, tandis que les mecs de licence essayaient d'attirer leur attention. Ces meufs, avec leur assurance innée, leurs connaissances des musées de Londres et d'Amsterdam, leurs maisons de centre-ville et leur vocabulaire choisi, lui avaient foutu une trouille monumentale. Et puis, à la fin du premier semestre, elle avait vu. Ces petites bêcheuses jouaient la décontraction, mais elles n'étaient pas si douées et celles qui n'en avaient pas foutu une rame s'étaient retrouvées à chialer devant le tableau des résultats. Vanessa, elle avait eu la moyenne partout, et 15 en droit constit'.

Pour fêter ça, elle était allée boire un café à son tour, dans une belle brasserie du centre, toute seule, assise bien droite, avec posée devant elle une vieille édition d'un roman de Sagan qui parlait évidemment d'amour. Pour la première fois depuis des semaines, elle s'était sentie à sa place.

NICOLAS MATHIEU (NÉ EN 1978)

Vie et formation

Nicolas Mathieu et né et a grandi dans les Vosges, près d'Épinal. Sa mère est comptable et son père électro-mécanicien. Il est scolarisé dans un établissement privé et catholique. Il étudie les arts du spectacle à l'université de Metz où il soutient un mémoire de maîtrise consacré au cinéaste Terence Malick. Il exerce ensuite plusieurs métiers, dont celui de journaliste pour un site Internet d'information. Son premier roman, *Aux animaux la guerre*, paraît en 2014. Ce premier succès (le livre est adapté pour la télévision en 2015) assure à Nicolas Mathieu une visibilité et lui permet de vivre de sa plume. En 2018, son deuxième roman, *Leurs enfants après eux*, remporte le prix Goncourt, assurant son statut d'écrivain. Les romans de Nicolas Mathieu se font les échos des contextes sociaux et politiques. En cela, il se revendique de l'héritage d'Annie Ernaux et utilise, comme elle, son expérience personnelle pour décrire une réalité commune et plus vaste. Résolument romanesques, ses livres se présentent comme de véritables fresques rendant compte, souvent sur plusieurs générations, de destins individuels indissociables d'une réalité collective, économique et sociale.

Leurs enfants après eux

Publié en 2018, *Leurs enfants après eux* dresse le portrait de jeunes adolescents ayant grandi en France dans les années 90. L'action se situe dans l'est de la France, à Heillange (qui fait écho à Hayange), une ville lourdement touchée par la désindustrialisation et la fermeture des Hauts-fourneaux. En quatre parties qui sont autant de dates (1992, 1994, 1996, 1998), le roman raconte la transformation subie par cette région et par la France au cours de cette décennie marquée par le chômage de masse, l'apparition des zones d'activités commerciales aux abords des villes, des supermarchés et des crédits à la consommation. Au-delà de cette dimension sociale à laquelle sont confrontés tous les protagonistes, *Leurs enfants après eux* est aussi un roman qui parle du difficile passage de l'adolescence à l'âge adulte. Grand succès de librairie, ce livre a été traduit en plus de vingt langues et a fait l'objet d'adaptations théâtrales.

LECTURE MÉTHODIQUE

1 Commentez le registre de langue. Relevez tous les mots familiers du texte.

2 Comment se définit le « bonheur » des parents de Vanessa ?

3 Comment expliquer l'angoisse de Vanessa vis-à-vis de l'université ? Est-elle simplement d'ordre scolaire ?

4 Que représentent les études pour Vanessa ? Développez votre réponse. Comment les parents de Vanessa jugent-ils les aspirations de leur fille ? Pourquoi ?

◆◆ 第三节　导读 ◆◆

从法语国家和地区文学到法语世界文学

法语文学不只属于法国人，许多法国以外的或法籍外裔作家都选择用法语写作，如：贝克特、昆德拉(Milan Kundera)、特里奥莱、罗曼·加里，比利时的诺冬、图森，加拿大的休斯顿(Nancy Huston)、埃贝尔(Anne Hébert)，瑞士的科恩、切塞克斯等。从19世纪六七十年代起，法语小说的视野大大拓宽了。

非殖民化迫使那些认为只有法国本土文学才是法语文学的人超越国界民族主义和种族中心主义。小说向其他文化敞开大门，拥抱差异，并能够同时发挥颠覆、解放和结构化的功能。因此，“法国文学”(littérature française)这一表述本身就成了问题。2007年，让·卢欧发表了题为《为了一种用法语书写的“世界文学”》(*Pour une littérature-monde en français*)的宣言，他指出，用法语书写的文学将不再是以巴黎和法国为中心的文学。“法语国家和地区文学”(littérature francophone)这一表述，说明没有中心，也就不再有边缘，因此不能根据文学著作来源或假定的标准价值来建立等级。

“法语世界文学”本身带有某种开放性，但是也会受到一些法国作家的排斥，这些作家强调法国文学必须具备法国地域表达特殊性，而法语国家和地区作家也希望看到自己的特殊性得到承认。这些争论反映了一个事实，即文学的未来将更加全球化，而不再局限于一个国家的范围。

文学大事件梳理

1 法语后殖民文学由法国前殖民地作家创作。后殖民文学的发展贯穿整个20世纪，在第二次世界大战后兴起，当时非洲、亚洲、安的列斯群岛和大洋洲的许多国家都在争取独立。后殖民文学首先探讨的是殖民化的影响及其对社会、文化、身份和心态的冲击。19世纪和20世纪初，西方人理所当然地认为殖民化的影响是非常“积极的”，而后殖民作家则谴责殖民化带来的不公平和不公正，谴责其引发的各种压迫机制，这些机制时至今日仍然制约着社会发展。后殖民文学作品让我们有可能改变观点，让我们深入了解在殖民地叙事中经常被忽视的现实。爱情、家庭、异化、暴力、不公正、寻找自我，这些文学作品喜欢探讨的普遍性主题，在过去出版的作品中并不少见。对于许多后殖民作者来说，写作的核心挑战在于审视文化元素和传承的概念。在被迫遗忘、被迫接受外来文化元素以及艰难夺回之间，身份问题是个人和集体的核心问题。这种多重身份的复杂关系在作者与语言的关系上有所反映，他们用法语写作，却没有放弃自己的母语。因此，文化的混杂性与语言的混杂性相呼应，语言的混杂性在许多小说中都有所体现。通过反映语言的多样性和特殊性，反映了世界各个地区的丰富性。作家将殖民影响与本土元素相融合，开辟了新的创作空间，拓宽了可能的范围，书写了曾被殖民或仍受殖民影响的民族必须继续面对的历史和挑战。

2 安的列斯群岛文学包括来自马提尼克、瓜德罗普和海地的作品和作家，圭亚那文学有时也包括在内。艾梅·塞泽尔(Aimé Césaire)是一位来自马提尼克的作家，在巴黎学习期间，他意识到自己身份中被压抑的部分，尤其是其中的非洲成分，塞泽尔因此提出了“黑人性”(négritude)概念。这是对法国殖民制度所强加的文化压迫的反击。“黑人性”反对同化思想，努力推广被种族主义和殖民主义意识形态贬低的文化。“黑人性”捍卫的是一种不再以欧洲标准为基础的新的世界观。这是一种积极而具体的人文主义，与地球上所有受压迫的人民息息相关。安的列斯群岛文学经常探讨身份、独立、移民、奴隶制记忆、与非洲的联系、克里奥尔语的地位、妇女状况以及当代社会的经济和社会现实等问题。

安的列斯群岛作家作品：

- 玛丽斯·孔戴(Maryse Condé)：《塞古家族》(*Ségou*，1984)
- 吉塞勒·皮诺(Gisèle Pineau)：《美人鱼的香水》(*Le Parfum des sirènes*，2018)
- 爱德华·格里桑(Édouard Glissant)：《裂隙河》(*La Lézarde*，1958)；《奥默罗德》(*Ormerod*，2003)
- 帕特里克·夏穆瓦佐(Patrick Chamoiseau)：《德士古》*Texaco*，1992；《游隼的九个意识》(*Les Neuf Consciences du Malfini*，2009)
- 达尼·拉费里埃(Dany Laferrière)：《无帽之国》(*Pays sans chapeau*，1996)；《还乡之谜》(*L'Énigme du retour*, 2009)

3 马格里布法语文学是指法国殖民时期在突尼斯、摩洛哥和阿尔及利亚创作的文学作品。最初，它是对19世纪和20世纪初法国作家创作的异国情调小说的回应。在争取独立的斗争中，马格里布法语文学有了新的发展。阿尔及利亚战争将作家们卷入其中。贾迈尔·阿姆拉尼(Djamel Amrani)在《证人》(*Le Témoin*，1960)中描述了他遭受酷刑的经历。卡提卜·雅辛(Kateb Yacine)的《纳吉玛》(*Nedjma*，1956)通常被视为阿尔及利亚文学的雏形，他在这部作品中也谴责了殖民主义。非殖民化之后，这些文学作品将目光转向了新的社会现实，其中关于社会危机的有拉希德·布杰拉(Rachid Boudjera)的《日照》(*L'Insolation*，1971)；关于贫困和腐败的有塔哈尔·本·杰伦(Tahar Ben Jelloun)的《疯子穆哈，圣人穆哈》(*Moha le fou, Moha le sage*，1978)；关于暴力和狂热的有阿西娅·杰巴尔(Assia Djebar)的《奥兰语，死去的语言》(*Oran, langue morte*，1997)以及雅斯米纳·卡德拉(Yasmina Khadra)的《上帝的羔羊》(*Les Agneaux du Seigneur*，1998)等。

4 后殖民背景、与历史的关系以及对身份的审视仍然是作家们青睐的主题。卡迈勒·达乌德(Kamel Daoud)在《默尔索案调查》(*Meursault contre-enquête*，2013)中对加缪的《局外人》进行了后殖民重写。20世纪90年代和21世纪初期，新一代作家对移民、记忆、文化和社会状况进行了探索。他们中的许多人拥有双重国籍，拒绝被人贴标签，而有些人总想把他们归入狭隘的民族文学范畴。例如，蕾拉·斯利玛尼(Leïla Slimani)《温柔之歌》(*Chanson douce*，2016)充分展示了她的摩洛哥文化和法国文化的双重性特质，其中一种文化的存在并不以牺牲另一种文化为代价。

5 创作了《阴影之歌》(*Chants d'ombre*，1948)的塞内加尔诗人、政治家列奥波尔德·塞达·桑戈尔(Léopold Sédar Senghor)将塞泽尔提出的“黑人性”概念扩展为“黑非洲的所有文化价值观”。直到20世纪80年代，它一直渗透在非洲法语文学中。

6 除了对殖民主义的批判，新的主题不断涌现。科特迪瓦作家阿玛杜·库鲁玛(Ahmadou Kourouma)通过《独立的太阳》(*Les Soleils des indépendances*，1968)抨击了非洲新政权，描述了一个饱受贫困、腐败、滥用权力等问题困扰的非洲。塞内加尔作家玛里亚玛·芭(Mariama Bâ)的长篇小说《一封如此长的信》(*Une si longue lettre*，1979)分析了妇女在社会中的地位。法国-刚果作家阿兰·马邦库(Alain Mabanckou)凭借《豪猪回忆录》(*Mémoires de porc-épic*，2006)获得 2006 年勒诺多文学奖，他的大量作品被翻译成约15种语言。卢旺达作家斯科拉斯蒂克·姆卡松加(Scholastique Mukasonga)也于2012年凭借《尼罗河圣母院》(*Notre-Dame du Nil*, 2012)获得勒诺多文学奖。2021年，塞内加尔小说家穆罕默德·姆布加尔·萨尔(Mohamed Mbougar Sarr)凭借《人最隐秘的记忆》(*La plus secrète mémoire des hommes*, 2021)获得龚古尔文学奖。所有这些例子都证明了非洲法语文学的生命力和活力。

7 在大洋洲，新喀里多尼亚和法属波利尼西亚为法语文学的多样性作出了积极贡献。这些地区拥有丰富的口头文学传统，自20世纪80年代起涌现出了许多作家。在新喀里多尼亚，作家戴维·高罗德(Déwé Gorodey)为争取独立，为卡纳克文化与传统被认可而奔走。2005年，高罗德出版了一部关于暴力侵害妇女的心理小说《无主物》(*L'Épave*, 2005)。尼古拉·库尔托维奇(Nicolas Kurtovitch)出生于新喀里多尼亚努美阿的一个法国家庭，他在书中描绘了新喀里多尼亚和欧洲文化交融的混合社会的复杂性，如《晚安，朋友》(*Good night friend*, 2006)。

8 尚塔尔·斯皮茨(Chantal Spitz)的《梦碎岛》(*L'Île des rêves écrasés*, 1991)是第一部用法语写作的塔希提小说。在当地一家致力于出版波利尼西亚作家作品的出版社——岛屿之风(Au vents des îles)的支持下，21世纪的波利尼西亚法语文学不再被视为“新生文学”。蒂陶阿·佩乌(Titaua Peu)在《皮纳》(*Pina*, 2016)中，就波利尼西亚人的身份认同表达看法，指出了帕皮提贫困街区的社会不稳定性，分析了妇女的境况，并探讨了一个塔希提家庭破裂的问题。波利尼西亚作家弗洛拉·德瓦蒂娜(Flora Devatine)、莫埃里·大流士(Moearii Darius)、莫埃泰·布罗德森(Moetai Brotherson)的作品探讨了因殖民化和刻板印象而受损的波利尼西亚人的身份。

◆◆ Séquence 3 ◆◆

De la francophonie vers une littérature-monde

La littérature pour s'ouvrir au monde

Tout au long du XXe siècle, la littérature en langue française n'a pas été l'apanage des seuls Français. Qu'il s'agisse de Samuel Beckett (*Molloy*, 1951 ; *En attendant Godot*, 1952 ; *Premier Amour*, 1970), de Milan Kundera (*La Lenteur,* 1995 ; *L'Identité*, 1998 ; *L'Ignorance*, 2003), d'Elsa Triolet, de Romain Gary, d'Andreï Makine (*Le Testament français*, 1995), de nombreux écrivains d'origines et de nationalités étrangères ont fait le choix d'écrire en français. En plus des auteurs belges (Amélie Nothomb, Jean-Philippe Toussaint), canadiens (Nancy Huston, Anne Hébert) ou suisse (Albert Cohen, Jacques Chessex) qui, historiquement, entretiennent déjà des liens étroits avec les milieux littéraires français, l'horizon du roman francophone s'est considérablement élargi à partir des années 60-70. La décolonisation a contraint les tenants d'une littérature française comme étant le monopole de l'Hexagone à dépasser le nationalisme des frontières et une vision ethnocentrée qui, de fait, ne correspond pas à la réalité. Le roman s'est ouvert à d'autres cultures, a accueilli les différences et a pu remplir une fonction à la fois subversive, libératrice et structurante. Dès lors, le terme même de « littérature française » pose problème. En 2007, Jean Rouaud publie un manifeste qu'il intitule « Pour une littérature-monde en français » où il expose l'idée d'une littérature écrite en français qui serait privée du centre qu'incarnaient jadis Paris et la France. Sans centre, il n'existe plus de périphérie (ce que sous-entendait l'idée de « littérature francophone »), et donc plus de possibilité d'établir une hiérarchisation selon la provenance ou une supposée valeur étalon. En ce sens, la « littérature-monde » semble porteuse d'un idéal d'ouverture qui peut toutefois être remis en cause par des écrivains français revendiquant la spécificité d'une littérature française comprise comme étant l'expression d'un territoire, mais aussi par des auteurs francophones désireux de voir reconnaître leur propre spécificité. Ces débats théoriques ont au moins le mérite d'interroger sur le devenir plus global d'un fait littéraire qui ne peut plus être considéré à la seule échelle d'un pays.

La décolonisation et la mondialisation ont permis l'émergence de nouvelles voix venant de nouveaux horizons. Ainsi, de nouvelles expériences se donnent à lire et de nombreux écrivains posent un regard neuf sur des sujets jusqu'alors peu développés. C'est dans ce contexte que l'on parle aujourd'hui de littérature post-coloniale.

La littérature post-coloniale

La littérature post-coloniale – dont le terme est importé des États-Unis, au même titre que les *cultural studies* ou les *gender studies* – de langue française regroupe les œuvres littéraires écrites par des écrivains originaires de pays ayant jadis appartenu à l'empire colonial français. Elle se développe tout au long du XXe siècle et connaît un réel essor après la Seconde Guerre mondiale, au moment où de nombreux pays d'Afrique, d'Asie, des Antilles et d'Océanie luttent et obtiennent leur indépendance. Cette littérature explore avant tout les effets de la colonisation et l'impact qu'elle a eu sur les sociétés, remettant en cause les cultures, les identités et les mentalités. Contrairement à un imaginaire occidental hérité du XIXe siècle et du début du XXe siècle qui voulait que la colonisation eût eu un effet « bénéfique », les écrivains dénoncent les injustices et les inégalités qu'elle suppose, ainsi que tous les mécanismes d'oppression qu'elle induit inévitablement et qui conditionneraient encore les sociétés contemporaines. Cette littérature rend possible un changement de point vue en donnant à lire une réalité souvent peu prise en compte par les récits coloniaux, quand elle n'est pas tout simplement négligée. L'amour, la famille, l'aliénation, la violence, l'injustice ou la quête de soi – soit tous les thèmes universels qu'aime à traiter la littérature – ne sont pas absents d'œuvres qui accordent une place essentielle aux questions sociales qui ne peuvent, bien souvent, faire l'économie d'une mise en perspective de l'héritage colonial.

Pour beaucoup d'auteurs, tout l'enjeu de l'écriture consiste à interroger l'élément culturel et la notion de transmission, rendue complexe par la rupture violente avec le passé que sous-entend le colonialisme. Entre oubli forcé, assimilation contrainte d'éléments culturels exogènes et reconquête difficile, la question de l'identité est centrale, tant sur le plan individuel que collectif. Ce rapport complexe à une identité souvent multiple se retrouve dans le rapport à la langue entretenue par des auteurs qui écrivent en français sans pour autant renoncer aux langues autochtones. À l'hybridité culturelle fait donc écho une hybridité linguistique, présente dans de nombreux romans, qui reflète la richesse de chaque région du monde en rendant compte de la diversité de ses variations et de ses spécificités langagières. En entremêlant influence coloniale et locale, les écrivains ouvrent de nouveaux espaces de création, élargissent le champ des possibles et écrivent les histoires et les défis que doivent encore relever les peuples anciennement colonisés ou qui subissent encore cette influence.

Aux Antilles

La littérature antillaise regroupe les œuvres et les auteurs originaires de Martinique (collectivité territoriale unique de la République française), de Guadeloupe (région et département d'outre-mer français) et d'Haïti (république indépendante depuis 1804). On y adjoint aussi parfois la littérature guyanaise (la Guyane est une collectivité territoriale unique française). Avec Aimé Césaire (1913–2008), écrivain martiniquais qui, pendant qu'il était étudiant à Paris, a pris conscience de la part refoulée de son identité – et notamment de sa composante africaine –, s'est développé le concept de « négritude ». Créé en réaction à l'oppression culturelle imposée par le système colonial français, il rejette l'idée d'assimilation et promeut des cultures qui ont jusqu'à présent été dévalorisées par le racisme et l'idéologie colonialiste. La « négritude » défend une nouvelle vision du monde qui ne serait plus fondée sur des standards européens. Il se veut un humanisme actif et concret qui concerne tous les opprimés de la planète. Avec les œuvres de Maryse Condé (*Ségou*, 1984), de Gisèle Pineau (*Le Parfum des sirènes*, 2018), d'Édouard Glissant (*La Lézarde*, 1958 ; *Ormerod*, 2003), de Patrick Chamoiseau (*Texaco*, 1992 ; *Les Neuf Consciences du Malfini*, 2009) ou de Dany Laferrière (*Pays sans chapeau*, 1996 ; *L'Énigme du retour*, 2009), la littérature antillaise évoque régulièrement les questions identitaires, l'indépendantisme, l'émigration, la mémoire de l'esclavage, le lien l'unissant à l'Afrique, le métissage, la place du créole, la situation des femmes et les réalités économiques et sociales des sociétés contemporaines.

Au Maghreb

La littérature maghrébine francophone désigne une littérature née pendant la colonisation française en Tunisie (indépendante depuis 1956), au Maroc (indépendant depuis 1956) et en Algérie (indépendante depuis 1962). Elle est d'abord une réponse à l'exotisme en vigueur dans les fictions du XIXe siècle et du début du XXe siècle rédigées par des Français. Elle prend une nouvelle dimension lors des luttes pour l'indépendance. La guerre d'Algérie contraint les écrivains à s'engager. Djamel Amrani témoigne de son expérience de la torture dans *Le Témoin*, 1960. Avec *Nedjma* (1956), souvent perçu comme l'acte de naissance de la littérature algérienne, Kateb Yacine dénonce lui aussi le colonialisme. Après la décolonisation, cette littérature s'intéresse à la nouvelle réalité de sociétés en crise (Rachid Boudjera, *L'Insolation*, 1971), minées par la misère et la corruption (Tahar Ben Jelloun, *Moha le fou, Moha le sage*, 1978), et gangrénées par la violence et le fanatisme (Assia Djebar, *Oran, langue morte*, 1997 ; Yasmina Khadra, *Les Agneaux du Seigneur*, 1998). Contexte post-colonial, rapport à l'Histoire et questionnement identitaire sont encore parmi les thèmes privilégiés par les écrivains. Kamel Daoud, dans *Meursault contre-enquête* (2013), propose une réécriture post-coloniale de *L'Étranger* de Camus. Durant les années 1990 et 2000, une nouvelle génération d'écrivains interroge l'immigration, la mémoire, la culture, la condition sociale. Beaucoup bénéficient d'une double nationalité et refusent les étiquettes attribuées par ceux qui voudraient les ranger dans les limites parfois trop étroites d'une littérature nationale. Ainsi, Leïla Slimani (*Chanson douce*, 2016) revendique pleinement sa double culture marocaine et française, l'une n'existant pas au détriment de l'autre.

En Afrique subsaharienne

Le mouvement de la « négritude », dont le concept est forgé par Aimé Césaire, est repris par le poète sénégalais Léopold Sédar Senghor (*Chants d'ombre*, 1948), qui élargit la notion en la définissant comme « l'ensemble des valeurs culturelles de l'Afrique noire ». Dès la génération suivante, le concept est vivement remis en question même s'il continuera à imprégner la littérature africaine francophone jusque dans les années 80. La Guinée (1958), le Cameroun (1960), le Togo (1960), le Sénégal (1960), le Mali (1960), Madagascar (1960), le Bénin (1960), le Niger (1960), le Burkina Faso (1960), la Côte d'Ivoire (1960), le Tchad (1960), la République Centrafricaine (1960), la République du Congo (1960), le Gabon (1960), la Mauritanie (1960), les Comores (1975) et Djibouti (1977) obtiennent leur indépendance. En plus des critiques exprimées contre le colonialisme, de nouvelles thématiques apparaissent. Avec *Les Soleils des indépendances* (1968), l'Ivoirien Ahmadou Kourouma s'en prend aux nouveaux régimes africains et décrit une Afrique livrée aux problèmes contemporains (pauvreté, corruption, abus de pouvoir...). La Sénégalaise Mariama Bâ fait figure de pionnière avec son roman, *Une si longue lettre* (1979), qui analyse la condition féminine dans sa société. Le Malien Moussa Konaté contribue, à la fin des années 90, à développer le roman policier par le biais notamment de l' « ethno-polar » (*Le Commissaire Habib*, 1998). Le Franco-congolais Alain Mabanckou remporte en 2006 le prix Renaudot pour *Mémoires de porc-épic* et est l'auteur d'une œuvre importante traduite en une quinzaine de langues. La

Rwandaise Scholastique Mukasonga remporte elle aussi le Renaudot en 2012 avec *Notre-Dame du Nil*, un huis clos se déroulant après la décolonisation et anticipant le génocide de 1994. En 2021, c'est le romancier sénégalais Mohamed Mbougar Sarr qui obtient le prix Goncourt pour *La plus secrète mémoire des hommes*. Tous ces exemples illustrent la vitalité et le dynamisme de la littérature africaine d'expression française.

En Océanie

En Océanie, la Nouvelle-Calédonie (collectivité *sui generis*) et la Polynésie française (pays d'outre-mer) contribuent activement à la diversité de la littérature de langue française. Ces territoires, dotés d'une riche tradition de littérature orale, ont vu émerger de nombreux écrivains depuis les années 80. En Nouvelle-Calédonie, Déwé Gorodey, autrice kanak, a milité en faveur de l'indépendance, de la reconnaissance de la culture et des traditions kanak. Elle publie en 2005 *L'Épave*, un roman psychologique sur les violences faites aux femmes. Nicolas Kurtovitch, né à Nouméa dans une famille française, évoque dans ses livres la complexité d'une société métissée où cultures néo-calédoniennes et européennes s'entremêlent (*Good night friend*, 2006).

En 1991, le livre de Chantal Spitz, *L'Île des rêves écrasés*, était le premier roman tahitien de langue française. Soutenue par une maison d'édition locale (Au vent des îles, Papeete) engagée dans la publication d'auteurs polynésiens et dans la diffusion de leurs ouvrages, la littérature polynésienne francophone ne peut plus, au XXIe siècle, être considérée comme « émergente ». En prise directe avec la réalité de leur temps, Chantal Spitz interroge l'identité polynésienne, tandis que Titaua Peu, avec *Pina* (2016), constate la précarité sociale des quartiers pauvres de Papeete, analyse la place de la femme et décrit la dislocation d'une famille tahitienne. Les textes des auteurs polynésiens (Flora Devatine, Moearii Darius, Moetai Brotherson) interrogent une identité polynésienne mise à mal par la colonisation et les représentations stéréotypées.

◆◆ Texte 1 ◆◆

Meursault, contre-enquête (2013)

Le texte qui suit est l'incipit du roman.

Aujourd'hui, M'ma est encore vivante.

Elle ne dit plus rien, mais elle pourrait raconter bien des choses. Contrairement à moi, qui, à force de ressasser cette histoire, ne m'en souviens presque plus.

Je veux dire que c'est une histoire qui remonte à plus d'un demi-siècle. Elle a eu lieu et on en a beaucoup parlé. Les gens en parlent encore, mais n'évoquent qu'un seul mort – sans honte vois-tu, alors qu'il y en avait deux, de morts. Oui, deux. La raison de cette omission ? Le premier savait raconter, au point qu'il a réussi à faire oublier son crime, alors que le second était un pauvre illettré que Dieu a créé uniquement, semble-t-il, pour qu'il reçoive une balle et retourne à la poussière, un anonyme qui n'a même pas eu le temps d'avoir un prénom.

Je te le dis d'emblée : le second mort, celui qui a été assassiné, est mon frère. Il n'en reste rien. [...] C'est d'ailleurs pour cette raison que j'ai appris à parler cette langue et à l'écrire ; pour parler à la place d'un mort, continuer un peu ses phrases. Le meurtrier est devenu célèbre et son histoire est trop bien écrite pour que j'aie dans l'idée de l'imiter. C'était sa langue à lui. C'est pourquoi je vais faire ce qu'on a fait dans ce pays après son indépendance : prendre une à une les pierres des anciennes maisons des colons et en faire une maison à moi, une langue à moi. Les mots du meurtrier et ses expressions sont mon bien vacant. Le pays est d'ailleurs jonché de mots qui n'appartiennent plus à personne et qu'on aperçoit sur les devantures des vieux magasins, dans les livres jaunis, sur des visages, ou transformés par l'étrange créole que fabrique la décolonisation.

Il y a donc bien longtemps que l'assassin est mort et trop longtemps que mon frère a cessé d'exister – sauf pour moi. [...] Comme tous les autres, tu as dû lire cette histoire telle que l'a racontée l'homme qui l'a écrite. Il écrit si bien que ses mots paraissent des pierres taillées par l'exactitude même. C'était quelqu'un de très sévère avec les nuances, ton héros, il les obligeait presque à être des mathématiques. [...]

Moi aussi j'ai lu sa version des faits. Comme toi et des millions d'autres. Dès le début, on comprenait tout : lui, il avait un nom d'homme, mon frère celui d'un accident. Il aurait pu l'appeler « Quatorze heures » comme l'autre a appelé son nègre « Vendredi ». Un moment du jour, à la place d'un jour de semaine. Quatorze heures, c'est bien. Zoudj en arabe, le deux, le duo, lui et moi, des jumeaux insoupçonnables en quelque sorte pour ceux qui connaissent l'histoire de cette histoire. Un Arabe bref, techniquement fugace, qui a vécu deux heures et qui est mort soixante-dix ans sans interruption, même après son enterrement. Mon frère Zoudj est comme sous verre : même mort assassiné, on ne cesse de le désigner avec le prénom d'un courant d'air et deux aiguilles d'horloge, encore et encore, pour qu'il rejoue son propre décès par balle tirée par un Français ne sachant quoi faire de sa journée et du reste du monde qu'il portait sur son dos.

Et encore ! Quand je repasse cette histoire dans ma tête, je suis en colère – du moins à chaque fois que j'ai assez de force pour l'être. C'est le Français qui y joue le mort et disserte sur la façon dont il a perdu sa mère, puis comment il a perdu son corps sous le soleil, puis comment il a perdu le corps d'une amante, puis comment il est parti à l'église pour constater que son Dieu avait déserté le corps de l'homme, puis comment il a veillé le cadavre de sa mère et le sien, etc. Bon Dieu, comment peut-on tuer quelqu'un et lui ravir jusque sa mort ? C'est mon frère qui a reçu la balle, pas lui ! C'est Moussa, pas Meursault, non ? Il y a quelque chose qui me sidère. Personne, même après l'Indépendance, n'a cherché à connaître le nom de la victime, son adresse, ses ancêtres, ses enfants éventuels. Personne. Tous sont restés la bouche ouverte sur cette langue parfaite qui donne à l'air des angles de diamant, et tous ont déclaré leur empathie pour la solitude du meurtrier en lui présentant les condoléances les plus savantes. Qui peut, aujourd'hui, me donner le vrai nom de Moussa ? [...] Qui sait si Moussa avait un revolver, une philosophie ou une insolation ?

KAMEL DAOUD (NÉ EN 1970)

Vie et formation

Kamel Daoud est né à Mesra, en Algérie. De nationalité algérienne, il a été naturalisé français en 2020. Il est le fils d'un gendarme et sa mère est issue de la bourgeoisie de Mesra. Il grandit entouré de cinq frères et sœurs. Après avoir passé un baccalauréat scientifique, Kamel Daoud suit des études supérieures de lettres françaises. En 1994, il intègre *Le Quotidien d'Oran*, journal francophone dans lequel il publie des chroniques avant d'en devenir le rédacteur en chef. Il fait paraître, dans le même temps, des chroniques dans d'autres médias. Il débute en parallèle sa carrière littéraire. *La Fable du nain* (2003) est son premier récit publié en Algérie. Il fait paraître ensuite plusieurs recueils de nouvelles (*Le*

Minotaure 504, 2011). En 2017, il publie *Zabor ou les psaumes*. Les positions humanistes de Kamel Daoud lui valent d'être régulièrement pris pour cible par les intégristes religieux. C'est précisément parce que le français est dénué de dimension religieuse qu'il a choisi d'écrire dans cette langue. Kamel Daoud remporte le prix Goncourt 2024 *pour Houris* (2024).

Meursault, contre-enquête

Avec *Meursault, contre-enquête* (2013) Kamel Daoud remporte le prix Goncourt du premier roman en 2015. L'auteur y met en scène Haroun, le narrateur, un vieil homme qui ressasse sa vie. Il se présente comme étant le frère de l'individu tué par Meursault, dans *L'Étranger* d'Albert Camus. Il souhaite relater une autre version des faits et raconter tout ce que Camus a passé sous silence pour enfin rendre un nom et une existence à son frère. Kamel Daoud utilise la mise en abyme pour brouiller les pistes et créer des effets de miroir. Il utilise et détourne des passages de *L'Étranger*, évoque *La Chute* dans son dispositif, confond parfois Camus et Meursault. Réécriture post-coloniale du roman de Camus, *Meursault, contre-enquête* interroge aussi, sans faire de concession, le monde contemporain, l'Algérie, la question des origines et de l'identité.

LECTURE MÉTHODIQUE

1 Comparez cet incipit avec celui de *L'Étranger* de Camus. Que pouvez-vous en dire ? Quelle est l'ambition affichée de ce texte ?

2 À qui s'adresse le narrateur de ce texte ? Dans quel but ?

3 Selon le narrateur, comment se manifeste l'emprise coloniale de la France ? Quel rôle a joué le colonialisme dans l'oubli de son frère ?

4 Quelle importance le narrateur accorde-t-il à la langue et à la littérature ?

◆◆ Texte 2 ◆◆

La plus secrète mémoire des hommes (2021)

Alors qu'il vit à Paris, Diégane Latyr Faye appelle au téléphone ses parents restés au Sénégal.

31 juillet

J'ai fait ce soir ce que je redoute le plus au monde, Journal : j'ai appelé mes parents. Ma mère : Tu as des problèmes ? Moi : Non, tout va bien. La mère : Vraiment ? Le fils : Vraiment. Elle : Tu appelles comme ça ? Lui : Oui, pour prendre des nouvelles. Ma mère : Anh, Latyr, c'est ça qui m'inquiète. Ça va, tu es sûr ?

Lorsque nous nous passons un appel vidéo, mes parents, côte à côte, tiennent l'appareil en sorte que je voie sur l'écran une partie du visage de chacun. Je regarde ainsi le visage parental réunifié. Les signes de son vieillissement m'ont serré le cœur et donné l'envie de couper l'image. Mais cela n'aurait rien changé ; leurs voix aussi avaient vieilli : des lézardes profondes sur les murs du temps. Je me suis promis, comme chaque fois, de les appeler plus souvent. Je savais pourtant que je ne le ferais pas. Je continuerais de les appeler rarement. Ma mère soulignait, toujours en plaisantant, mon faible sens de la famille. Amères plaisanteries : elles portaient une silencieuse accusation. Mon père ne disait jamais rien à ce propos et cela voulait tout dire. Aucun d'eux ne s'expliquait mes longues périodes de silence. La chose me paraissait pourtant simple : je remplissais l'office dont beaucoup d'enfants devaient s'acquitter vis-à-vis de leurs parents à un moment de leur vie : l'office de l'ingratitude.

Il y avait aussi la part de la naïveté : celle qui me faisait croire que je disposais de mes parents à volonté. Si je repoussais chaque fois le moment de leur passer un coup de fil, c'était peut-être parce que, avec une confiance aveugle, j'étais sûr de les retrouver bientôt, et qu'il n'était donc pas nécessaire de les appeler tous les jours, puisque celui où je rentrerais définitivement à leurs côtés viendrait rapidement. Mirage que ce jour dans le désert de l'exil. Ainsi chaque appel reporté, sous l'illusion de retrouvailles prochaines qui justifiaient son annulation, marquait en réalité un éloignement plus grand. J'ai atteint le stade terminal de l'immigration : je ne crois plus simplement à la possibilité du retour : je me suis convaincu de son imminence et persuadé de regagner le temps passé loin des miens. Ces tragiques espérances me font vivre autant qu'elles me tuent : j'affecte de croire que je rentrerai bientôt chez moi, que tout y sera inchangé et que je pourrai *rattraper*. Le retour qu'on rêve est un roman parfait – un mauvais roman donc.

Quelque chose se meurt. Le monde que j'ai quitté a disparu dès que je lui ai tourné le dos. J'ai cru, l'habitant et y ayant enterré, comme un trésor, mon enfance, qu'il était devenu indestructible par la seule grâce de ce don. J'ai cru à sa loyauté éternelle pour mon existence passée. Rien n'était plus chimérique : le monde jadis aimé n'a pas signé de pacte de fidélité. Sitôt m'en étais-je absenté qu'il s'éloignait déjà dans le tunnel du temps. Je regarde sa ruine : ce qui m'attriste dans ces moments-là n'est pas le fait que ce monde ait été détruit : ce monde était vivant, c'est-à-dire mortel ; ce qui me chagrine, c'est qu'il ait été détruit si facilement quand je pensais lui avoir donné les ressources pour tenir.

L'exilé est obsédé par la séparation géographique, l'éloignement dans l'espace. C'est pourtant le temps qui fonde l'essentiel de sa solitude ; et il accuse les kilomètres alors que ce sont les jours qui tuent. J'aurais pu supporter d'être à des milliards de bornes du visage parental si j'avais eu la certitude que le temps glisserait sur lui sans lui nuire. Mais c'est impossible ; il faut que les rides se creusent, que la vue baisse, que la mémoire flanche, que des maladies menacent. [...]

À certains qui sont partis, ils faut souhaiter qu'ils ne rentrent jamais, bien que ce soit leur plus profond désir : ils en mourraient de chagrin.

MOHAMED MBOUGAR SARR (NÉ EN 1990)

Vie et formation

Mohamed Mbougar Sarr est né à Dakar, au Sénégal. Fils de médecin, il a grandi dans une famille nombreuse. Il a fait ses études secondaires au prytanée militaire de Saint-Louis, au Sénégal, avant de venir en France pour intégrer la classe préparatoire du lycée Pierre d'Ailly de Compiègne. Il s'inscrit ensuite à l'École des hautes études en sciences sociales (EHESS). Il entreprend une thèse consacrée à Léopold Sédar Senghor qu'il n'achève pas et se consacre à l'écriture. Il publie son premier roman *Terre ceinte* en 2015, suivi par *Silence du chœur* en 2017, puis par *De purs hommes* en 2018. Ses romans abordent des thèmes jusqu'alors peu évoqués par la littérature africaine : la terreur exercée par le djihadisme, le drame de l'immigration et les violences homophobes. Mohamed Mbougar Sarr est un écrivain engagé dans le réel et revendique la dimension politique de son œuvre. Avec *La plus secrète mémoire des hommes*, il remporte le prix Goncourt en 2021 et acquiert une renommée internationale.

La plus secrète mémoire des hommes

Publié en 2021, *La plus secrète mémoire des hommes* raconte l'histoire de Diégane, un écrivain sénégalais installé à Paris. Le narrateur y découvre un livre paru en 1938, *Le Labyrinthe de l'inhumain.* Il se met alors en quête de son auteur, T.C. Elimane, dont on a perdu la trace aussitôt après la parution de ce livre, pour lequel il a subi de nombreuses critiques et a été accusé de plagiat. Au-delà d'une quête littéraire, *La plus secrète mémoire des hommes* interroge les grandes tragédies du XXe siècle, notamment la Shoah et le colonialisme. Au cours de ses recherches, Diégane fréquente à Paris de jeunes auteurs africains, partage leur quotidien et questionne avec eux les notions d'exil et de création. *La plus secrète mémoire des hommes* est une déclaration d'amour à la littérature de la part d'un auteur qui défend son universalité.

LECTURE MÉTHODIQUE

1 Comment expliquer le choix et l'emploi des pronoms personnels dans le premier paragraphe ? Qu'est-ce que cela illustre ?

2 Pour le narrateur, que symbolisent ses parents ? Que promettent-ils, que refusent-ils ?

3 Quel est, selon le narrateur, le « stade terminal » de l'immigration ? Expliquez pourquoi.

4 Quel lien le narrateur établit-il entre l'exil et le temps qui passe ? Pourquoi le temps qui passe est-il plus dangereux que l'éloignement géographique ?

◆◆ Texte 3 ◆◆

L'Île des rêves écrasés (1991)

Tematua et Emere vivent heureux en Polynésie, où ils ont éduqué leurs trois enfants. Un jour, la nouvelle arrive que la France souhaite construire une base de lancement de missiles nucléaires.

La nouvelle arrive un matin. Toutes les décisions ont été prises, sans que jamais les habitants de Ruahine ne soupçonnent que leur terre est l'enjeu des hommes politiques de Rahiti et de la métropole. Tematua se souviendra toute sa vie de ce qu'il faisait au moment où la radio annonce la terrible nouvelle, comme chacun gardera en mémoire le détail infini des gestes suspendus par les mots. Chaque mot, coup de poignard dans la chair. Flot de douleur dans les veines. Nuit qui recouvre la lumière du soleil quand la mort glace l'âme.

« La mère patrie a décidé d'établir sa base de lancement de missiles nucléaires dans l'île de Ruahine. La construction de la première rampe de lancement débutera dans six mois et l'on espère le premier lancement dans cinq ans. Le gouvernement central, par le choix de cette île du Pacifique, montre ainsi son attachement à ses populations lointaines... »

Tematua ne saura jamais la suite du communiqué. La déchirure qui s'ouvre dans son âme et dans son ventre est trop profonde. Emere, qui prend son petit-déjeuner avec Tetiare, entend elle aussi la terrible nouvelle et sort aussitôt pour unir son chagrin à la douleur de son homme. Il est assis sous le *tumu'uru* qu'il a planté au jour de la naissance de son fils, premier-né, après avoir enterré son *pito* dans le ventre de leur Terre. Le temps semble s'être arrêté, figeant nature et homme dans l'élan de la vie. Pas un souffle de vent et Tematua avec dans les mains le filet qu'il réparait. Il ne fait pas un geste. Ses yeux sont perdus dans ce monde qui soudain a changé de couleur ; il a dans la bouche un goût de sang. Le goût du sang de ses frères morts autrefois pour cette glorieuse mère patrie. Le goût de sa Terre profanée par les engins monstrueux d'hommes venus d'ailleurs. Le goût du sang de l'âme violée de son peuple.

Emere, pour la première fois de sa vie, a honte de ce sang blanc qu'elle porte en elle et qu'elle a transmis aux enfants de Tematua. Elle ne dit rien, que pourrait-elle dire ? Elle ne fait rien, que pourrait-elle faire ? Elle le regarde, si fort et si tendre, durci par la blessure des mots. « Dieu qui es aux cieux, comment peux-tu permettre cette abomination ? Dieu qui es amour, comment peux-tu les punir, eux qui t'aiment tant ? »

Parolière de douleur, elle écrit pour la mémoire des enfants de Maeva.

Mon âme dérivait / Battue par les tempêtes de la vie. / Je te cherchais, rêve sans image / Dans mon cœur sans racine. / Ta montagne sacrée et ton lac / M'attendaient depuis toujours, / Terre surgie de la magie de l'océan / Pour qu'enfin je me connaisse.

Terre d'amour, Terre de beauté / Terre de rêve, Terre de folie / Toi qui as accueilli mes racines / Aidant mon âme à grandir. / Maeva immortelle, / Aujourd'hui nous te vendons / Te sacrifiant au Dieu Argent / Maeva éternelle, / Aujourd'hui nous te perdons / Te prostituant à l'étranger. /

Maeva Terre de mes enfants / Nous étions debout dans la lumière / Nous voici à genoux dans la honte / Maeva Terre ma'ohi / Belle par l'amour de tes fils / Défigurée par les fils d'une autre race. /

Enfants du lac, enfants de Maeva / Notre déshonneur vous rend orphelins / De la Terre immortelle de nos pères / Enfants du lac, enfants de Maeva / Notre lâcheté vous laisse étrangers / Dans ce monde / Privé de l'âme de nos pères. / Maeva je t'aimais / Sacrée par le sang ma'ohi / Maeva je te pleure / Souillée par l'argent étranger.

CHANTAL SPITZ *(NÉE EN 1954)*

Vie et formation

Chantal Spitz est née à Papeete, sur l'île de Tahiti. Elle est éduquée dans la tradition tahitienne. Institutrice, puis conseillère pédagogique et conseillère technique au ministère de la Culture polynésien, elle est engagée depuis de nombreuses années dans la lutte contre les idées héritées du néocolonialisme. Elle s'attache à remettre en cause la caricature trop souvent utilisée pour faire référence à Tahiti et aux Tahitiens. Plus largement, elle interroge la narration historique officielle, écrite par des occidentaux et qui tend à minimiser l'histoire des premiers habitants de la Polynésie. Militante antinucléaire et indépendantiste elle est une actrice majeure du monde culturel polynésien. En 1991, la parution de son premier roman, *L'Île des rêves écrasés* marque le début de la littérature polynésienne de langue française. Depuis, elle a fait paraître *Hombo* (2002), *Elles, terre d'enfance* (2011) et *Cartes postales : Nouvelles* (2015). Depuis 2001, elle participe à la revue *Littérama'ohi* dont l'objectif est de promouvoir la richesse et la diversité de la littérature autochtone de la Polynésie française.

L'Île des rêves écrasés

L'Île des rêves écrasés (1991), véritable acte de naissance d'une littérature polynésienne de langue française, revêt un intérêt qui dépasse la simple question de sa qualité littéraire. Le livre marque un avant et un après. Il raconte avant tout l'histoire d'amour entre Tematua et Emere qui vivent en harmonie sur leur *motu*. Lui est polynésien, elle est métisse et ensemble ils ont trois enfants. Leur équilibre est bouleversé lorsqu'ils apprennent que la France prévoit d'installer une base de lancement nucléaire. *L'Île des rêves écrasés* a le mérite de regarder en face les déchirures de la société polynésienne marquée par le traumatisme des essais nucléaires et une domination coloniale brutale ou plus insidieuse. Chantal Spitz questionne aussi les notions d'appartenance et d'identité. En commençant son ouvrage par un long poème écrit en tahitien (sans traduction), en introduisant de nombreux poèmes écrits en français et de nombreux mots tahitiens tout au long de son roman, elle lui confère une dimension orale qui l'inscrit dans la tradition polynésienne.

LECTURE MÉTHODIQUE

1 À quel temps est écrit le texte ? Quel est, selon vous, l'objectif de l'autrice ? Avec quels autres éléments du texte pouvez-vous le justifier ?

2 Commentez les mots choisis par le communiqué officiel. Comment est désignée la France ? La même expression est réutilisée au paragraphe suivant pour désigner la France. Quel en est alors le sens ?

3 Comment est accueillie la nouvelle par Tematua et Emere ?

4 Le mot « Terre » comporte systématiquement une majuscule. Interrogez la signification du terme et commentez son emploi. Recherchez son équivalent en tahitien et son sens.

◆◆ 导 读 ◆◆

法语文学中的中国

让-菲利普·图桑和中国：《逃跑》

让-菲利普·图桑(1957—)出生于比利时布鲁塞尔一个讲法语的家庭。父亲是一名记者，母亲是布鲁塞尔一家书店的创始人。图桑毕业于巴黎政治学院，拥有当代史研究生文凭。1985年，他出版了第一部小说《浴室》(*La Salle de bain*)，从此开始了文学生涯。此后，他创作了约20部作品，由午夜出版社出版。图桑是一位旅行爱好者，2002年，他开始创作以亚洲为背景的“玛丽系列”四部曲：《玛丽·玛德莱娜·玛格丽特·德·蒙塔尔特》(*Marie Madeleine Marguerite de Montalte*，2002—2013)。2016年，这一系列作品被改编成舞台剧，结合了朗诵、视频和原创音乐。除文学创作外，图桑还执导过电影长片，举办过展览，特别是摄影展。自2014年以来，他一直是比利时皇家法语语言与文学学院的成员。

图桑2005年出版的小说《逃跑》(*Fuir*，2005)中首次出现了中国。图桑第一次来中国是在2001年。他说，他“被中国的能量、喧闹和动感所吸引”，而中国对他来说代表着“正在变化的世界”。当代中国的形象是他另一本书《中国制造》(*Made in China*，2017)的主题，在这本书中，图桑描绘了他的中国朋友和出版商，以及一个充满活力、令人惊叹的国家。

◆◆ Présences de la Chine dans la littérature ◆◆

Fuir (2005)

Alors qu'il est en Chine pour le compte de sa compagne, Marie, le narrateur se rend à Pékin. Il est conduit par Zhang Xiangzhi qui lui fait visiter la ville à toute vitesse, sur sa moto.

Nous nous faufilions entre les véhicules pour glisser le long des ronds-points embouteillés et accélérions encore, suivions à toute allure, le visage au vent, d'interminables lignes droites bordées de blocs d'habitation en mauvais carrelage blanc, parfois de simple béton brut, couleur sable ou vieux plâtre, centres administratifs et bâtiments officiels sur lesquels veillaient des militaires en faction, quand je vis soudain apparaître sur ma gauche le monumental portrait de Mao au-dessus de l'entrée de la Cité interdite, et, fugitivement, dans le même mouvement fuyant de la moto qui nous emportait, les fameuses enceintes roses du Palais impérial que nous étions en train de longer, en même temps que Zhang Xiangzhi, devant moi, qui continuait de conduire la moto sans ralentir, lâchait un instant le guidon pour m'indiquer l'édifice du bras en me criant : *Gugong, Gugong !*, tout en levant le pouce en l'air dans le vent pour témoigner sans doute en quelle haute estime il tenait le monument (et m'en conseiller par là même, en quelque sorte, implicitement, la visite), et que moi-même, cramponné à son dos et la vue gênée par un vieil autobus vert et jaune qui était en train de nous dépasser, je me retournais pour apercevoir une dernière fois l'enfilade de toits en pagode de la Cité interdite qui paraissait déjà loin (ainsi en fut-il ce jour-là de ma visite de la Cité interdite : j'eus à peine le temps de la reconnaître que nous l'avions déjà dépassée).

La légère nappe de brouillard rose qui enveloppait la ville se fondait à l'horizon dans des brumes de pollution noirâtres. Assis à l'arrière de la moto, je sentais une âcre odeur de ville flotter dans le vent chaud qui m'arrivait au visage. L'air ne s'était pas renouvelé de la journée et était encore chargé de toute la chaleur accumulée par les murs et le bitume, par la chaussée et la pierre des bâtiments, comme si l'atmosphère avait conservé la mémoire thermique de cette journée caniculaire, et que, dans l'oxygène raréfié, s'étaient fossilisés des sédiments de fumée noire, de gaz d'échappement et de poussière. Je ne sais plus exactement quand je compris – ou plutôt pressentis, car ma connaissance de la géographie de Pékin était des plus sommaires – que nous ne prenions pas le chemin de l'hôtel à présent. Nous suivions une bretelle d'autoroute dans une lumière de plus en plus sombre, de plus en plus nocturne, filant vers un ciel ensanglanté à l'horizon, où le rose devenait rouge et le gris devenait noir, croisant alors les premiers phares des voitures dans la pénombre de cette autoroute où les véhicules semblaient s'estomper entre chien et loup, dans ce qui n'était pas encore la nuit, mais les derniers feux exténués de la journée. Zhang Xiangzhi, ne m'avait rien dit, ne m'avait rien expliqué, et je me laissais encore une fois porter par les évènements sans rien dire. Je ne sais pas si nous avions quitté Pékin, les paysages avaient quelque chose de ces zones indistinctes qu'on trouve aux abords des aéroports, zones industrielles et vastes étendues d'entrepôts qui se déploient à la périphérie des villes, avec des milliers de lumières que je voyais apparaître au loin dans la ville crépusculaire, phares blancs de voitures immobiles bloquées dans les embouteillages ou feux rouges des avions en phase d'approche au-dessus de pistes invisibles. Nous avions quitté l'autoroute, et suivions à faible allure une large artère urbaine de nouveau animée, avec des concentrations d'immeubles et des tours d'habitation, des grandes cours protégées par des barrières et des guérites vitrées de gardien en uniforme.

JEAN-PHILIPPE TOUSSAINT *(NÉ EN 1957)*

Vie et formation

Jean-Philippe Toussaint est né à Bruxelles, dans une famille belge de langue française. Il est le fils d'un journaliste et de la fondatrice d'une librairie bruxelloise. Il est diplômé de l'Institut d'études politiques de Paris et il est titulaire d'un DEA d'histoire contemporaine. Il débute sa carrière littéraire en 1985 avec la parution de son premier roman, *La Salle de bain*. Depuis, il est l'auteur d'une vingtaine d'ouvrages publiés aux Éditions de Minuit. En 2002, il publie *Faire l'amour*. Ce roman deviendra le premier tome du cycle intitulé *Marie Madeleine Marguerite de Montalte* qu'il complètera avec trois nouveaux opus : *Fuir* (2005) qui remporte le prix Médicis, *La Vérité sur Marie* (2009) et *Nue* (2013). Ce cycle est adapté en 2016 pour le théâtre dans un spectacle mêlant lecture, vidéo et musique originale. En plus de ses activités littéraires, Toussaint a réalisé des longs-métrages pour le cinéma et est l'auteur d'expositions, notamment de photographie. Il siège, depuis 2014, à l'Académie royale de langue et de littérature françaises de Belgique.

Toussaint et la Chine

En 2005, la publication de *Fuir* marque pour la première fois l'apparition de la Chine dans les romans de Jean-Philippe Toussaint. Alors qu'il est à Shanghai pour des raisons peu claires (un voyage d'agrément au cours duquel il se voit confier par Marie, sa compagne, une « sorte de mission »), le narrateur est entraîné dans un tourbillon d'évènements auxquels il ne comprend rien. Le premier voyage de Toussaint en Chine remonte au début des années 2000. Il déclare avoir été « fasciné par l'énergie [...], le bruit, le mouvement », d'une Chine qui représente pour lui « le monde qui est en train de se transformer ». La Chine comme image du contemporain est la matière d'un autre de ses livres, *Made in China* (2017), dans lequel il dresse le portrait de son ami et éditeur chinois en même temps que celui d'un pays étonnant dont l'effervescence serait particulièrement propice à la création et au développement artistique et culturel.

LECTURE MÉTHODIQUE

1 Observez attentivement le premier paragraphe. Que remarquez-vous ?

2 Comment Toussaint parvient-il à reproduire un sentiment de vitesse dans cet extrait ? À quels procédés littéraires a-t-il recours ?

3 Traversée rapidement, comment la ville de Pékin apparaît-elle au narrateur ? Quels sont les sens mobilisés ?

4 Le narrateur est-il maître de ses mouvements ? En quoi cette course folle en moto peut-elle conditionner son impression de la Chine ? Si l'on s'en tient à cet extrait, quels seraient les termes qui pourraient qualifier ce pays dans l'esprit du narrateur ?

◆◆ Éléments de réponses aux questions ◆◆
答题要点

Ces éléments de réponses ne sont là que pour accompagner l'étudiant dans sa réflexion. Il ne s'agit pas de lui donner une réponse complète, mais plutôt de lui proposer une base à partir de laquelle il pourra construire une réponse détaillée et argumentée.

Les énoncés demandant à l'étudiant d'effectuer un travail de recherche ne sont pas traités.

下列答题要点旨在帮助学生思考，进而形成详尽而合理的答案，并非提供思考题的完整回答。涉及学生自主研究的题目不列答题要点。

Romain Rolland, *L'Aube*.

1. L'émotion du jeune musicien est au centre de l'extrait, notamment par le vocabulaire utilisé. Le premier paragraphe illustre toutes les émotions par lesquelles il passe au moment de se mettre à jouer. Il passe de la gêne (« honte ») au « plaisir » ; il « retient son souffle », « le cœur lui bat »... Le deuxième paragraphe s'intéresse plus précisément à la description de la rencontre des « deux touches » du piano et à l'effet qu'elles produisent sur le jeune homme, à la séduction qu'elle exerce (« attirent », « troublent », « rougir »). La syntaxe illustre l'émotion du personnage avec des phrases longues, rythmées par des figures de style (notamment des anaphores, « il y en a... ») et surtout par la ponctuation (point de suspension, point-virgule et point d'exclamation).

2. Le texte est narré par un narrateur extradiégétique. Il emploie le discours indirect libre pour rendre compte de ce qu'éprouve l'enfant. Par ce biais, le lecteur épouse la vision du protagoniste et l'accompagne dans ses réflexions et ses sentiments les plus intimes.

3. L'influence du romantisme littéraire peut se retrouver dans le lien qu'établit le texte entre la nature et la musique, dans la violence des sentiments et des émotions de l'enfant, dans l'imagerie mobilisée (monstres, génies des coffrets arabes...), ainsi que dans la solitude recherchée par le jeune garçon, caractéristique des héros romantiques.

4. L'humanisme de Romain Rolland se retrouve dans l'argument de ce texte : un enfant allemand (détail important dans une France marquée par la défaite de 1871 et dix ans avant la Première Guerre mondiale) s'ouvre à la musique, à la nature, à la beauté. La beauté vient de partout, elle est dans les choses simples et ne connaît pas de frontières. Tout ceci est indissociable de la notion d'espoir en l'avenir.

Jean de la Ville de Mirmont, *Les Dimanches de Jean Dézert*.

1. Par rapport à celui de Romain Rolland, le texte de Jean de la Ville de Mirmont est beaucoup plus simple. Les phrases sont moins longues et le vocabulaire moins soutenu. Le narrateur est en retrait et laisse parler ses personnages (discours direct). Le texte est beaucoup moins descriptif. Il cherche moins à « faire de la littérature ».

2. Jean Dézert est défini comme un « employé de ministère », Elvire est la fille d'un négociant dans les pompes funèbres. Ils appartiennent à la classe laborieuse, celle des employés de bureaux et des commerçants qui peuplent Paris. Ils représentent en quelque sorte les « parisiens moyens ». Les marqueurs de la Belle Époque sont nombreux : le dimanche en tant que jour de congé, les fortifications, la zone, le train, l'excursion à la campagne, les aéroplanes...

3. Il semble que nous assistions, entre Jean Dézert et Elvire, aux prémices d'une relation amoureuse. Elvire apparaît fantasque, décidée, prête à changer d'opinion sur un coup de tête. Jean Dézert semble plus réservé, se laisser porter par les évènements, beaucoup plus velléitaire. Il propose à Elvire de lui montrer un lieu important pour lui, celle-ci préfère aller s'amuser. Chacun joue le rôle de la comédie sentimentale (prénom de la jeune femme, fardeau confié au jeune homme). Pourtant, ils semblent conserver un certain détachement où peu de sentiment se manifeste.

Marcel Proust, *Du côté de chez Swann*.

1. Ce texte explique le cheminement de la mémoire. Chez Proust, il se fait de manière involontaire : c'est le goût d'une madeleine, trempée dans une tasse de thé, à Paris, qui permet au narrateur de se souvenir. Elle lui rappelle une autre madeleine, celle que lui offrait le dimanche sa tante Léonie, à Combray. Il se remémore alors la maison, puis le jardin, puis le village (Combray), les rues, les chemins de promenade. Un élément infime, « l'odeur et la saveur », permet de reconstruire « l'édifice immense du souvenir ». Le souvenir est donc d'abord lié au hasard. La mémoire se reconstruit ensuite, un souvenir en introduisant un autre. La « madeleine de Proust » évoque aujourd'hui un souvenir heureux de son enfance.

2. Les phrases de Proust sont très longues. Il est donc nécessaire d'être particulièrement attentif à la ponctuation pour les comprendre. L'utilisation des virgules permet à Proust de revenir sans cesse sur ce qu'il écrit, de se reprendre, d'ajouter une précision. Le texte avance de façon méthodique, très précise. Il convient de s'intéresser aussi à l'utilisation des tirets (un exemple dans l'extrait) et des parenthèses (trois exemples). Les tirets permettent de compléter une information tandis que les parenthèses fonctionnent comme des incises appartenant au temps de la narration et permettent ici d'apporter une information supplémentaire sur le plan temporel (exemple 1), spatial (exemple 3), ou de relativiser une découverte (exemple 2). La phrase de Proust est très séquencée. Il peut être utile de lire ce texte à voix haute pour s'en rendre compte.

Jules Verne, *Les Tribulations d'un Chinois en Chine*.

1. Verne débute par une série de questions (4). Il s'agit d'interpeller le lecteur, de l'obliger à être actif en lui suggérant, de manière détournée, que l'action ne se déroule pas dans un univers familier. On suppose qu'on est dans un pays lointain, ce que l'affirmation suivante (point d'exclamation) confirme. Verne incite le lecteur français à décentrer son point de vue et à s'interroger sur les personnages et sur le lieu où se déroule l'action. Les descriptions sont riches et fonctionnent comme une loupe grossissante. Verne se rapproche progressivement : il décrit d'abord la salle, puis la table avec le service des jeunes filles, et enfin le repas qui occupe tout le dernier paragraphe. Ce dernier est particulièrement détaillé. En prenant soin de citer chaque plat, Verne utilise l'accumulation pour créer une impression de profusion pouvant même aller jusqu'à la démesure.

2. L'accumulation, la profusion et le sentiment de démesure sont utilisés par Verne pour produire chez le lecteur une impression d'étrangeté, de dépaysement. L'accumulation de mets peu communs en France (nids d'hirondelles, matelotes d'olothuries...), l'utilisation entre guillemets de termes chinois (« ging-seng », « long-yen », « li-tchi »), le fait de citer des noms de villes ou de provinces (Ning-Po, Singapore, Canton, Chao-Chigne), sont utilisés pour créer une « couleur locale » qui s'accorde aux idées reçues sur la Chine au début du XXe siècle et où le stéréotype a une large place.

Pierre Loti, *Les Derniers Jours de Pékin*.

1. *Les Derniers Jours de Pékin* rend compte de la situation de la Chine à l'automne 1900. Dans cet extrait, la dimension journalistique est évidente. Loti se positionne d'abord comme un témoin, avec l'utilisation de la première personne. Il décrit les lieux (Lac des Lotus, Pont de Marbre, le palais...) qu'il découvre, retranscrit avec précision son cheminement et dit clairement ce qu'il voit, sans artifice (« les deux cadavres »). Tout ceci est écrit au présent. Toutefois, on remarque aussi l'utilisation des temps du passé (imparfait notamment) qui sont le signe d'une langue plus littéraire. En faisant référence à ses souvenirs, à ses lectures anciennes, Loti donne à son narrateur une profondeur que, traditionnellement, un journaliste ne possède pas. Le style soutenu, les phrases longues (les paragraphes 4 et 5 sont composés d'une seule longue phrase) confirment la dimension littéraire de l'extrait. Ce texte est donc entre deux genres, entre journalisme et littérature.

2. La découverte de la Chine par Loti est très contrastée. Les souvenirs des lectures et des images passées s'opposent à la réalité présente. Ce qu'il voit ne correspond pas avec ce qu'il avait imaginé. Les « images de lumières et d'ardente couleur » qu'évoquent le Lac des Lotus et le Pont de Marbre s'opposent au « morne désert » et au « vent glacé » (paragraphe 1) ; Le Lac des Lotus, imaginé d'une « limpidité exquise », « garni de fleurs

roses », se révèle être un « triste marais » recouvert de « feuilles mortes » (paragraphe 2). L'extrait met en avant une réalité qui corrige l'imagination (non sans déception) et une beauté ravagée par la guerre. Le dernier paragraphe, qui correspond au palais où Loti doit être logé, témoigne cependant des magnificences chinoises qui demeurent cachées.

3. Tout, dans l'extrait, renvoie à la désolation. Les « deux cadavres en pleine pourriture » (paragraphe 3) sont les indices les plus évidents. Le lac « presque vide » est une conséquence de la guerre et participe d'un paysage où tout est en relation avec la mort. Le terme « mort » revient, sous différentes formes, à cinq reprises (paragraphes 2, 4, 5, 6, 7). Le champ lexical de la mort et de la désolation est très présent (« tiges fanées », « vase », « ruines », « décombres », « loques », « détritus », « cadavre », « destructions », « débris »). Tous ces éléments, même indirectement (le « froid », la « neige ») font référence à la guerre et aux malheurs qui l'accompagnent.

Maurice Genevoix, *Ceux de 14*.

1. Premier élément favorisant l'impression d'objectivité, la date écrite (25 septembre) montre que Genevoix a pour ambition de raconter le quotidien de la guerre. L'auteur se positionne comme un témoin des évènements qui tiendrait son journal. Le deuxième élément qui renforce cette impression est l'extrême soin qu'il accorde à son environnement. Les repères géographiques et typographiques sont nombreux (« vers l'ouest », « la route », « les champs », « au pied des collines », « vers le sud », « près de la ferme »...). Les noms de villes (Mouilly, Rupt, Fresnes, Marchéville...), de rivières (la Marne, la Meuse), de zones géographiques (« vallée de la Meuse », « Woëvre marécageuse ») sont nombreux, tendent à l'exhaustivité et confèrent au texte une précision – presque journalistique – qui renforce sa valeur de témoignage. L'information délivrée semble sûre et digne de crédit.

2. Le texte s'organise autour de trois pronoms personnels : Ils = soldats allemands ; Nous = soldats français ; On = commandement français. « Ils » désigne les soldats allemands. Ce pronom personnel représente l'autre, l'ennemi. Il s'oppose au « nous » qui représente les soldats français et dans lesquels le narrateur s'inclut (ce qui renforce la valeur objective du témoignage, puisque ce sont potentiellement tous les soldats qui parlent). Enfin, le « on » peut représenter les soldats français (pris dans leur masse informe) et surtout le commandement français. Le pronom indéfini illustre alors le peu de clarté des ordres émis par un état-major invisible qui semble déconnecté du reste des troupes. Genevoix crée ainsi trois groupes d'hommes distincts.

3. Genevoix insiste – par l'utilisation des pronoms personnels – sur l'opposition existant entre ceux qui donnent les ordres et ceux qui les exécutent. Les soldats ne savent pas réellement qui commande, ni d'où viennent les ordres. Ils s'exécutent sans poser de question, s'en remettant entièrement à ces décisions. Ils n'en éprouvent pas moins le sentiment d'être « dédaignés ». Genevoix insiste aussi sur le fait que même les capitaines

ne sont pas au courant de ce qui se joue. Les ordres viennent de plus haut.

4. Dans cet extrait, les soldats sont décrits comme formant un groupe homogène (nous) étant en proie à une multitude d'émotions : l'incertitude face aux manœuvres incomprises, l'abnégation une fois l'ordre donné, un besoin « de savoir et de croire », l'angoisse et le trouble au moment d'aller à l'assaut. La dernière phrase résume ces émotions contraires et complexes (lourdeur et exaltation de la tâche). Même dans la guerre, les soldats demeurent des hommes.

Colette, *Le Blé en herbe*.

1. Philippe est encore un adolescent car il anticipe une réaction de Vinca très romanesque et très démesurée. Il redoute que la jalousie ne la pousse au suicide. Il reproduit un stéréotype hérité de la littérature romantique qui voudrait que la femme délaissée par l'homme mette fin à ses jours. Il est un jeune homme qui connaît peu la vie, qui joue à l'expérience, mais qui a certainement lu beaucoup de romans d'inspiration romantique. Après la crainte du suicide, il pense que Vinca se pâme (défaillance elle aussi très romanesque) ce à quoi elle répond violemment. Philippe connaît bien les livres, mais il connaît très mal les femmes.

2. Le personnage de Vinca est surprenant car il ne répond pas à ce que l'on attend traditionnellement de la part d'un personnage féminin dans un roman « classique ». Elle ne comprend pas les craintes de Phil. Elle est « ironique » et « indépendante ». Son regard est « ferme ». Elle s'est libérée des stéréotypes de genre qui régissent les relations amoureuses telles que les conçoit encore Phil. Le dernier paragraphe illustre le fait qu'elle ne joue pas le jeu de l'amour romanesque. « C'est bon pour toi, le flacon de sels, l'eau de Cologne et tout le tremblement ». Vinca est plus forte que Phil, et le renvoie à sa propre faiblesse, en lui disant qu'il est celui qui devrait utiliser les « sels » et « l'eau de Cologne », généralement attribués aux femmes dans les romans du XIXe siècle. L'attaque contre Phil est donc assez virulente.

3. L'émotion des personnages est palpable dans l'utilisation de la ponctuation. Colette emploie beaucoup de points d'exclamation et de points de suspension, surtout lorsque Phil parle. Philippe est celui qui est le plus en proie à l'émotion : il « rougit », il « s'agace », il cherche ses mots et parle avec peu de fermeté. Au contraire de Vinca, beaucoup plus tranquille et dont l'émotion est plus proche de la colère à la fin du texte.

André Gide, *Les Faux-monnayeurs*.

1. L'auteur est celui qui écrit l'histoire. En énonciation, on le nomme aussi le locuteur effectif. Il est extérieur au récit. Le narrateur est celui qui raconte l'histoire, il doit toujours être différencié de l'auteur. On parle à son sujet de locuteur fictif. Il peut être intradiégétique ou extradiégétique ; homodiégétique ou hétérodiégétique.

2. Dans cet extrait, situé au milieu du roman, le narrateur se présente comme étant l'auteur de ce qui a été lu précédemment. Pour autant, peut-on le confondre avec Gide lui-même ? À partir du moment où Gide qualifie son ouvrage de « roman » il convient d'être prudent et de considérer qu'en tant qu'auteur il se met à distance de son ouvrage, qu'il le surplombe. Dans les faits, il met en scène un narrateur qui, bien qu'il affirme être l'« auteur », est tout de même un personnage. On pourrait le qualifier d'« auteur fictif ». À ce moment du roman, le narrateur est intradiégétique et homodiégétique. Alors que dans le reste du roman, il est extradiégétique. Le narrateur s'adresse au lecteur et l'invite à s'interroger sur ce qu'il a lu. Il met en scène une mise en abyme qui questionne le pacte romanesque et le pacte de lecture.

3. La posture du narrateur, qui se situe au même niveau que les personnages, a pour conséquence de leur conférer une réelle autonomie. Il juge leurs actions, donne son avis sur leurs caractères et leurs choix, se dit parfois « déçu » ou « irrité ». Ces derniers semblent agir seuls et s'imposer à l'« auteur fictif ». Gide fait de cet « auteur fictif » un simple observateur qui prend acte de l'autonomie de tous les personnages. Personnages et « auteur fictif » sont donc sur le même plan fictionnel. Gide joue à brouiller les pistes.

Eugène Dabit, *L'Hôtel du nord*.

1. Pierre Trimault est ouvrier serrurier. Il travaille à l'usine. Renée Levesque est une « fille de campagne », venue à Paris pour suivre son amant. Leurs passe-temps sont simples et peu coûteux : marcher dans Paris, regarder les étalages sans rien acheter, danser au bal, aller au cinéma. Ils habitent à l'hôtel, ce qui prouve qu'ils ne possèdent rien (une valise en osier, une unique robe du dimanche qui semble « bien laide »). Tous deux appartiennent aux classes laborieuses et sans le sou qui profitent des plaisirs simples de la vie tout en étant sans cesse confrontées au réel.

2. Dans cet extrait, le travail occupe une place essentielle. Pierre se définit avant tout par son emploi (ouvrier serrurier). Renée est elle aussi contrainte de travailler par son amant qui ne souhaite pas « l'entretenir ». Elle désire occuper la place de bonne dans l'hôtel des Lecouvreur. Le travail est présenté comme étant le moyen d'assurer son indépendance. Il est donc nécessaire.

3. Le personnage de Renée se caractérise par une certaine ingénuité (le terme « naïve » est employé). Venue de la campagne, elle ne connaît rien des habitudes de la ville. Elle est séduite par Trimault et croit à ses promesses. Elle ne se pose aucune question morale, vit simplement (« sans avoir souci du bien ni du mal »). Elle n'a pas de famille (orpheline) et se résout à travailler pour « plaire » à son amant. Soucieuse de son corps et de la mode, quittant la campagne pour la ville, contrainte de travailler, prenant ses distances avec une morale étroite, elle incarne une certaine idée de la femme moderne des années 30.

Louis-Ferdinand Céline, *Voyage au bout de la nuit*.

1. Les éléments qui renvoient au langage parlé sont nombreux dans ce texte. Il convient de s'intéresser à la syntaxe, au vocabulaire et à la ponctuation. À titre d'exemple, relevons dans les premières lignes des tournures syntaxiques inversées (« à poil **qu**'on nous a mis »), une utilisation répétée des conjonctions (« **qu**'a constaté »), des répétitions inutiles (« la visite **ça** se passait... »), un vocabulaire familier (« vous êtes bien mal **foutu** »), la ponctuation avec de nombreux points d'exclamation.

2. Le corps est le premier élément qui est mis à mal dans l'usine Ford. Les ouvriers sont d'abord humiliés par la visite médicale lors de laquelle ils sont mis nus et livrés au regard peu amène du médecin qui ne se préoccupe guère qu'ils soient « mal foutus ». La première impression, une fois à l'intérieur de l'usine, passe encore par le corps qui subit tout entier le tremblement des machines.

3. Céline décrit dans cet extrait le processus de déshumanisation à l'œuvre dans les usines Ford. Dès le début du texte, le médecin signale à Bardamu qu'il n'est pas là pour « penser » ou pour être « imaginatif ». L'usine a besoin de « chimpanzés » capables de reproduire à l'infini les mêmes gestes. L'homme est réduit à son animalité, son corps s'assimile à une « viande » qui vibre au rythme de la machine. L'homme devient machine lui-même. Personne ne parle, les machines « commandent » les hommes qui vivent entre « hésitation » et « hébétude ». L'homme devient un élément de plus de l'usine, une machine supplémentaire juste là pour produire. Il serait intéressant de rapprocher ce texte avec le début du film de Charlie Chaplin, *Modern Times* (1936).

Louis Guilloux, *Le Sang noir*.

1. Dans cet extrait, Cripure rencontre des jeunes gens qui partent pour le front. Face à eux, il « recule » et s' « efface ». Cripure souligne les drapeaux et les cocardes qu'ils portent et les traite de « troupeau ». Il ne souhaite pas participer aux manifestations célébrant les jeunes recrues. On comprend qu'il est opposé à la guerre, aux sentiments nationalistes et à la propagande d'État qui condamnent toute une génération à aller se faire tuer avec le sourire.

2. Le personnage de Cripure est un personnage complexe. En ne participant pas aux manifestations de joies qui accompagnent le départ des conscrits et en critiquant les symboles nationaux, il apparaît comme un libre penseur qui s'oppose à ce qu'il considère être de la folie collective. En cela, il peut aussi apparaître comme un humaniste, prêt à s'élancer à la rencontre des nouveaux soldats pour les appeler à la révolte. Cependant, la perte de son binocle le laisse démuni et sans défense. Il apparaît alors ridicule et pathétique. Cripure se révèle dans toute sa solitude, en marge d'une société dans laquelle il ne se reconnaît pas et qui ne le comprend pas. On constate que sa voix ne porte pas très loin.

3. Le Maire représente les autorités locales. C'est lui qui porte secours à Cripure alors que ce dernier recherche son binocle. Symboliquement, il est « sauvé » par cet ordre bourgeois et conformiste auquel il s'oppose. Cette « bonne action » acte sa défaite et son ridicule vis-à-vis de la société « bien-pensante ». Elle entérine encore son effacement.

Louis Aragon, *Les Beaux Quartiers*.

1. Le texte de Louis Aragon se déroule en 1913, à l'aube de la Première Guerre mondiale, moment où les passions patriotiques sont à leur comble. Dans cet extrait, Aragon qualifie de « patriotique » le moment où Armand passe la porte de la Maison des Syndicats. L'acte patriotique d'Armand n'est pas une traditionnelle manifestation nationaliste mais un engagement, un « combat », en faveur d'une France « forte, libre, heureuse ». Paradoxalement, l'acte « patriotique » n'est pas lié à un gouvernement en place. Ici, ce combat passe par l'engagement syndical et politique, par la lutte aux côtés des travailleurs, potentiellement contre un pouvoir en place. Armand se place du côté des forces de gauche en faveur non pas de ce qui est, mais de ce qui pourrait être.

2. Les « jaunes » sont ici les briseurs de grève. L'origine de l'expression remonte aux « syndicats jaunes », organisations syndicales liées au patronat qui refusent notamment la grève comme moyen d'action. Plusieurs versions existent quant à l'origine de la couleur jaune pour les désigner : pour certains, le jaune est la couleur de l'insigne de ces syndicats ; pour d'autres, l'origine de cette couleur remonte à une grève à Montceau-les-Mines : les non-grévistes se retrouvaient au Café de la Mairie. Les grévistes répondirent en cassant les carreaux du café. Le jaune était la couleur du papier utilisé pour remplacer les carreaux cassés, devenant ainsi la couleur de ceux qui voulaient travailler. Employé avec une connotation péjorative, le jaune est traditionnellement associé à l'idée de trahison.

3. Dans ce paragraphe, Aragon utilise surtout le discours indirect libre (« Qu'est-ce que c'est que celui-là ? Un jaune ? Comment ? » ; « Qu'il avait faim » ; « il ignorait qu'il y eût la grève, mais pendant trois jours, il a été faible »). On trouve aussi du discours raconté (« Il raconte. Il dit très vite ce qu'il est. » ; « Pas de lit depuis un mois. La rencontre devant les Invalides, *L'entr'aide Mutuelle*, l'embauchage, l'usine »). Enfin, Aragon utilise le discours direct « et puis voilà, ce n'est pas possible, alors me voilà ». Malgré l'absence de guillemets, le pronom personnel « me » indique que c'est bien Armand qui parle. La difficulté est que les différents types de discours s'entremêlent en permanence ce qui confère aussi au texte son dynamisme.

Paul Nizan, *La Conspiration*.

1. Le texte fait sans cesse allusion à la jeunesse du personnage. André Simon est d'abord perçu par les militaires comme étant quelqu'un d'influençable (« dites-nous s'il y avait

quelqu'un derrière vous. De mauvaises influences, une femme ? »), comme s'ils ne pouvaient le considérer comme ayant assez de maturité pour effectuer seul une telle action. La fidélité de Simon est, elle aussi, présentée comme étant une expression de sa jeunesse : « il était toujours au lycée où l'on ne dénonce jamais ». Simon va même utiliser l'argument de la jeunesse pour se dédouaner de son action : « il était désespéré de son enfantillage ». Cela le sert puisque les militaires considèrent qu'il s'est « conduit comme un enfant » et le perçoivent finalement comme « un adolescent ». Le fait d'atténuer sa responsabilité permet aussi d'atténuer sa culpabilité.

2. L'excuse de Simon (consulter les plans pour prendre des notes dans le but d'écrire un roman) est bien accueillie par les militaires. Elle leur permet de considérer le jeune homme comme un « intellectuel » dont la principale caractéristique serait l'imagination. Dans ce contexte, le terme de « rêveries » est clairement péjoratif. Leur « sourire », qui accompagne cette révélation, témoigne d'un léger mépris. On le comprend notamment lorsqu'ils opposent ce « rêveur » aux « hommes d'action » qu'ils estiment incarner.

3. Finalement, Simon se sauve en utilisant sa classe sociale. En utilisant l'argument de l'écriture d'un roman, il correspond à l'image qu'ont de lui les militaires. Il est issu d'un milieu aisé, il a fait une grande école parisienne. Dans les années 1930, il représente une certaine idée de l'ordre bourgeois et semble ne représenter aucun danger pour la société. C'est ainsi que les militaires le voient. C'est ce préjugé de classe qu'utilise Simon et c'est ce qui le sauve. En effet, le texte signale à la fin que les militaires auraient été beaucoup plus suspicieux avec un ouvrier. La naissance et la classe sociale d'origine du suspect sont ce qui influent sur leur jugement. Dès le début de son interrogatoire, Simon se rend compte que l' « égalité militaire » qui effacerait les origines sociales n'existe pas. Il comprend qu'il peut alors utiliser cela à son avantage. Il appartient à une classe sociale que les officiers croiront. Et, de fait, ils le croient.

Victor Segalen, *René Leys*.

1. Dans cet extrait, Victor Segalen décrit la ville de Pékin avec une extrême précision. Pour cela il utilise une carte pour essayer de reconnaître par où il est passé. Il compare la ville à une série de figures géométriques (« carré », « rectangle », « parallélépipède »...). Il utilise aussi des repères spatiaux (« est », « ouest », « nord », « sud »). Il décrit une ville divisée en trois villes carrées ou rectangulaires (« ville Chinoise », « ville Tartare », « ville Impériale »), organisée autour d'un centre unique : le Palais impérial. La description est facilement transposable sur un plan.

2. Les points de suspension sont nombreux dans cet extrait. Ils semblent reproduire le cheminement mental du narrateur et accompagner son hésitation lorsqu'il pose son doigt sur la carte et tente de relier l'information prise sur le papier avec son expérience personnelle. Les points de suspension illustrent ici ce travail de mémoire et de déduction.

3. À la lecture du texte, la fascination du narrateur pour la ville semble évidente. Il est sensible à la précision de son agencement, à ses couleurs (jaune, violette), aux palais, aux temples, à la multitude des gens qui y vivent. Tout cela ne ressemble en rien à ce qu'il a pu déjà connaître. Il est aussi sensible à la part de mystère qui caractérise les lieux, à ce qui se dérobe aux regards, et à ce qui entoure l'Empereur. Pékin et la Cité interdite semblent impénétrables : même lorsqu'un visiteur s'y est déjà rendu, il ne peut s'y retrouver.

4. Les contextes d'écriture sont très différents entre les textes de Loti et de Segalen. La guerre n'apparaît pas dans *René Leys.* Avec Loti, les étrangers pénétraient pour la première fois dans la Cité interdite. Tout était révélation et la cruelle réalité de la guerre se confrontait avec les rêves et les récits passés. Dans le texte de Segalen, l'approche est plus méthodique et fait moins référence à un savoir livresque. Pour autant, le narrateur de *René Leys* n'a pas perdu sa capacité à s'émerveiller. Les deux textes ont en commun de proposer une vision de la Chine qui, pour l'époque, ne se limite pas aux clichés coloniaux et tente d'en saisir la réalité et d'en comprendre la richesse culturelle.

André Malraux, *La Condition humaine.*

1. L'objectif de ce début est de faire commencer le roman au milieu de l'action. Cela permet de susciter l'intérêt du lecteur et de donner au texte un caractère mystérieux. Les questions que se pose Tchen conduisent le lecteur à s'interroger lui aussi. Qui est Tchen ? Que fait-il dans cette chambre ? Pourquoi veut-il assassiner cet homme ? Où se passe l'action ? Elles permettent au lecteur de s'identifier au personnage.

2. L'extrait est en focalisation interne. Le narrateur raconte l'histoire selon le point de vue du personnage principal. Pour cela, il utilise le discours indirect libre (« tenterait-il de lever la moustiquaire ? », « Frapperait-il au travers ? ») qui lui permet de reproduire ce qui se passe dans les pensées de Tchen. Le discours direct est aussi utilisé (« Assassiner n'est pas seulement tuer… ») et rend compte des cas de conscience. Le lecteur ne voit et ne ressent que ce que Tchen voit et ressent.

3. Le texte suit l'évolution des pensées de Tchen dont la mission est d'assassiner un homme. Il s'intéresse à la réflexion du personnage, qui exprime ses doutes (comment procéder ?), évalue les risques (la possibilité de combattre si l'homme crie), formule ses craintes (« quelle était la résistance de la chair ? »). Il se livre à une véritable casuistique (« Est-ce que je deviens imbécile ? »). C'est par les sensations que s'expriment le mal-être et la confusion de Tchen. La vue (le pied qui dépasse de la mousseline), l'ouïe (les klaxons), le toucher (le rasoir et le couteau dans sa poche) établissent un lien entre le physique et le psychique. Tchen a conscience de tout ce qui se passe autour de lui. Cela se traduit par une « nausée » ou une « sensation de mal de mer ».

Robert Merle, *Week-end à Zuydcoote*.

1. Robert Merle met en scène des soldats livrés à eux-mêmes. Après s'être repliés, ils sont arrivés sur une grande plage où ils espèrent pouvoir être évacués vers l'Angleterre. Les Anglais (les *tommies*) attendent « debout, en longues files parallèles », tandis que les Français sont « massés en groupes compacts ». Les soldats attendent et assistent impuissant au combat qui se déroule dans les airs. L'impréparation des Alliés est manifeste dans la désorganisation des soldats (« foule ») et surtout dans la disparité des embarcations censées les secourir.

2. Le terme « allemand » n'est jamais employé dans l'extrait. Cette présence allemande est symbolisée par les « Stukas », l'aviation, soit par ce que nous pourrions considérer être une litote ou une synecdoque. Merle décrit leur arrivée, notamment par l'intermédiaire du son (« vrombissement »). Ils sont « haut » dans le ciel, se déploient « gracieusement ». Paradoxalement, le fracas (« vacarme ») provient de la réponse des Alliés (tirs de D.C.A., canons des torpilleurs, chasseurs canadiens). Ici, les Stukas incarnent la menace qui pèse sans cesse sur les soldats en déroute, à la fois proche et lointaine, toujours imminente. Merle les utilise pour créer un effet de mur. En effet, le lecteur perçoit que cette menace qui semble lointaine finira par s'abattre sur les soldats.

3. Zuydcoote est une station balnéaire du nord de la France. Le titre de Robert Merle, *Week-end à Zuydcoote*, semble davantage annoncer un récit de vacances qu'un récit de guerre. Son apparente légèreté contraste donc avec le réel sujet du livre. Merle joue avec l'horizon d'attente du lecteur. Pourtant, il annonce bien – avec la notion de temps libre que comporte le « week-end » – le désœuvrement de soldats livrés à eux-mêmes. Il serait alors possible d'y lire aussi une certaine ironie.

Henri Calet, *Le Bouquet*.

1. La rencontre entre soldats français et allemands est surprenante. Les Français ne réalisent pas tout de suite qu'ils font face à leurs ennemis. Leur première réaction est de constater que ces motocyclistes sont mieux équipés. Ce n'est que grâce à leur casque qu'ils parviennent à les identifier. Aucun des soldats des deux camps ne songe à se saisir de son arme et à faire feu. L'échange est cordial, on échange des cigarettes, les Français déposent les armes sans même penser à combattre. Leurs attitudes ne semblent pas conformes à de telles circonstances et ont tout pour dérouter le lecteur.

2. Après toute une partie décrivant la « drôle de guerre », cette rencontre n'est pas conforme à l'idée que peut se faire le lecteur d'un récit de guerre. Henri Calet joue avec son horizon d'attente en écrivant, précisément, l'inverse des combats. Pour le lecteur, cette rencontre pourrait même être qualifiée de « décevante », car il ne lui est pas donné le loisir de lire le récit des exploits guerriers, de la résistance et de l'abnégation des soldats, thèmes généralement privilégiés par les romans « guerriers ». La confrontation

a bien lieu mais la scène de l'affrontement – normalement logique – est escamotée par l'écrivain.

3. Selon Calet, le principal défaut de ces cinq soldats français est d'être « demeurés des hommes ». Cela signifie qu'il n'ont pas appris à devenir des soldats. Ils ne jouent pas le jeu de l'héroïsme. Lors de la rencontre avec les Allemands, les Français ne « pensent pas » à se défendre ; ils sont devenus « petits, minces, creux, frêles, transparents ». Ils n'ont aucune envie d'être des soldats, ils n'ont rien de héros et ne prétendent pas l'être. La question qui se pose alors est de savoir si ces défauts en sont vraiment, ce qui n'est pas certain.

4. La surprise des Français est totale dans tout l'extrait. Il font preuve de naïveté, au début, dans leur ignorance. Ils sont ensuite effrayés et leur surprise est totale lorsqu'on leur annonce la fin de la guerre. Ils sont continuellement surpris : surpris par l'équipement des ennemis, surpris par l'annonce de la fin de la guerre. Cela souligne, par opposition, la vétusté de leur matériel, et le manque de communication qui règne parmi les troupes françaises. Les Français sont livrés à eux-mêmes. Le commandement est totalement absent.

Irène Némirovsky, *Suite française.*

1. La focalisation qui domine est la focalisation interne. En effet, la scène est retranscrite selon le point de vue de Jeanne. En témoignent notamment l'utilisation du discours indirect libre, du discours direct et des phrases interrogatives et exclamatives qui rendent compte de ses pensées.

2. Dans cet extrait, Jeanne passe par un grand nombre d'émotions. Elle est d'abord incrédule en observant la diversité des voyageurs désemparés. Elle ne comprend pas bien ce qui se passe et se trouve, elle aussi, perdue (« elle ne savait plus très bien ce qu'elle disait »). Le deuxième paragraphe correspond au bombardement. Encore une fois, Jeanne est dans l'incompréhension de la situation. Elle n'a pas peur d'abord. C'est davantage une impression d'irréalité qui domine. Lorsqu'elle se jette à terre, elle se trouve « grotesque ». Paradoxalement, à ce moment, elle a pleinement conscience de la nature environnante. Elle est dans le même état d'esprit lorsqu'elle se relève et s'époussette « machinalement ». La prise de conscience intervient lorsqu'elle voit les premiers morts. Les émotions s'entremêlent : la tristesse (« larmes »), la colère (contre son patron de la banque), la peur (« tremblante »). C'est toutefois l'incompréhension qui domine, l'hébétude et le sentiment d'inutilité de cet exode dérisoire.

3. Jeanne perçoit l'absurdité de la situation, d'abord dans l'accoutrement des personnes qu'elle croise sur la route et qui prouve que personne ne sait comment réagir face à cette évènement tragique et exceptionnel. Il faut ici s'intéresser aux descriptions du premier paragraphe et notamment à celle de la « grande femme maigre ». Son « pauvre manteau usé » et ses « faux bijoux » semblent incongrus dans la déroute. Tout l'extrait insiste sur

le fait que les personnages ne sont pas préparés pour faire face à ce qui leur arrive. Il y a donc un décalage entre les faits et leur façon de les vivre. Ce sentiment se retrouve dans le dernier paragraphe, qui commence par « pourquoi ? » et montre l'absurdité de la situation, portée à son paroxysme par le couple Corbin qui se préoccupe de dossiers et de bijoux devenus dérisoires dans cette débâcle.

Jean-Louis Bory, *Mon village à l'heure allemande.*

1. Dans cet extrait, on peut distinguer trois narrateurs différents. Les quatre premiers paragraphes sont en focalisation interne. Le personnage de Lécheur en assure la narration. Dans ce cas, il est un narrateur intradiégétique et homodiégétique. Les deux paragraphes suivants sont en focalisation omnisciente. Le narrateur est omniscient, extradiégétique et hétérodiégétique. Dans le dernier paragraphe, Mlle Vrin est la narratrice, intradiégétique et homodiégétique. Bory laisse à chacun de ses personnages la responsabilité de leurs propos.
2. En donnant directement la parole à son personnage et en lui laissant le soin d'exprimer lui-même ses pensées, Jean-Louis Bory lui confère une réelle indépendance. Ce jeu avec la narration est un moyen pour l'auteur de se désolidariser des propos de ses personnages. On perçoit qu'il se moque de lui à travers l'outrance dont il le caractérise. Ses rêves de massacres ressemblent à ceux proférés par un enfant frustré, désireux de se venger de ce qu'il juge être une injustice. Si le contexte de la Seconde Guerre mondiale n'était pas aussi tragique, cette colère pourrait apparaître puérile. Le passage en focalisation omnisciente permet, de manière plus objective, de saisir la bêtise de Lécheur. Le jugement de Bory à son égard ne fait aucun doute lorsqu'il raconte que ce dernier écoute un programme allemand sans rien y comprendre. Il le décrit comme étant à la fois méchant et ridicule.
3. Les mots marqués sur la devanture de Lécheur montrent un sentiment d'hostilité à son égard. Avec sa radio branchée sur les programmes collaborationnistes, Lécheur provoque délibérément le reste du village. Les réactions sont sans appel : chacun ferme ostensiblement sa fenêtre pour ne pas entendre.
4. Jean-Louis Bory parvient à rendre palpable la petitesse du village en illustrant le fait que tout le monde sait ce que fait son voisin. C'est vrai au début du texte : tout le monde voit Lécheur nettoyer sa devanture. Ensuite, tout le monde se connaît : au paragraphe 2, Lécheur égrène les noms des différents habitants. Enfin, l'exiguïté du village est soulignée par le son de la radio de Lécheur, facilement audible par tous les habitants. Toutes les rues le communiquent d'une maison à l'autre : le son « battait les murs, sautait dans les pièces, s'épanouissait en panache au-dessus des toits et au-dessus de la place du Marché, fusait par les ruelles dans les rues voisines en éclaboussant les vitrines. Les façades le portaient, le canalisaient comme un tuyau d'orgue [...] ». On notera ici l'utilisation des verbes (battait, sautait, s'épanouissait...) qui rendent compte d'une gradation, de la dissémination progressive et continue du son (verbes à l'imparfait).

Elsa Triolet, *Les Amants d'Avignon*.

1. Les femmes ont joué un rôle essentiel dans la Résistance contre l'occupant nazi. Avec Mlle Gérard, on voit qu'elles peuvent être chargées du recrutement de nouveaux membres. C'est elle qui propose à Juliette de rejoindre la Résistance (paragraphe 2). Juliette est un agent de liaison, elle relève les « Boîtes-à-lettres » qui permettent aux résistants de communiquer (paragraphe 2). Ses occupations clandestines l'amènent à parcourir toute la ville et donc, on le devine, à prendre de nombreux risques.
2. Ce texte appartient à la littérature de combat car il est publié dans une maison d'édition clandestine (Les Éditions de Minuit) et n'a donc pas l'autorisation de paraître. Il appartient aussi à la littérature de combat car il montre les exactions commises par les nazis et la menace permanente qui s'exerce sur ceux qui s'opposent à eux (paragraphe 1). Il décrit une France combattante qui s'organise, qui mobilise des ressources humaines et matérielles. Il souligne l'espoir et le refus de la résignation (« Le cœur du pays battait »). Son objectif est donc de montrer au lecteur de l'époque, qui vit l'Occupation, que la lutte est possible et qu'elle existe.

Emmanuel Bove, *Le Piège*.

1. Lors du contrôle d'identité, les policiers remarquent que Bridet a lui-même rempli sa fiche de démobilisation. Ce détail montre la désorganisation de l'armée et de l'administration françaises après la défaite de juin 1940 et les situations ubuesques qui ont pu en découler.
2. Dans cet extrait, c'est la police du gouvernement de Vichy qui est mise en cause. Elle apparaît comme étant procédurière, pointilleuse et peu compréhensive face à la situation de confusion. L'arrestation de Bridet, que la police considère comme n'étant « pas en règle », montre que la police collaborationniste s'en prend d'abord aux Français et a même tendance à faire du zèle.
3. L'attitude de Bridet vis-à-vis de Vichy semble d'abord être complaisante. Il fait valoir, auprès de la police, ses relations haut placées. Il dit être l'ami de M. Basson, de la Direction générale de la Police nationale, et de M. Laveyssère, du cabinet du Maréchal. Il semble vouloir conserver ses bonnes relations en demandant à sa femme de ne pas intervenir auprès d'eux en sa faveur. Le dernier paragraphe est plus explicite. Il s'insurge contre les policiers et l'autorité qu'ils représentent. On comprend que ses opinions politiques le situent davantage du côté des résistants.
4. La réplique de Yolande est en revanche plus étonnante. Elle dénonce les Français collaborationnistes et prône une entente avec les Allemands (« les Boches »). Elle semble donc rejeter la collaboration du régime de Vichy et être partisane d'une collaboration directe avec l'Allemagne nazie. Ce personnage montre encore une fois la complexité de la situation à l'été 1940 et toutes les nuances qui peuvent exister parmi les idées de la population. Les deux époux semblent ne pas avoir les mêmes opinions politiques.

Georges Hyvernaud, *La Peau et les os.*

1. Le registre de langue utilisé par Hyvernaud oscille entre le registre courant et le registre familier. On ne relève aucun mot difficile. En revanche on note la présence de mots très familiers : « types » = personnes ; « accrochement », utilisé dans un sens différent que son sens originel ; « se foutre » = se jeter ; « gosses » = enfants ; « couillon » ; et surtout le mot « merde », repris à plusieurs reprises.

2. La syntaxe est elle aussi plus proche du langage familier que du langage soutenu. Les phrases sont généralement courtes (« On n'a que des tripes. » « On en était fier. » « Ça suffira. ») et n'ont parfois ni sujet, ni verbe (« Rien que cela. » « Pas assez viril. »). L'utilisation du pronom personnel « on » renforce le caractère impersonnel de l'expérience de la captivité et favorise l'apparence de l'oralité. Dans un texte qui s'oppose à la grandiloquence de la littérature et à son artificialité, l'auteur s'attache à reproduire la langue orale, notamment en redoublant les sujets (« Mais tels qu'on les connaît, **les écrivains**, ils auront peur de ne pas avoir l'air assez distingué. ») ou en inversant les propositions (« Ce qui les soutient, on ne sait pas trop ce que c'est. »).

3. Dans ce texte, Hyvernaud réutilise de nombreux termes qui se réfèrent aux excréments. Les mots « merde », « fesses », « fosse » sont ainsi répétés. Mais c'est, de très loin, le mot « cabinet » qui est le plus repris. Hyvernaud illustre ainsi que toutes les préoccupations des soldats prisonniers tournent presque exclusivement autour des besoins naturels. Les soldats ont perdu leur humanité, leur dignité car ils sont en permanence dérangés par des maux de ventre résultant de la maltraitance et de la malnutrition.

4. Paul Valéry est ici mobilisé pour incarner la figure du grand intellectuel et du grand écrivain. Sa posture le place au dessus du commun des mortels. Il incarne, aux yeux d'Hyvernaud, de hautes idées, empreintes de moralité, et une littérature dont l'ambition est de donner du sens, le plus souvent spirituel, à toutes les épreuves vécues. Pour Hyvernaud, cette littérature est quelque peu mensongère car elle oublie les réalités du corps en privilégiant la dimension spirituelle et morale. Hyvernaud parle d'un temps où l'homme est réduit à sa plus basse condition. Pour faire comprendre cela à son lecteur, l'écrivain doit dire la réalité telle qu'elle est, dans toute sa violence, dans toute sa saleté, avec les mots les plus justes possibles. C'est donc le rôle de la littérature et de l'écrivain qu'Hyvernaud interroge.

Henri Calet, *Les Murs de Fresnes.*

1. Les photographies constituent un élément essentiel du livre *Les Murs de Fresnes*. Dans le chapitre consacré à Jaconelli, ceci est particulièrement vrai. Calet fait ici le choix de ne pas transcrire les écrits du jeune homme mais de les prendre en photo. Le lecteur lit donc directement les mots que Jaconelli a lui-même gravés sur le mur de sa cellule. Pour Calet, il s'agit de s'effacer et de rendre la parole à Jaconelli. Il refuse presque le rôle de

simple intermédiaire. Ce faisant, il crée une proximité affective et émotionnelle entre le jeune résistant et le lecteur.

2. Le commentaire écrit par Henri Calet vient en complément des photographies des graffiti. Il a d'abord une fonction descriptive. Il explique ce que le lecteur peut y trouver en paraphrasant les écrits de Jaconelli. Calet indique que les graffiti ont d'abord une valeur d'information et ont pour objectif de défier l'oubli. Jaconelli décline son identité (nom, prénom, âge, date de naissance). Mais les graffiti sont aussi un moyen d'exprimer les tracas de l'âme du prisonnier. Calet insiste sur les doutes et les craintes (Jaconelli sauvera-t-il sa tête ? Où fêtera-t-il ses 19 ans ?). Enfin, les graffiti sont le moyen d'entretenir l'espoir (amour pour Rolande, désir de la fin de la guerre). À partir des dessins de Jaconelli, Calet imagine les rêves du jeune homme et ce qu'aurait pu être sa vie. Le dessin de l'appartement et celui de la bibliothèque sont l'occasion de rêver à la douceur d'un après-midi de mai et à un amour paisible. Puis Calet revient à la réalité : l'incarcération, la déportation à Dora et la mort certaine de Jaconelli, probablement avant ses 19 ans.

3. Dépassant la simple description, le texte est construit pour amener le lecteur à s'identifier à la personne de Jaconelli. Calet insiste d'abord sur son identité et surtout sur sa jeunesse. Dans un deuxième temps, il insiste sur l'élément sentimental (amour pour Rolande), puis l'appartement (rêve ou réalité ?). Calet construit son texte comme un rêve sentimental où la menace de la prison et de la déportation revient sans cesse : contextualisée dès la la première phrase, rappelée par le graffiti dans « le bois du chambranle de la porte », puis actée par le dernier paragraphe. La structure dramatique du texte a tout du tragique.

4. En choisissant de reproduire ses propos en italique et de restituer les graffiti des prisonniers en caractères droits, Calet se met en retrait. L'italique est généralement utilisé pour les commentaires extérieurs au texte. Ce faisant, Calet nous rappelle que la primauté revient aux écrits des prisonniers et que les siens viennent ensuite.

Charlotte Delbo, *Aucun de nous ne reviendra.*

1. Charlotte Delbo rend compte de l'atrocité des camps nazis en partageant son expérience. Toutefois, son objectif est moins de faire un témoignage individuel que de parler au nom de toutes celles qui ont vécu ces horreurs. Dans ce texte, les personnes se définissent par groupes d'individus : il y a d'un côté les nazis (les anweiserines et les SS) et de l'autre les prisonnières. Les seules personnes caractérisées sont les deux prisonnières mortes au travail : Berthe et Anne-Marie. Toutes les autres prisonnières sont définies par un « nous » dans lequel s'inclut la narratrice. Elles appartiennent toutes à la même masse, partagent toutes les mêmes souffrances. Ce procédé est particulièrement notable dans le troisième paragraphe où même le transport des corps morts – qui pourrait donner lieu à exprimer une difficulté individuelle – est perçu sous

l'angle du collectif (« nous nous penchons sur nos compagnes », « nous saisissons les chevilles... », « on n'a pas de prise »...). Toutes pourraient raconter la même histoire.

2. Le texte est fondé sur les contrastes. Tout d'abord entre les prisonnières elles-mêmes : entre les mortes (nommées puis qui deviennent « fardeaux ») et les vivantes, entre celles qui sont plus ou moins faibles. Ensuite, et surtout, entre les nazis et les prisonnières : entre celles qui ordonnent et celles qui subissent, entre celles qui comptent et celles qui sont comptées, entre celles qui donnent les coups et celles qui les reçoivent, entre celles qui ont de bonnes chaussures et celles qui n'en ont pas, entre ceux qui s'amusent et celles qui portent des morts, entre ceux qui ont la force de plaisanter et celles qui sont fourbues par le travail et les mauvais traitements. Tous ces contrastes insistent sur l'horreur des crimes nazis et le caractère intolérable de la déshumanisation qui est à l'œuvre. La dernière phrase illustre ce contraste révoltant : la légèreté de l'harmonica du SS se heurte à la détresse des déportées.

3. L'horreur de ces lignes est d'autant plus insoutenable qu'elle est décrite avec une réelle simplicité. Les phrases sont courtes et simples. Le vocabulaire est courant, aucun mot n'est compliqué. Charlotte Delbo parle de l'horreur en utilisant un langage clair, au présent. Le caractère insoutenable de l'extrait provient du fait que la littérature ne sert pas ici à créer une distance. Au contraire, elle actualise et fait du mal un élément banal. L'horreur fait partie du quotidien de ces prisonnières. Charlotte Delbo ne cède ni au pathétique, ni à la haine et confère ainsi à son propos d'autant plus de force.

Albert Londres, *La Guerre à Shanghai.*

1. L'écriture d'Albert Londres est caractéristique du journalisme de l'époque. Il utilise d'abord un présent de vérité générale. Il utilise alternativement le pronom « nous » (pour indiquer les mouvements du groupe auquel il appartient et ce qui est visible de tous) et le pronom « je » (pour indiquer une réflexion ou une perception plus personnelle). Les phrases sont assez brèves, le vocabulaire est courant. Le style est généralement plutôt descriptif : on décrit des faits, des équipements, des personnes. Il en ressort une impression d'objectivité sans concession, ne cherchant pas à enjoliver la réalité. Le discours direct à la fin de l'extrait renforce cette impression, même si l'on peut douter, pour des raisons langagières, de l'authenticité de l'échange entre le journaliste français et le général chinois.

2. La description de l'armée chinoise est surprenante. Il qualifie la troupe de « horde de mendiants en armes » et son aspect est « fantastique ». Les Chinois sont équipés de façon très disparate et leur matériel semble être insuffisant, lorsqu'il n'est pas totalement inexistant. La description de cette armée crée d'abord chez le lecteur une impression de surprise. En effet, tout le monde parle de cette 19e Armée, attendue et espérée. Le deuxième effet est un sentiment de déception ou, du moins, d'incrédulité face à cette armée qui ne semble pas être en mesure d'arrêter les Japonais. À l'inverse, les Japonais

(pas décrits ici) apparaissent menaçants et prêts à passer à l'offensive (ultimatum). Il semble clair que le combat est inégal et que la Chine fait face à une agression de la part du Japon.

3. Le général Tsaï est d'abord décrit. Tout, dans son apparence, le désigne comme étant un héros : « grand », « maigre », pommettes saillantes, « mâchoire supérieure en avant ». Son apparence l'impose même vis-à-vis de son chef. Le dialogue conforte cette impression. Les réponses du général Tsaï, son refus de céder aux menaces japonaises, son désir de résister et de ne jamais renoncer, même en cas de retraite forcée, font de lui un véritable héros de littérature.

Jean-Paul Sartre, *La Nausée*.

1. Si l'on suit la logique de Roquentin, la « Nausée » s'apparente à une conscience d'être au monde. Si l'on se réfère à cet extrait, lorsque le personnage a la nausée, c'est lorsqu'il a conscience d'« exister ».

2. Selon cet extrait qui rend compte de l'expérience de Roquentin, l'existence n'est pas liée à la notion de « nécessité » mais à la notion de « contingence » et de « gratuité ». L'existence signifie ici « être-là », au présent, sans cause, sans but, sans objectif. Cette contingence induit l'idée que rien n'est écrit, que tout pourrait être autrement. Cette définition provoque la nausée de Roquentin qui comprend que, si tout pourrait être autrement, rien ne justifie son existence et qu'elle n'est en rien nécessaire.

3. Le texte de Sartre est bien un roman philosophique. La réflexion philosophique n'est rendue possible que par l'introspection à laquelle se livre le personnage principal. Sous la forme du journal intime, il s'épanche à la première personne, raconte et analyse ses impressions. En donnant la parole à son personnage, Sartre peut donner du corps à sa réflexion et l'ancrer dans une réalité humaine. De ce fait, le livre n'a pas l'aridité d'un traité de philosophie puisqu'on suit Roquentin tentant de comprendre, d'expliquer et de nommer tout ce qu'il ressent. Le personnage fait office d'intermédiaire avec qui le lecteur peut plus facilement s'identifier.

Albert Camus, *L'Étranger*.

1. Dans cet extrait, c'est le personnage principal, Meursault, qui parle. Le texte est en focalisation interne. Cela signifie que nous ne connaissons que le point de vue du protagoniste. Il n'y a donc pas d'ambition d'objectivité. Le texte rendra compte uniquement des émotions et du ressenti de Meursault tels qu'éprouvés sur le moment.

2. Dans cet extrait le terme « soleil » apparaît à neuf reprises. Il est aussi présent dans les champs lexicaux de la « lumière » et de la « chaleur ». Pour la lumière, relevons, entre autres, les termes : « éclatement rouge », « halo aveuglant », « lumière », « étincelante ». Pour la chaleur, relevons : « grand souffle chaud », « brûlure du soleil », « gouttes de

sueur », « métal bouillant ». Le soleil provoque le malaise du personnage. Il trouble ses sensations, agresse son regard et semble même menaçant. Meursault semble vouloir le fuir (paragraphe 2). De plus, c'est le reflet du soleil sur la lame du couteau qui l'atteint « au front » qui le contraint de sortir son revolver. Davantage que l'homme qu'il va assassiner, c'est le soleil qui agresse Meursault. Le texte insiste par ailleurs sur la souffrance physique que ressent le personnage.

3. Les quatre paragraphes dessinent une progression. D'abord, Meursault se promène sur la plage, luttant contre le soleil (paragraphe 1). Ensuite, il entrevoit l'espérance d'une source fraîche, à l'ombre d'un rocher, et découvre l'homme qui est revenu (paragraphe 2). Puis les deux hommes se toisent, les deux se saisissent de leur arme (paragraphe 3). Enfin les deux sortent leur arme et Meursault abat l'homme (paragraphe 4). Les éléments s'enchainent naturellement et le soleil assure la cohérence en donnant à l'ensemble une impression de fatalité inexorable, comme si les destins des deux personnages répondaient à un mécanisme tragique. Meursault se laisse guider par les évènements sans pouvoir agir sur eux.

4. Cette conclusion de la première partie laisse le lecteur en proie à la perplexité. Il a lu la façon dont les éléments se sont déroulés, de façon inexorable. Toutefois, le *pourquoi* de ces évènements – et notamment de ce meurtre – n'a pas été explicité. Outre l'impression de tragique, intervient aussi la notion d'Absurde. Le lecteur, avec la dernière phrase, comprend qu'il vient d'assister à un moment décisif de la vie de Meursault. Avec son geste, Meursault a affronté l'absurde et devra maintenant assumer son destin. Si l'on se réfère à la pensée philosophique de Camus, Meursault a peut-être, paradoxalement, accompli là un acte libératoire.

Simone de Beauvoir, *Mémoires d'une jeune fille rangée.*

1. Simone de Beauvoir signale dans ce passage quelques différences existant entre l'éducation des garçons et celle des filles. Elle part d'une constatation générale (« ils appartenaient à une catégorie privilégiée »), pour s'intéresser ensuite au cas de son cousin Jacques, puis, par comparaison, à sa propre condition et à l'éducation que reçoivent les jeunes filles. Nous pourrions diviser ce texte en trois parties : 1. Le cousin Jacques en visite chez les Beauvoir. 2. L'éducation des garçons et l'éducation des filles. 3. Le cours Désir.

2. Jacques est un jeune garçon de 13 ans. Il habite seul avec sa sœur, sort seul le soir, se couche tard (heure de la visite), fréquente le collège Stanislas. En soulignant son indépendance, Simone de Beauvoir décrit en creux la condition des jeunes filles. Alors qu'ils ont presque le même âge, la différence entre Simone et son cousin est flagrante. Quand les garçons s'ouvrent au monde, les jeunes filles sont encore considérées comme des enfants (même si, paradoxalement on souligne qu'elles grandissent).

3. La société bourgeoise de l'époque est très regardante vis-à-vis de l'attitude des jeunes filles. Ces dernières doivent être pudiques et mesurées (« Un soir, il arriva si tard que nous étions déjà au lit ; nous nous précipitâmes au bureau en chemise de nuit. "Voyons ! dit ma mère, ce n'est pas une tenue ! Vous êtes trop grandes !" »), être obéissantes (se plier au contrôle parental) et surtout ne pas être trop savantes.

4. Simone de Beauvoir insiste beaucoup sur les différentes éducations que reçoivent les garçons et les filles. Quand les garçons ont accès aux collèges prestigieux (collège Stanislas), les filles doivent se contenter de « nursery » comme le cours Désir. Les garçons ont droit à des professeurs « brillant d'intelligence », les filles ont affaire à des religieuses au savoir limité. Quand les garçons s'ouvrent à une nouvelle littérature, à de « vrais livres » et au monde, les filles n'ont droit qu'à un « ersatz » de connaissance « expurgée, affadie, défraîchie ». Pour qualifier le cours Désir, Simone de Beauvoir a recours au vocabulaire de la religion : « bigotes », « affiliées à l'ordre des jésuites », « novices », « vœux ». La dernière phrase, pleine d'ironie, témoigne du peu de cas que l'on fait de l'éducation des filles. Les garçons, en revanche, appartiennent à une « catégorie privilégiée ».

Alain Robbe-Grillet, *La Jalousie*.

1. La focalisation du texte est interne. Ici, la narration ne rend pas compte de ce que le narrateur pense mais de ce qu'il peut voir. Le lecteur voit par l'intermédiaire de ses yeux. La description est méticuleuse. Le narrateur rend compte, étape par étape de l'action de A... qui est en train de se coiffer. Il décrit le mouvement de la brosse, le mouvement de la tête, de la chevelure. On pourrait croire à une focalisation externe : le narrateur décrirait de façon extérieure, sans implication, les gestes de A... Toutefois, de petits indices prouvent qu'une personne est bien en train de regarder A... : « Plus à gauche encore **le visage ne laisse voir qu'un** profil perdu ». Il en va de même pour le conditionnel du quatrième paragraphe « Ainsi les yeux de A... **devraient** rencontrer la fenêtre grande ouverte... ».

2. Le dernier paragraphe précise de façon certaine la posture du narrateur avec deux éléments : « A... **doit venir** de se laver les cheveux, car elle ne serait pas, sans cela, occupée à les peigner au milieu du jour. Elle a interrompu ses mouvements, ayant **peut-être** fini avec ce côté-là. » On a ici la confirmation que, au-delà des gestes de A..., c'est avec la pensée et les conjonctures du narrateur que nous sommes aux prises.

3. Tout l'extrait parle d'une femme à sa coiffeuse. Cependant, on note une progression dans le récit. Robbe-Grillet décrit d'abord avec précision les mouvements de la brosse et de la chevelure en s'intéressant principalement au côté droit (paragraphes 1 et 2). Le troisième paragraphe s'intéresse au côté gauche de la chevelure et fait office de transition entre la chevelure et le regard renvoyé, par le jeu des miroirs, vers la troisième fenêtre (paragraphes 3 et 4). Les paragraphes 5 et 6 expliquent ce que l'on peut voir par

la « seconde fenêtre ». Dans le dernier paragraphe, A... a interrompu ses mouvements et regarde vers la fenêtre de gauche. Tout l'extrait s'organise autour de la table-coiffeuse, dans un mouvement quasi circulaire autour de la jeune femme. Les fenêtres matérialisent cette progression. Elles font écho au titre de l'ouvrage. En plus d'être un sentiment, la jalousie est aussi un type de fenêtre. C'est à travers elles que le narrateur observe sa femme.

4. Les occurrences sont nombreuses. Relevons, à titre d'exemple : « descend », « en bas », « remonte », « côté », « côté droit », « derrière », « s'éloigne », « à gauche », « à droite », « au midi », « angle sud-ouest »... Toutes ces occurrences témoignent d'une extrême volonté de précision. Dans ce texte, les plus infimes détails comptent et on comprend que chaque élément aura son importance. Le regard est conditionné par sa position dans l'espace.

Marguerite Duras, *Moderato Cantabile.*

1. Peu d'informations précises sont délivrées au sujet des convives et du dîner auquel ils assistent. On sait qu'ils mangent du saumon et boivent du Pommard, un grand vin. On sait que le repas a lieu dans une grande maison entourée d'un parc. Il s'agit manifestement d'un dîner important réunissant des gens haut placés. Les invités ne sont pas décrits précisément. Il y a « les femmes » et « les hommes ». Les premières sont « au plus sûr de leur éclat ». Leurs épaules sont nues. On comprend qu'elles sont parées de leurs bijoux et de leur plus belle robe de soirée. Elles appartiennent à ce que l'on nomme la « bonne société », dont l'éducation impose maintien et respect des convenances (« excès tempérés »). On devine aussi que cette société les soumet à leur mari (ils se rappellent « qu'elles font leur bonheur ») et leur « entretien » est leur « souci majeur ». Les hommes sont moins caractérisés. On comprend qu'ils appartiennent à un riche milieu d'affaires (« au prorata de leurs bilans ») et que leur argent est leur meilleure arme de séduction. La narration semble être externe. Toutefois, on pourrait imaginer que c'est plutôt le regard d'une femme qui se pose sur cette scène dans l'attention qu'elle porte aux autres femmes et aux éléments qui caractérisent leur condition.

2. Parmi ces convives définis dans leur généralité, deux personnages se distinguent : Anne et « l'homme ». Anne fait l'objet du paragraphe 3. Elle ne mange pas et boit trop. Elle se remémore son excursion de l'après-midi, à l'autre bout de la ville, hors de ces quartiers, qui lui sont d'ordinaire interdits. Avant de la nommer, l'autrice parle d' « une » femme (« l'une d'entre elles »). Elle est ainsi mise en relation avec l'homme qui regarde la mer (« un homme »). Ces articles indéfinis servent à isoler les deux personnages de la masse des autres hommes et femmes de cet extrait. Le quatrième paragraphe nomme ces deux personnages : Anne Desbaresdes, qui se distingue par sa volonté de s'affranchir de sa société, et un « homme de la rue », clairement identifié dans son individualité, dans sa liberté et dans son opposition à ces hommes des dîners. L'homme est réduit à ce qu'il

représente et n'est pas nommé. La caractérisation de ces deux personnages est insolite et étonnante car peu explicite et, dans leur apparente objectivité, pleine de mystère.

3. Duras utilise toute la palette des temps verbaux. La majorité du texte est au présent de narration. Elle l'utilise pour décrire ce qui se passe alternativement dans la salle à manger et dans le parc. Le passé simple (les « hommes les couvrirent », « on leur en inculqua ») est utilisé pour énoncer les choses apprises par tous et intégrées, dictées pas la force de l'habitude. Le futur simple joue plus ou moins le même rôle et est utilisé pour décrire des actions prévisibles, immuables, mécaniques (« les femmes le dévoreront »). Le passé composé est utilisé pour décrire les actions successives de l'homme dans le parc (« a quitté le boulevard », « il a fait le tour du parc », « l'a regardé »...). Il est le passé immédiat du temps présent.

4. Cet extrait pourrait être qualifié de cinématographique. En effet, la focalisation, qui demeure à distance des personnages tout en montrant leur trouble et, surtout, l'alternance entre la scène du dîner et du parc font penser à un montage alterné. Il sera intéressant de comparer ce passage avec la séquence extraite du film de Peter Brook (*Moderato cantabile*, 1960).

Georges Perec, *La Disparition*.

1. Le niveau de langue utilisé est plutôt soutenu. Les verbes sont majoritairement conjugués au passé simple qui est le langage littéraire par excellence. Le vocabulaire appartient lui aussi plutôt au langage soutenu avec de nombreux mots qui ne sont pas d'un usage courant (« layon », « ouït », « aiguail », « lustral », « lumignon », « mithridatisation »...) ou clairement tombés en désuétude (« forpaysant »). Les phrases sont plutôt courtes avec beaucoup de juxtapositions.

2. Perec met en place de nombreuses stratégies. Il utilise par exemple un nom propre en lieu et place d'un nom commun (« zippo » = briquet), un mot soutenu à la place d'un mot courant (« lumignon » = lumière), des néologismes (« buissonnant »), des changements de genre (une migraine devient « un migrain »), la dimension orale (le verbe « eu » devient « u »), un nom scientifique en latin au lieu d'un mot francisé (« Homatropini hydrobromidum »).

3. La contrainte est un moteur de création car elle permet à l'écrivain de considérer la langue comme un espace de jeu, de désacraliser l'acte d'écrire. Perec montre la plasticité de la langue, en mêlant, par exemple, les différents registres, du plus soutenu au plus familier (« chrono », « pourri »). En cela, il privilégie la recherche du sens. Perec ne se contente pas de la facilité en remplaçant un mot contenant la lettre -e- par son synonyme. Il pousse la contrainte jusqu'à l'épuisement, en tentant d'être le plus précis possible et en donnant un maximum de détails pour décrire chaque situation. La contrainte est aussi un défi.

Boris Vian, *L'Écume des jours*.

1. Colin, présenté à Chloé, lui dit ce qu'il pense être une absurdité puis s'enfuit. Il est arrêté par Chick qui lui montre le livre qu'il a acheté, puis se rappelle qu'il s'enfuit et s'enfuit à nouveau. Il croise Alise, lui conte sa mésaventure, l'enlace et frotte sa joue contre ses cheveux. Confiant à Alise qu'il n'osera pas inviter Chloé, il décide brusquement d'aller l'inviter et danse avec elle. Les actions de Colin s'enchaînent très rapidement. Il passe de l'une à l'autre sur un coup de tête, sans réfléchir, de façon très instinctive. Le résultat est un texte vif et à l'atmosphère un peu étrange, burlesque, passant brutalement d'une chose à une autre.

2. La « vraie réalité » qui suit le moment suspendu de la rencontre entre Chloé et Colin a tout pour surprendre le lecteur. Le lecteur découvre une pièce sans plafond, à travers lequel les voisins du dessus peuvent observer les danseurs du dessous, où des fleurs (des iris) poussent le long des murs, et où des gaz colorés s'échappent d'ouvertures. La « vraie réalité » du livre n'a donc pas grand chose à voir avec le monde réel. Il s'agit d'une réalité de conte, d'ordre quasi féérique.

3. Deux références majeures sont présentes : le morceau de musique *Chloé* et le livre de Jean-Sol Partre, *Le Paradoxe sur le dégueulis*. *Chloé* est un morceau joué par le célèbre musicien de jazz Duke Ellington. Le sous-titre du morceau est « song of the swamp » (« chanson du marais »). C'est d'un nénuphar, plante aquatique, que Chloé mourra. Le choix de Vian illustre ses goûts musicaux et son intérêt pour le jazz, musique omniprésente dans *L'Écume des jours*. Jean-Sol Parte fait évidemment référence à Jean-Paul Sartre, le célèbre philosophe, et *Le Paradoxe sur le dégueulis* à *La Nausée*. En plus d'être un clin d'œil à l'existentialisme, alors en vogue, Vian se moque, par l'intermédiaire de Chick, des effets de mode et de l'idolâtrie.

4. La rencontre amoureuse est un *topos* de la littérature. Celle de Colin et de Chloé a lieu lors d'une soirée dansante. Contrairement à une rencontre romanesque « traditionnelle », Colin perd d'abord ses moyens devant la jeune femme avant de se ressaisir et de l'inviter à danser. Si Colin entreprend de se rapprocher de sa partenaire, c'est elle qui prend les devants et applique « sa tempe sur la joue de Colin ». La jeune femme fait donc le premier pas. En reproduisant une scène de bal, Vian utilise une situation connue. Toutefois, en montrant la timidité du jeune homme et la résolution de la jeune femme, il inverse les rôles traditionnels. Il serait intéressant de comparer cet extrait avec la rencontre entre la Princesse de Clèves et Monsieur de Nemours, dans *La Princesse de Clèves* de Madame de Lafayette, afin de mesurer la façon dont Boris Vian se joue des codes littéraires.

Christiane Rochefort, *Le Repos du guerrier*.

1. Dans cet extrait, Christiane Rochefort entremêle plusieurs types de discours. Le discours direct est employé pour rapporter les propos de Renaud, mis entre guillemets (« tu ne sers à rien », « tu ne peux rien en définitive », « con et inutile »). Rochefort rend ainsi compte de la violence de ces attaques. Il est aussi possible de distinguer du discours indirect libre. La narratrice se pose des questions à elle-même (« Que pouvait donc éprouver Renaud ? ») et surtout commente ses actions. On a alors l'impression que le texte rend compte de commentaires qui auraient pu être prononcés à voix haute (« je n'aurais pas dû sortir », « je n'avais pas de dispositions », « c'était malin ! », « C'est fou ce qu'on peut négliger sa culture avec lui. »).

2. L'implication émotionnelle de la narratrice est évidente dans ce texte. Malmenée par Renaud, elle souffre de son attitude tout autant que de sa solitude. Le monologue intérieur traduit son trouble. Sur le plan littéraire, la ponctuation illustre son indécision et son émotion. Les points d'interrogation témoignent de ses questionnements et de ses doutes. Les points d'exclamation soulignent l'ironie (« cela valait la peine d'aller l'y chercher ! ») et accompagnent les interjections (« Ah ! », « tiens ? ») qui illustrent un texte en train de s'écrire, qui imite la progression d'une pensée désordonnée. La narratrice est prise dans une relation toxique dont elle ne parvient pas à se défaire.

3. Les deux questions situées au milieu de l'extrait (« Rien ne disait que je ne fusse simplement une petite bécasse dont la naïveté s'était prise à de belles paroles d'un hâbleur comme il en est tant, car enfin, qu'était Renaud Sarti ? Et que faisait-il dans la vie, quelles références présentait-il ? ») et les réponses qui lui sont apportées ont tout de la casuistique. En s'interrogeant sur les qualités de Renaud, la narratrice a recours à deux questions rhétoriques qui n'appellent qu'une réponse sans appel : « Aucune ». Elle se persuade qu'elle est la victime de cet homme (« Je m'étais laissé avoir ») — ce qui est vrai — et elle énumère ses nouvelles résolutions (« j'allais reprendre ma vie à zéro comme s'il n'eût jamais existé. Je n'étais pas faite pour ces choses-là et je n'y goûtais aucune délectation, j'étais faite pour avoir la paix et j'allais la prendre. »). On peut parler de casuistique (que l'on retrouve jusque dans les commentaires au discours indirect libre) et on comprend, malgré le bien fondé de ces remarques, que la narratrice aura encore affaire à Renaud, puisque ses actions sont faites en fonction de lui et qu'il s'agit encore de lui donner une leçon (« Et s'il rentre pendant que je ne suis pas là cela lui donnera une leçon »).

Romain Gary, *La Vie devant soi*.

1. Le rôle de l'incipit est de susciter l'intérêt du lecteur et de lui donner l'envie de poursuivre sa lecture, par l'utilisation de divers procédés (une situation qui surprend, une focalisation spécifique qui va montrer le point de vue du narrateur, des figures de

style, un choix de vocabulaire, un niveau de langue, en commençant *in medias res*). Il doit informer le lecteur, en présentant les lieux, les personnages et la temporalité du récit. Il définit le genre littéraire du texte : conte (Il était une fois), récit, roman d'aventure... Il s'agit donc d'intéresser, d'informer et surtout de nouer un pacte de lecture avec le lecteur. Ici, l'incipit répond parfaitement à tout cela. Il présente les personnages (Momo, Madame Rosa), les lieux (Paris, Belleville) et définit un genre littéraire. La dernière phrase indique au lecteur qu'il a affaire à une sorte de témoignage.

2. La narration est assurée par Momo dont l'âge n'est pas explicitement précisé. On sait toutefois qu'il est mineur. Certains éléments prouvent qu'il ne s'agit pas d'un adulte. La concordance des temps n'est pas respectée (« Je **suis descendu** au café de Monsieur Driss en bas et je **m'assis** en face de Monsieur Hamil qui était marchand de tapis ambulant en France et qui a tout vu. »), le narrateur multiplie la conjonction « que » (typique des enfants), il utilise un langage très imagé (« Monsieur Hamil a de beaux yeux qui font du bien autour de lui. »). Certaines expressions sont utilisées dans un contexte étrange (« une vraie source de vie quotidienne »), d'autres sont mal employées et font image (« Il devait penser que j'étais encore interdit aux mineurs » ; « parce que je n'ai pas été daté »).

3. Dès l'incipit les personnages sont caractérisés par leur nom, leur origine, leur religion, leur métier. Dans le contexte du quartier de Belleville, l'accent est mis sur la diversité culturelle et l'on comprend que la notion de vivre-ensemble sera particulièrement importante, entre Rosa la vieille dame juive et Momo, le jeune garçon d'origine arabe. La dimension sociale est aussi très présente. Rosa héberge les enfants contre des mandats, Momo est un enfant placé. Précarité sociale et affective semblent devoir être au centre du roman.

Pierre Herbart, *La Ligne de force*.

1. En tant que Français, le narrateur est conduit dans la concession internationale de Canton. Alors qu'on recommande aux Européens de ne pas sortir en raison de troubles qu'il ne cherche pas à comprendre, le narrateur sort de la concession et se fond dans la foule. Les réactions de celle-ci sont naturellement hostiles, colonisation oblige. Le contact de la foule est néanmoins ce qui permet au narrateur de sortir de sa condition, de s'oublier, de devenir un parmi les autres et de vivre pleinement le moment présent et la réalité de l'endroit où il se trouve.

2. La vieil homme et la chauve-souris sont importants car ils permettent au narrateur de sortir d'un cheminement réglé et de s'abandonner au hasard de leur parcours. Il s'identifie au vieil homme et à la *chose* qu'il transporte, à tel point qu'il « n'est plus rien du tout », étranger à lui-même, « absent » de lui-même.

3. Tout le livre ne parle que de ces sujets (la colonisation, le communisme, la guerre d'Espagne, la Résistance), qui sont au centre des préoccupations de Pierre Herbart.

Ce ne sont donc pas des « riens », en ce sens que ce ne sont pas des sujets qu'Herbart considère comme peu importants. En revanche, ils ne sont « rien » en comparaison de ce dont la Chine lui fait prendre conscience. La Chine est une « ligne de force » qui lui permet de donner un sens à la vie.

4. La morale du livre est la suivante : il faut se presser de trouver du sens à sa vie. Et ce sens est peut-être moins à trouver dans la lutte militante que dans la capacité de l'individu à ne faire qu'un avec le monde et de vivre pleinement l'instant présent.

Marguerite Yourcenar, *Nouvelles orientales*.

1. De nombreuses occurrences contribuent à évoquer la Chine. Cela passe par les noms des personnages (Wang-Fô et Ling), par les précisions géographiques (royaume Han), par la relation qui unit les deux hommes (maître-disciple), par tous les éléments qui font référence à l'art du peintre (pots de laque, encres de Chine, rouleaux de soie, papier de riz). De même, des éléments plus diffus (la mère de Ling est fille d'un marchand de jade, on fait mention des fleurs roses de prunier, les personnages se rendent dans des maisons de thé, consomment de l'alcool de riz) façonnent une Chine qui relève d'une vision stéréotypée.

2. Le narrateur dit que Wang-Fô n'aime pas les choses, mais qu'il aime « l'image des choses ». Ling est celui qui porte le « sac plein d'esquisses ». Yourcenar écrit qu'il « courbait respectueusement le dos comme s'il portait la voûte céleste ». L'adverbe prouve la dévotion du disciple pour l'art du maître et la haute estime qu'il a de ses toiles. Il porte, littéralement, le monde sur ses épaules. Car, la peinture de Wang-Fô est capable de révéler la vraie nature des choses, de révéler toute leur complexité et toute leur beauté. Elle aide à mieux voir le monde, à voir au-delà des choses.

3. La principale figure de style employée est la comparaison. La conjonction « comme » est présente à neuf reprises. La phrase située au milieu du texte illustre cela parfaitement : « L'épouse de Ling était frêle **comme** un roseau, enfantine **comme** du lait, douce **comme** la salive, salée **comme** les larmes. » Il s'agit, pour Yourcenar, de créer des images et de donner ainsi au texte son atmosphère de conte.

Patrick Modiano, *Dora Bruder*.

1. Dans cet extrait, Patrick Modiano donne un aperçu de la façon dont la mémoire peut cheminer. En s'intéressant au destin de Dora Bruder, il apprend qu'elle a été incarcérée à la prison des Tourelles. Il se souvient avoir lu ce nom dans un livre de Jean Genet, lui-même incarcéré dans ce lieu. Il peut alors faire le lien entre une phrase lue dans ce livre (« Cet enfant m'apprenait que le vrai fond de l'argot parisien, c'est la tendresse attristée. ») et l'idée qu'il se fait de la jeune fille. Un élément sert donc à en convoquer un autre. Chez Modiano, la mémoire crée des liens.

2. Dans cet extrait, la figure de Dora Bruder est un prétexte pour parler du sujet beaucoup plus vaste qu'est l'Occupation. Par l'intermédiaire de Dora, Modiano s'intéresse aux conditions de détention des juifs durant la Seconde Guerre mondiale. En précisant bien que les détenues sont sous la surveillance des gendarmes, il dénonce les actes de collaboration. Il évoque néanmoins aussi le courage de quelques « justes » capables de réagir face à l'injustice du port imposé de l'étoile jaune. La figure de Dora Bruder est donc pour Modiano une porte d'entrée pour s'intéresser à la grande Histoire.

3. Modiano utilise la figure individuelle de Dora pour s'intéresser à l'Histoire. Il s'agit donc pour lui de passer du singulier au collectif. Ceci est particulièrement notable dans le troisième paragraphe, lorsque Modiano évoque le quotidien des femmes en prison. Il n'y est plus seulement question de Dora, mais de toutes celles qui partagent sa condition, en témoigne le pronom personnel « on ». Il s'agit alors de rendre compte des détails de l'organisation quotidienne et hebdomadaire de la prison. L'histoire de Dora n'est pas singulière, elle est semblable à celle que vécurent un grand nombre d'autres femmes juives durant la Seconde Guerre mondiale, ainsi qu'en témoigne le recours à l'imparfait. Paradoxalement, le cas individuel, par sa banalité, devient représentatif de la réalité d'une époque.

4. Les détails sont tous les éléments qui contribuent à l'authenticité de ce texte d'un point de vue historique. Tous ceux qui font référence au quotidien de l'enfermement (l'appel, le garde-à-vous, les douches tous les quinze jours, les paquets fouillés, coups de sifflet, malnutrition...) illustrent l'inhumanité et l'arbitraire de la réclusion pour des femmes qui n'ont commis aucun crime. À l'inverse, les détails concernant les « amies des juifs », et leurs façons de détourner l'étoile juive, illustrent leur humanité. L'humanité est d'autant plus belle qu'elle est associée à la banalité, ce qui est particulièrement notable dans les professions exercées par ces femmes (dactylos, papetière, femme de ménage...), preuve que des personnes normales peuvent agir en héros.

Annie Ernaux, *La Place*.

1. L'écriture « plate » consiste ici à écrire simplement. Le vocabulaire employé est courant. Aucun mot savant n'est utilisé. Les phrases sont parfois très courtes. La syntaxe, sans être simpliste, n'est pas compliquée. Mais plus que tout cela, l'écriture « plate » se caractérise ici par le fait qu'Annie Ernaux se refuse à mobiliser une écriture poétique. Il n'y a pas de métaphores, pas de comparaisons imagées. Elle reste dans le réel et décrit les évènements et les choses par leur nom. Il n'y a pas de dimension symbolique.

2. Le père est le sujet principal de l'extrait. Il se caractérise par une utilisation bancale du langage (erreurs à l'oral). Il est joyeux et aime plaisanter (« il blaguait »). En plus de son commerce, il se livre à des occupations telles que le réagencement de la maison ou un élevage de poules et de lapins. Ses occupations sont populaires (chansons et jeux à la radio, cirque, foire, films grand public). En les mettant en avant, Ernaux pointe tout ce qui relève d'une certaine classe sociale.

3. L'ironie est une forme d'humour qui consiste généralement à dire l'inverse de ce que l'on pense tout en faisant comprendre à son interlocuteur son intention réelle. C'est une forme de langage non littéral qui fait appel à une forme d'esprit. En soulignant l'absence d'ironie dans l'humour de son père, la narratrice pointe son manque de distance critique, son manque de finesse et insiste sur son côté terre-à-terre.

4. La conscience d'être un transfuge de classe se manifeste principalement par l'intermédiaire de deux éléments : le langage et la culture. Le langage populaire et ses inventions s'opposent au langage normé de l'école et des études en général. La culture populaire (cirque, chansons, films grand public...) s'opposent à la « grande » culture (musique classique et jazz, cinéma d'auteur, théâtre, musées...). La narratrice prend conscience de ces différences.

Jean Echenoz, *Cherokee*.

1. La rencontre entre Georges et Véronique est surprenante. Cette « simplicité » ne correspond pas aux habitudes romanesques. Elle a lieu dans la rue et s'avère être très banale. Georges demande l'heure à Véronique, ils engagent la conversation, marchent ensemble, puis se donnent rendez-vous pour le lendemain chez Georges. Arrivée chez lui, tous deux s'embrassent longuement. Tout est beaucoup trop rapide, sans péripétie, à la fois banal et trop extraordinaire.

2. Deux exemples possibles de l'humour décalé d'Echenoz : « Il [...] se fouilla sans trouver d'autre papier qu'un ticket de métro neuf, elle qui n'avait pour écrire que son bâton de rouge – formats incompatibles. » L'incongruité des deux objets rend la scène cocasse lorsqu'on imagine l'embarras des personnages. Le deuxième décalage concerne le lieu où vit Georges. En plus d'être cosmopolite (chose assez courante à Paris), son immeuble jouxte le Cirque d'Hiver et il peut donc profiter des sons et des effluves émis par les animaux.

3. Echenoz décrit le voisinage dans l'immeuble de Georges, la ménagerie voisine, un mur rempli de disques vinyles et, rapidement, la disposition de son appartement. Certains de ces éléments (surtout la ménagerie) ont un caractère incongru. À l'inverse, il ne décrit pas vraiment Véronique (à part, rapidement, les vêtements qu'elle porte), il ne décrit pas les circonstances de la rencontre, ni le rendez-vous. Echenoz semble prendre le contre-pied du romanesque et ne pas s'attarder sur ce qui pourrait d'ordinaire être l'objet du roman.

4. Le dernier paragraphe illustre la dimension ludique de l'écriture d'Echenoz. Il entremêle l'action des personnages avec les chansons émises par le poste de radio, sans guillemets. La chanson rythme l'action, dit le temps qui passe et fait écho aux ébats des deux personnages.

Mathias Énard, *Boussole*.

1. Par sa syntaxe et son vocabulaire, le registre de langue de ce texte est plutôt soutenu. L'érudition se matérialise ici par la prolifération des noms propres, plus ou moins célèbres (Khayyam, Pessoa, Goethe, Dallapiccola, Wolf...), par l'égrainage de titres d'œuvres plus ou moins connues (*Divan*, *Divan occidentoriantal*, *Goethe Lieder*...), par l'évocation familière de lieux plus ou moins identifiés (l'apadana de Persépolis, Weimar, Khorassan, Lisbonne, Téhéran...). Tout cela construit un réseau de références important qui traduit l'érudition.

2. La définition que donne Mathias Énard de la culture est intéressant car il démontre comment, de Téhéran à Weimar, elle voyage sans cesse et permet de tisser des liens. Le *Divan* de Hafez, œuvre éminemment iranienne, ouvre un espace entre les langues et les cultures. Il peut être lu par un écrivain allemand (Goethe), adapté par un musicien autrichien (Schubert) et réinterprété par un italien (Dallapiccola). Ce texte, par son érudition, prouve que la culture est toujours en mouvement, qu'elle ne naît jamais, dans un pays donné, indépendamment de toutes les autres cultures. C'est ce qu'Énard signifie dans la phrase : « C'est beau de voir à quel point Hafez et la poésie persane ont irrigué l'art bourgeois européen, Hafez et bien sûr Omar Khayyam. » La culture rassemble.

3. Énard applique plus précisément encore à la littérature ce qu'il définit pour la culture. Il utilise l'exemple du poète Khayyam, dont les quatrains ont été réunis et présentés par Sadegh Hedayat. Sarah et le narrateur font le lien entre ces deux écrivains et le portugais Fernando Pessoa, lui-même auteur de quatrains. La littérature permet de tisser des liens et de relativiser l'appartenance. On retrouve dans les quatrains de Fernando Pessoa le même esprit que dans les quatrains de Khayyam. La littérature est aussi un moyen de s'affranchir des frontières, de s'ouvrir à l'autre et d'apprécier à quel point les humains se ressemblent.

Alice Zeniter, *L'Art de perdre*.

1. La narration suit les pensées d'Ali. Elle décrit les actions et les pensées du personnage. La focalisation est plutôt interne au personnage. Le narrateur rend compte de ses pensées, de ses conjonctures et surtout des questions qu'Ali se pose. Le discours indirect libre est très présent. En effet, c'est bien Ali qui demande : « Et si l'Égypte envoyait des armes, est-ce que ces hommes n'auraient pas de meilleures machines entre les mains ? » ou « Mais croit-il seulement le lieutenant aux gestes de loup quand celui-ci affirme que le moment est venu, que la guerre est là ? ».

2. Le champ lexical qui domine est celui qui se réfère à la guerre. À titre d'exemple citons : « lieutenant », « fusils », « armes », « Sten », « chef », « tenues militaires », « meilleures armes », « pétoires », « munitions »... Le sujet de l'extrait est donc l'insurrection qui se prépare contre la France colonisatrice. La mauvaise qualité des armes, leur faible nombre et le manque de munitions laissent entrevoir un combat qui s'annonce inégal.

3. Ali exprime très clairement ses doutes. Ces derniers concernent plusieurs choses : la réalité de l'armement et le degré de préparation du FLN, l'approvisionnement en armes et en munitions et la capacité des maquisards à former et à encadrer les nouvelles recrues. Les doutes d'Ali s'expliquent par l'attitude du lieutenant et par sa connaissance des combats. Une phrase nous apprend qu'il a été mobilisé durant la Seconde Guerre mondiale. Ali connaît donc la réalité des combats et de la façon dont on se joue des apparences. Cette expérience explique ses doutes et ses craintes. L'enthousiasme des autres villageois se nourrit du charisme du lieutenant, du rêve d'indépendance et probablement d'un manque d'expérience de la réalité de la guerre.

Nicolas Mathieu, *Leurs enfants après eux.*

1. Le texte utilise dans l'ensemble un langage courant. On note toutefois la présence d'un certain nombre de mots familiers : « bossait », par exemple au paragraphe 1. Ils sont plus présents dans l'avant-dernier paragraphe qui rend compte de la réalité de Vanessa, avec un langage qui pourrait être le sien « se taper », « meufs », « foutu », « chialer », « constit' ».

2. Le bonheur des parents de Vanessa est surtout l'objet du paragraphe 1. Il se caractérise par la stabilité sociale, financière et affective. Ils possèdent la vie réglée de petits bourgeois de province (pavillon, vacances, télévision), se contentant de leur position sans prétendre à plus. Ils s'inquiètent d'ailleurs lorsque leur fille semble prétendre à davantage.

3. L'angoisse de Vanessa vis-à-vis de l'université n'est pas seulement d'ordre scolaire. Elle est constituée de toutes les histoires circulant sur la sévérité des professeurs et l'échec massif des étudiants à cause d'une vie débridée loin du cocon familial. Ces peurs sont aussi celles d'une classe sociale qui n'est pas familière de l'université. Les craintes de Vanessa sont aussi dues à la pression exercée par ses parents qui la menacent de la faire revenir en cas d'échec.

4. Pour Vanessa, les études représentent la promesse d'une élévation sociale, le moyen d'accéder à une sphère ignorée de sa famille. Ce trait est perçu par ses parents qui ne comprennent pas ses aspirations (« elle se croyait supérieure »). L'ambition de Vanessa est perceptible lorsque le narrateur la compare aux autres étudiantes, habituées des centre-ville. Pour se sentir légitime dans ce nouveau décor, elle doit réussir ses examens. Les études sont ce qui permet cette légitimation.

Kamel Daoud, *Meursault, contre-enquête.*

1. L'incipit de Kamel Daoud fait directement référence à celui de *L'Étranger*, d'Albert Camus. « Aujourd'hui, M'ma est encore vivante » répond à « Aujourd'hui, maman est morte ». Par cette simple phrase, l'auteur confirme ce que sera son texte : le contrepied du texte de Camus, ce qu'annonçait déjà son titre. L'ambition affichée du texte est de

donner la parole à ceux qui s'en sont vus privés. Il s'agit, pour celui qui se présente comme étant le frère de l'homme assassiné par Meursault, de donner sa version des faits, jusqu'à présent injustement passée sous silence.

2. Dans cet incipit, le narrateur utilise le « tu » ; il s'adresse donc à quelqu'un en particulier. La phrase suivante (« Comme tous les autres, tu as dû lire cette histoire telle que l'a racontée l'homme qui l'a écrite. ») laisse supposer qu'il s'adresse directement au lecteur. En l'interpellant directement, le narrateur prend son lecteur à partie et le somme de reconnaître son parti pris dans sa lecture des faits. Il s'agit de l'inclure émotionnellement dans le texte et, éventuellement, de lui faire éprouver un sentiment de culpabilité.

3. Dans ce texte, l'emprise coloniale de la France se manifeste par le traitement inégal qu'elle a fait de Meursault et de Moussa. Le premier est devenu le symbole de la solitude et de la difficulté d'être, tandis que le second s'est vu nier jusqu'à son identité. La colonisation, par le rapport de domination qu'elle impose, a permis d'invisibiliser un individu – et avec lui toute une culture. Ce dernier a simplement été « oublié », dans le sens qu'il n'existe même pas. Cette relecture de *L'Étranger* interroge sur les aspects les plus tendancieux de la colonisation et oblige le lecteur à songer à un pan de l'histoire auquel, d'ordinaire, il ne pense pas. Une « histoire trop bien écrite » a permis de susciter de l'empathie pour un criminel et d'invisibiliser la victime. Le narrateur utilise cet argument pour dénoncer le colonialisme qui impose sa langue, sa culture et sa vision du monde au profit d'une réalité sans doute plus complexe.

4. Le narrateur dit clairement que c'est la bonne maîtrise de la langue et de la littérature qui ont permis d'imposer une version de l'histoire. Cela signifie que celui qui contrôle la narration contrôle aussi la mémoire collective. Conscient de cette réalité, le narrateur considère qu'il lui faut à son tour s'exprimer avec ces armes pour se faire entendre : « C'est d'ailleurs pour cette raison que j'ai appris à parler cette langue et à l'écrire ; pour parler à la place d'un mort, continuer un peu ses phrases. » La langue est le moyen de domination et la littérature le moyen de fixer l'histoire : il faut donc s'en saisir pour combattre à armes égales une emprise et une narration injustes.

Mohamed Mbougar Sarr, *La plus secrète mémoire des hommes*.

1. Dans le premier paragraphe, Mbougar Sarr utilise les pronoms de façon étonnante. Dans ce qui s'apparente à un dialogue rapporté, « Ma mère » devient « la mère », puis « elle ». Même chose pour le narrateur : « Moi » devient « le fils », puis « lui ». Le narrateur consigne ses pensées dans son journal intime. Il s'agit là d'un moyen pour mettre à distance le dialogue et faire de lui-même et de sa mère des personnages. Peut-être est-ce aussi un moyen pour signifier la distance géographique qui sépare le narrateur de ses parents et de lui-même lorsqu'il les appelle.

2. Pour le narrateur, ses parents représentent la stabilité et l'illusion de pouvoir en disposer selon sa convenance. Ils incarnent l'assurance d'un retour possible mais leurs visages changés, vieillis, empêchent de croire que rien n'a évolué.

3. Le « stade terminal de l'immigration » consiste à être « convaincu de l'imminence » du retour et à être « persuadé de regagner le temps passé loin des miens ». En d'autres termes, il s'agit d'une chimère qui consisterait à retrouver une terre où rien n'aurait changé et n'aurait pas connu l'épreuve du temps. Pour le narrateur, « le stade terminal de l'immigration » est donc l'idéalisation de ce qu'il a laissé derrière et s'est doté, inévitablement, de nostalgie.

4. Selon le narrateur, le temps qui passe est plus dangereux que l'éloignement géographique. Il est toujours possible de revenir physiquement à un endroit que l'on a quitté, le problème étant que l'on ne revient jamais au moment où on l'a quitté. Selon le narrateur, l'exilé se trompe lorsqu'il se morfond de la distance géographique. Les jours qui passent sont le véritable fardeau. La dernière phrase est révélatrice de cet état d'esprit : il vaut parfois mieux ne pas revenir car le désir de retour est toujours lié au temps passé et pour toujours perdu.

Chantal Spitz, *L'Île des rêves écrasés.*

1. Le roman est écrit au présent de narration. L'objectif de l'autrice peut être de refuser une forme de langue trop littéraire pour reproduire l'oralité propre à la culture polynésienne. Le poème final, écrit en italique, évoque la littérature traditionnelle polynésienne, exclusivement orale. L'utilisation des mots polynésiens, sans traduction, rentre dans la même logique.

2. Le communiqué officiel insiste sur le lien existant entre la France et les îles du Pacifique. Il y est question d'« attachement » pour ses « populations lointaines ». La France est qualifiée par les périphrases de « gouvernement central », de « mère patrie », puis de « métropole ». Ces éléments témoignent d'une emprise d'ordre colonial. Le cynisme de la situation (l'attachement pour les populations lointaines est un prétexte pour installer une base de lancement nucléaire aux conséquences désastreuses) est dénoncé par la narratrice dans la reprise ironique de l'expression « glorieuse mère patrie » qui méprise la terre de ceux qui ont pourtant combattu pour la France, lors des deux guerres mondiales.

3. Les réactions de Tematua et Emere sont intenses et s'expriment par un mal-être physique. Chaque mot est un « coup de poignard ». Le communiqué provoque une « déchirure » dans l'âme et le ventre. La nouvelle est un coup de tonnerre qui suspend le temps, change les couleurs du monde et laisse un goût de sang dans la bouche. La douleur est totale : elle affecte le monde, le physique et le moral.

4. Le mot « Terre » avec une majuscule représente ici l'ensemble du territoire polynésien. Il s'apparente au terme tahitien *fenua* qui signifie « terre, pays ». L'utilisation répétée de ce mot illustre davantage que le simple attachement des polynésiens à leur territoire. Il affirme l'existence même du territoire, par opposition à un autre territoire qui ne peut, véritablement, y prétendre.

Jean-Philippe Toussaint, *Fuir*.

1. Le premier paragraphe est une seule et unique phrase.

2. Le sentiment de vitesse est particulièrement rendu par la très longue phrase du premier paragraphe, qui reproduit une sensation d'instantanéité. Pour cela, Toussaint utilise la juxtaposition des propositions, a recours à des adverbes qui signalent la vitesse (« fugitivement », « soudain »), à la locution prépositive (« en train de »), et tout un champ lexical de la rapidité (« accélérions », « à tout allure », « sans ralentir »), de la temporalité (« en même temps », « un instant »). Le narrateur insiste sur la course de la moto qui « gliss[e] », qui a un « mouvement fuyant » et qui « emport[e] » les personnages. La course folle de la moto est d'autant plus accentuée qu'elle s'oppose à l'immobilité des autres véhicules et que sa légèreté s'oppose à la lourdeur des autobus.

3. La traversée de Pékin est tellement rapide qu'elle a quelque chose d'irréel. Le narrateur n'a pas le temps de reconnaître les lieux qu'il est déjà emporté ailleurs. On est entre le rêve, l'illusion et l'étourdissement. Ce dernier terme se justifie par le fait que plusieurs des sens du narrateur sont sollicités. L'ouïe, la vue, l'odorat et le toucher sont mobilisés. C'est donc un texte éminemment sensoriel, où il semble difficile de se raccrocher à des éléments concrets. L'atmosphère crépusculaire renforce cette impression d'une ville traversée comme dans un rêve.

4. Le narrateur n'est pas libre de ses mouvements. Il est emporté par la moto de Zhang Xiangzhi sans avoir voix au chapitre. Cette course conditionne inévitablement son rapport à la Chine. Le mouvement et la rapidité donnent l'impression d'un grand mélange, d'un bouleversement permanent, d'un contraste perpétuel. Le narrateur perd le contrôle dans ce monde qu'il peine à comprendre et à distinguer avec certitude. « Frénésie », « vitesse », « mouvement », « monde », pourraient être les mots qui pourraient qualifier sa première impression de la Chine.

◆◆ Lauréats du prix Goncourt ◆◆

龚古尔文学奖名单

Le prix Goncourt, créé par testament par Edmond de Goncourt en 1892, est un prix littéraire récompensant chaque année un écrivain d'expression française. L'Académie Goncourt est fondée en 1903 et décerne le premier prix la même année. Il s'est progressivement imposé comme étant le principal prix littéraire français. Il assure au lauréat une très grande visibilité et promet bien souvent de très bonnes ventes. Si le livre primé n'a pas la certitude de s'inscrire dans la durée et de figurer par la suite en bonne place dans l'histoire littéraire, il a généralement le mérite d'illustrer une certaine tendance d'époque.

Années 1900

1903 – John-Antoine NAU, *Force ennemie*
1904 – Léon FRAPIÉ, *La Maternelle*
1905 – Claude FARRÈRE, *Les Civilisés*
1906 – Jérôme et Jean THARAUD, *Dingley, l'illustre écrivain*
1907 – Émile MOSELLY, *Terres lorraines* et *Jean des Brebis ou le livre de la misère*
1908 – Francis de MIOMANDRE, *Écrit sur de l'eau...*
1909 – Marius-Ary LEBLOND, *En France*

Années 10

1910 – Louis PERGAUD, *De Goupil à Margot*
1911 – Alphonse de CHÂTEAUBRIANT, *Monsieur des Lourdines*
1912 – André SAVIGNON, *Filles de la pluie*
1913 – Marc ELDER, *Le Peuple de la mer*
1914 – Adrien BERTRAND, *L'Appel du sol* (décerné en 1916)
1915 – René BENJAMIN, *Gaspard*
1916 – Henri BARBUSSE, *Le Feu*
1917 – Henry MALHERBE, *La Flamme au poing*
1918 – Georges DUHAMEL, *Civilisation*
1919 – Marcel PROUST, *À l'ombre des jeunes filles en fleurs*

Années 20

1920 – Ernest PÉROCHON, *Nêne*
1921 – René MARAN, *Batouala*
1922 – Henri BÉRAUD, *Le Vitriol de Lune et Le Martyre de l'obèse*
1923 – Lucien FABRE, *Rabevel ou le Mal des ardents*

1924 – Thierry SANDRE, *Le Chèvrefeuille, le Purgatoire, le Chapitre XIII*
1925 – Maurice GENEVOIX, *Raboliot*
1926 – Henri DEBERLY, *Le Supplice de Phèdre*
1927 – Maurice BEDEL, *Jérôme 60° latitude nord*
1928 – Maurice CONSTANTIN-WEYER, *Un homme se penche sur son passé*
1929 – Marcel ARLAND, *L'Ordre*

Années 30

1930 – Henri FAUCONNIER, *Malaisie*
1931 – Jean FAYARD, *Mal d'amour*
1932 – Guy MAZELINE, *Les Loups*
1933 – André MALRAUX, *La Condition humaine*
1934 – Roger VERCEL, *Capitaine Conan*
1935 – Joseph PEYRÉ, *Sang et lumières*
1936 – Maxence VAN DER MEERSCH, *L'Empreinte du dieu*
1937 – Charles PLISNIER, *Faux Passeports*
1938 – Henri TROYAT, *L'Araigne*
1939 – Philippe HÉRIAT, *Les Enfants gâtés*

Années 40

1940 – Francis AMBRIÈRE, *Les Grandes Vacances*
1941 – Henri POURRAT, *Vent de Mars*
1942 – Marc BERNARD, *Pareils à des enfants*
1943 – Marius GROUT, *Passage de l'homme*
1944 – Elsa TRIOLET, *Le premier accroc coûte 200 francs*
1945 – Jean-Louis BORY, *Mon village à l'heure allemande*
1946 – Jean-Jacques GAUTIER, *Histoire d'un fait divers*
1947 – Jean-Louis CURTIS, *Les Forêts de la nuit*
1948 – Maurice DRUON, *Les Grandes Familles*
1949 – Robert MERLE, *Week-end à Zuydcoote*

Années 50

1950 – Paul COLIN, *Les Jeux sauvages*
1951 – Julien GRACQ, *Le Rivage des Syrtes*, refusé par l'auteur.
1952 – Béatrix BECK, *Léon Morin, prêtre*
1953 – Pierre GASCAR, *Les Bêtes*
1954 – Simone de BEAUVOIR, *Les Mandarins*
1955 – Roger IKOR, *Les Eaux mêlées*
1956 – Romain GARY, *Les Racines du ciel*
1957 – Roger VAILLAND, *La Loi*
1958 – Francis WALDER, *Saint-Germain ou la Négociation*
1959 – André SCHWARZ-BART, *Le Dernier des justes*

Années 60

1960 – Vintila HORIA, *Dieu est né en exil,* attribué, mais non décerné en raison du passé de l'auteur (ancien militant fasciste).

1961 – Jean CAU, *La Pitié de Dieu*

1962 – Anna LANGFUS, *Les Bagages de sable*

1963 – Armand LANOUX, *Quand la mer se retire*

1964 – Georges CONCHON, *L'État sauvage*

1965 – Jacques BOREL, *L'Adoration*

1966 – Edmonde CHARLES-ROUX, *Oublier Palerme*

1967 – André Pieyre de MANDIARGUES, *La Marge*

1968 – Bernard CLAVEL, *Les Fruits de l'hiver*

1969 – Félicien MARCEAU, *Creezy*

Années 70

1970 – Michel TOURNIER, *Le Roi des aulnes*

1971 – Jacques LAURENT, *Les Bêtises*

1972 – Jean CARRIÈRE, *L'Épervier de Maheux*

1973 – Jacques CHESSEX, *L'Ogre*

1974 – Pascal LAINÉ, *La Dentellière*

1975 – Émile AJAR (Romain Gary), *La Vie devant soi*

1976 – Patrick GRAINVILLE, *Les Flamboyants*

1977 – Didier DECOIN, *John l'Enfer*

1978 – Patrick MODIANO, *Rue des boutiques obscures*

1979 – Antonine MAILLET, *Pélagie la Charrette*

Années 80

1980 – Yves NAVARRE, *Le Jardin d'acclimatation*

1981 – Lucien BODARD, *Anne Marie*

1982 – Dominique FERNANDEZ, *Dans la main de l'Ange*

1983 – Frédérick TRISTAN, *Les Égarés*

1984 – Marguerite DURAS, *L'Amant*

1985 – Yann QUEFFÉLEC, *Les Noces barbares*

1986 – Michel HOST, *Valet de nuit*

1987 – Tahar BEN JELLOUN, *La Nuit sacrée*

1988 – Erik ORSENNA, *L'Exposition coloniale*

1989 – Jean VAUTRIN, *Un grand pas vers le Bon Dieu*

Années 90

1990 – Jean ROUAUD, *Les Champs d'honneur*

1991 – Pierre COMBESCOT, *Les Filles du Calvaire*

1992 – Patrick CHAMOISEAU, *Texaco*

1993 – Amin MAALOUF, *Le Rocher de Tanios*

1994 – Didier VAN CAUWELAERT, *Un aller simple*
1995 – Andreï MAKINE, *Le Testament français*
1996 – Pascale ROZE, *Le Chasseur Zéro*
1997 – Patrick RAMBAUD, *La Bataille*
1998 – Paule CONSTANT, *Confidence pour confidence*
1999 – Jean ECHENOZ, *Je m'en vais*

Années 2000

2000 – Jean-Jacques SCHUHL, *Ingrid Caven*
2001 – Jean-Christophe RUFIN, *Rouge Brésil*
2002 – Pascal QUIGNARD, *Les Ombres errantes*
2003 – Jacques-Pierre AMETTE, *La Maîtresse de Brecht*
2004 – Laurent GAUDÉ, *Le Soleil des Scorta*
2005 – François WEYERGANS, *Trois jours chez ma mère*
2006 – Jonathan LITTELL, *Les Bienveillantes*
2007 – Gilles LEROY, *Alabama song*
2008 – Atiq RAHIMI, *Syngué sabour : Pierre de patience*
2009 – Marie NDIAYE, *Trois Femmes puissantes*

Années 2010

2010 – Michel HOUELLEBECQ, *La Carte et le Territoire*
2011 – Alexis JENNI, *L'Art français de la guerre*
2012 – Jérôme FERRARI, *Le sermon sur la chute de Rome*
2013 – Pierre LEMAITRE, *Au revoir là-haut*
2014 – Lydie SALVAYRE, *Pas pleurer*
2015 – Mathias ENARD, *Boussole*
2016 – Leïla SLIMANI, *Chanson douce*
2017 – Eric VUILLARD, *L'Ordre du jour*
2018 – Nicolas MATHIEU, *Leurs enfants après eux*
2019 – Jean-Paul DUBOIS, *Tous les hommes n'habitent pas le monde de la même façon*

Années 2020

2020 – Hervé LE TELLIER, *L'Anomalie*
2021 - Mohamed Mbougar SARR, *La plus secrète mémoire des hommes*
2022 – Brigitte GIRAUD, *Vivre Vite*
2023 – Jean-Baptiste ANDREA, *Veiller sur elle*
2024 – Kamel DAOUD, *Houris*

◆◆ Lauréats français du prix Nobel de littérature ◆◆

诺贝尔文学奖法语作品名单

Sully Prudhomme (1839–1907) – Prix Nobel de littérature 1901

Frédéric Mistral (1830–1914) – Prix Nobel de littérature 1904

Romain Rolland (1866–1944) – Prix Nobel de littérature 1915

Anatole France (1844–1924) – Prix Nobel de littérature 1921

Henri Bergson (1859–1941) – Prix Nobel de littérature 1927

Roger Martin du Gard (1881–1958) – Prix Nobel de littérature 1937

André Gide (1869–1951) – Prix Nobel de littérature 1947

François Mauriac (1885–1970) – Prix Nobel de littérature 1952.

Albert Camus (1913–1960) – Prix Nobel de littérature 1957

Saint-John Perse (1887–1975) – Prix Nobel de littérature 1960

Claude Simon (1913- 2005) – Prix Nobel de littérature 1985

Gao Xingjian (né en 1940, franco-chinois) – Prix Nobel de littérature 2000

J.M.G. Le Clézio (né en 1940) – Prix Nobel de littérature 2008

Patrick Modiano (né en 1945) – Prix Nobel de littérature 2014

Annie Ernaux (née en 1940) – Prix Nobel de littérature 2022

*****Jean-Paul Sartre** a refusé le prix Nobel de littérature qui lui a été attribué en 1964.

◆◆ Conseils de lecture ◆◆

阅读书目

Les trente livres proposés ici font environ une centaine de pages. Ils sont particulièrement indiqués pour parfaire une culture littéraire. Bien entendu, cette liste n'a rien d'exhaustif. Ils peuvent faire l'objet d'exposés.

Emmanuel Bove, *Mes amis*, 1924
Henri Calet, *Les Grandes Largeurs*, 1951
Albert Camus, *L'Étranger*, 1942
Albert Camus, *La Chute*, 1956
Colette, *L'Ingénue libertine*, 1909
Colette, *Le Blé en herbe*, 1923
Eugène Dabit, *L'Hôtel du Nord*, 1929
Charlotte Delbo, *Aucun de nous ne reviendra*, 1970
Marguerite Duras, *Moderato Cantabile*, 1958
Jean Echenoz, *Un an*, 1997
Annie Ernaux, *La Place*, 1983
Annie Ernaux, *La Honte*, 1997
Guy Goffette, *Une enfance lingère*, 2006
Louis Guilloux, *Salido*, 1976
Louis Guilloux, *Coco perdu*, 1978
Milan Kundéra, *La Lenteur*, 1995
Patrick Modiano, *Dora Bruder*, 1997
Raymond Queneau, *Les Derniers jours*, 1936
Raymond Queneau, *Exercices de style*, 1947
Joseph Ponthus, *À la ligne*, 2019
Raymond Radiguet, *Le Diable au corps*, 1923
Jules Romains, *Les Copains*, 1913
Chantal Spitz, *L'Île des rêves écrasés*, 1991
Hervé le Tellier, *L'Anomalie*, 2020
Elsa Triolet, *Les Amants d'Avignon*, 1944
Vercors, *Le Silence de la mer*, 1942
Boris Vian, *L'Écume des jours*, 1947
Boris Vian, *Les Fourmis*, 1949
Jean de la Ville de Mirmont, *Les Dimanches de Jean Dézert*, 1914
Marguerite Yourcenar, *Nouvelles orientales*, 1938

◆◆ Bibliographie ◆◆

参考文献

HISTOIRE LITTÉRAIRE ET LITTÉRATURE DU XXᵉ SIÈCLE

Ouvrages, ouvrages collectifs et numéros de revue

- ALLUIN, Bernard, CURATOLO, Bruno (dir.), *La Revie littéraire*, Dijon, Le Texte et l'Édition, Actes n°6, 2000.
- BLANCKEMAN, Bruno, *Le Roman depuis la Révolution française*, Paris, PUF, 2011.
- BOISDEFFRE, Pierre de, *Histoire vivante de la littérature d'aujourd'hui. 1938–1958*, Paris, Le Livre Contemporain, 1958.
- BRENNER, Jacques, *Histoire de la littérature française de 1940 à aujourd'hui*, Paris, Arthème Fayard, 1978.
- BRUNEL, Patrick, *La Littérature française du XXᵉ siècle*, Paris, Nathan, « Lettres supérieures », 2002.
- CURATOLO, Bruno et MARCOT, François, (dir.), *Écrire sous l'Occupation : du non-consentement à la Résistance, France, Belgique, Pologne, 1940–1945*, Rennes, Presses Universitaires de Rennes, 2011.
- GIRARD, Marcel, *Guide illustré de la littérature française moderne (de 1918 à 1949)*, Paris, Pierre Seghers éditeur, 1949.
- LABOURET, Denis, *Littérature française du XXᵉ siècle*, Paris, Armand Colin, 2013.
- LABOURET, Denis, *Histoire de la littérature française des XXᵉ et XXIᵉ siècles*, Paris, Armand Colin, 2018.
- NADEAU, Maurice, *Le Roman français depuis la guerre*, Paris, Gallimard, « Idées », 1992.
- PICON, Gaëtan, *Panorama de la nouvelle littérature française*, Paris, Les Éditions du Point du Jour / NRF, 1949.
- QUENEAU, Raymond (dir.), *Histoire des littératures III (littératures françaises, connexes et marginales)*, Paris, Gallimard, « Encyclopédie de la Pléiade », 1958.
- RABATÉ, Dominique, *Le Roman français depuis 1900*, Paris, PUF, « Que sais-je », 1998.
- RAIMOND, Michel, *Le Roman depuis la Révolution*, Paris, Armand Colin, 1981.
- SAPIRO, Gisèle, *La Guerre des écrivains, 1940–1953*, Paris, Fayard, 1999.
- SIGALAS, Clément, *La Guerre manquée, La Seconde Guerre Mondiale dans le roman français (1945–1960)*, Paris, Hermann, « Fictions pensantes », 2019.
- SIMONIN, Anne, *Les Éditions de Minuit, 1942–1955, le devoir d'insoumission*, Paris, Imec, « L'édition contemporaine », 2008.
- TONNET-LACROIX, Eliane, *La Littérature française de l'entre-deux guerres 1919–1939*, Paris, Nathan, « Fac », 1993.
- TONNET-LACROIX, Eliane, *La Littérature française et francophone de 1945 à l'an 2000*, Paris,

L'Harmattan, « Espaces Littéraires », 2003.
- TOURET Michèle, (dir.), *Histoire de la littérature française du XXe siècle, Tome 2 – après 1940*, Rennes, Presses universitaires de Rennes, 2008.
- VAILLANT, Alain, *L'Histoire littéraire*, Paris, Armand Colin, « Lettres », 2017.
- VIART, Dominique, VERCIER, Bruno, *La Littérature française au présent*, Paris, Éditions Bordas, 2008.

Articles et chapitres d'ouvrages

- BLANCKEMAN, Bruno, « Pour une histoire littéraire à chaud », in *Revue d'histoire littéraire de la France*, n°11, mars 2013.
- FREVILLE, Jean, « Les livres : Le cinquantenaire de l'école laïque », *L'Humanité*, 2 juin 1931.
- GRENIER, Roger, « La profession de non-foi de Pascal Pia », in *Littératures*, Presses Universitaires du Midi, n°65, 2011.
- PIROUX, Cyril, « Œuvrer à l'impotence – une idée du roman français au XXe siècle », in *Nouvelle revue d'esthétique*, n°8, février 2011.

SUR L'HISTOIRE

Ouvrages, ouvrages collectifs et numéros de revue

- AGAMBEN, Giorgio, *Qu'est-ce que le contemporain ?*, Paris, Payot-Rivages, « Petite Bibliothèque », 2008.
- AMALVI, Christian, *Les héros de l'Histoire de France. Recherche iconographique sur le panthéon scolaire de la Troisième République*, Phot'oeil, 1979.
- BERSTEIN, Serge ; MILZA, Pierre, *Histoire de la France au XXe siècle, tome 1*, Paris, Perrin, 2009.
- BERSTEIN, Serge ; MILZA, Pierre, *Histoire de la France au XXe siècle, tome 2*, Paris, Perrin, 2009.
- BERSTEIN, Serge ; MILZA, Pierre, *Histoire de la France au XXe siècle, tome 3*, Paris, Perrin, 2009.
- BLOCH, Marc, *L'Étrange défaite*, Paris, Gallimard, « Folio Histoire », 2018.
- BORWICZ, Michel, *Écrits des condamnés à mort sous l'occupation nazie (1939–1945)*, Paris, Gallimard, « Folio histoire », 1996.
- BOUCHERON, Patrick, *Histoire mondiale de la France*, Paris, Le Seuil, 2017.
- JABLONKA, Ivan, *L'Histoire est une littérature contemporaine*, Paris, Points, « Points Histoire », 2017.
- LEJEUNE, Dominique, *La France des Trente Glorieuses*, Paris, Armand Colin, « Cursus », 2015.
- NAMER, Gérard, *Batailles pour la mémoire. La commémoration en France de 1945 à nos jours*, Papyrus, 1983.

– NORA, Pierre, (dir.), *Les Lieux de mémoire, I, La République*, Paris, Gallimard, « Bibliothèque illustrée des Histoires », 1992.
– NORA, Pierre, (dir.), *Les Lieux de mémoire, II, La Nation*, *Tome 2, Le territoire, l'État, le Patrimoine,* Paris, Gallimard, « Bibliothèque illustrée des Histoires », 2002.
– NORA, Pierre, (dir.), *Les Lieux de mémoire, II, La Nation, Tome 3, La gloire Les mots,* Paris, Gallimard, « Bibliothèque illustrée des Histoires », 1993.
– PESSIS, Céline, TOPÇU, Sezin, BONNEUIL, Christophe (dir.), *Une autre histoire des « Trente Glorieuses » : modernisation, contestations et pollutions dans la France d'après-guerre,* Paris, La Découverte, « Cahiers libres », 2013.
– PROST, Antoine, *Les Anciens combattants et la société française*, Paris, Presses de la Fondation nationale des Services politiques, 1977.
– RAUCH, André, *Histoire des vacances de 1830 à nos jours*, Paris, Hachette, « La vie quotidienne », 1996.
– VEYNE, Paul, *Comment on écrit l'histoire*, Paris, Points, « Points Histoire », 2015.
– WIEVIORKA, Olivier, *La Mémoire désunie, Le souvenir politique des années sombres à nos jours*, Paris, Points, « Histoire », 2013.

Articles et chapitres d'ouvrages

– JOLY, Laurent ; PASSERA, Françoise, « Se souvenir, accuser, se justifier : les premiers témoignages sur la France et les Français des années noires (1944–1949) », in *Guerres mondiales et conflits contemporains,* n°263, mars 2016.
– RIOUX, Jean-Pierre, « Devoir de mémoire, devoir d'intelligence », *Vingtième siècle. Revue d'histoire*, n°73, janvier-mars 2002.
– *Le Débat*, n°165, « L'histoire saisie par la fiction », Paris, Gallimard, 2011.

图书在版编目（CIP）数据

法国与法语国家和地区文学选读. 小说卷：法文 / 王奕主编；(法) 阿德里安·阿拉贡(Adrien Aragon) 编著. -- 上海：上海译文出版社, 2025. 4. -- ISBN 978-7-5327-9828-5

Ⅰ. I106

中国国家版本馆 CIP 数据核字第 2025M07K93 号

法国与法语国家和地区文学选读（小说卷）

王奕　主编　[法]阿德里安·阿拉贡(Adrien Aragon)　编著

特约编辑/于秀　责任编辑/黄晓楚　装帧设计/柴昊洲

上海译文出版社有限公司出版、发行

网址：www.yiwen.com.cn

201101　上海市闵行区号景路159弄B座

上海景条印刷有限公司印刷

开本 787×1092　1/16　印张 20.75　字数 403,000

2025年4月第1版　2025年4月第1次印刷

印数：0,001－1,000册

ISBN 978－7－5327－9828－5

定价：68.00元